四川历史名人丛书 小说系列

盛世长歌
大唐诗仙李白

李 浩……著

四川文艺出版社

图书在版编目（CIP）数据

盛世长歌：大唐诗仙李白/李浩著. —2版.
—成都：四川文艺出版社，2021.11
ISBN 978-7-5411-5629-8

Ⅰ. ①盛… Ⅱ. ①李… Ⅲ. ①长篇历史小说—中国—当代
Ⅳ. ①I247.5

中国版本图书馆 CIP 数据核字（2021）第 203277 号

SHENGSHI CHANGGE: DATANG SHIXIAN LIBAI

盛世长歌：大唐诗仙李白

李 浩 著

出 品 人　张庆宁
编辑统筹　宋　玥
责任编辑　张亮亮
内文设计　史小燕
封面设计　魏晓舸
责任校对　蓝　海
责任印制　桑　蓉

出版发行　四川文艺出版社（成都市槐树街 2 号）
网　　址　www.scwys.com
电　　话　028-86259287（发行部）　　028-86259303（编辑部）
传　　真　028-86259306

邮购地址　成都市槐树街 2 号四川文艺出版社邮购部　610031
排　　版　四川胜翔数码印务设计有限公司
印　　刷　成都紫星印务有限公司
成品尺寸　168mm×238mm　　　　　开　本　16 开
印　　张　25.75　　　　　　　　　 字　数　410 千
版　　次　2021 年 11 月第二版　　　印　次　2021 年 11 月第一次印刷
书　　号　ISBN 978-7-5411-5629-8
定　　价　67.80 元

"四川历史名人丛书"总序

——传承巴蜀文脉，让历史名人"活"起来

　　文化是民族的血脉，是哺育民族成长壮大的乳汁，是一个国家、一个民族的灵魂，文化兴国运兴，文化强民族强。从十八大到十九大，习近平总书记以政治家的战略眼光，以唯物主义的科学态度，从中华文化的思想内涵、道德精髓、现代价值和传承理念等方面多维度、系统化地阐述了对待中华文化的根本态度和思想观点。他将中华优秀传统文化提升到"中华民族的基因""民族文化血脉""中华民族的根和魂"和"中华民族的精神命脉"的崭新高度，指出"一个国家、一个民族不能没有灵魂"，"优秀传统文化是一个国家、一个民族传承和发展的根本，如果丢掉了，就割断了精神命脉"，要"加强对中华优秀传统文化的挖掘和阐发"，从传统文化中提取民族复兴的"精神之钙"，"对历史文化特别是先人传承下来的道德规范，要坚持古为今用、以古鉴今，坚持有鉴别的对待、有扬弃的继承"，努力实现传统文化的"创造性转

化、创新性发展"。总书记的一系列著名论断，从中华民族最深沉精神追求的深度、国家战略资源的高度、推动中华民族现代化进程的角度，把中华文化的发展提升到一个新高度，升华到一个新境界，推向了一个新阶段。

中华文化源远流长，积淀着中华民族最深沉的精神追求，是中华民族独特的精神标识，为中华民族生生不息、发展壮大提供了丰厚滋养。沧海桑田，古印度、古埃及、古巴比伦文明早已成为阳光下无言的石柱，而中华文明至今仍然喷涌着蓬勃的生机。四川作为中华文明的重要发源地之一，历史文化源通流畅、悠久深厚。旧石器时代，巴蜀大地便有了巫山人和资阳人的活动。新石器时代，巴蜀创造了独特的灰陶文化、玉器文化和青铜文明。以宝墩文化为代表的古城遗址，昭示着城市文明的诞生；三星堆和金沙遗址，展示了古蜀文明的不同凡响；秦并巴蜀，开启了与中原文化的融通。汉文翁守蜀，兴学成都，蜀地人才济济，文章之风大盛。此后，四川具有影响力的文人学者，代不乏人。文学方面，汉司马相如、王褒、扬雄，唐陈子昂、李白，宋苏洵、苏轼、苏辙，元虞集，明杨慎，清李调元、张问陶，近现代巴金、郭沫若等，堪称巨擘；史学方面，晋陈寿、常璩，宋范祖禹、张唐英、李焘、李心传、王称、李攸等，名史俱传。此外，经过一代代巴蜀人的筚路蓝缕、薪火相传，还创造了道教文化、三国文化、武术文化、川酒文化、川菜文化、川剧文化、蜀锦文化、藏羌彝民族风情文化等，都玄妙神奇、浩博精深。瑰丽多姿的巴蜀文化，是中华文化的重要组成部分，有着鲜明的地域特征和独特的文化品格，是四川人的根脉，是推动四川文化走向辉煌未来的重要基础。记得来路，不忘初心，我们要以"为往圣继绝学"的使命担当，担负起传承历史的使命和继往开来的重任，大力推动巴蜀文化的传承、接续与转生，让巴蜀文化的优秀基因代代相传，"子子孙孙无穷匮也"。

四川历史文化异彩独放，民族文化绚丽多姿，红色文化影响深广，历史名人灿若星辰，这是四川建设文化强省重要的文化资源。中共四川省委、四川省人民政府秉持高度的文化自觉和文化自信，借助四川文化资源富集的优势，持续深入推进文化强省建设，先后出台《四川省"十三五"文化发展规划》《关于传承发展中华优秀传统文化的实施意见》《建设文化强省中长期规划纲要》等一系列战略规划及措施，大力推进古蜀文明保护传承、三国蜀汉文化研究传承、四川历史名人传承创新、藏羌彝文化保护发展等十七项优秀传统文化传承发展工程，着力构建研究阐发、保护传承、国民教育、宣传普及、创新发展、交流合作等协同推进的文化发展传承体系，不断探索传承守护中华文脉的四川路径。

"四川历史名人文化传承创新工程"是四川启动最早、影响最广的一项文化工程。自 2016 年 10 月提出方案，经过八个多月的论证调研、市（州）申报、专家评审，最终确定大禹、李冰、落下闳、扬雄、诸葛亮、武则天、李白、杜甫、苏轼、杨慎为首批十位四川历史名人。这十位历史名人，来自政治、文化、科技、艺术等多个领域，他们是四川历史上名人巨匠的首批杰出代表，各自在自己专业领域造诣很高，贡献杰出：李冰兴建都江堰，功在千秋；落下闳创制《太初历》，名垂宇宙。李白诗无敌，东坡才难双；诸葛相蜀安西南，杜甫留诗注千家。大禹开启中华文明，则天续唱贞观长歌。扬雄著述称百科全书，千古景仰；升庵文采光辉耀南国，万世流芳。

十大名人之所以值得传颂，不仅在于他们具有雄才大略、功勋卓著、地位崇高、声名显赫，更在于他们身上所承载的思想理念、人文精神、气质风范、文化品格等，是中华民族和巴蜀文化的集中表达。大禹公而忘私、为民造福的奉献精神，李冰尊崇自然、求真务实的科学态度，落下闳潜心研究、孜孜不倦的探求意志，扬雄悉心著述、明辨笃行的学术追求，诸葛亮宁静淡泊、廉洁奉公的自律品格，武则天巾帼不让须眉的豪迈气概，李白"直挂云帆济沧海"的博大胸怀，杜甫心系苍生、直陈时弊的忧患意识，苏轼宠辱不惊、澄明旷达的坦荡胸襟，杨慎公忠体国、坚守正义的爱国情怀，都是中华民族优秀文化的浓缩和凝聚，是四川人民独特气质风范的体现，是社会主义核心价值观的本源和本质，是四川发展的宝贵资源和突出优势。

历史名人要有现实意义才能活在当下。今天我们宣传历史名人，不能停留在斯土有斯人的空洞炫耀，而要用历史的、发展的、辩证的思维去深入挖掘、扬弃传承、转化创新，不断赋予时代内涵，不断呈现当代表达，让历史名人及其文化"站起来""活起来""动起来""响起来""火起来"，真正走出历史、走出书斋、走进社会，走向世界、走向未来。"四川历史名人文化传承创新工程"实施三年多来，全社会认知、传承、传播历史名人文化的热潮蓬勃兴起，成效显著：十大名人研究中心全面建立，一批中长期规划先后出台，一批优秀成果陆续推出；十大名人故居、博物馆、纪念馆加快保护修复，展陈质量迅速提升；十大名人宣传片全部上线，主题突出，画面精美；名人大讲堂、东坡艺术节、人日游草堂、都江堰放水节、广元女儿节等品牌文化活动多地开花，万紫千红；以名人为元素打造的储蓄罐、笔记本、手机壳、冰箱贴等文创产品源源上市，深受民众喜爱；话剧《苏东坡》《扬雄》，川剧《诗酒太白》《落下闳》，歌剧《李冰父子》，曲艺《升庵吟》，音乐剧《武侯》，交响乐《少陵草堂》等一大批舞台艺术作品好戏连台，深入人心……

"四川历史名人丛书"的编纂出版，是实施振兴四川出版战略、实现文化强省目标的重要举措，其目的是深入挖掘提炼历史名人的思想精髓和道德精华，凝练时代所需的精神价值，增强川人的历史记忆、文化记忆，延续中华文化的巴蜀脉络，推动中华文化传承创新，彰显巴蜀文化的生命力和影响力。

"四川历史名人丛书"的编纂出版，始终坚持正确的政治方向、出版导向、价值取向，深入挖掘名人的精神品质、道德风范，正面阐释名人著述的核心思想，借以增强川人的文化自信，激发川人了解家乡、热爱家乡、建设家乡的澎湃力量；始终坚守中华文化立场，着力传承中华文化的经典元素和优秀因子，促进人民在理想信念、价值理念、道德观念上团结一致；始终秉承辩证唯物主义和历史唯物主义观点，用客观、公正、多维的眼光去观察历史名人，还原全面、真实、立体的历史人物，塑造历史名人的优秀形象，展示四川文化的独特魅力，让历史名人文化为今天的社会发展提供精神动能。

"四川历史名人丛书"的编纂出版，注重在创新上下功夫，遵循出版规律，把握时代脉搏，用国际视野、百姓视角、现代意识、文化思维，将思想性、知识性、艺术性、可读性有机结合，找到与读者的共振点，打造有文化高度、历史厚度、现代热度的文化精品，经得起读者检验，经得起学者检验，经得起社会检验，经得起历史检验；注重在质量和水平上下功夫，立足原创、新创、精创，努力打造史实精准、思想精深、内容精彩、语言精妙、制作精美的文化精品，全面提升四川出版的知名度和美誉度，为建设文化强省、助推治蜀兴川再上新台阶提供思想引领、舆论推动、精神鼓励和文化支撑，为增强中华文化影响力贡献四川力量。

"四川历史名人丛书"编委会

2019 年 10 月 30 日

目录

楔　子

长安元年，八月十五。

夜里，月如银盘，悬空临照。皎洁的月光下，莽莽千里天山，静穆如梦如幻。戌时，天空突泛红光。有星大如斗，自西方疾矢而至，坠于碎叶城郊条支海。"声若奔雷，海水为之沸"。

亥时，电闪雷鸣。刹那间，狂风怒号，大雨倾盆不歇。

碎叶城，北辰街。

安西都护府署衙旁，一座高大的官舍门前，都护府侍郎李客满脸焦急，手脚无措地团团打转。内人李郭氏，头搭热水浸过的汗巾，正躺在木榻上，痛苦地辗转号啼。

妇人胎怀十月，早已发作多时，偏又天降豪雨，一时半会儿停不下来，到哪里去请接生婆呢？

室外，李客站在屋檐下，焦躁不安地搓着双手。屋檐水滴如珠帘，哗哗地直往下淌。

正焦虑烦躁间，内室传出一声脆啼，婴儿已呱呱坠地。

李客大喜，转身掀帘入内。

室内，床头铜质灯台上，搁一盏三枝桐油灯，红煜煜照得透亮。一榻竹席上，母婴两相安好。唯彼此间脐带相连，尚无法随意挪动。幸得妇人蛮性，愣是用牙咬断脐带，叫夫君烧水净婴。

李客接婴在手，见是一白胖男孩，满心欢喜不已。为铭记娘亲大恩，当即取名"咬脐郎"。邻人十分不解，好端端一个李白，为何唤作"咬脐郎"？

李郭氏面嫩，怕人耻笑蛮婆子，不愿意吐露实情，支支吾吾，谎言小儿刁顽，喜含吮左手拇指，夫婿呼为"咬指郎"，非"咬脐郎"也。邻人不疑有他，便信以为真，见了就唤"咬指郎"。

听了邻人所呼，李郭氏不甚欢喜，怕传出去遭人耻笑，想起那晚新月皎洁，当众呼为"月牙儿"。

五年后。

神龙元年，秋。

一行大雁，咿呀鸣空。雁阵连成"人"字，不惧万水千山，持之以恒地向南迁徙，朝着遥远的江南飞去。

时令霜降，早已雪漫天山。迷迷茫茫的皑皑白雪，绵延千里不绝。

天山脚下，汉驿道蜿蜒向东，伸向望不到尽头的远方。一队西域客商，正沿着古驿道，缓缓向东进发。商队行处，筚篥声声，胡歌嘹亮。

"敕勒川，阴山下。天似穹庐，笼盖四野。天苍苍，野茫茫，风吹草低见牛羊。"

风雪无边，旅途漫漫。

商队百十车骑，人人脸上带着笑，洋溢着无限的喜悦。

富丽堂皇的长安城，高耸入云的大明宫，千帆竞发的大运河……就在前方。伟大的唐帝国天子，已备好飘香的美酒，如云的美姬，载歌载舞等着他们呢。

胡商旅队中，一中年汉服男子，显得甚是扎眼。

此人年逾三旬，头戴狐狸风雪帽，身披裘袍黑大氅，脚蹬豹皮长统靴，端端坐在首车上。

黑氅汉子性沉毅，少与他人言话。随行有识之者，呼为"李侍郎"。

李侍郎？

对，李客！李客名儿甚怪，何以客名？

看官有所不知，盖其祖籍陇西成纪，为凉武昭王李暠之后，乃当今皇帝宗族。祖上因罪"长流"西域，客居碎叶不得返，故以"客"名记之。

月前，得朝廷大赦：死囚从流，流囚赦免。

李侍郎闻讯，喜极而泣。焚香堂屋神龛前，告慰列祖列宗：蒙皇帝天恩，凡流寓西域的李氏族人，皆可名正言顺东归故里了。

李客毫不迟疑，当即变卖家产，偕一家妻儿老小，杂陈胡商队伍中，风尘仆仆万里东归。

第一章
李家有奇儿　娇娇出青莲

一

神龙二年，早春二月。

春风顺着浩浩大江，不遗余力地往上吹拂。昼夜不息的和风细雨，吹遍了辽阔的巴山蜀水。旬日之间，白了李花、梨花，又红了杏花、桃花。漫山遍野的田间地头，流淌着绿油油的春光，仿佛伸手一抓，也能抓回一把绿气来。

剑南道，绵州。

昌隆县，青莲乡。

乡场外的涪水，早已解冻通航。江水夹杂着山间的残叶枯枝，肆意汪洋地向东南奔去。

奔腾不息的江岸边，矗立一棵硕大黄葛树。树冠遮阴蔽日，径达十丈有奇，盘根错节悬于危崖上。黄葛树左侧，有条尺余青石小径，经二三十级阶梯而下，就到了青莲渡口。

"青莲渡，青莲渡，北抵岷山顶，南通巴子路……"

青莲渡偏居蜀北，名头却很响亮，号称剑南第一津，又有千里涪水第一码头之谓。

码头依山而建，宏伟壮阔。清一色的条石，整齐划一般垒就。密密麻麻的泊位，大小交叉相间，计有三十六个之多。

李客伫立江岸，身披裘皮大氅，意气风发地瞩目远眺。

江心，百舸争流，千帆竞发。

一艘接一艘的商船，满载着藏了一冬的山货，还有李客的心愿——新年第一帆的希望，驶向绵州、梓州、遂州，甚至更加遥远的渝州、夔州。

码头上，劳作歌声阵阵。

东家亲临渡口，力夫们都格外展劲，齐心协力吼着号子，将一件件大宗货物，或抬或挑或驮，小心翼翼搬上船。以期讨得主人口彩，或多或少赏两个铜钱，也好搭伙买壶酒吃。

李客甚为高兴，不是赏两个铜钱，而是赏了十串铜钱，吩咐渡上管事的工头，夜里让工人们吃碗酒。

自个儿搬只凳儿，坐在黄葛树下，悠闲地吃着茶。

邻码头不远处，有一片河滩。

河滩上，铺满细细的沙。一胖乎乎的小男孩，屁颠屁颠地疯玩着。小男孩隆鼻高额，约莫七岁年龄，头大眼大耳朵大，精灵古怪一副模样。身边的沙地上，拢一堆择好的石块。石块厚薄均匀，大小如鸡蛋。小男孩不停地甩出石片，打出一串串"水漂"。

春阳悬空照着，暖暖地让人舒服。一江碧浪，波光潋滟。两岸青山，绿潮涌动。

小男孩很专注，一块一块的小石片，总能滑出十丈开外。长长短短的"漩儿"，一圈圈漂于江面上，蜻蜓点水般"踏"波漂向远方。脸上，手上，衣上，沾满无数细沙。汗珠儿顺着两颊淌下，将一张可爱的脸儿，变成了俏"花猫"。"花猫"玩兴正浓，手中不停飞出石片，嘴里也没闲着，不住地数着"漩儿"的个数，"一、二、三、四、五、六、七……"

"月牙儿，月牙儿。"李客喝着茶，冲河滩大喊，"快把手洗干净，该回家了！"

打水漂的小男孩，正是李客七岁小儿。

小男孩应一声，极不情愿地停了手。脑子里想了一想，又将沙地剩余的石片，飞快地"打"入江面，才泼猴般跑上岸来。

李客喝完茶，牵着月牙儿，向青莲乡走去。

秦制，十里为亭，十亭为乡。唐袭前朝旧制，设昌隆县青莲乡。乡辖十一亭，治青莲亭，乡名因此而来。

青莲乡前临涪水，背倚小匡山，扼秦蜀咽喉，踞古金牛道要隘，南来北往的舟楫车马，大多汇集于此。小市商贸繁荣，历为剑南交通要驿，乃秦蜀间重要的物资集散地。

乡场规模不大，也没有城墙，横横竖竖八条小街小巷，像一枚巨大的篆刻图章，静卧在小匡山脚下。

顺河街长约里许，沿涪水东岸而建，是乡场上的主街。弯弯扭扭五道拐，乡人俗呼为五拐巷。五拐巷贯通南北，宽不过两丈，却是青莲乡最热闹的去处。青石铺成的街道上，车辙印深达寸许，行其间清晰可睹。

街道狭窄弯长，两旁商家店铺云集。从北往南挨一数去，林林总总不下百家，经营着各色杂货。遂州的盐巴、绵州的烧酒、梓州的麸醋、嘉州的酱油、成都的竹编、渝州的铁器……形形色色，应有尽有。

每当夜色降临，各家各户的店铺里，便燃一支蜡烛，明明暗暗的烛光，把一街照得朦胧，甚至有些阴森。

"客悦"名头很响，是街上数一数二的大商铺。横匾流金溢彩，为匡山学堂山长柳百年所书，难得的右军风骨。二层木质结构的吊脚楼，坐落在顺河街三道拐处，凭地利占得一街风流。

店主人就是李客。

顺河街北端，二道拐有个铁匠铺，掌柜吴豹私下曾言，说他与李客较过腕力，凭自己抡十二磅大锤之力，居然和他难分高下。

依吴掌柜之意，"客悦"主人李客，乃"武挂子"无疑，必避祸隐于乡间的异人无疑。

柳百年闻言，嗤之以鼻。捋着三绺花白胡须，作古正经地告诉邻人，李客祖籍陇西成纪，乃凉武昭王李暠之后，是当朝皇帝的宗亲。依柳山长之意，李客曾做过任城尉，因罪谪守安西都护府，前年遇上朝廷大赦，才携家小来蜀中定居。

二人皆乡贤达，一为铁匠铺掌柜，一为学堂山长。乡党不知孰是孰非，听两人说得玄乎，便对李客另眼相看。

四邻不知详情，却大多记忆犹新。前年腊月里，李客携家眷自秦地而来，花费百二十两银子，盘下这栋大楼，开了"客悦"店铺，专营秦、蜀二地的紧俏货。

听他本人说，"客悦"的店铺名，就源于自己的名字。李客人如其名，见谁都客客气气，总是一副笑眯眯模样。

"客悦"开张那日，李掌柜很大方，不惜破费十两银子，包下乡上所有的饭庄，请众邻一起欢聚，吃他的开张"发财酒"。由此赢得好名声，但凡"客悦"有事招呼，莫不争相前往帮忙。

临近中午，一街市声喧嚣。

李客牵着月牙儿，兴冲冲自码头归家。走到铁匠铺时，打铁声叮当作响。掌锤师吴豹，正挥汗如雨。一眼瞧见李客，忙放下手中铁锤，大声招呼道："李兄慢行，进铺子吃杯酒去。"

吴掌柜为人热情，李客不便推托，双手抱拳打躬道："就依了吴兄，吃杯酒去。不过话说明白，酒钱算我的。"

吴豹见李客应允，满心欢喜。冲里屋吼道："泥鳅，快去郭伯店里，打壶酒来。"

泥鳅是吴豹小儿，与月牙儿同龄，两个小家伙素为死党，是乡场上群小的头儿。

吴豹满头大汗，忙用围裙拭净双手，抖抖摸出三个铁钱，正要递给泥鳅。

李客一把摁住，呵呵笑道："适才说好的呢，酒钱算我的！"随手掏出一串铁钱，让月牙儿拿着，嘱咐快去买酒买肉。

月牙儿接了钱，拉起泥鳅一阵小跑，来到四倒拐"郭记酒庄"。

庄主郭勋琪不在，娘子郭李氏坐围柜里，笑盈盈收了那串铁钱。便起身打开烧腊柜，切了二斤卤猪头肉，又斩一只熟鹅，一一用麻纸包好。再拿一壶"剑南春"，一并给了俩侄子。

月牙儿接了酒肉，并未马上离开，用余钱买了三只麦面饴饼，一大捧炒熟了的落花生，又心欠欠地问："伯娘，地牛儿呢？"

地牛儿是郭李氏儿子，白白嫩嫩一个小胖墩，也是月牙儿的死党。

郭李氏一笑，用手指指院左侧。地牛儿正蹲在茅厕里大便。

泥鳅小跑上前，拉起地牛儿便走，嘴里直嚷嚷："大哥请吃饴饼，还磨蹭啥呢！"

地牛儿屙得正痛快，被泥鳅一搅拌，顿时便意全无，边挣脱边说："哎呀，还没刮屁股。"伸手去筷篓里，折一小节竹片，匆匆刮净两股间的秽物，手也未来得及洗，便随二子出了门，溜进酒铺旁一条僻巷。

小巷曲折幽长，右边的墙脚下，有一条水渠，清泉正汩汩地流。三子溜进小巷，寻一老柳下，拢一堆坐定。

月牙儿见四处无人，自怀里掏出三个饴饼，分别给了泥鳅、地牛儿各人一个，自己留一个在手。又将一捧落花生，悉数铺在地上。

三子相视而笑，将饴饼嗅了又嗅，嘴里数着"一二三"，同时将饼递到嘴边，小心翼翼咬一口，露出小半牙"新月"来。

月牙儿一边吃，一边盯着那壶酒，心想阿爷和吴伯那么嗜酒，却不知道有何妙处。心痒痒地想着，便有心一试，让泥鳅拧开壶盖。

泥鳅不敢，怕挨打。

又叫地牛儿拧，地牛儿也不敢，说酒是他家的，怕缺斤少两壶盖松动，坏了"郭记"的名声。

月牙儿不高兴，自个儿拧了壶盖，学着大人的模样，抱着喝了一大口。哪知并不好喝，那酒才入口里，就辣得哇哇大叫。双脚发癫似的乱跳，壶里的酒也洒了出来。

地牛儿骇一跳，心想壶里少了酒，大人们肯定知道，少不了要挨打。两眼滴溜溜一转，起身便想偷偷溜走。突见月牙儿发了癫症，嘴里"啊啊"有声，踢梦脚似的上下乱跳，急忙问道："大哥，何故癫狂？"

月牙儿听他胡言，两眼一瞪，含含糊糊嘟哝道："谁发癫了？本以为好吃，哪知辣得不行。"话未说完，头昏目眩起来，差点跌了一跤。

泥鳅大惊，见他面红耳赤，知道喝醉酒了。原来吴父嗜酒，每次喝醉酒后，也是这般模样。泥鳅总见自家阿娘用布帕浸了冷水，敷在阿爷头上醒酒。想到此处，泥鳅着了慌，忙让大哥平躺地上，欲浇冷水为他醒酒。

月牙儿不肯，独自去到沟渠，用冷水拍自家额头。待稍微清醒些，又捧清水注入壶中，至先前一般水平方止。

三子不敢久留，一人捧住酒壶，一人提着熟鹅、猪头肉扎包，一人用上衣摆兜了剩余的落花生，飞也似的撒开脚丫，奔向铁匠铺去。

吴豹坐在木凳上，久等不见二子归来，叫李客稍等片刻，自己去到铺子外，站在阶沿上四下张望。

三子慌慌张张，携酒食飞奔而至。

吴豹生疑，嘴里骂道："小馋猫恁久不来，偷吃酒食了不是？"

月牙儿骇一跳，吴伯伯怎么知道？低着头不敢吱声，只将一壶"剑南春"酒，小心翼翼搁在桌上，站立一旁不敢乱动。

李客铺好酒食，请吴豹坐了上位，先筛一碗酒给他。

吴豹也不客气，大咧咧接过酒碗，叫声"李兄请"，仰头干了大半碗。哪知酒刚入口，"扑哧"全吐了出来。"噫，郭三郎好不仁义，连李兄沽的烧酒，也掺了假水！"

月牙儿一听，心知要挨揍，倏地撒开脚丫，向乡场外跑去。余下的二个小子，哪里敢跑？被吴豹大嗓门儿一吼，只得如实说了。

吴铁匠性急，扭住泥鳅欲殴。

李客摆摆手，急忙加以制止。伸手按住那只卤鹅，撕下两条肥腿来，笑眯眯地递给俩屁孩，努努嘴示意快走。

二子道声谢，欢天喜地而去。

月牙儿跑得快，逃出铁匠铺后，一口气跑到青莲渡，自个儿在江畔沙滩上，无趣地打着水漂。

一连打了十几漂，胳膊儿有些酸软，就想那只油亮亮的肥鹅，嘴里大口大口吞着涎水。

泥鳅呢？地牛儿呢？自忖没有跑脱，已挨了大人的板子。

一个人好生无聊，便想躺在沙滩上，四仰八叉晒太阳。又怕邻人瞧见难堪，索性梭进江岸田地里，躺在金灿灿的菜花丛中，望着湛蓝的天空出神。

午后的春阳，暖暖地照着大地。绿油油的田地里，不时有蜜蜂飞来飞去，"嗡嗡嗡"萦绕耳际。菜花浓郁的香味儿，直往鼻子里钻，让人昏昏欲睡。

月牙儿躺在地上，肚子有些饿了，又想起那只熟鹅来。鼻尖突然一酸，心里有了莫名的委屈。自己躺在这里，爷不问娘不管，算什么来着，不就一弃儿吗？

一畦一畦的菜花，顿时忧郁起来。金黄色的忧郁，让人忍不住泪流。

麦苗行里，开满紫白相间的豌豆花。一朵朵柔弱的豌豆花，被冷冷的江风一吹，尤显得楚楚可怜。

月牙儿闭着眼，泪水顺着面颊，无声无息地流下。

一行大雁，朝北飞去，呀呀长鸣。雁阵掠过涪水，掠过小匡山，掠过蔚蓝的天空。

月牙儿的思绪，随之飘得无限遥远。明月千里，天山飞雪，胡歌嘹亮……

不知不觉中，月牙儿睡着了。

戌时。

顺河街上，灯火齐明。

李客手提灯笼，急如热锅上的蚂蚁，大街小巷一阵乱窜。

李郭氏也提个灯笼，拽着粗布长裙，披头散发跟在身后，撕心裂肺呼着月牙儿。

铁匠吴豹，酒保郭勋琪，学堂山长柳百年，还有泥鳅和地牛儿，乡场上大大小小的人，都举着灯笼火把，四处呼喊着。

"月牙儿……月牙儿……"

"月牙儿……月牙儿……"

春夜的小市上，呼声犹如"喊魂"，让人心生畏惧。

外乡人不谙蜀俗，更不知"喊魂"为何物。初入蜀境时，闻之心甚恐惧。

看官有所不知，旧时古蜀一地，但凡有小儿落水者，往往视为丢了魂，被水鬼摄了去。大人便在天黑后，去落水处挖起三锄烂泥，隔空向家人喊小儿名，问某娃儿回家无。家人就高声应答："回来了！"

此三呼三应，多在夜深人静时。长声不绝，闻之令人惊恐，俗称作"喊魂"。

月牙儿早醒了，听到四下喊声甚急，眼前又漆黑一片，心里着实恐惧。可他赌着气呢，谁叫你们才来找我？

虽然骇得要命，就是不肯出来。他自己也不明白，究竟在跟谁赌气，反正就猫着不吱声。

寻人的火把，照亮了江畔。火把星星点点，春夜里格外耀眼。慢慢移往田地，聚于月牙儿藏身处……

二

惊蛰，杜鹃声声。

李客用过早点，惬意地打着饱嗝，去房前屋后溜达，转了一圈又一圈。

巳时，三刻。李客回到堂屋，高声叫来月牙儿，郑重地告诉他已满七岁，该去匡山学堂启蒙，跟着柳先生识字了。

仪式很庄重，李客净手焚香，又让月牙儿跪下，在堂屋的神龛前，给列祖列宗磕三个响头。

上学堂？

月牙儿听了，兴奋得像只小狗，在地上翻了几个跟斗，却始终不肯下跪。

他实在不明白，阿爷是何道理？非要自己跪下，给个木头盒子磕头！

见儿子不肯，李客着了慌，忙十指交叉相扣，双手做鸡冠状，虔诚拜于神龛前，作揖磕起头来，嘴里念念有词："列祖列宗莫怪，恕犬子顽劣无知。"

月牙儿本不情愿，见阿爷这般认真，连忙跪于地，着实磕了三个响头。

李客大喜，小声祷告道："求列祖列宗保佑，犬子入明经学得文武艺，以光耀李氏门庭！"

李郭氏也未闲着，谨遵夫君嘱咐，将衣衫头饰整理一番，左小臂挎一竹篮，急匆匆出了店门。

前行五十丈，五道拐处右侧，有家"秦老味"烧腊铺子。每日里，卤味飘香不绝。

李郭氏近前，出两串铁钱，买了四味老卤：一碟卤猪头肉，一碟卤猪耳朵，一碟卤猪心子，一碟卤猪尾巴。又沽一壶"剑南春"，兴冲冲提回自家店里，改用红漆木食盒，分格一一装好，默默地递给月牙儿。

乡场北，小匡山脚下，匡山学堂。山长柳百年，负手立檐下。

前檐横梁上，吊一竹编鸟笼。笼里养着三只画眉，皆为名贵的"金丝"。柳先生取笼在手，低头嘬嘴相戏，嘘嘘逗着鸟儿。鸟儿善解人意，叫声欢快悦耳。

李客手提食盒，领着月牙儿，笑盈盈大步而来。

柳百年一见，知月牙儿拜师来了。忙将鸟笼重挂梁上，手捋三绺长须，笑吟吟迎入馆内。

李客入了教馆，去案上搁了食盒。再转过身来，双掌相叠于胸前，复向前努力拱出，对着柳先生躬身长揖。

柳百年见了，也不还礼，只上前把他扶住，呵呵笑道："李掌柜，太过客气了。"一边说着，一边让座。引李客坐了客位，自己倒不谦虚，端端坐了主座师位。

月牙儿幼稚，不识二人间礼数，哪知他俩在干什么呢。顿觉无聊至极，待要溜出馆外，找泥鳅、地牛儿耍去。突被李客抓住，引到柳百年面前，让他跪下拜师。

月牙儿依稀记得，母亲大人说过，只有拜了师才能入学。便依阿爷的吩咐，双膝跪在地上，磕了三个响头。

柳百年一见，又是呵呵一笑，愉快地说道："月牙儿，你既要发蒙识字，拜我还不能算数，须得再拜至圣先师上大人。"

月儿牙初涉学堂，不知谁是上大人。滴溜溜转动双眼，满屋子四下一瞧，愣是没有瞧见人。心里奇了怪了，这上大人是谁？

柳百年笑笑，领他到教案前，让其双膝跪于地，拜一黑黢黢木雕像。

月牙儿呆了呆，木雕像是上大人？心里百思不解，哪肯轻易拜他！

李客走上前去，欲强迫月牙儿下拜。月牙儿犟起脖子，始终不愿屈服。

柳百年见状，又呵呵一笑，自嘲道："月牙儿既不肯拜，索性就依了你。不过你既已拜我，当敬为师三盏酒，如何？"

李客一听，如释重负。急忙揭开红漆食盒，摆出四碟卤味来。再把酒壶盖拧开，斟满三盏烧酒，叫月牙儿双手奉上，恭敬柳百年饮下。

月牙儿却也奇怪，不肯拜木头疙瘩，对柳先生倒是十分亲热，表现得甚是恭顺。

柳百年端起架子，连饮了三盏酒，又各样卤味吃一口，正式收月牙儿为庠生。

李客大喜，小儿既为庠生，日后全仗山长教诲，哪能不敬他？便亲执酒壶斟酒，依照弟子礼数，也敬柳先生三盏。

柳百年欢喜，脸上泛满酒红，扭头问李客："敢问李掌柜，令郎可有正式学名？"

李客见问，摇了摇头，表示没有。唯言月牙儿出生时，堂客李郭氏曾假寐，梦见太白金星入怀。故而言之曰："请先生依梦境意，为犬子赐名吧。"

柳百年闻言，闭目沉思。倏拍大腿，狂喜道："姓李名白，字太白，可好?!"

李客闭目，细细一想，果然好寓意！躬身长揖道："多谢柳先生，为犬子赐得好名字。"

李白，李太白，好响亮的名字。青莲乡的人，都说这名儿好。旬日间，李白之名，传遍十里八乡。

三

小匡山，郁郁葱葱。涪水自西北来，到了青莲乡地界，遇到小匡山阻拦，成 U 形绕山而流。一川碧流，把个不高不矮的小匡山，滋润得四季花团锦簇。

乡塾匡山学堂，就坐落在小匡山下。

每日晨，山长柳百年必早起。卯时，站在学堂山门前，嘴里含个窑烧泥叫叫，准时急促地吹唪。泥叫叫五声，很唪。三长两短，似在告诉童子们，该入学堂上课了。

乡场上的孩子们，听到"滴滴"的泥叫叫声，不论天晴下雨，都会准时到达学堂。

也有个别稚童，贪睡起得晚了，往往流眼泪往学堂跑，宁肯饿着肚子，也不愿意迟到。设若偶尔有事，迟到过一两次，便会被同窗小儿瞧不起，鄙视为"困懒瞌睡的狗"。

月牙儿不愿当狗，每日里总是第一个到学堂，帮着先生洒扫庭除。唯有那间空旷的大教堂，让他不甚舒服。长三丈宽两丈的教堂，活像一个牢笼，将十几个活蹦乱跳的稚儿，活生生关在里面。

柳先生是个怪人，每每坐在讲台上，就像变了一个人，不似先前那般和蔼。时常板起一张脸，手里拿一把戒尺，让群儿跟着他的节奏，摇头晃脑背子曰诗云，偶尔也传授些棋琴书画。

没有了自由自在，月牙儿十分无趣。好在有泥鳅，有地牛儿，还有……柳先生家的柳丝儿。泥鳅也有了大名，叫吴指南。地牛儿更好笑，叫郭小楼。柳丝儿呢，因为是个女娃儿，不能正式入学堂，也没有学名，仍旧叫柳丝儿。

吴指南最怪，说柳丝儿长得乖，二天讨来作堂客。

郭小楼嘴上不说，心里也很喜欢。隔三岔五背着大人，从家里偷一个饴饼，或抓一把落花生，躲了月牙儿和泥鳅，献殷勤地讨好她。

柳丝儿很傲气，偏偏不搭理他俩，就喜欢和李白玩。时常摸一把干果，或拿一个煮鸡蛋，甚至把郭小楼给她的饴饼，也偷偷塞给月牙儿。每当这个时候，就嘟着一张小嘴，乖巧地说道："我们两个好哈。"

李白是个怪物，听她说得肉麻，浑身不自在，多次拒绝她，还骂她"小狐狸"，气得柳丝儿大哭。

吴指南知道了，私下伙起郭小楼，跑来"羞"李白。两人用食指刮着脸，日怪地说道："月牙儿，先生夸你功课好，你尾巴翘上了天。当心柳丝儿告诉她娘，说你香她的小嘴。"

李白大急，两个野物，才怪呢。

"不准打胡乱说！"

见李白急了，吴指南好开心，扯抻一双脚杆，和郭小楼一趟子跑了。

柳丝儿躲在树后，乘机走上前来，将一颗小脑袋，靠在李白的肩上。

李白脸就红了，自己都觉得奇怪，柳丝儿那么乖，梦里都想和她一起玩，为何见了她的面，又浑身不自在呢？月牙儿这么一想，索性豁出去了，牵着柳丝儿的小手，大摇大摆向学堂走去。

从此以后，李白打心眼儿里感觉到，学堂有了无限的情趣。

乡场上的生活，便在学堂琅琅的书声中，日复一日地悠闲着。铁匠铺的敲打声，依日不绝；郭记酒庄的酒香，依旧绵长；繁忙的顺河街上，依旧熙熙攘攘。

李客总是很忙，生意越做越大。

流寓安西多年，各种不同的胡语，多多少少会一点。南来北往的客商，但凡入蜀地贸易，大都来找他交易，客源远达秦左陇右，甚至渤海国的商人，也和他有往来。

月牙儿聪慧，识过的字，过目不忘；听过的音，入耳便会。平时跟着父亲大人，学了不少的胡语，甚至识得渤海国文字。

谷雨节，顺兴茶楼。

雅室内。李客居主座，笑眯眯一脸和气。

右贵宾位上，坐一渤海胡商，虬须绕颚如戟。

左客位上，坐一渝商，白面无须。

三个人满脸喜色，谈判似乎已近尾声，即将进行"捏价"。胡商乃豪客，有渤海皮货五车。渝商也豪阔，有渝州铁器四车。唯独李客羞涩，仅有蜀锦二匹。

三方以物换物，各取所需。

渤海客心急，将右手伸进李客袖中，捏住李客两个指头，意欲以五车皮货，换他两匹蜀锦。

李客不同意，挣脱胡商的手，反捏住对方一指。意即以一匹蜀锦，换他五车皮货。

渤海客不情愿，欲挣脱重捏。李客面带微笑，死死捏住不放。又用食指指头，在对方手背轻点一下，意即增加半匹。渤海客不再挣扎，低头想一想，眼里放出光来，表示可以接受。二人相视一笑，两手袖中相握，成交！

五车胡商皮货，质地皆上乘，瞬间归了李客。但他并非要储存，而是用它交易渝商的铁器。

在渝商眼里，只有上好皮货，可惜不懂胡语，让李客占了先。见二人成了交，急忙伸出右手，钻进李客右袖里，捏住他的三根指头。意即以三车铁器，换他五车皮货。

李客是谁？自己挣得的便利，岂能让渝商赚了去？当下挣脱渝客的手，反捏住对方四指，死死不容挣脱。渝客本不情愿，却哪里挣得脱？李客满脸毅色，不容有丝毫走展。

渝客无可奈何，只得点了点头，示意成交！

三人大喜，各执身前茶盏，相互触碰庆贺。

仅此一单，李客赚得轻松，即得利二十两银。

忙完生意，已近酉时。李客满心欢喜，兴冲冲回到家里，嘱内子温一壶酒，劳问一下自己欢快的心情。左右不见月牙儿，张口问道："怎不见娃？近日学业可好？"

李郭氏双手不空，左手提一壶"剑南春"，右手端一钵红烧猪蹄，正往饭桌走来。见夫君相询，笑吟吟答道："好，柳先生夸他聪慧，将来必为……必为啥……国士？"

李客平时忙，只顾着做生意，管不了月牙儿。听得娘子夸赞，心里自然欢喜。伸箸拈起一坨猪蹄，塞进嘴里大嚼。再筛一大碗烧酒，仰头一口干了。嘴里呵呵有声，笑盈盈心满意足。

戌时，明月如昼。

三道拐上，十字街口。

黄葛树硕大无朋，疏疏漏一地月色。

李白躺树丫上，握一只馅饼大嚼。柳丝儿才送来的饼，正冒着热乎乎的气儿。

树下，柳丝儿仰着头，小声问他："月牙儿，好吃不？"嘴里一边说，一边咝咝吞口水。看她嘴馋的样儿，自己没舍得吃。

李白嗯嗯两声，算作回答。几口吃完馅饼，泼猴般飞身下树。立身站在树下，撮嘴一声尖厉口哨，远远地传了出去。

呼啦啦，呜啦啦，哗啦啦。

一街毛头小屁孩，闻口哨声而出。明晃晃月光下，疯一般玩在一起。

月牙儿像个将军，指挥着十几个孩童，玩一种古老游戏。游戏有个名堂，叫"耍菜花蛇"。

孩子们听从指挥，依个头高矮为序，挨次结成一纵队。后者双手搭前者肩上，弯弯扭扭做蛇状。

领头一男孩，又高又壮，是"龙头"。

蛇尾者，多为女孩儿。另有"耍蛇者"，为一机灵男孩，独自一人一方，与"龙头"相对。

游戏中，"耍蛇者"耍尽花招，千方百计去抓蛇尾。"龙头"拼命阻挠，带着身后十数小屁孩，东逃西窜躲避。并不时拳打脚踢，对"耍蛇者"进行攻击。攻击不能当真，需点到为止。游戏规则明确，"龙头"的目的，一是阻挠，二是护"身"，三是逃避。

"耍蛇者"则不同，可尽展拳脚，或抓蛇尾，或破蛇身。二者得其一，即为胜，游戏结束。

游戏伊始，十数小屁孩成蛇状，嘴里齐声叫喊："菜花蛇，花又花，不抓龙头抓尾巴。"

开始几个回合，一般难分胜负，乱哄哄一阵疾跑。

街道两旁，观者如堵。大人闹，细娃叫，嬉笑声一片。

渐渐地，蛇尾不灵了。"耍蛇者"瞅准机会，一把抓住"蛇尾巴"，大笑着死活不松手。被抓住的小女孩，多半会哭鼻子，跑回自家大人身边。

泥鳅个儿高，通常扮作龙头。地牛儿敏捷，不出意外的话，大都做了耍蛇者。柳丝儿很文静，因月牙儿之故，是街上唯一参戏的女娃，自然而然是蛇尾巴了。每每"耍"到最后，第一个被抓者，总是柳丝儿。她也不哭不闹，跑到月牙儿面前，要他来当耍蛇者。说愿意让他抓，不愿让地牛儿抓。

月牙儿是司仪，岂可当耍蛇者？

小屁孩们挤眉弄眼，相互间一望，怪声怪调地笑道："柳丝儿，不要脸，输了去舔盐铲铲。柳丝儿，羞羞羞，好比燕儿打斑鸠！"

柳丝儿害羞，这才捂着脸哭了，独自跑回家去。

见柳丝儿哭着跑了，月牙儿心里怪怪的，莫名其妙有点儿"痛"。本想撵上去安慰她几句，又怕泥鳅们乘机起哄，便马起一张脸，将群儿大叱一通："都怪你们，欺负人家女娃儿。这下好了嘛，没了蛇尾巴，不玩了，不玩了！"

月牙儿一吼，群小害怕，一哄而散。

唯余一街月色，照着李白的身影，瘦小而孤独。

翌日，天气晴好。

柳先生领众子，郊游于涪水。

两岸青山如黛，一河帆影片片，满天春燕斜飞。

柳百年兴致颇佳，捋着三绺长须，突吟曰："最爱春风怜燕子……"沉思良久，不得下句。

李白在先生后边，想起那日独自卧田地里，四围花红柳绿，涪水静静东流，顺口接道："时观流水送桃花。"

柳百年吃一惊，好工整的联句！抚须赞道："月牙儿，当为不世才也！"

众子懵懵懂懂，哪知先生所叹，更不知"不世才"为何物。

李白得先生赞扬，心里甚是得意，却装着诚惶诚恐，躬身施礼道："月牙儿造次，不该接先生之句，愿受戒尺鞭罚。"

柳百年闻言，心中越发喜欢，此子言语有度，前途不可限量。便有心再试，复沉吟曰："草木地之毛……"自己随口一说，哪有甚上联句？

众子更加懵懂，不知先生所云。

唯李白闻言，心中波涛翻涌。向天仰视良久，突曰："日月天之眼！"

柳百年骇绝，李白小小年纪，竟才思敏如泉涌。这等才情，这等襟怀，真天纵也！

道旁，有水车声，咿呀不绝。三五个农人，正脚踏龙骨水车，将涪水车入地里。待水车足后，又三三两两拢一堆，在地里耘出一方土来，用小锄细细地捣，直到捣成绒绒的泥浆。或农妇，或村姑，便在平展泥浆上，均匀地布下谷种。

众子不识农禾，更不知农人所为。见无数黄谷抛于田间，齐声大呼可惜！

柳百年笑了笑，有意卖弄见识，以教随行诸子。言农人所耘者，小秧田也。

三五车水者，正小憩。团团坐埂上，相与茶饮。柳百年上前，悉心请教农事。见众人肤黑似炭，双手粗若树皮，心里甚是疑惑。

一老丈言："吾皇圣明天子，天下得以承平。可叹老天不佑，已百日无雨，奈何？"

众子听他一说，忙往地里细看，果见地裂如龟纹，缝大者径尺，缝小者亦寸余，麦苗枯萎似遭火烧。

柳百年突感忧戚，沉默没了语言，连叹数声，引诸子匆匆而别。

李白随其后，轻声问道："先生何以为忧？"柳百年不答，良久乃曰："旱魃作祟，乡民苦矣。"

李白一稚童，不知旱魃为何物，忙又低声讨教。柳百年虽忧心忡忡，仍耐心予以解释："旱魃者，旱灾之怪也。《诗·大雅·云汉》说，'旱魃为虐，如惔如焚。'当打而驱之，驱而逐之！"

先生喃喃自语，几近梦呓。

李白越发糊涂，终不知旱魃为何物。

四

玉泉观，剑南名观。坐落小匡山腰，相距学堂里许。

当地耆老言，玉泉观年代久远，始建于前隋开皇间。开观百十年来，香火十分旺盛。

道观四周，林木幽深。观前官道两旁，有许多古柏树，年轮近五百龄。浓荫夹道，绵延三十余里。大柏树虬枝似戟，传蜀汉张飞所植，俗呼为张飞柏。

每日晨，玉泉观报晓的钟声，会准时在林间响起。悠扬的钟声里，附近的农人便醒了。或打扫庭院，或生火做饭，或挑水浇园。

道长玉泉子，不知何方人士，也不知几时来的小匡山。土著咸言，玉泉子年龄甚高，已达百二十岁。传为张天师化身，道法精深无比，能降龙伏虎。

立夏节，晴朗如故。应柳百年相约，青莲一众乡贤名流，会聚于小匡山。

客悦掌柜李客，郭记酒保郭勋琪，铁匠铺掌柜吴豹，秦老味烧腊秦老陕等，一一来到玉泉观。

玉泉子仙风道骨，端坐在小方木凳上。众乡贤鱼贯而入，环坐四围。

众人刚坐定，柳百年即拱手，团团作揖道："自春节以降，已百日无雨，致良田龟裂，禾苗皆火，乡民苦不堪言。柳某查得古籍有载，知旱魃作祟，奈何？"众乡党闻言，不知如何是好，齐刷刷望向玉泉子。

玉泉子垂眉，闭目做神游状，丝毫没有相助之意。

李客曾官西域，旅迹遍及国中，自然是见多识广。当下对众人说道："柳先生一片苦心，实为我等楷模。客昔年游历关中、陇右，见秦人每遇冬春大旱，便戏以打旱魃之法。可惜李某愚昧，不知个中关节，想玉泉道长天外飞仙，必知来龙去脉。"

玉泉子故作高深，本不想搭理众人。被李客一激，两道白眉一扬，开口言道："撵旱魃之法，有何难哉？"

李客一听，知玉泉子心思，忙抢先表个态："道长不必多虑，客自当奉银十两，以旺观中香火。"

众人心领神会，纷纷表明心迹，应承出银相助。"万望道长玉成，以活四邻黎民。"

柳百年心尤诚，躬身长揖道："道长有活民术，是乡邻之福。如若成全，某先谢过。"

言毕，就要跪拜。

玉泉子得了奉承，又被众人拿捏，哪里还好意思推脱？连忙起身扶住，又招众人拢一堆，敞开心扉商量。说天旱乃旱魃作祟，须设法擒拿旱魃，方能风调雨顺。

"难者，施法祈雨也。须将旱魃当众斩首，以敬天地神灵……"

玉泉子双目炯炯，讲得神神秘秘。众人不知所云，听得云里雾里。

李客有胆有识，与柳百年耳语片刻，毅然答道："就依道长之法，今夜上山将旱魃撵出，竭一乡之力擒之。"

玉泉子听罢，这才展颜一笑，也不久留众人，让各自回家准备。

是夜，明月如昼。

一街精壮男丁，皆手持桐油火把，齐集玉泉观。玉泉子着道袍，仗松木剑作完法，百十人发声喊，浩浩荡荡开进小匡山。

小匡山上，突然火把齐明，漫山遍野繁若星辰。

百十精壮汉子，手持明晃晃火把，满山遍野疯跑，嘴里高呼："打旱魃！打旱魃！"

山梁上，果见一骇人"旱魃"，身着花花绿绿怪衣，被人们从草丛中撵出，高纵低窜没命奔逃。众人齐声大喊："打旱魃！打旱魃！"高举着火把，疯一般追撵。

远远望去，火把乱舞，似繁星点点。

火把燃尽，旱魃被擒。

精疲力竭的人们将旱魃用铁链缚了，一路大声吆喝，押回玉泉观内，交由玉泉子问斩。

阶沿上，旱魃绑于柱。玉泉子二目如炬，手持松木宝剑，围着旱魃绕圈。

左三圈，右三圈，疾速如风。口里念念有词："天灵灵，地灵灵，玉皇大帝快显灵。"

突发一声喊，声似霹雳："天干三载，饿死黎民无数，该当何罪？"

柳百年立阶前，急领众人高呼："该当处斩。"

玉泉子闭了眼，左手捏个剑指诀，右手挥起一剑，将旱魃乱蓬蓬一颗头，骨碌碌斩落于地。玉泉观内，欢声雷动。

当其时，观中玉皇殿，婆儿客云集。

妇人们梳妆打扮，又燃烛焚香敬天，集体跪于神龛前，求玉皇大帝显圣，普降甘露以活黎民。小儿们不得入内，恐斩旱魃惊了魂，只好聚于观前，奶声奶气地唱："青龙头，白龙尾，小儿求雨天欢喜。麦子麦子焦黄，起动起动龙王。大小上下，初一下到十八……"

群儿歌声中，天空那轮明月，突然就着了魔，隐入云层没了踪影。

哗哗哗，哗哗哗，真下起雨来。

一街小儿，欢天喜地。齐声歌唱："风来了，雨来了，背时旱魃打死了！谷花姐姐胀奶奶，白米娘娘下崽崽……"

月牙儿好奇，爬上观前的黄葛树，藏在树丫间，伸长脖子往里张望。玉泉子仗剑施法，道袍无风而动，望之如画上仙人，好生让人羡慕。心里莫名一动，有了怪怪的想法。出家学道？入山寻仙？

究竟是何怪念，月牙儿也想不明白。尤不明白者，街上的"二癞子"，居然会是旱魃？！后听大人们说，那一剑斩得"真"，血都溅了一丈远，差点要了二癞子的命。害得街上各店铺的掌柜，每人多出了二两保险金。

倒是泼皮二癞子，像露了天大的脸，久久喜形于色。平时里，街上的大人细娃，都鄙视二癞子懒惰。那些俊俏的婆儿客，更不会正经瞧他一眼。呵呵，二癞子当了旱魃，他能不感到荣幸吗？

夜，已经很深了。

月光皎洁，山腰的玉泉观，朦朦胧胧。

月牙儿坐在树上，傻乎乎地怪想。

他的脑海里，全是玉泉子的身影，飞舞的松木宝剑，飘飞的灰色道袍……

第二章
戴天山访道　雪宝顶遇仙

一

李白变了，变得沉默寡言。

念书没了兴趣，游戏没了兴趣，连最爱吃的烧腊，也没了兴趣。天天溜出学堂，跑到后山玉泉现，缠着玉泉子学道。

玉泉子告诉他，小匡山道观敝窄，戴天山才有神仙。

戴天山很有名，距青莲乡四十里地，城堡般圆圆一座大山。山顶矗立两柱孤峰，状如巨大的石笋。人行两柱间，极窄处，须侧身才能过。

远远望去，宛若画屏，故又名圆山。传贞观间，有彰明主簿窦子明者，慕圆山清幽奇险，弃官隐居修道于此，土著俗呼为窦圆（子）山。山间云雾缭绕，四季青翠葱茏。

李白丢了魂儿，时常站在学堂大门前，望着戴天山出神。

地牛儿不解，约他玩"斗鸡"，他白一眼不理。

泥鳅亦纳闷儿，约他去地里偷瓜，被他骂作"瓜宝"。

柳丝儿呢，依旧乖巧，偷偷送他一枚煮鸡蛋。他把眼一瞪，当面扔进涪水，气得柳丝儿大哭，从此不再理他。

蜀中七月，闷热如蒸笼。李白越发烦躁，先生布置的功课，总是拖三拉四，每次都完不成。

柳百年着了急，私下言于李客，别只顾着生意，该抽时间多陪陪令郎，免得废了一块璞玉。

李客实在太忙，大把大把赚着银子，哪肯放下生意不顾？乘了三分酒性，逮住月牙儿一顿猛揍。

李白挨了揍，神情越发落寞，见谁都不愿搭理。终一日，只身来到铁匠铺，撒着谎对吴伯说，要随阿爷外出行商，央告锻一剑防身。

吴豹不疑有他，精心铸一铁剑，分文不取送给他。

李白提剑在手，顿时有了英雄气概。谢过吴伯伯，回家去娘亲卧室里，装了一布袋银子，和衣物一起做个行囊，沉甸甸地驮在背上，径向戴天山而去。

月牙儿傲性，竟不辞而别。

四邻皆惊，不知去了哪里。

李客心里明白，月牙儿这小子，必寻仙访道去了。李郭氏大哭，骂夫君太过狠心，打跑了李白。

柳丝儿更心苦，偷偷哭了好几回。从此望着戴天山，夜夜窗前发呆。

戴天山。一溪幽深，宛然如画。溪口竖一碑，甚是古朴。碑刻"武溪"。

沿溪行，夹岸长林，时有白鹭惊飞，盘空呀呀唳鸣。

李白背着行囊，手提铁柄长剑，攀高窜低进入涧中。平时居住乡场上，少有涉足山路，走了不到半日，早已两腿酸软，气喘吁吁，欲寻一干爽处歇脚，吃些饴饼再行。

不远处，古柏浓密。林间卧一青石，光达达状若晒席，李白忙奔了过去。溪谷中，清风徐来，顿觉身心俱爽。李白坐在石上，解开所负行囊，取一饴饼吞下。再去到溪边，捧些清泉润喉，顺便洗把脸。

涧周四望，山景殊明。顺口吟道："犬吠水声中，桃花带露浓。树深时见鹿，溪午不闻钟。野竹分青霭，飞泉挂碧峰。无人知所去，愁倚两三松。"

想想又觉不妥，如此荒野山涧，连户农人也没有，哪来的犬吠声？自个儿觉得好笑，扑哧笑出声来。

夏日炎炎，山涧却甚凉爽，懒洋洋有了困意。李白伸伸腰，索性躺青石上，枕剑闭目假寐。正待迷糊睡去，突闻山涧深处，传来一阵巴歌声。

"豆（窦）子山，打瓦鼓。扬平山，撒白雨。下白雨，取龙女。织得绢，二丈五。一半属罗江，一半属玄武。"

歌声好熟悉，《绵州巴歌》？

正是《绵州巴歌》，柳丝儿最爱唱。

柳丝儿？

李白一惊，柳丝儿跟来了！连忙翻身而起，匍匐着向前窥视。林木疏朗处，看得甚是真切，哪是柳丝儿？

溪畔，一石硕大。大石上，坐个老婆婆。

婆婆鹤发童颜，看不出真实年龄。嘴里咿咿呀呀，唱着绵州巴歌。双手握着一根铁杵，极认真地磨着。时不时停下动作，掬一捧清溪水，浇在臂粗的铁杵上，又继续用力磨砺。

老婆婆神情专注，身子俯仰间，似少女般妙曼。

李白心里一动，婆婆恁大年纪了，干吗独入武溪，在此霍霍磨杵？玉京子所言神仙乎？

有了这个念头，李白忘了腿脚酸痛，连滚带爬到了溪畔，匍于地上不稍动。

老婆婆"噫"一声，停了手上动作。

"谁人家小孩？不在学堂念书，竟来武溪拜我？"

音似黄鹂，如少女般婉转。李白一听，惊为天人。

"青莲小小生李白，叩见大罗神仙婆婆。实不知婆婆为何溪畔磨杵，可是在打磨仙人法器？"

老妪闻言，展眉一笑。"世上何来神仙？老身处武溪经年，免不了做些女红，偏又无处可购针线，故欲磨杵而成绣花针。"

磨杵成针？

我的天老爷，凡人哪能做到！婆婆不是神仙是什么？

李白欣喜若狂。

"婆婆有何仙术？能将恁粗一铁杵，磨成绣花针？！"

婆婆不答，握杵戳石上，叮当有声。戳未儿，倏不见了身影。

戴天山深处，传来一声长啸："小小生李白，有缘岷山再见。"

果然是神仙！

李白激动万分，望空拜了三拜，起身来到大石前。但见婆婆戳杵处，留有一行十个字，字字入石寸余。

"只要功夫深，铁杵磨成针！"

左下角处，赫然凿有三字：东岩子！

东岩子?!

东岩子是谁？神仙婆婆吗？

李白心中茫然，大脑里一片空白，隐约觉到这个东岩子，注定与自己有缘，而且是世外之缘。

神仙婆婆说得好啊，"只要功夫深，铁杵磨成针！"

铁杵都能磨成针，在这个世界上，还有啥事做不成呢？

李白满脸毅色，以剑作杵，爬上戴天山巅，无限向往地眺望西北。更加遥远的岷山，在落日的余晖里，一片金光灿烂。

二

岷山，雪宝顶。

李白来到岷山，已近两月，却始终未能如愿。既未遇到磨杵婆婆，也没见到东岩子。

今儿一大早，乘槎来到涪源，眼前景色佳绝，一时惊为天国仙界！

瑶池，绝对瑶池，西王母宴周穆王的瑶池！

山谷间，无数的彩色池子，一个连着一个，一个挨着一个，层层叠叠，宛若明镜。

远望那池，大者如席，小者似筛。堤围浅浅，乳白似玉。水漫其间，若乳浆沸腾翻涌。

近观，尤不可名状。或蓝绿泛翠，或漫红闪金，或碧绿似玉，或橘黄若花。

仰望四围，青山帽雪，碧空如洗。

面对如此美景，李白虽天纵奇才，也吟不出半句诗来。心里憋得慌，满腔热血欲爆，突有了饮酒的念头。跌跌撞撞奔回涧边，却又奇哉怪也，适才所乘之槎，竟不见了踪影！

密林里，不辨东西。

李白慌不择路，误入一片芦苇。

涧水淙淙，往前行约里许，眼前豁然开朗，悬空一道瀑布，似九天银河坠地，汇聚十余个大小湖泊，交错镶嵌两山间。瀑布似练，百丈悬崖临空而下。山涧清流汩汩，汪汪碧潭生烟。

李白心已宁静。

瀑流滔滔，连绵奔涌，雾化的水幕，白纱般缥缈。岩泉哗哗，喷珠溅玉，晶莹的水珠，如烟，如雾，如雨，如尘，浸人衣衫。

天地间，一片澄明。

李白愚顽的心，也一片澄明。

山谷东侧，一峰甚伟，高耸入云端。山脚下，一泊亩许。湖水清冽，深蓝不见底，游鱼粒粒可数。四围林木参天，如火焰，似流金。千姿百态，倒映湖泊中。湖水轻轻荡漾，幻出五颜六色的光，令人不可逼视。

李白心想，题不得诗，为湖取个名，也不枉此行。默想一会儿，自觉镜湖甚贴切，忍不住得意而笑。

山间静默无人，唯鸟语花香。李白放肆一笑，空山回响，霍霍有声。

笑毕，突觉腹空如鼓，不知不觉间，早已饿了。

李白择一向阳坡地，卸下行囊，解开，拿出一只麦面烧饼，就着切好的卤猪头肉，细嚼慢咽地吃完。填饱了肚，脑子却很迷茫。一时间，心乱如麻。茫茫千里岷山，何处可觅仙踪？迷迷糊糊又要睡去。突闻一声长啸，自瀑顶破空传来。

刹那间，四野异香扑鼻，百鸟齐声和鸣。

天空一碧如洗，有彩色大鸟，拖着丈余尾羽，领千百只鸟儿，齐向瀑顶飞去。

凤凰？神仙？

李白翻身跃起，攀缘瀑顶而上。

瀑顶一坪，十亩广阔。坪中，一湖如镜。

湖曰"龙湫"，碑题甚古，不知何人所书。

坪西北处，搭一凹型茅舍。四围扎以竹篱，俨然山野农家。舍前，三五老柳，绦丝闲垂。

湖畔，系一毛竹筏，一荡一荡泊柳下。柴门虚掩，半闭半开。

李白兴冲冲奔至，却不敢擅自闯入，伸头向里张望。

篱内，院坝甚阔，打扫十分洁净。檐下，立一老翁。身边百十鸟儿，在彩色大鸟带领下，围着他争相啄食。

老翁银须拂胸，犹状如顽童。时而翩翩旋舞，时而轻身纵飞。嘴里咕咕有声，两手不停抛撒谷物，尽情逗弄群羽。

众鸟善解人意，翩翩绕于前后，欢快啄衣牵摆，似儿孙绕膝。

老翁喜形于色。时，兜里谷物已尽，撮嘴又一声长啸。群羽会意，由彩色大鸟领头，绕飞茅屋三匝，似三叩九拜而去。

李白看得呆了，老翁何许人？竟识得鸟语！

傻傻发愣间，老翁已启门而出，呵呵笑道："青莲小小生李白，既已来到东岩下，为何徘徊不入？"

东岩子？老者是东岩子！

李白扑通跪地上，纳头便拜："自武溪别过，青莲小小生李白，久寻尊师不得，不想今日得见东岩子大仙。"

老者呵呵向前，伸手将李白扶起："尔小小年纪，敢自报青莲李白，必非世间凡物，怎也俗不可耐？"

李白闻言，面颊一热："非小小生世俗，实见师尊故也。"

老者不悦，再憎之曰："又是俗套，称老哥可好？为何称那师尊！"

李白大喜。他天生一傲物，实在不喜俗套，尤恶俗人间婆婆妈妈，忙改口道："大兄东岩子高高在上，请受小弟一拜！"

东岩子闻言，老脸笑得灿烂，上前将李白扶起，笑呵呵迎入舍内，只字不提武溪磨杵事。

屋内，摆一张木几。四样小炒，清香扑鼻。

东岩子示意，让李白坐了客位。转身入内室，捧出一瓮烧酒，放在几上。

"呵呵，自酿烧刀子，尚可入口。"

亲启坛上封泥，满满筛两碗。递一碗给李白，自己持一碗。二人就着油灯，徐徐对饮起来。

那酒初入口时，有一股燥辣味。待滑到喉咙处，却又醇厚无比，难得的好酒！

东岩子性豪爽，一口饮去半碗，捋着银须笑道："小兄弟知酒乎？此乃五谷杂粮酿造，却不知与剑南春相较，孰高孰低？"

李白年少，家里存酒却多，偶尔也偷饮一口两口，虽未曾真正饮过，却也识得剑南春的好处。见老翁相询，浅浅酌一口，顿时满口溢香，不由赞道："大兄所赐佳酿，胜那国酒远矣。"

东岩子甚得意，捋须颔首，又请吃盘中小炒。

菜入口中，味美绝伦，世间少有。

问及何物所制，答曰："无他，皆山中木耳、春笋一类野菜，世人不知金贵，哪有口福得食？"

二人一问一答，吃得满心欢喜。

李白少不更事，哪知杂粮烧厉害？两碗酒下肚，便醉倒了。

时，月如玉盘，皎洁照人。

东岩子微微一笑，起身至堂屋左侧，去粉壁上取下一剑，仙人般飘入院坝中。

李白甚感奇怪，明明醉得不省人事，偏偏记忆清晰异常，竟将大兄所舞剑招，一一熟识于心。

一趟剑法舞毕，东岩子倏收剑，昂然立月下。其银须拂胸，衣袂飘飘，宛如仙人。

一庭月华，积水般空明。亦真亦幻，几疑梦中。

李白披衣欲起，却浑身酥软，毫无着力处。

东岩子返回堂屋，复将剑悬壁上。去水缸舀一瓢水，细细净了双手，直入左厢耳房。

良久，左厢房内，传出一阵琴声。

李白听得明白，琴为成都雷琴，曲乃《高山流水》！

乐韵古雅，如诵如歌。一曲终了，唯山空水远，瀑声爽爽。

李白气息均匀，安然沉沉入睡。

三

开元六年，初夏时节。

剑南道绵州，民情鼎沸。城乡盛传，岷山里有两位神仙，可呼唤百鸟，能凌风御剑。

消息不胫而走，很快传入州城，刺史乔琳信焉。

时，天下太平，帝国花团锦簇。唐玄宗雄才大略，为永固李唐江山，欲尽揽天下英才。特诏告天下：凡举荐贤良有功者，庶民从吏，吏员晋爵。

乔琳久任绵州，民声政绩颇佳，却苦无升迁之道。听得民间传言甚嚣，有奇人隐于岷山，可呼唤百羽……若征召荐于朝廷，必得圣天子欢心。乔琳打定主意，亲率两百甲兵，乘槎逆涪水而上。不七日，穷尽涪源。

乔琳饱读经史，欲效刘皇叔礼卧龙。遂屯兵瀑布下，独自攀缘上龙湫。

是日，风和日丽。乔琳站在茅屋前，辗转不敢入内。

适，有鸾鸣空。

抬头望天，一只彩色大鸟，拖曳丈余长尾，领千百只鸟儿，呀呀盘旋于空。正惊异间，突闻一声长啸，从篱墙内传出。群山壑谷间，啸声嗡嗡不绝。长尾彩鸟闻声，亦呀呀长鸣三声，领群羽次第下。

乔琳惶惶，惊讶莫名。壮胆走近篱门，隔篱往里张望。

檐下，立一银须老丈，正撮嘴长啸。群鸟随彩鸾领导，围而旋舞。老丈满脸喜色，一边抛撒谷物，一边发出轻轻哨音。双掌向上平摊，二锦衣小鸟闻哨，飞来立掌上翩翩起舞。老丈性顽劣，如弄小儿。二锦鸟欢快啾鸣，数度振翅欲飞，却似粘住了一般，始终无法飞去。

乔琳大为惊奇，果然是仙人仙术！

院坝右侧，几株老柳下，一白衣少年正御剑。剑光四溢，似柳絮，似雪花，漫天飞舞。剑声啸啸，四围竹枝尽折。

乔琳见了，再吃一惊，自以为饱学之士，哪里识得这般剑术？

少年尤俊朗，徐徐收剑式，双手抱于胸前。长身玉立，神情飘逸，不似世间人物。

再观银须老丈，兜中谷物已罄。也不见他喉间动作，闭口发一声长鸣。声柔而绵长。

长尾彩鸾闻声，领百羽振翅高飞，三匝旋于空，呀呀欢鸣而去。老丈一身白袍，竟无风而动。掌上二锦鸟，亦扑簌簌飞出，三度绕匝后，箭一般飞向云天。

乔琳心跳加速，始信民言不差。唯虑二仙神通广大，不知肯应征召乎？斗胆推门而入，整衣冠长揖于庭。

东岩子立檐下，早知有人窥视。见乔琳揖于前，却不理会于他。

李白立柳下，见一着官服者，满脸顿现鄙夷之色，冷言道："汝何人？为何到此？！"

李白语多轻慢，毫无相迎意。

乔琳听了，哪敢不悦？连忙应曰："今上圣明，功盖三皇，德比五帝，明诏天下州府，尽揽宇内贤才，以永固帝国江山。吾久闻二仙法力无边，可否随本牧出山，为朝廷效力乎？"

李白听后，不悦。鄙其奴颜媚语，眉头皱一堆，正待要叱责。

东岩子突怒叱道："德比五帝？可知玄武门喋血否？何来圣明天下？哼哼，又岂可与之为犬！"

乔琳被叱为犬，满脸通红似火，气得说不出话来。

李白大爽，鼓掌朗声笑道："何来一只恶犬，狂吠于天国仙界？还不速速滚去，免得自寻其辱。"

乔琳心犹不甘，诺诺再言道："当今大皇帝圣明，诚盼二仙顺天时，出山报效国家。何言为鹰犬耶？"

东岩子恚愈甚："尔自甘堕落，啃食李家遗骨，何故扯上我二人？"

李白复大笑，反手一剑，将乔琳头顶乌丝，风吹般挑落地上。

"哈哈哈，狗头置一乌丝，亦可扮为人乎？"

乔琳遭此羞辱，心里愤怒至极，不再存非分之想，恼羞成怒道："既不为朝廷所征，当以妖道论之！"拾起地上乌丝，撩袍恨恨而出。即命一百兵士守隘口，一百兵士入龙湫，誓要捉拿二人。

东岩子岁龄过百，啥事没经历过？见乔琳气急败坏而去，知道此地不便久留，便对李白说道："乔绵州恼怒而去，必纵兵缉拿你我，应速遁。"

李白闻言，悲切甚。

"乔绵州不提也罢，实不知大兄有何委曲，不应朝廷征召？"

东岩子仰面向天，忍不住一声长叹，悲切地说道："愚隐岷山东岩，实乃万不得已，避玄武门之祸矣。"语多悲愤，似有难言之隐。复又慨然道："汝非池中物，早晚为国之栋梁。好自为之，吾去矣。"

话音未了，人已到湖畔，解缆乘槎而去。

湖面碧波荡漾，留下一路歌声。歌声豪迈，久久回荡山谷。

"遂古之初，谁传道之？上下未形，何由考之？冥昭瞢暗，谁能极之？冯翼惟象，何以识之？明明暗暗，惟时何为？阴阳三合，何本何化？圜则九重，孰营度之？惟兹何功，孰初作之？斡维焉系，天极焉加？八柱何当，东南何亏？九天之际，安放安属？……"

东岩子所歌，乃三闾大夫之《天问》。李白想起屈子身世，心中恻然，顿时唏嘘不已。

篱墙外，突人声鼎沸。

"不可走了妖道！"

"活提妖人，赏银十两！"

乔琳领百名甲兵，已汹汹杀到。

瀑前隘口已封，无法沿涪水出，唯有翻越岷山，向东进入剑门，再转西汉水南下，方可能回到青莲乡。

李白见甲兵杀到，哪敢丝毫怠慢？遂收拾行囊，从屋后遁出，向山巅飞驰而去。

四

剑门关。

关下，有个小乡场，乡名青林口。

八月十五日，未时。

李白风尘仆仆，蹒跚来到场口。

今日中秋，是李白生日。往岁此日里，娘亲必煮两只鸡蛋，谓之"滚蛋"，寓意健康成长，遇到灾祸时，如圆圆鸡蛋一般，顺利滚过躲脱。每每得了煮鸡蛋，便跑去匡山学堂，叫上柳丝儿，悄悄来到青莲渡头，并肩坐在黄葛树下，头碰头慢慢分着吃。

想到柳丝儿，李白心跳起来。六七年没见面了，该是个大姑娘了吧？肯定比儿时俊多了。

李白心里想着，雄赳赳行于街道，一脸的幸福模样。入街口不远，屋檐上挑一布望子，上书"剑南蜀锦庄"。欢欢喜喜入内，买张白色手绢儿，叠好揣入怀中，准备回乡送给柳丝儿。

戌时，天色已暗。

仙来居客栈。客栈高大轩敞，大门左右两侧，各挂一串灯笼，算盘珠子般吊着，左右各吊六个。龙骨糊以红纸，外书黑字"仙来居"。

暮色朦胧，透出红红黑黑的光，很有些骇人。

李白伸手入怀，尚有十两银子。款爷般底气十足，昂首进了客栈。

店主人个儿矮，蔫不拉叽一小老头。站在高大的围柜内，只露出一颗小脑袋。

李白进店时，大堂里没有人。

店家埋着头，专心致志清理账目，手里一把木珠算盘，打得噼啪直响。无意间抬起头来，瞧见李白伟岸的身躯，着实骇了一跳。

嘴里结结巴巴，问道："客……客……客官，住……住……住店？"

李白性豪侈，决定大方一回，为自己过个"生"，朗声笑道："正是！麻烦写一间上房，沽一壶老酒，称一只卤鹅，外搭五个麦面馒头。"

蔫巴老头闻言，一脸的惊讶。见客人一身破烂，似许久没洗澡了，口气却恁大，又是上房，又是酒食，哪肯信他有银子？眯着一对小眼，睛珠儿滴溜溜一转，皮笑肉不笑地回答道："客官说笑吗？小店敝陋，虽有上房可栖，却无酒肉待客。"

见店家一脸不屑，李白知他嫌弃。实在怪他不得，三月未曾洗澡了，一身的油邋片儿，任谁也会厌恶。

李白笑笑，摸出一锭银子，轻轻放围柜上。

"店资够吗？"

店主人乃土著，从未出过大山一步，自然小见寡识，哪见过豪客阔商？何况一锭大银呢！两只虾米小眼，便鲜活起来，笑眯眯眨个不停。急忙点头哈腰，语无伦次地唠叨："小小……小少爷，够……够了！"

李白虽然年少，却天性豪爽，随东岩子居岷山，相聚数年间，更加视钱财如粪土。见店家眼浅皮薄，越发不齿。好在今日心情爽快，不屑与他一般见识。"写上房一间，余资沽酒置肉，速速送来。"

店家点头哈腰，应声不迭："小老儿省得，小老儿省得。少爷但请宽心，敝店即刻照办！"

扭转小脑袋，冲里间大骂道："人都死绝了吗？还不快快过来，领客官上房歇息！"

客栈左厢房里，很快跑出一伙计，将李白行囊提起，躬身引上二楼首房。

是夜，月华如水。

李白临窗下，独饮一壶剑南春，仰望空中那月，皎洁如白玉盘。

忆儿时中秋夜，与柳丝儿作揖月下，双双拜为夫妻。直觉得那月美得醉人，比今夜之月明亮多了。

"小时不识月，呼作白玉盘。又疑瑶台镜，飞在青云端。仙人垂两足，桂树何团团。白兔捣药成，问言与谁餐？蟾蜍蚀圆影，大明夜已残。羿昔落九乌，天人清且安。阴精此沦惑，去去不足观。忧来其如何？凄怆摧心肝。"

李白喃喃自语，蒙蒙眬眬睡去……

涪水畔，垂柳依依，清波荡漾。

柳丝儿递上煮鸡蛋，又将一张粉嘟嘟的俏脸，慢慢靠近月牙儿脸庞。乖巧的樱桃小嘴儿，吐着沁人心脾的兰香，徐徐撩拨着月牙儿耳根，痒痒地让人难忍。

月牙儿情不自禁，大胆伸出双手，将柳丝儿揽入怀中。胯间突然一热，溢出无数黏液来……

李白梦中惊醒，胯下湿漉漉一片。忙起身去到洗漱间，用水一一洗净。

复入上房，赤身裸体躺床上，犹兴奋异常。

翌日，告别青林口，匆匆南行。

午间，过剑门。

剑门号天下险，为西蜀之北门户，居大剑山中段，素有"秦蜀锁钥"之谓。远望七十二峰，峰峰列阵拱卫，宛若天然城郭。近观两峰对峙，关口壁立似剑，剑剑刺破青天。

传三国鼎立时，孔明辅佐刘备相蜀，凭借险峻山势，在此立石为门，始称作"剑门"。

李白负长剑，登临剑山绝顶，眼前风起云涌。眺大小剑山间，山峦层层铺排，峰峰叠翠，云环雾绕。西汉水百里长峡，两岸绝壁千仞，驿道钩栈相连。北望帝京，天高地阔。遥思先贤，风起云涌。正浮想联翩间，忽闻巴歌阵阵，自山崖绝顶处传来。

万丈绝壁上，三五个采药人，猿猴般纵跳如飞。

李白见了，陡生万丈豪情。胸中热血翻涌，似电闪雷鸣，又如狂风暴雨，汹汹破腔而出。仰天长啸，夭夭而歌："噫吁嚱，危乎高哉！蜀道之难，难于上青天……"

"小哥儿，好襟怀！"

千仞绝壁上，众采药人齐声大赞，震得空谷嗡嗡回响。

李白诗兴正酣，被他一喝，突然断了思绪，一时难受异常。转念一想，哪怪得采药人？要怪只怪自己，功力尚不纯熟，难以驾驭这等大构。待有朝一日，重新续上便是。

心里一畅快，复长啸而歌："山中药农苦，舍身悬崖跂。明朝吏上门，泪飞妻儿哭！"

歌毕，飞身纵跳，向关下奔去。

五

白露节。

戌时，二刻。

青莲乡顺河街，三道拐处。客悦商铺的大门，早已紧紧关闭。

铺子内，一灯如豆。李客拥着娘子，围被坐床上。突闻店门外，犬吠声甚急。俄而，又闻咚咚敲门声。

二人大异，如此夜深人静，何人前来敲门？

李郭氏披衣起，掌灯至门前，轻轻拉开门闩，启门而观。

灯影下，立一少年郎，身长八尺。

妇人识不得，小声问道："客官夜半敲门，不知所为何事？"那少年闻言，猛地下跪，大声哭道："阿娘忒狠心！不识月牙儿了！"

月牙儿？

月牙儿！

李郭氏既惊且喜，长长一声大哭："我的儿哟！"手中"亮壶"跌落，引燃一蓬干松油菜秆，噼里啪啦乱响，腾起一团喜滋滋明火。

里间，李客听得真切。月牙儿，是月牙儿！翻身从床上跃起，跣脚奔跑到店外。火光中，见李白满颔髭须，精壮似头牯牛。

爷儿俩相拥，哽咽而泣。

月牙儿回来了！

四邻知晓，谁肯相信？

李客腰也直了，气也粗了。夫妇俩欢天喜地，包下街上所有食店，宴请乡上的街场邻居，为月牙儿接风。

郭伯父来了，郭伯娘来了，毛根儿朋友郭小楼也来了……柳先生没来，柳师娘没来，吴伯伯没来，吴伯娘没来。

吴指南，也没来。

还有柳丝儿……也没有来。

李白好生奇怪，心里难免失落。站在街沿上，数度向北张望，特别希望看到……看到柳先生的身影。

见李白魂不守舍，李郭氏满脸悲戚，偷偷以袖拭泪。

李客很镇静，大声招呼宾朋，唯声音微微颤抖，有些莫名的焦躁，甚至惶恐不安。

郭伯父沉默不语。郭伯娘沉默不语。郭小楼一如从前，默默跟随左右，李白走到哪儿，他就跟到哪儿。

见不到柳……柳先生，李白心情坏到了极点。自个儿去主席桌上，提了一壶剑南春，拉上郭小楼，往青莲渡口走去。他要问个明白，自己离开青莲后，乡上究竟发生了什么事。

郭小楼梗起脖子，支支吾吾不肯说。

李白越发生疑，按地牛儿坐地上，启开烧酒壶，猛灌一口烧酒，红着一双眼，将壶递给地牛儿，不容分说大吼道："喝！"

郭小楼面露难色，见李白眼似铜铃，杀气腾腾盯着自己，只得抱壶猛灌一口。

李白再喝一口，盯着郭小楼不放。

"说！"

"说啥呢？"

"柳丝儿！"

地牛儿明知故问，月牙儿斩钉截铁。

柳丝儿？地牛儿一下哭了，十八九岁一条汉子，哭得像个孩童。

李白心急如焚，直呼他的小名："地牛儿，究竟咋啦？你倒是说呀！"

地牛儿抓起酒壶，猛灌一口烧酒，说出一件悲惨事来……

自李白出走后，柳丝儿像掉了魂儿，夜夜以泪洗面。每日里，必去涪水边徘徊，以期月牙儿乘槎归来。望矮了山，望断了水，望得眼睛双泪垂！

柳丝儿命苦，没盼到月牙儿归来，却盼来一场横祸。

二癞子不是人，早盯上了她。趁柳丝儿江岸徘徊，强行拖入麦地，将一朵鲜花给糟蹋了！柳丝儿披头散发，撕心裂肺大哭，疯一般冲向涪水，口呼月牙儿不迭，纵身跳入滚滚激流……

柳师娘闻讯，呼号三日，上吊自缢。柳先生心已死，远上嘉州峨眉山，遁入白水寺礼佛。

铁匠吴豹，性烈似火，酒后尤甚。出事当晚，吴伯正饮酒。闻听噩耗，恨二癞子作恶多端，与吴指南一道，各持一把铁锤，将二癞子堵在住处，活活乱锤砸死。

绵州刺史乔琳得报，将吴伯父下牢问斩。吴指南畏罪潜逃，至今下落不明……

郭小楼言毕，呜呜大哭不止。

李白闻言，泪如雨下，提起酒壶，一倾而尽。默默起身，离开码头。

柳丝儿冢，几缕枯草覆土。李白立冢前，掏出那方白色手绢，以绢化作纸钱，直到袅袅灰烬。

低泣而歌："别来几春未还家，玉窗五见樱桃花。况有锦字书，开缄使人嗟。至此肠断彼心绝。云鬟绿鬓罢梳结，愁如回飙乱白雪……"

匡山含泪，涪水哽咽。如泣的歌声里，李白头也没回，一步一步走向青莲渡，再次离家出走……

第三章
赵蕤夜遁郫王城　李白拜师长平山

一

开元四年，春三月。巴蜀两地间，有一本奇书《长短经》，突然横空出世。一时间内，两川轰动，风靡剑南。

夏六月。书传至京洛，朝野为之沸腾。

唐玄宗雄才伟略，有澄清宇内之志。登帝位四载有余，帝国歌舞升平，四方蛮夷纷纷来仪。帝久居深宫，难免闷倦不悦。

秋九月，初三。天子起辇出宫，秋猎于华山阴。驻跸崇报寺承天殿，偶得《长短经》一卷。秉烛夜读，惊为天书。

《长短经》奇而新，有悖儒家学说，以阴谋论天下，以左道治社稷。言之凿凿，句句警辟。

玄宗龙颜大悦，以为济世安邦之本。却不知著作者是谁，日夜思之甚苦。

时，姚崇为首相。虑皇帝误于邪说，恐荒废了朝政，百般婉言相谏。奏曰：牧民而治天下，乃儒宗正道。《长短经》者，妖言邪说也，市井岂可流播？

唐玄宗思之再三，深以为然。遂诏告天下，将《长短经》列为禁书。

然玄宗万世明君，既然视《长短经》为奇书，著者必千古奇人也，终欲得之而后快。

宋璟有王佐才，"文学足以经务，识略期于佐时"。初入朝，时任刑部尚书，辅佐姚崇为副相。玄宗倚为肱股，密诏潜入剑南，以窥著作者虚实。宋璟不负圣恩，两川四处侦缉，耗时二月余，终得蛛丝马迹。

拟奏飞报帝京，奏报十分详尽：赵蕤，字大宾，又字云卿，剑南梓州盐亭人。性孤傲，清操守，不附权势。先祖赵宾，为西汉蜀中《易》学大师。萧梁时，赵氏后人避祸，迁居剑南道盐亭赵村。蕤自幼精敏，熟读诸子百家，博于韬略，长于经世，著《长短经》行于世。

圣天子得报，龙颜大悦。即诏示宋尚书，征赵蕤为著作郎。

宋璟接了圣旨，急点二百左羽林军，持诏再入剑南，直接到盐亭征召。

官兵日夜兼程，赶往赵村。赵蕤闻讯，偕妻逃之夭夭，村人不知所踪。

乡邻见官兵突至，以为赵蕤犯了事，纷纷告于官，言前晚亥时，赵家突起怪火，数间茅屋瞬间化为灰烬。四邻前往救火时，赵氏夫妇已不见了踪影。

宋尚书大惊，知赵蕤非俗物，不愿入仕为官。遂亲拟奏折，呈报玄宗大皇帝："……夫妇隐操，不应辟召。"又说自己愚钝，未能完成皇命，请求降职谢罪。

唐玄宗得报，叹息不已。

时，姚崇已年迈，长时间休养在家，帝国朝中大事，多得副相宋璟打理。朝廷既不得赵蕤，岂可再失宋璟？

玄宗英明神武，感宋璟一片忠心，接到密奏后，不罪其过，反升其职。

开元四年，闰十二月。

玄宗诏告天下，以宋璟接替姚崇，升为帝国首相。

二

开元五年，春。

苏颋得玄宗恩宠，以宰相之身出任益州长史。过绵州时，李白持诗稿拜见，深受苏学士的赏识，誉为"司马长卿再世"。

李白名声大噪，地方长慕其名，礼之如上宾。

那日，李白祭过柳丝儿，到青莲渡上了船，顺水来到梓州，四处闲逛散心。

梓州乃东川首府，城郭宏伟壮阔。李白心里郁闷，欲重开新气象，特地购置一袭白袍，又换乘一匹白骏马，蹄声"嘚嘚"地驰入梓州。

梓州城内，人烟稠密，市井繁荣；高楼大厦，气象万千。土著论及梓州，但凡说到剑南大街，莫不欢欣鼓舞。大街宽阔笔直，长约四里许，横贯州城东西，乃剑南诸镇最繁华者。大街上，铺三排青石，平展如镜面。

中间一排，竖列。青石大小均匀，皆三尺八寸宽，六尺二寸长，为标准节镇级官道。两侧，横列。青石尺寸减半，为民道。民道所铺青石，向左右两边微斜，与街沿接合处，每间隔三丈，必有一石孔。石孔为镂空荷叶状，以利排泄积水。大街两旁，清一色吊脚木楼，二层三层不等。各具情态，宏富壮丽。

李白身着白袍，跨骑白骏马，信马由缰来到南津关。

迎面一座危楼，高出他楼丈余。有丝竹管弦声，袅袅从楼上传出。

抬头一望，原来是"富乐坊"。李白翻身下马，欲去听个曲儿，以解心头郁闷。

门童十分乖巧，见有客人至，急忙上前迎着，讨好地牵了缰绳。

李白出来散心，图的一个爽快。兜里掏一串铜钱，赏了牵马小厮。童儿得了赏，欢天喜地唱道："少爷大驾光临，堂里堂外接客！"

李白咧嘴一笑，知他见风使舵惯了。为何唤自己为爷，而不称作郎子？还不是那串铜钱作祟！

老鸨听到传呼，笑嘻嘻迎出来，手里甩个帕儿，嘴里报着名儿。

"小桃红，宋月儿，柳莺儿……"李白想也没想，指名要了柳莺儿。

"哎哟哟，小哥儿好眼力，张口就点柳莺儿，那可是富乐坊头牌哟！"

听到妈妈呼唤，柳莺儿欢快应一声，从里间碎步踱出。

李白眼睛一亮，见她年约二八，绛唇一点，腰肢婀娜如柳丝，与柳……柳丝儿年龄相仿，心里有了几分欢喜。

柳莺儿两眼含春，手持一册卷，上前盈盈道过万福。见李白剑眉朗星，气宇轩昂，模样儿俊朗无比，心里甚是欢喜。绛唇轻启道："客官点何曲子，奴家唱与官人悦耳。"

李白却不搭话，两睛定住了一般，愣愣盯着那册卷。

《长短经》？《长短经》！

柳莺儿懵了头，不知客人何故发呆，盯着自己小手儿不放。一时窘迫至极，忙藏匿到身后。

李白大急。坊间传闻甚嚣，《长短经》乃奇书，已为朝廷所禁，却不得有缘一见，时时懊恼异常。今日得识，哪会轻易放过？见柳莺儿藏书身后，以为不让他看，故而大急，一把夺了过来。

李白不知人家背手身后，是妹儿面嫩害羞，哪是不让他看书？这一夺，反让柳莺儿生疑。以为他夺书必是报官，故而拼命想抢回来。

李白得了书，只顾翻阅看去。见柳莺儿搅缠不休，急忙出银一两，让她赶快离开。

柳莺儿一愣，疑惑更甚。这客人怪了，既不像报官样，也不似寻乐人。

书呆子！柳莺儿想明白了，抿小嘴一笑，扭腰盈盈而去。

李白得了清静，忙去木凳上坐定，临窗认真读起来。

初入目，即大惊！赵蕤何许人也？竟有这等见识！叛经悖道，超凡脱俗！

自申至戌，李白着魔入迷，未离木凳半步。一坊之人，皆惊诧。纷纷往视观望，把他视作怪物。

老鸨不放心，假装问他酒食，想去探个究竟。李白正痴迷，烦老鸨无端搅扰，谩骂如猪狗。老鸨不敢留，悻悻而去。李白专注于册，赵蕤妙论，使之眼界大开，心里视为知己。

申时，一刻。

李白启卷，惊服。

"知人者，王道也；知事者，臣道也。君道无为，臣道有为。"

申时，二刻。

李白续阅之，诚服。

"忧喜在于脸色，贵贱在于骨法，成败在于决断，以此三点观人，没有不成功的。"

西时，一刻。

借一线窗色，李白再阅，叹服。

"知士有术焉。微察问之，以观其辞；穷之以辞，以观其变；与之间谋，以观其诚；明白显问，以观其德。"

酉时，三刻。

室内光已暗，李白掌灯复阅，心服。

"乐者，所以和情志，亦所以生淫放。名者，所以正尊卑，亦所以生矜篡。法者，所以齐众异，亦所以乖名分。刑者，所以威不服，亦所以生凌暴。"

……

戌时，一刻。

合卷，李白敬服。

拊掌自凳上起来，面对一卷《长短经》，躬身长揖而拜。心中浩浩焉，荡荡焉，不可名状。

戌时，二刻。

李白匆匆去前台，仔细会了账，唤过迎客门童，将白骏猊牵过来，乘马"嘚嘚"出城。

夜色朦胧。一骑如飞，径往盐亭而去。

三

翌日，午时。盐亭，赵家庄。

青石官道旁，三五株百年老柳，垂万千条绿丝，随风缭绕荡拂。柳间，一棚茶客正欢，笑声朗朗不绝。柳下，拴一匹雄健白骏猊，慢腾腾地嚼着草料，时不时抖抖鬃毛，突突地打个响嚏。

李白坐在茶棚左侧，临一弯溪水。河风徐徐吹来，甚是惬意。竹几上，搁一碗茶，汤色正浓。

适才去庄里，遍寻不见赵蕤踪影，唯故宅残垣断壁。村人质朴，见他一外乡人，便以实情相告："先生未应征召，一把火烧了茅屋，实不知避祸何方矣。"

有赵姓老者，避了一众村人，轻声言于李白："庄外大柳树下，卖茶者是赵蕤老舅，或可知他行踪。"

李白谢过老丈，牵马至茶棚，花费二文钱，买些草料喂马。又花三文钱，买了碗茶吃。一边吃茶，一边寻思，如何与茶倌套近乎。

茶倌年约六旬，性情爽朗而直，说说笑笑讲些荤话，喜与茶客插科打诨。

李白吃着茶，偶尔也随声附和，笑茶倌煮的茶汤，有股潲水的酸臭味，不过自己很喜欢。更多的时候，猛赞盐亭好地方，物产丰富，人民富裕。赵家庄尤其好，像茶博士一样好！茶倌听得高兴，一直笑声不断。

不知不觉中，李白不着痕迹，扯到赵蕤身上。"先生了不得啊，天下大名士！"

茶倌一听，立即警觉起来。"赵征君？啥赵征君？"

李白笑笑，知道茶倌装傻，直言道："著《长短经》的赵蕤，听说是博士外甥？"

茶倌一听，越发警惕："哪有的事！小哥欲害小老儿吗？休听他人胡说！"

适，来三村痞。三痞皆少年，拎刀提棍入棚内，胡乱敲着家什。嘴里骂骂咧咧，指着茶倌数落道："老匹夫，久不见送银子来，不知是何道理？"

茶倌听到骂声，急忙迎出围柜，对三少年点头哈腰道："时值秋凉，茶肆经营不善。万望宽限数日，月前一定奉上，一定奉上。"

为首一痞，甚是凶悍，手起棍落，将茶倌打翻在地，嘴里骂道："哥几个日夜辛苦，为尔等看家护院，你倒好逍遥，没脸皮不给一文！"

李白一听，机会来了。起身奔上前去，戟指三痞而叱："今天下太平，百姓安居乐业。何来三个毛贼，胆敢藐视王法，青天白日撒野？！"

首痞骂得正酣，猛听得有人呵斥，顿时满脸诧色。斜眼一瞥，见一外乡崽子，立身上前横加干涉。不由分说扬起一棍，直劈李白脑门！

众茶客骇然，一哄而散。

李白久居岷山，尽得东岩子真传，轻身术大进，剑术尤其精湛。可惜平时没有敌手可较，终为一桩憾事。今见恶痞凶残，忙纵身一跳，右手早拔出剑来，顺势一剑反撩。

"啪"一声响，恶痞手中之棍，顿时断为两截，向外飞出十丈。

恶少哪知厉害？整个人震退丈余，跌地上"啊啊"呼痛。

李白大惊，自己所习剑法，竟然高绝如斯！

旁观二恶痞，见大痞不敌，双双手持利刃，从两侧卷地攻来，欲斩李白双脚。

李白脚尖一点，飞身跃起八尺。恨三恶恃强凌弱，御剑凌空下击，闪电般震落双刃。

复飞起脚尖，踢三痞拢一堆，大声叱责道："尔等欺凌百姓，实属可恶，当斩双手双脚，以绝后患。"

三痞战又战不过，跑又跑不脱，闻言大骇惧，捣蒜般磕头求饶。

茶倌既惊且喜，恐白衣少年逞能，弄出人命官司来。忙上前说道："小哥使不得，三郎皆老朽邻曲，与小老儿相戏耳。"

李白闻言，会意一笑。就等你这句话了，哪敢真斩人手脚？收剑抱拳道："若非大老丈求情，看不取了尔等狗头，还不快滚！"

三痞得令，如遇大赦。伏地上，三番五次磕头谢罪，起身飞逃而去。

茶倌千恩万谢，躬身迎李白入棚内，亲煮一壶"蒙顶"，殷勤奉上。悄声问道："小哥姓甚名谁？何方人士？为何打探赵蕤行踪？"

李白接茶在手，也小声回答："绵州青莲李白，慕赵征君之名，前来拜访他。哪知先生世外高人，已避官遁迹而去。"

李白言出由衷，无半句诳语。茶倌深信不疑，感适才相助之恩，又见他神情俊朗，不似奸佞歹徒。探左右无人，朗声笑道："小哥天纵英才，实当得一见蕤儿。"复又俯下身子，附耳轻言，"往南二百里，郪县长平山，安昌岩。"

李白大喜。以茶代酒，千恩万谢老丈。纵身跨上马背，抖缰向南飞奔。

四

寒露节。

未时，三刻。

李白乘白骏猊，扬鞭驰入郪城。十字街口，鹤鸣居客栈。

李白进入栈内，写一间房住下，以待明日入山寻访。

郫城坐北朝南，规模十分狭小，七条小街小巷，远无城的建制。土著信誓旦旦，言郫城虽小，却是古郫人国都，俗呼为郫王城。

惜无人知道郫，也没有人会相信，乡场一般的土街巷，是什么郫王城。

郫水如练，绕城半周。清溪漫过浅滩，筑十六个石磴子，供两岸人通行。设若春秋两季，郫水上薄雾缭绕。人行石磴上，如踏水而过，土著呼为踏水桥。

郫城背倚长平山，山上古木参天。向阳的安昌岩上，布满上万孔石洞。石洞方正如窗，不知何人所凿。乡党不知史事，呼为蛮子洞。

客栈二楼，卧室甚雅。雅室窗明几净，隔溪相望长平山。

李白学究天人，当然知道郫人，也知道郫王城。更知道岩上那些石洞，乃汉时郫人所凿，实为崖葬之墓。然适才入店时，店家所说的话，他就不太明白了。

店家言，春上寒食夜，月明如昼。长平山中，突明一盏神灯，随之仙乐缭绕……从此每临月夜，必神灯长明，仙乐袅袅。街邻不明就里，多次相约往视，始终不见踪迹。

李白听了，不仅不明缘由，反而觉得可笑，谓村夫俗妇胡撰。

月华如水，霜白似银。李白倚窗，闲读《长短经》。突闻箜篌声，隔空袅袅传来。叮叮咚咚，美妙似仙乐。李白大诧，忙掩卷起立，移身至窗前。启花窗，隔溪而观。

月华灼灼，长平山朦朦胧胧。月色洒满林间，如梦似幻。细观山腰，果有一星灯火，倏暗倏明如豆。箜篌声声，急如珠落玉盘。一波紧似一波，从山腰灯火处，源源不断传出。

李白愈惊愕。箜篌乃胡乐，传自西域龟兹。土著怎识得此器，还可弹奏《胡笳十八拍》？

心念一动，赵征君乎？随即取剑在手，踏水过石磴，飞奔上了长平山。

说也甚是怪异，果如店家所言，明明见到山腰有灯，待李白奔至跟前，却既无灯火可寻，仙乐也戛然而止。

李白大惑。四顾山野寂寞，林木幽幽暗暗，唯一地月光，皎然如梦。

翌日，晨。

雾浓如罩。滚天裹地的浓雾，淹没了山川，淹没了溪流；也吞食了村庄，吞食了城郭……连客栈大门的灯笼，也没了一点影儿。

李白习惯早起，独自去郪水边，活动活动筋骨。拳脚呼呼，剑声啸啸。

有早起农人三五，入城贩菜蔬者，挑担过其侧。闻剑声锐厉，以为癫。纷纷避让，绕道而去。

晨练毕，李白持剑入城。早市鼎沸，雾笼街灯。

十字街头，王婆婆包子店。李白入内，吃一碗豆花，又吞下三个白面馒头。嘴里打着饱嗝，回到鹤鸣居，静待大雾散去。

那雾浓得厉害，伸手不见五指。直到午时一刻，郪水刮起冷风，才一团一团散去。一轮秋阳，始破雾而出。

李白倚窗，眺望长平山。安昌岩上，千万个方孔石洞，明朗朗看得真切。

李白出客栈，撩开流星大步，越过绕城郪水，径奔长平山冈。至岩下，仍无所获。

李白纳闷儿，真是神仙乎？独自觉得好笑，世上哪有神仙！

四周仰视，慢慢寻去。离地两丈余，一丛茂密林木中，隐约现一方孔，洞深不知几许。

李白一见，微微点头。这就是了。

崖洞掩于密林，若非自己习武经年，如何发现得了？石洞离地两丈，灯光从里面溢出，岩下视角全无，哪里看得见？

李白已然明了，大喜。细观洞口，阔大如席。口壁下方，光滑如新，乃人攀缘所致。

李白不敢造次，没有擅入崖洞，恐洞主怪罪。低头一想，有了主意。急匆匆下山，返回客栈内，解开所携行囊，拿出一只碧玉箫来。箫乃东岩子所遗，绿莹莹晶晶剔透。

李白出箫在手，坐窗前木几上，反反复复擦拭。

月光皎洁，尤胜昨夜。

戌时，正。

长平山中，仙乐再起。初时，笙簧独奏，其声呀呀。俄而，加入一箫，其声呜呜。

明月下，李白长身玉立，白袍飘飘如仙，正手持碧玉箫，临空缓缓而奏。

郫人见之，以为月神。纷纷明烛，伏地望月而拜。

二音合奏，篌篥激越，如石破天惊；玉箫幽鸣，似山泉流淌。才及律，并不共振合拍。渐次，水乳交融，直至浑然一体。月华如水，人物两忘。唯乐声悠悠，久久盘空流响。

一曲终了。李白持箫，呆立月下。突闻头顶上，有声如洪钟："李白数临洞府，为何矜持不入？藐相候多时矣。"

李白闻言，喜不自胜。纵身一跃，径入石洞中。

洞内，甚是宽阔。盆大一盏桐油灯，明晃晃燃如火炬。厅堂宛然。厅尤伟，内置石桌一，石几八。东西两侧，又有厢房四，耳房三。厨、厕、井俱全，俨然大户豪舍。

大厅正上方，横卧一木榻。榻阔八尺，长丈余。上危坐一老者，精瘦长身，神采奕奕。两睛明亮如星，炯炯有神。

李白一见，怦然心动，纳头拜于地。

"晚生李白，拜见尊师大人！"

老者展颜一笑："尔才华横溢，名动巴蜀间，藐何德何能，敢为汝之师！"

果然赵征君！

李白且惊且喜，始终伏地不起，坚持施以弟子礼。

赵藐抚髭，沉声长吟："犬吠水声中，桃花带露浓。树深时见鹿，溪午不闻钟。野竹分青霭，飞泉挂碧峰。无人知所去，愁倚两三松。"

老者一边吟诵，一边起身上前，双手扶起李白，复赞曰："尔作《访戴天山道士不遇》，清新脱俗，深得仙道风骨。有徒如斯，夫复何求！"

赵藐性孤傲，不应朝廷征召，足见性情高品。李白得之为师，哪不受宠若惊？遂再施弟子礼，磕头三，作揖六，跪拜九。

赵藐大笑，出烧酒一瓮，相与痛饮。才吃一碗，赵征君就来了兴致，突然高声歌唱起来："老夫山野狂，只认爷与娘！不吃官家饭，不拿皇帝饷，逍遥快活任我狂！"

李白听得痛快，步其韵而狂歌："狂！狂！狂！狂出一只大灰狼！呲牙咧嘴朝天吠，哪管天庭住玉皇！"

酒至三碗，李白这才想起来，还未献拜师酒呢。忙摆六只碗，欲一一斟满，真心诚意拜个师。

一敬天地，二敬爷娘，三敬师长，四敬同窗……

哪来的同窗？

饮至第六碗时，李白酩酊大醉，一时粗口迸爆："十步杀一人，千里不留行。事了拂衣去，深藏身与名……"

李白醉了，犹大呼快哉。

第四章

散花楼李白怀古　清音阁老僧讲禅

一

西川，成都。

春三月。

锦水绕廊，白鹭翩飞。

城东万里桥，有白衣公子者，时常出没枇杷巷。或独自乘马，招摇过市。或随从一老者，出入茶肆酒楼。

白衣青年俊朗，如玉树临风。布衣老者矍铄，学张果老倒骑毛驴。

白衣公子者，李白是也。

李白来到成都，因为有人言及，在万里桥见过泥鳅，码头上使莽力气，干扛包驮袋的粗活。李白重情重义，既知吴指南下落，自然要来找他。

赵蕤来到成都，全因李白怂恿，说什么扬一益二，不由人不动心。

成都花团锦簇，世人所赞非谬，赵征君很是喜欢，整日乐呵呵笑声不绝。见先生欢喜，李白便高兴。怂恿先生到成都来，除了找吴指南外，李白还有点小私心。

苏颋文坛"雄帅"，时为益州大都督长史。当年苏相离京莅蜀时，李白曾携诗文，前去驿馆拜谒。苏学士大赞"此子天才英丽，下笔不休"。曾撂下一句话，李白但有所求，不妨直言相告。

李白天生傲骨，不愿无功受禄，欲荐恩师于苏长史，以期因引荐有功，博得一官半职，也好为朝廷出力。

李白巧言诓得赵蕤，师徒二人结伴游历成都，择万里桥头而栖，客宿枇杷巷瀛洲居，整日快活游冶，四处饮酒作乐。

瀛洲居毗邻锦江，离万里桥不远。

每日里，李白必去桥上走走，期望遇到吴指南。

万里桥长里许，为成都东门大桥。传三国蜀汉时，丞相孔明于此设宴，送费祎出使东吴。使吴之行千难万险，费祎深有感触地叹曰："万里之行，始于此桥。"桥因之而名。

市井不知史实，见长桥横卧江上，夜里灯火点点似繁星，俗呼为长星桥。

早先的长星桥，实为风雨廊桥，两侧各有一排大理石柱，坚实地支撑着桥顶。人形木构桥顶上，饰以朱红彩绘，棚顶铺青色小瓦，为行人遮风避雨。

风雨廊桥两旁，排列着各色店铺，或茶肆，或酒楼，或杂货，乃东门最繁华处。时常人如蚁拥，热闹非凡。桥下，舟船如梭，万帆云集。摇橹舟子，撑篙船工，号子震耳欲聋。

码头上，货积如山，物码似堵。"背二哥"单操，"抬脚棒"群作，汗流浃背如注。

吊脚楼临水而建，绰约而有诗意。依依袅袅的垂柳，掩映一河碧绿，细纹柔波缓缓荡漾。设若天气晴好，狭长的小巷子里，总会有妖艳的小娘子，穿红着绿手执绢团，三三两两行于道。深红浅绿中，花蝴蝶般飘逸。小嘴儿嘟嘟，红樱桃般鲜艳欲滴。媚眼儿冉冉，小蝌蚪般黑亮鲜活。

李白天性浪漫，喜欢风情万种，特意择居枇杷巷。赵征君也喜欢，每日喝酒吃肉，出入茶肆酒楼。

惊蛰节，鹤鸣茶肆。听茶客闲谈，说成都一地，除了万里桥外，另有浣花溪者，也是一等一的风流快活场所。

赵蕤听了，浑身顿时酥痒，吵着要去看看。

李白大乐，先生要得痛快，已乐不思归了，连声应答道："弟子省得，弟子省得！"

遂花钱雇一艇，铺四味烧腊，茶盏酒具各一。另置一瓮烧酒，乃国酒剑南春。二人心有灵犀，乘游艇离开码头，径往西南驶去。

出府城南门，锦水一分为二。左为南河，向南径流。右为府河，因都督府而名。舟子收了船资，谨遵李白授意，划艇驶入府河。府河上溯岷水，急流呼啸似箭。有三五只游艇，相互竞速其间。

舟子粗豪，好戏谑。见他艇速急，不甘落伍人后，与之角力相争。诸艇疾如箭发，惊起鸥鹭一片。两岸有女郎浣衣，啊啊欢呼雀跃，相互撩水戏耍。

得舟子卖力，李白所乘之艇，始终居诸艇首。李白性嚣张，爱舟子豪迈。赏他吃一碗烧酒，又让他啃个猪蹄。

舟子得赏，越发来劲，放肆吼道："三月里来桃花红，乌龟王八沙里拱。乖乖吓得惊叫唤，抱着郎君喊——喊——喊——哎哟喊大虫！"

众女郎正撩水取乐，突听得舟子放歌相戏，齐大恚，回声骂道："船上一个老骚翁，没脸没皮自称雄。胯下一根软桨藤，呸呸呸，也敢现世称大虫！"

众舟子皆大笑，一河锦水欢快！

李白也笑，复筛一碗酒，递与舟子喝了。

赵征君亦笑，却丝毫不乱动，始终端坐如初。

小艇溯流而上，北行二里许，西折入小溪。溪名浣花，夹岸翠竹婆娑，柳条排排铺垂。旁有散花楼，乃前隋开皇间，蜀王杨秀所建。楼高二十丈，壮压东西两川。

艇至楼前。李白给了资费，偕先生弃舟登楼。时值仲春，碧空万里无云。远处雪峰映窗，隐约可见山影。

李白识天象，知地理，那不是岷山吗？

看到岷山横亘，李白想到了东岩子，鼻尖微微发酸，几致掉下泪来。便不理不睬先生，一边往楼走去，一边吟诵道："日照锦城头，朝光散花楼。金窗夹绣户，珠箔悬银钩。飞梯绿云中，极目散我忧……"下到楼底，沿溪东岸缓行，向柳荫深处走去。

溪水清澈，水草丰美。游鱼涌动，排荇径度，时而跃出水面，时而潜入水底，欢腾泼刺有声。

李白看得痴了，茫然行于岸。

溪水细而美、长而弯，如鉴、如琅玕、如绿沉瓜；又或风轻波细，如连环、如玦、如带、如规、如钩。幽然深碧，一望无限远意。

行一二里，竹木越发幽邃，三流汩汩汇一潭。潭水甚急，漩大如斗筐，啸声尖锐。

潭上建有两桥，相距约三十丈。左为石拱桥，为行人入桥；右为木质廊桥，为行人出桥。

行左桥过潭，登一小洲。洲名百花洲，方圆不足半亩，梭子一般斜插水中。洲心一亭，甚古雅。细看题名，为"百花潭水"，乃晋人陆机手笔。

出木质廊桥，沿溪再行半里，青羊宫在焉。宫名甚奇，不知者以为怪，为何供奉青羊？

《西川青羊宫碑铭》言："太清仙伯敕青帝之童，化羊于蜀国。"

扬子云著《蜀王本纪》，亦云：老子为关令尹喜著《道德经》，临别曰："子行道千日后，于成都青羊肆寻吾。"

足见其名古矣，宫因青帝而名，又因老子而名显。

李白素迷黄老，有窥其秘境之愿。今日见了青羊宫，哪能不心动？正欲投脚入内，猛忆起汉时严君平，曾测字宫前待仕之举，脑子顿时开了窍，有了晋见苏长史的办法。

二

青羊宫北，相距一箭之地，益州大都督府在焉。

隋末，天下大乱。李渊起兵太原，取隋而得江山，是为唐高祖。

高祖登坐龙庭，依前隋例，设六大都督府，分置东西南北，管辖天下三十六道。大都督府都督一职，多为王爷或皇子遥领，并不实际到任。也有开国元勋殁后，朝廷依其生前勋业，追赠为大都督者。因之故，大都督府另设长史，由朝中重臣轮流外任。长史名为副职，位列大都督后，实乃地方最高行政长，一应地方军政事务，皆由他一人定夺。

帝国因蜀境险要，特设益州大都督府于成都，辖蜀、滇、黔三地诸道。

玄宗雄才伟略，遣心腹苏颋帅益州，以期李唐江山永固。

苏学士莅蜀五载，始终不忘圣恩，勤政之余，四出为国寻访贤良。

那时衙门公干，体制十分严苛。唐袭汉时旧例："……卯时点卯。吏员十日为一休沐。"即衙门公干者，卯时须到衙内，准时清点人数，谓之"点卯"。百姓不知规矩，见公差们上衙时，总是持笔签名，戏称为"画猫猫"（画卯卯）。吏员上满十日班，则可公休一日，沐浴更衣，修发净面。

乙未日，卯时。

大都督府。长史签押房内，苏颋着紫色官袍，正襟危坐于案。苏学士素端凝，禁中为相时，养成的早朝习惯，想改也改不掉。每日晨，必第一个到衙。僚属见他勤谨，大多敬畏有加。但凡迟到的人，莫不惧如虎，匆匆画完"猫猫"后，蹑手蹑脚梭进坐班房，生怕不小心惊动了他，大清早挨一顿训斥。

苏颋眼耳聪明，哪有不知之理？难得众僚尚有一分敬畏，往往睁只眼闭只眼，不讲究细末小节，唯识大体顾大局。众僚敬长史襟怀，愈加勤于政事，往往事半功倍。

辰时，三刻。

苏颋正批案牍。门吏突报："青莲李白求见！"

长史窃喜。你小子恃才傲物，五年不见踪影，今日终于来了！

李白为见苏长史，特意更换了新衣，一袭月白色长袍，显得越发俊朗。

大都督府内，一庭甚阔。竹木繁盛，陈设绰约有致。庭中央，有水池亩许，上构木质彩绘凉亭。亭内置方形石几，四围廊椅六座。池畔，修竹亭亭，蕉红柳绿。池中，雨荷团团，鹭飞鱼跃。沿庭四周，构筑四通曲廊。木廊高与楼齐，回环相连。大庭东西两侧，各构厢房六间。右侧为吏房，户房，礼房，承发房。左侧为刑房，兵房，工房，盐房。正北一楼，甚阔，为大都督府衙。长史签押房居中，左为会客厅，右为书斋。廊道两边，甲胄凛然。枪戟森森，威严不可犯。

李白行廊间，并无半点诧色。昂首迈开大阔，直接进入正衙内。手持偌大一张名刺，对着苏长史长揖。

"晚生李白，敬见苏相公。"

苏颋闻言，初时一愣，继而大笑。哈哈，苏相公！久不闻此称呼了，一时倒不习惯，故而开怀大笑。

唐时官体，大都督府长史者，虽贵为一方屏藩，权重位却不高。依地理位置论，三品四品不等，哪及宰相一品荣耀？李白乖巧，不称他苏长史，而称他苏相公，正搔到苏颋痒处。苏颋得了口彩，痒酥酥好生受用。

顿时满脸灿烂，一边唤来内史，煮茗碗供，一边走上前去，接了李白的名刺，满脸笑容可掬："李白文章，名动剑南，某盼之切切，定当早报朝廷，荐为国家栋梁！"

李白躬着身，仍长揖不动。

苏颋诧异甚。

李白何故不应？难道此来非应召，而另有他图耶？忙打开名刺。上书："日照锦城头，朝光散花楼。金窗夹绣户，珠箔悬银钩。飞梯绿云中，极目散我忧。暮雨向三峡，春水绕双流。今来一登望，如上九天游。"笺左下角处，又书一行小字："师尊赵蕤，世所罕见奇才，征而可为国家肱股。白叩首举荐。"

苏颋见了，欣喜若狂。心里暗自忖道，天子久征赵蕤不得，哪知道是李白之师！若二人为我所荐，征召为国家贤良，何愁不名扬天下？！思忖至此，急忙问道："不知令师尊何在？可否引某一见！"

李白听得明白，这才收了手势，接过一碗香茗，徐徐饮一口，慢悠悠回答道："师尊已至锦城，万望苏相公亲往，学刘皇叔隆中会卧龙，良才必可得也！"

苏颋听罢，喜不自胜。启案头墨匣，出松墨一锭。又将水中丞之储水，细细注于砚滴中。李白见状，忙上前相助。伸手拾起那锭松墨，去砚山上磨起墨来。少顷，一室墨香。

苏颋端立案前，铺一张嘉州宣纸，用檀木镇纸镇住。又从笔床上，拈一管兔毫，挥毫亲拟奏折。

奏曰："赵蕤术数，李白文章，皆国中英才。吾皇万岁万岁万万岁，乞额早降圣旨征召。臣颋叩首呈奏。"

书毕。苏颋看一眼，自觉满意。便将手中的兔毫，去笔洗里荡净，一丝不苟搁笔山上。又侧身去案后，启开加锁屉柜，捧出大都督府印，再将印色池打开，用力将印按于内。待印吃满印泥后，郑重加盖在奏折上。复从紫袍怀包里，出一方私人小印，盖在大都督府印旁。再仔细看一回，确认无误后，小心翼翼叠好，装入公文袋内。再将蜡斗打开，用竹刀挑蜡少许，将袋口缄封密实。封口处，另加火印封泥，再仔细裹卷好，小心翼翼装入简筒。

做完这一切后，苏颋叫过勤务内吏，让他去兵房传话。兵房主事得令，飞快跑到长史处，双手接过简筒，速派二驿卒背上，八百里加急飞报京师。

李白看在眼里，深为之叹服，帝国官衙办事，竟高效如斯！遂暗立心志，决意终身报效国家。

苏相忙完大事，拿一枚闲章把玩。郑重言于李白，铜章乃老夫信物，大都督府辖内吏员，见章如令。

"且作纪念，以备急需。"

李白受此大恩，躬身长揖以谢。

枇杷巷，瀛洲居。赵蕤立街沿上，往万里桥数度张望，始终不见李白踪影，心里便犯了猜疑。

今儿寅时，师徒俩晨练毕，李白言去青羊宫，相会一游方道士，说好巳时返回，同去万里桥饮酒。李白向守信诺，今日为何拖沓？

时，已正午。太阳高悬，万里桥上，行人如织。突有二骑，驰马鸣锣示众。桥上行商旅客，纷纷避于道旁。

赵蕤一惊，官府有何要事，午时清道扰民？沉思片刻，若有所悟。飞身回客栈，匆匆留下一笺，纵身从后窗跃出，奔向万里桥码头。

午时，三刻。

李白导于前，苏颋随其后，一路说说笑笑，往瀛洲居而来。

来到瀛洲居，与店家打过招呼，径直登梯上二楼。李白连唤数声，不见赵蕤应答，心里犯了疑惑。忙推开木门，偌大一间上房里，哪有师尊身影？唯后窗洞开，腥膻的河风，正徐徐吹入。奇了怪了，正值午餐时分，赵蕤不在屋内待着，独自去了哪里？

临窗一几，尺余见方。几上置一素笺，用茶碗压着。笺书数语："蕤之术数，有逆儒学宗义，更悖于正统王道，故数征不应。今去矣，愿作闲云野鹤。

公子人中龙凤，早晚出人头地。唯世多诡谲，望好自为之！"

李白大诧，顿时失了魂儿。先生猖狂，一副好肝胆。今日失之交臂，恐世再无知己矣。

苏颋尤惊愕，见赵蕤去了，心情与李白不同，请征奏折乃亲拟，且已快递京师，倘若走了赵、李二人，岂不犯了欺君大罪？

李白心情复杂，将书笺捏成一团，正欲抛出窗外。见苏长史惶恐不安，额上细汗如珠，知他担了天大的风险，心里万分不忍。

遂朗声说道："苏相公不必过虑，事因李白而起，不敢擅自逃责，定当随大人前往见官，任由国家法度处置。此笺留下，也可作个凭证。"

苏颋闻言，猛一激灵！

李白一表人才，又才华出众，哪忍心毁他前程？为国家计，宁愿自己顶着，也不愿牵连到他。遂厉声喝道："还不速去？望他日为国效力，切莫负了老夫心意！"李白不肯，犟起脖子，昂首而立。苏颋惜才心切，再三苦口相劝。

李白不为所动，坚持不去。客栈内，旅人不绝。走廊上，三三两两穿梭。

苏颋爱他忠义，两相僵持间，唯恐闲人知晓。乘其不备，猛一掌推出窗外。嘴里大喊道："切莫走了李白！"

巷口数十兵丁，听到长史呐喊，不知有何变故，提刀抢枪抢了过来。

苏颋微微一笑，知李白剑术了得，轻身术尤佳，这些个士卒兵勇，哪里拿得住他？

李白跃出窗外，感苏相公活命之恩，遂撩开大步，驰过万里桥，纵身跃入江心，上得一条快艇。

那艇状如织梭，正鼓满风帆，顺岷水疾驶南下。

三

南出成都，百八十里处，有山状如女子眉，故被称作峨眉山。

传山中多神仙，世人多向往之。

郭小楼曾言，柳先生失了妻儿，一时悲愤不已，遁入峨眉白水寺，削发为僧去了。

自瀛洲居逃出后，李白一路南下，径往峨眉山而来，欲与柳伯一诉衷肠。

李白风餐露宿，在路上行了几日，来到嘉州地界。伫立岷水而眺，远远望见一山，兀立迷蒙烟雨中。那山却也灵怪，时而阳光破云而出，隐约可见山高万仞，最高峰状如黛眉，清清秀秀横亘天际。时而薄雾缭绕，缥缈若晨塘芙蓉。时而细雨霏霏，朦胧如泼水墨。

李白暗自赞叹，好一座佛国仙山！

山中骆驼岭，一寺甚伟，名白水寺，又名"普贤寺"。殿宇重重叠叠，金碧辉煌交映，掩映在林木间。

土著信誓旦旦，白水寺大有来头，乃汉时药仙蒲公礼佛处，又传为普贤大士显灵地。

史籍说得明白，东晋隆安三年，道安门人慧远三弟慧持，以"欲观瞻峨眉，振锡岷岫"入蜀，辗转入峨眉山，择骆驼岭创普贤寺，耗时两年寺始成，内供普贤菩萨铜像一尊。普贤铜像神情安详，趺坐在莲花宝座上。头戴五佛金冠，手执白玉如意，体态丰腴而饱满。莲花宝座计四层，共五十六牙花瓣，牙牙向天怒放。座下六牙白象，姿态雄浑。蒲扇般大耳下垂，鼻长几可触地，四足如柱立莲台上。

未时，一刻。

白水寺外，李白歇于亭。

李白学究天人，普贤为何方神圣，他哪能不晓？

佛家典籍记载，身毒称普贤者，又为"三曼多跋陀罗"，乃大乘佛教四菩萨之一，象征理德、行德，与智德、正德之文殊相应，同为释迦牟尼左、右胁侍。世传普贤有延命之德，尊号"大行普贤"，因行之谨慎静重若象，六牙白象便成了他坐骑。

一寺香火，袅袅旺盛。香客熙熙攘攘，虔诚而礼敬。

李白进入寺内，绕莲台一周，所见并无特别处。迈出右侧耳门，继续向上攀缘。殿后石梯处，立一童子，一色青衣裤。

童子见了李白，忙双掌合十，做个童子拜观音。轻声言道："青莲李公子乎？师尊候于上禅院，已多时矣。"

李白吃一惊，白水寺一小沙弥，怎会知道自己行踪？童子不语，自顾导路前行。李白心存疑惑，却不便相询，随之来到上禅院。

诚如童子所言，果有一九旬老僧，煮茗会客室。

上禅院不是院，乃二层小木楼。会客室置楼上，窗明几净，望之如画景。临窗处，置三足青铜风炉，甚是古雅。

每只铜足上，铸有若干铭文，从左至右分别为："坎上巽下离广中""体均五行去百疾""大隋灭胡明年铸"。铜风炉腹鼓处，等分置三小窗。共铸六字，曰"伊公"，曰"羹吴"，曰"氏茶"。

李白看了一会儿，知道正确读法是："伊公羹""吴氏茶"。

所谓伊公羹者，商之伊尹是也。伊尹乃贤相，古籍载"……（伊尹）负鼎操俎调五味而立为相"。所谓吴氏茶者，茶祖蒙山吴理真，煮茶而活乡民之事也。

顿觉了不得，此风炉大有来头！仔细观炉，果然有讲究，"大隋灭胡明年铸"。

开皇十九年，前隋大败突利可汗，风炉即开皇二十年铸，必纪念灭胡盛事，距今百二十年矣！李白肃然起敬，忙整顿衣冠，端立会客室外。

炉膛内，炭火微红。炉上，置一铜壶。壶大如瓦钵，内盛山泉水。老僧立炉旁，闭目听水声。

初沸如鱼目，微微有声。老僧取盐少许，放入壶内，用柳枝轻拂，使之调和均匀。

二沸似涌泉，壶盖响如连珠。老僧用一木瓢，出壶水一瓢，弃于炉侧洗池。复用一对箸，环荡壶心。

三沸如奔涛，飞沫溅珠。老僧下嫩芽，匀匀入壶内。少顷，一壶茶汤乃成。袅袅茶香，缥缈山寺间。

老僧出，邀李白入内。李白再整衣冠，恭敬入雅室。

室内，一炉，一壶，一茶几；二椅，三杌，四花窗。四面粉壁上，挂数条字画，皆魏晋诸子大手笔。

待坐定，老僧拿一柳木勺，将茶汤舀进碗里，小心翼翼置几上。

细观那碗茶汤，色如琥珀，气如幽兰。

李白看得眼馋，双手捧起碗来，徐徐饮入。含嘴里三咂，闭目再三品读，味比晨露略甜，花蕊玉味稍淡，当真妙不可言。

"大师煮茶，未见特别处，茶具也寻常器物，何故味妙绝伦？"

李白习艺岷山，随东岩子数年，已是茶道一等一高手。老僧所煮之茶绝妙无比，以前哪曾饮过？不禁发问相询。

老僧笑而答道："无他，唯山水佳耳。"

李白哪肯相信？"圣僧煮茗相与，必有教诲于我。白如不明就里，岂不惭愧终生？"

老僧微笑如故："老衲所言不假，岂不闻名山多佳泉乎？既有佳泉，必有佳茗，是也不是？"

主人不肯说，客人不好强求，李白只得作罢。忆起童子相迎事，转而问道："圣僧乃神仙人物，既先知白要来拜访，可知晚生为何而来乎？"

老僧笑道："老衲广浚，哪是神仙？公子寻访敝寺，必为濬而来。"

濬是何人？李白不解，一脸迷茫。

老僧长眉低垂，轻声述说道："三年前，施主柳百年自青莲来，苦求入白水寺，改俗名为法号'濬'，故老衲知公子必来。嘱童儿早晚相候，言白衣长身者，必公子也！"

柳伯伯？原来是柳伯！

李白听得真切，脑袋轰然爆裂，顿时张大了嘴。喜耶？忧耶？悲耶？忙放下茶碗，便要见人。

老僧面无表情，起身入耳房，从内捧出一琴，放置在横案上。

琴乃绿绮，司马长卿遗物，为柳先生心爱之物。却不知是何道理，搁在了广浚大师处。老僧更不搭话，正襟危坐间，抚琴低吟浅唱，正是柳伯常吟诵者。

首起一曲，乃《汉宫秋月》。继而又奏一曲，为《广陵散》……琴声悠扬，时而如诉如泣，时而行云流水。如柳先生抚琴，韵致别无二样。

广浚专注于琴，李白亦不稍动。

戌时，新月临寺。四围山色，朦胧如幻。

大师突停了琴，领李白出寺，默默至一涧边。

清溪萦回，叮咚奔流。涧上架一木桥，不知何代所建，古朴而雅致。隔桥百米处，又有一阁甚伟，阁名"清音"，乃蜀人扬子云所书。字大如斗，遒劲苍朴。

二人行桥上，形影相随。四围寂寥，唯山风飒飒。

李白踏月随后，不知广浚用意，为何领来清音阁。听涛？赏月？观山景？

月光如水，映一涧清辉。至木桥中央，大师停了步，去廊栏上坐下，示意李白亦坐下。两人相对，静默如佛。

戌时，三刻。

月行中天。突闻木桥下，一涧蛙鸣。叮咚，叮咚，似琴弦初拨，极类广浚所奏。

李白大异。世间灵物，不可名状。涧蛙乃旁类，何能一结世外交？依韵鼓舌弹琴！

聆听良久。蛙鸣入耳，似仙乐回环，令人心神俱清。

亥时，月隐。

蛙声骤停。广浚微闭双目，良久乃曰："公子月夜听蛙，琴耶？茗耶？可知老衲所期？"

琴，情？茗，名？

李白似有所悟，举头仰望天宇，内心一片澄明。

广浚复言道："潜知公子必来，不愿与你相见，早入清音阁闭关矣。唯委老衲奏曲相与，以释君怀！"李白闻言，唏嘘不已。两行清泪，无声流了下来。默默跪地上，向清音阁而拜。

拜毕，自个儿痴了一般，兀自向山下走去。

大师呆立桥上，暗自叹喟不止。此子天纵英才，惜倨傲不礼，无拜相封侯的福泽。

月明松间，清流石上。李白一袭长衫，已渐行渐远。袅袅歌声，远远传来。"蜀国多仙山，峨眉邈难匹。周流试登览，绝怪安可悉？青冥倚天开，彩错疑画出。泠然紫霞赏，果得锦囊术。云间吟琼箫，石上弄宝瑟。平生有微尚，欢笑自此毕。烟容如在颜，尘累忽相失。倘逢骑羊子，携手凌白日。"

广浚大师闻歌，又一声轻叹。

桥下，一涧蛙鸣，鼓琴声复起。

四

开元十年，惊蛰。

平羌江，清溪驿。

一巨型画舫，缓缓向码头驶来。画舫上，彩带飘飞，鼓乐喧天。舫挂一旗，帜曰"嘉州"。那是嘉州的官船，上载十二举子，乃进京赶考者。

清溪渡头。李白着白袍，只身伫立江岸。遥望那艘巨舫，心甚痒痒，一时难以自持。

唐律：凡商贩子弟，不得科考入仕。

李白学究天人，文名远播剑南，却因阿爷行商，失了科考资格，心里哪能不恼？时常与爷娘怄气，宁愿外出游历，也不愿待在家里。

午时，三刻。

舫靠码头。

李白羡慕至极，上前请求搭船东进，欲到渝州一游。

众举子倚舷而立，见李白神情俊逸，玉树临风般人儿，纷纷准允他上船。

李白且喜且怯，喜者，可登画舫，与众学子同行。怯者，又恐白丁身份，污了他人耳目。便谎称梓州郪人，苦于旅途寂寞，故来与君共渡。

一船十二子，个个锦衣缎带，听他言语甚谦，心里好生喜欢。齐齐鼓掌，迎入船舱。

李白入后舱，从所携竹篓中，先出一铁炉，又拿一铜壶。壶盛江水，盈颈。架铁炉上，生火燃之。待沸。取茶叶少许，匀匀放壶中，敞盖微火烹煮。俄而，水沸，汩汩有声。江风徐来，满舱茶香四溢。

众子家境殷实，平时啥没玩过？吃茶喝酒坐梨园，逗鸟遛狗打双陆，无一不精，无一不晓。见他江水烹茶，又异香扑鼻，无不拊掌称妙。纷纷赞曰，必蒙顶皇茶。

李白颔首，点头称善。瞧一瞧茶汤，又撒入数朵茉莉。闭目嗅一嗅，满脸陶醉之色。

众子相视一乐，皆抿嘴窃笑，好一个痴汉子。

李白不予理会，遍置茶盏于几上，逐一邀请品尝。

汤入口中，润而嫩，滑而香。众子大声称妙，直饮得摇头晃脑，眉开眼笑。

李白越发欢喜，自言其茶其艺，无一没有出处。所叙茶事，语言俊美，文采灿然。

满座皆惊，为之倾倒。纷纷恭维，何不进京应试？必中今科魁首。

众子无意之语，戳中李白痛处。李白虑及自家身世，哪敢声张半句？唯喏喏不语，满脸谦恭色。

众子越发欢喜，乘隙铺以酒食，相邀李白同饮。直把他当成兄弟，唯恐照顾不周。

时，船入清溪峡，江岸夕阳已坠。偶有夜泊船家，渔火忽明忽暗。临近右舱舷，立一贵公子，言行举止有度，似官家子弟。

贵公子着朱衣，抬头望了望天，吩咐操船舟子，择一避风江湾处，泊舟夜宿。举头望峡，夜幕四合，山间微有光。一轮清冷山月，高高泊于山巅。

如此美景，怎可少了美酒？众子又铺酒食，倾壶长饮。乘了三分酒性，李白起身抱拳，团团罗圈揖相告："江天暮景殊佳，又有美酒佳肴相佐，惜无红袖添香，奈何？某携有一箫，愿为诸君一奏，以助雅兴。"

众子闻言，齐齐鼓掌。

李白自怀中，掏出一只短箫。箫长一尺三寸，绿莹莹灿烂有光。

众子肃静，唯恐扰他心神。

李白背倚舷枋，静息片刻后，持碧玉箫近唇，徐徐而吹。箫鸣空峡，涛拍长岸。悠悠一曲《高山流水》，似山涧飞瀑流泉，峡中回环荡漾。众子击节相和。江月静如沉璧。

春江水暖，箫音缭绕不绝。直使得鱼龙惊飞，蟾兔欲跃。

众子皆叹服："伯牙重生，亦自愧不如矣！"一曲终了，余音远去，唯江畔芦苇瑟瑟。

李白停了箫，心里千般纠结，想起阿爷阿娘，想起柳伯伯，想起柳丝儿……望月泪流而歌："峨眉山月半轮秋，影入平羌江水流。夜发清溪向三峡，思君不见下渝州。"

众子闻歌，又听得发痴。正迷惘间，猛听得芦苇深处，"哗啦"一声水响。众子皆惊。适，月入云层。朦胧夜光下，一豪客甚威猛，纵身跃入巨舫中。

盗满脸虬髯，手执一柄雨伞，径直戳向李白心口。闷声哼道："速将银钱来献，免得爷爷动手，徒伤了尔等性命！"众子见贼凶猛，哪敢随意搭理？纷纷伏于舱内，双股颤颤不敢动。

李白正神思迷离，猛觉锐气穿心，本能地向右侧了侧身，恰到好处避开了来伞。说时迟，那时快，手里的短箫，已迅速搭上了伞柄。"当"一声脆响。

黑暗中，火星四溅。

众子骇了一跳，始知盗执雨伞，乃精铁所铸。李白身轻似燕，手中所持短箫，似灵蛇吐信，招招直指双眼。盗则步履沉稳，一柄油纸雨伞，如金刚捣杵，着着直戳心窝。

两人斗得性起，飞越腾挪间，巨舫颠簸如摇篮。交手二十回合，彼此殊无破绽。盗闷哼一声，猛将铁伞一抖，伞骨哗哗一阵响，伞篷上油纸尽落，现出一柄黑沉沉铁剑来。

李白见了，微微一愣。手上招式不变，身子向后一仰，顺势拔出背上铁剑，左手往船舷上一按，凌空飞起丈余，一招"岷山飞雪"，将盗团团罩住。

虬髯客不敌，慌乱间欲遁。李白抢得先手，哪容他逃脱？手起剑落间，将盗拍落船舱。嘱众子绑了，明日押去官府领赏。

众子见李白得胜，顿时欢欣鼓舞。用麻绳将盗捆住，丢进底舱不管。

李白拾起贼剑，与自家铁剑相较，自觉一般无二。心里若有所思，遂端坐船舷上，故意言于众子："尔等赴京应试耶？"众子闻言，相与一笑，这不明知故问吗？陡见少年一脸严肃，不似先前和顺，哪敢随便作答？朱衣者胆略壮，立后舱门楣下，轻声应答道："正是。"

李白故作烦躁，又嗡嗡问道："所带银两多乎？"众子犯了疑，不知他为何这般问话，莫非也是强盗？心里惊骇不已，纷纷扑伏船舱里，忙不迭地应答道："多，多，多！愿尽献与英雄，只求好汉开恩，不要伤了我等性命。"

李白哈哈大笑："无怪乎，尔等几时钱财露了白？竟招来江湖豪客！"

众子伏地不动。李白见状，不屑地讥讽道："似尔等酸腐，只知读死书，中式又有何用？"众学子闻言，越发惶恐不安。

李白更加不屑，轻轻哼一声："尚有酒肉否？只管悉数呈来。"

朱衣公子闻言，顿时放下心来，知他要酒要肉，再不会谋财害命了。连忙呼唤众子，尽献所携美酒。李白也不客气，复饮数十觥，仍无丝毫醉意。

月出如新，江波粼粼。

李白朗声道："国家求才待用，尔等却死读'圣贤'，胸无赤胆忠心，又无缚鸡之力，与床头妇孺何异?!"众子任他训斥，喏喏不敢对答。

朱衣公子面薄，羞得满脸通红，举杯跪拜于前："小可李皓，愧无力缚鸡，今壮士救我性命，愿闻尊姓大名，他日也好报之万一。"

李白笑了笑，始知朱衣人姓李名皓，乃青神县令李明祥之子。急忙起身向前，双手扶他起来，举剑叩击底舱，嘴里发出一声长啸："余非壮士，青莲李白是也！"

李白？李白！

李皓大喜，自言祖籍陇西成纪，二人同宗同辈，遂以兄弟相称。对过庚辰后，皓长白一岁，被尊为长。

众子欢天喜地，正待举杯相贺。突闻底舱那盗，大声叫道："青莲李白否？大哥快快救我，吾乃泥鳅吴指南！"

李白闻贼大叫，连飞三觥剑南春，哈哈大笑道："早知你是泥鳅，缘何清溪为盗?!"

盗喜极而泣："大哥独自逍遥，哪管小弟生死？若不为盗，裹鱼腹耶？"

李白闻言，一时泪流满面。复又倾壶一饮，朗声言道："宁裹鱼腹，不为强盗！"

盗不再言，唯嘤嘤而泣。

李白于心不忍，吩咐众子帮忙，将他放出来。诸子心有余悸，哪里敢去松绑？李白努努嘴，示意从兄可为。李皓点点头，钻入底舱内，将虬髯盗放了出来。

虬髯盗脱了绑，刚上到船舱里，翻身扑向李白，双双相拥而泣。

第五章

仗剑去乡国　御风出夔门

一

夔州，白帝城。

东汉初，公孙述据蜀称帝，自诩有金德焉。五行中白色属金，故名为白帝。

出白帝城，东行二里许，一坝如盆，乃西湄县治地。平坝状如紫茄，俗呼为茄子坝。

巫溪妖娆，绕坝而流。

《舆地纪胜》载，巫溪又名飞乌水，源出秦地飞乌山，一路奔腾至茄子坝，纳白马河入怀。双流既汇，水势渐大，浩浩东入大江。

茄子坝双流环抱，十数条青石小巷，横阵在磨盘山下。传袁天罡过此，登磨盘山而观，见茄子坝双流合抱，又九曲水环绕，言必出达官显贵。此言一出，诱得剑南豪室富户，纷纷迁居于此。一时间内，小小西湄县城内，房产地价飙升，几与夔州城等值。

开元九年，春三月。

遂州别驾刘春阳，告老还乡夔州，经不住朋友怂恿，悄悄来到茄子坝，隐居长庆街上，筑园自宁。所构刘家庄，背倚磨盘山，前临巫溪水，巍峨壮丽，实乃邑内第一大庄。

翌年中秋，刘春阳应友人相约，赴夔州白帝城赏月。随行者计二人，一为西湄令张永康，一为县丞王喜君。谁知三人同去，却只有两人回来。县令张永康说，刘老爷饮酒后，坠长江而殁。王喜君满脸铁青，也是这般说法。

依大唐律例，县衙拨银百两，为刘别驾举办丧事。

秋九月，十八日。

夜，亥时。

刘家庄再遭横祸，百十不明身份者，围庄疯狂杀戮。一庄三十六口，竟无一人幸免。

张县令的师爷，名儿叫作牛犇，善阴阳五行。逢人便说，刘家人不懂地舆，擅自动了前院照壁，触动了"煞"气，故而有此一劫。

邑内出此大案，张永康寝食不安，一边据实呈文，上报州府衙门，一边尽遣县衙捕快，四出侦缉歹人。

刘家庄内，血迹斑斑犹存。然任由衙捕巡查，始终难觅蛛丝马迹，似乎应验了牛犇所言，刘家人撞了"天罡地煞"，遭到厉鬼索命！

久寻无果，巡捕房压力山大。张县令尤为心烦，口里生满了火疔疮。也难怪，由雁江丞知西湄令，尚不足三月时间，就摊上了这码子事，能不心烦吗？初莅西湄，人生地不熟，办起事来碍手碍脚，案件毫无进展。尤令人心烦者，家小尚无居所，拖儿带母七八人，挤在县衙一杂物间，生活十分不便。

张永康心一横，索性搬进刘家庄，权且过渡一下，既解了后顾之忧，还可就近找找线索。

铁匠铺胡幺爷说，自打县太爷搬进刘家庄后，每当夜深人静之时，都会听到"鬼"幽怨的哭声。又说月夜里尤甚，往往见一女子，身穿白衣白裙，游荡在后花园里。张氏一家老小，骇得要命。刚住进去三天，就匆匆搬了出来，依旧挤在杂物间里。

县太爷纳闷儿，世上哪有鬼神！莫非歹人所为，与凶案有关？为弄个明白，多次带着牛师爷，黑夜潜入刘府蹲守。说来硬是奇怪，一连蹲守十余夜，庄上既无古怪哭声，也未见鬼影出没。案发年余，衙捕竭尽全力，始终无法破案。

张永康的心里，压着块大石头，长期不能释怀。他曾于酒后，私下对人言及，刘家庄灭门惨案，必定另有隐情……

县丞王喜君，笑他没能耐破案，编些"玄龙门阵"唬人。独自进入刘家庄，欲探个究竟。翌日天明，人们惊讶发现，逞能的王县丞，吊死在大门枋上。事出玄乎，让人莫名其妙。

从此以后，邑人谈"鬼"色变，无人敢再入刘家庄。西湄凶宅之名，邑境内尽人皆知。

二

开元十三年，夏六月。

李白东来夔州，偕吴指南入邑境，驻足在西湄驿馆。每日里，喝酒吃肉，逍遥快活。耳朵里听的，全是这桩怪事。李白心里好奇，世上真有鬼？执意要去刘庄，欲探个明白。

吴指南随从李白，活出了人样儿。听说李白要去刘家庄，生怕出啥意外，极力劝阻不让去。

"宁可信其有，不可信其无。"李白向来胆大，吴指南越是劝阻，他越来了劲，非要去看看不可。

六月初九日。当天夜里，清风明月。晚饭后，李白换一身劲服，只身前往长庆街。

刘家庄已破败，荒芜的庭院里，野草杂乱丛生。李白手执一卷，端坐在书房中，切盼女鬼光临。

初更时，草虫幽鸣。李白兴趣盎然，阅读正酣。

二更天，虫鸣声愈急。李白兴趣渐失，掩卷枯坐书案前。竖起双耳听，偶闻梁间蛇窜，又或鼠齿"剥剥"啃木。哪闻鬼哭？更无鬼影！李白兴趣全无，侧身倚靠书案上，闭目养起神来。

假寐中，有人飘然至书房，正睁着一对大眼，默默注视着自己。李白心头狂喜，猛然睁开双眼，四下飞速一扫。书房里，空无一人。唯一缕清风，从窗洞徐徐吹入。

李白满脸诧色，自己长年习武，警觉异于常人，明明有人飘然而至，为何不见踪影？果如村夫所言，有"鬼"不成?！李白摇摇头，直觉告诉他，此"鬼"不是鬼，只不过轻功了得罢了。

李白站起身来，缓缓踱着步，既然不是鬼，倒要查个水落石出。遂步出书房，四处一一巡找。然转遍整个刘家庄，终一无所获。

翌日，晨。

吴指南早起，站在驿外张望。见李白平安归来，才长长松一口气，大赞兄长英武了得。李白闷闷不乐，一言不发回到驿馆，倒头呼呼大睡。

午时。

吴指南走在街上，先去一家烧腊店，切了三斤卤猪头肉，又到隔壁的食店，购得四个火烧麦饼，外搭两笼热汤包，提一块匆匆回到驿内。

李白早起了床，正饿得饥肠辘辘。见到大包小包的饮食，欢喜得只顾要吃。

一边大口咀嚼，一边与吴指南耳语。

吴指南嚼着馍，连连点头应诺。

夜里，戌时。

李白再往刘家庄，依旧坐在书案前，装模作样读《春秋》。

读未几，又没了兴趣。如昨夜一般，侧身靠书案上，假装着呼呼入睡。

二更天。

书房内，月色突暗。

李白知道来了，保持姿势不变，只把两眼微微睁开。他终于看见，书房窗户外，有一个体态轻盈的人，灵猫般启窗而入。

那人来到案前，双眼专注于李白。

李白依旧假寐，嘴里鼾声均匀，两眼借着月光，却看得甚细微。来人眉宇间，满是忧戚之色，行为举止有度，没有丝毫的恶意。

遂放松警惕，静观其变。

"鬼"一身素白，端立书案前，纹丝不动。渐渐地，两眼有泪溢出，哭泣声幽幽而来，其声悲切怨恨。

夜深人静，月色皎然，如闻"鬼"哭。

"青莲李白乃剑仙，刘十娘素仰慕，奴家大仇可报矣！"

李白闻言，怦然心动，起身欲相询。

突然间，书房内外，灯火通明。吴指南领十名驿卒，喧嚣着闯入书房。

白衣人正悲切间，事起仓促，情急下身影飘动，欲夺窗而逃。

李白大急，拍案一跃而起，用自己魁梧的身躯，堵住了那扇窗洞。

嘿嘿，好不容易见了"鬼"，怎能让他跑掉呢？

白衣人没了去路，即刻挥起双掌，直劈李白面门。

李白旨在擒拿，哪会和他真打？只是见招拆招，似猫戏老鼠。

两人皆快手，瞬息间，交手十数回合。

白衣人掌法飘忽，柔弱无刚劲之风。

李白以此判定，此"女鬼"无疑。便主动停了手，令吴指南拿下。

众驿卒发声喊，齐齐用手中棍棒，将白衣人压在地上。

白衣人破口大骂："好贼子，原来一丘之貉！"

那"鬼"恼怒异常，连声音都变了调，却黄鹂般婉转悦耳。

果然是个女子！

李白示意吴指南，将她面罩摘下来。就着淡淡月光，见她容貌十分姣好，年纪二十许。心中十分诧异，脱口问道："汝为何人？潜入白读书处，可是要刺杀某乎？"

女子昂着头，杏眼圆睁，怒叱道："果如是，一刀宰了尔，倒也干净。"

语出恶毒，似仇深如海。

李白虽不爱听，却也不以为忤，继续发问道："汝若不行刺，却是为何？"

女子满脸鄙夷，轻哼一声道："哼，一丘之貉，说之何益？"

驿卒不明就里，然而得了银两，被吴指南请来扎场子，自然唯命是从。见他敬重李白，以为是其主人，又见白衣女子说话，句句带刺冲撞李白，便把棍棒杵得山响，齐声吼起杀威号来。

李白哈哈大笑，竟有了堂审的感觉。

呵呵，这就是官威吗？硬是趾高气扬哈，难怪人人都想当官呢！

李白笑毕，依旧和颜悦色："汝果有冤情，自可详细说来，某或可助之！"

女子满脸毅色，照地上啐一口。

"呸！"

吴指南性蛮，打小顽劣惯了，见李白迂腐如少时，尚不如街痞狡狯，哪懂得拷询问话之道？

遂走上前去，甩手一掌掴脸上，复戟指大声叱骂："瓜皮恶妇，不识好歹！众夜半入破宅，你道为何？真是见了鬼了！"

李白眉头一皱，不知吴指南何意，听他满嘴污言秽语，忙止之不可鲁莽。

女子挨了一掌，脸上火辣生痛，又遭他一顿臭骂，更加地面红耳赤。

李白于心不忍，轻声吩咐吴指南，她既不肯说，只好带回驿馆，天明交县衙处置。

听得要交县衙，女子顿时大急，翠着脖子不肯去。

恨声说道："小女子既被拿住，告知你又有何妨？刘春阳乃家父，四年前的中秋节，应邀到夔州赏月，谁想遭张贼陷害……"

一边轻声诉说，一边幽幽而泣。

李白听得仔细，白衣女不是别人，正是刘别驾的千金，刘十娘是也。

刘家庄遭殃时，小女子才十六岁，因寄宿郎舅家，才未遭歹人毒手。

四年来，为保护刘氏家业，更为报仇雪恨，她一个弱女子，过着"鬼"的生活。白天不敢现身，夜里则壮起胆子，战兢兢装神弄鬼，阻吓图谋刘家庄的人。

十娘所述，泣而涕流，如闻幽咽。

李白鼻尖发酸，几欲泪下，强忍着大声问道："十娘所言，可有人证物证否？"

十娘见问，忙跪于地，痛泣不止："公子如若不信，可派人至县衙后庭，去那棵百年桂树下，挖掘便知。"

李白闻言，深信不疑，忙出苏颋所赠铜章，郑重交与吴指南，让他火速前往夔州禀报。

知州尹长林，乃苏长史同袍。得报哪敢迟疑？亲往西湄取证。

四更，谯楼鼓响。

尹知州乘快马，带着一包物什，匆匆赶到刘家庄。包内，骷髅一具，官符一块，玉扳指及玉佩诸物若干。

刘十娘一见，痛哭欲绝。

"阿爷……"

尹长林情知不假，急领百十衙役，赶往西湄县衙，将张永康擒获。

天既明，四邻轰动。

尹知州就近升堂，会审于西湄县衙，观者蚁涌。

张贼永康被拿，情知罪孽深重，未及过堂，已尽招其罪。

原来，张贼初莅西湄，闻刘家庄风水绝佳，有心据为己有。私下言于王喜君，又赠黄金百两，谎称曾遭刘春阳打压，欲借机报仇。

王喜君得人钱财，极力出谋划策，以中秋到夔州赏月为名，将刘春阳诓至县衙，秘密残忍杀害。

张贼阴谋得逞，一边划拨赙款，假惺惺抚恤刘氏一门。一边背着王喜君，暗中勾结巫溪水匪，黑夜血洗刘家庄。

原以为大功告成，可顺利得手，谁知刘家庄内，又闹起"鬼"来。王喜君不知血洗内幕，逞强前往探视，正好被牛犇撞见，假"鬼"手杀之灭口。

开元十三年，晚秋十月。

圣谕：凌迟处死张永康。又谕：李白破案擒贼有功，赏黄金百两。

时令寒露。

峡江两岸，万木霜天，层林尽染。

李白急着东进，未待皇帝圣旨到，早已乘舟御风，偕吴指南东出夔门矣。

三

夔门，风急浪高。

李白身着白袍，腰佩长剑，衣袂飘飘似雪，昂首端立船头。

吴指南着青衫，踞船舱中，守护着行囊。

一叶扁舟飞渡，两岸连山如廓。

峡江碧流似箭，卷起千堆万堆雪，彻夜拍岸轰鸣。

瞿塘峡雄名天下，因地处夔州境，故又称夔峡，也有称夔关者。

夔峡夹如窄廊，白盐山耸峙江南，赤甲山巍峨江北。两山对峙，天开一线，峡张一门，故称夔门，古称瞿塘关。

"夔门天下雄"！

出了夔关，即楚天荆地。

观一部蜀史，多少蜀中儿郎，离别故土远游，在此洒下泣别泪，书就惊世文。

李白伫立船头，心情却又不同。仰望夔门壁立千仞，俯瞰峡江奔腾咆哮，顿感心胸无比开阔，大有"仗剑去国，辞亲远游"之慨。

"大哥，此去夔门，不知何时能回故乡？"

吴指南心有不舍，小声言于李白。

李白闻言，心里也难免恻然。忆起入巴地以来，数闻巴女歌竹枝词，遂依巴曲的韵脚，高唱一曲《巴女词》，以壮行色。

"巴水急如箭，巴船去若飞。十月三千里，郎行几岁归。"

歌声嘹亮，有昂扬，有憧憬，更多故土情深。

吴指南性情粗豪，受到李白的感染，不再伤感。也敞开喉咙，扣舷合拍而歌。

二人虎啸狼嗥，吼得嗓子冒烟。那一叶轻舟，已似离弦的利箭，乘奔御风驶出夔门。

"巴水急如箭，巴船去若飞。好畅快的竹枝词，好豪迈的巴歌！"

夔门峡口外，传来一声赞叹，声音清越绵长。

听得有知音喝彩，李白心里大畅。立船头放眼望去，见峡口江湾平缓处，泊一危楼巨舫，十余个锦衣人，团团围坐饮酒。

巨舫顶层甲板上，一铜炉火正红，铁壶汩汩沸腾。

炉旁，立二童子。

一持扇鼓风燃炉，一净具烹茶。各司其职，怡然不相干。

临江一侧船舷边，置一巨型画案，又一中年紫袍儒士，正挥毫泼墨作画。

那声喝彩，正是儒士吼出。

画案两旁，又立二童子，专事研墨铺卷。

二子着青衣，忙完手中活后，各自抄手衣袖中，神态憨厚可掬。

儒士专注于画板，神情安详让人心仪。

巨舫上有酒有肉，李白心甚痒痒，示意操船舟子，将船靠上去。

江出峡口，水势如箭。

小舟颠簸浪尖，轻若一片鸿毛，操作稍有不当，就会船翻人亡。

舟子面露难色，哪敢轻易靠近？

李白见他不肯，解下腰间钱袋，爽快地抛给舟子。

操舟者憨直，接了客人钱袋，呵呵点头应允。便使出浑身解数，数度撑篙靠近，又数度被浪掀开。几经周折，始靠近江湾，忙用长篙尖头铁钩，钩住巨舫的船舷。

李白跃跃欲试，数次想要攀登巨舫，都因水急浪高，几致跌落江中。

吴指南大惊，不让李白再冒险。

舟子也惊，连连喝止。

李白却大笑，高呼"壮哉！"

一声"壮哉"，声若洪钟，震得山谷嗡嗡回响，盖过一江汹汹水声！

画舫上，紫袍儒士正痴迷，猛听得一声"壮哉"，震天荡谷而来。抬头见一箬篷小舟，翩跹颠簸画舫前。

舟头，立一白衣青年，身佩长剑，俊朗若仙。

"兀那小哥，何道壮哉？"

儒士发声喊，声音不见高亢，却清越入耳，字字清晰可辨。

李白见问，立舟头长揖应答："小生赞美峡江壮阔，也赞先生大家风范！阁下京师吴道子乎？"

紫袍儒士一诧，随即满脸笑容，连连点头称是。

"这就是了，舍京师吴博士，天下谁有此大家风范？！"

李白高声赞道，正待要报姓名。夔门外，突起一阵恶风，小舟似断线的风筝，被汹汹江水飞卷而去。

吴道子大惊，紧张地起身探视。只见白袍青年端立舟头，潇洒地向自己挥手。

"蜀人李白！"

惊涛骇浪中，远远传来一声喊。

李白？青莲李白！

吴道子乃宫廷供奉，赫赫有名的"教博士"，于天下文艺事，知之甚详。李白名动剑南，他哪能不知？

急忙命二童子，另张一轴素绫，凭适才瞬间的记忆，挥毫画成一幅肖像。

画中，李白白袍葛巾，按剑伫立舟头，神情潇洒俊逸，长袍广袖舒卷，气韵飘飘欲仙。

吴道子望得痴了，心想这人世间，何来此等神仙人物？

午时，三刻。

阳光漏云而下，一江碧流，澄明似练。

风从峡口吹来，掀起无数浪花，层层叠叠，又涌回峡口。

李白豪情满满，按剑端立船头，放声高歌："赵客缦胡缨，吴钩霜雪明。银鞍照白马，飒沓如流星。十步杀一人，千里不留行。事了拂衣去，深藏身与名。闲过信陵饮，脱剑膝前横。将炙啖朱亥，持觞劝侯嬴。三杯吐然诺，五岳倒为轻。眼花耳热后，意气素霓生。救赵挥金槌，邯郸先震惊。千秋二壮士，烜赫大梁城。纵死侠骨香，不惭世上英。谁能书阁下，白首太玄经。"

第六章
橘园会司马　洞庭殇同袍

一

江陵，古荆州地，历为兵家必争。

蜀汉关云长镇荆州，北敌曹魏，东拒孙吴。十年间，威震河朔，恩泽湖湘，忠肝义胆誉满华夏。

郡廊北去三里许，一丘名鸡公山。山高不过百米，状如土馒头，俗呼为矮子坡。

顾名思义，鸡公山不甚高大。然山上古柏参天，林间掩映一道观，却是大大的有名，乃上清派茅山宗洞天，观名"天台"。

李白离蜀出了夔门，滞留江陵四月有余，足迹遍及荆楚，经常听人说及天台观。

道教源于蜀，开山于鹤鸣，乃汉时张道陵所创。

李白幼时，常出入白云观，又随东岩子习艺岷山，虽未正式"授箓"，却也深得"道"理。故滞留江陵间，数上天台观访道，拜会道长无量子。

谷雨节，春阳正好。

李白偕吴指南，去郊外踏青。二人春游半日，来到天台观前，去道左茶棚吃茶小憩。

有三五道友，聚于茶寮僻仄处，鬼鬼祟祟轻言细语，说今夜有神仙降临。

李白竖起双耳，听得津津有味。

吴指南则不然，暗笑月牙儿迷信："走火入魔了不是？世上哪来的神仙！"忙付了茶资，拽上李白匆匆离去。

道上行人不绝，或负囊北往，或荷担南行。观衣着神色，多似农家子弟，外出讨活帮工者。

二人又行里许，见青石官道道旁，矗一棵硕大黄葛树。树下，歇两七旬老翁。

一翁着灰衣，一翁着青衫。

灰衣翁说："听说否？今夜戌时，有神仙降临天台观。"

青衫翁嗤笑道："哪来的神仙？茅山道士耳！"

茅山道士？

李白听得兴奋。

当今之世，细数道中人物，能让市井传为神仙者，舍司马承祯还会有谁！

司马承祯是谁，李白当然知道，不就是司马子微吗？

司马氏为贵族后，祖上身世显赫，乃晋宣帝弟太常旭。司马承祯者，上清派茅山宗第十二代宗师也，法号道隐，自号白云子。

白云子道法高深，有窥测天地之机，且文才灿烂，写得一手好篆，尤为当今天子所推崇，特在王屋山构筑阳台观，为其修身养性专用，并派胞妹玉真公主，跟随司马氏观中学道，世有"道士皇帝"之谓。

李白素慕仙道，知晓司马承祯要来，怎会不动心呢？便不顾泥鳅厌恶，折身返回天台观，欲一探真伪。

吴指南无奈，只得随之返。

天台观前，有橘林广阔十亩，正是花开时季。浓郁的橘花香，随风四处飘散，里许可闻其香。

二人入橘林，拾一干爽处坐下，慢慢等待天黑。

吴指南解开行囊，掏出两块饴饼，儿时一般各食一个。

正细嚼慢咽间，突闻琴声悠扬，自橘林深处传出。

李白通音律，听音辨琴材质，极类蜀中的雷琴。再听琴声，从容淡定，有古君子风。

广浚大师乎？

李白大喜，起身觅音而去。

临尽橘林，望见倚岩处，现一木亭，甚古。

亭曰"鹤鸣"。

李白哂笑，亭名鹤鸣，源于蜀中鹤鸣山吗？嘿嘿，不知亭主人构想，未敢随意猜测。

亭内，置一石桌，方可三尺许，光洁如鉴。桌周四围，各搁一个石凳。

石桌的正北方，端坐一个老道，身披"紫绮裘"，正专心致志抚琴。

旁立二道童，一捧琴囊，一抱拂尘。

老道鹤发童颜，看不出真实年岁。须眉皓白如雪，理应八旬以上。

道家始于黄帝，师于老子，故称"黄老"学说。自张道陵创教始，传至今世，教内派别林立，各派道士所佩头巾，各不相同。计有九巾之说：混元巾、庄子巾、纯阳巾、九梁巾、浩然巾、逍遥巾、三教巾、一字巾、太阳巾。

李白端立亭前，见老道神采奕奕，所戴头巾丹冠，左佩龙书，右带虎文，属上清派茅山宗。

当今之世，茅山宗道士里，岁龄八旬以上者，唯司马承祯一人耳！

李白心如鼎沸，若能得老神仙点拨，身价定如日巡天，何愁不能为国建功立业？

想到此处，李白叹息一声，因受围于典制，不能科举入仕，当然渴望得到名家举荐了。科举始于前隋，到了李唐王朝时，除了科举入仕外，还有另一途径可走，像秦汉时期一样，由人才鉴赏家举荐，如许劭之于曹操。

在李白眼里，司马氏受三代皇恩，宠荣隆于天下，正是自己的"许劭"。

遂立亭前，闭目听琴。

一曲终了。

老道抚须笑曰："二郎子知琴乎？何不抚上一曲？"

李白正要求他，听得老道相招，下定决心露上一手。上前施礼道："蜀人李白，冒昧求教于先生！"

老道闻言，心里十分欢喜。见李白神情俊朗，虽然年纪轻轻，隐然已有大家风范。呵呵笑道："蜀中才俊，果然不同凡响。"

遂起身离座，空出首位来。

李白有心卖弄，并不十分谦让，大马金刀坐琴前。

平气，静心，禅定……李白脑子一片澄明，仿佛置身郪水安昌岩，月夜与尊师琴箫合鸣。凝神静气片刻，缓缓伸出双手，轻轻抚琴上。

琴音一起，即弦动心房。

一曲《高山流水》，直如仙班乐奏，袅袅飘散开去。

老道大讶："得我道家神韵，必东岩子徒儿也！"

李白闻言，翻身纳头便拜："先生真神人也，白果真于岷山中，随东岩子习艺数载！"

老道眉毛一扬，面呈不悦色，怪年轻人不懂礼数，竟直呼东岩子大名。

"哼，东岩子乃老道师兄，神龙见首不见尾，岂肯与尔相交？"

听得语气有变，李白心下大急，料想直呼东岩子之名，犯了司马氏忌讳。急忙解释道："大仙东岩子，与白性情相近，不愿晚辈师之，万望先生恕过。"

老道听了辩解，心中释然。既然师兄待之以友，这小子必有惊人之处。见他身佩长剑，捻须复言道："尔还有何本事？尽情示我！"

江湖规矩，亮剑既挑战。

李白哪敢亮剑？忙呈上一叠诗稿，求老神仙指正。

老道笑了笑，不信一佩剑小子，能有多好的文才。

谁知才及目，即大讶，高声赞叹道："有仙风道骨，可与神游八极之表。"

李白闻言，欣喜若狂。

世间多少俊才，未扬名立万前，想得到名家指点，硬是端起刀头（祭品），也找不到"庙"门啊。

司马氏何许人？乃当朝帝师！能得到他如此赞誉，堪比金榜题名，甚至比中式更加荣耀！

吴指南甚讶，李白目无余子，杂毛老道一声感叹，何以让他癫狂？遂不知深浅，上前施礼道："道长何方神仙？敢问如何称呼？"

老道手抚长须，笑而应曰："呵呵，老道是谁？且问尔兄长，他早知道了！"

吴指南将信将疑，两眼望着李白。

李白不言，只眨了眨眼，硬拉着他的手腕，双双跪在地上，恭恭敬敬拜道："多谢司马道长夸赞，白自当精益求精。然愚之不才，较之当世名家，相差几何？"

司马承祯？

吴指南忙伏地上，着实磕三个响头。

泥鳅前倨后恭，憨态可掬，老道爱他憨厚，遂不以为忤，也未正面回答李白。

自言自语道："公子天纵英才，不知习过老庄《逍遥游》否？北冥有鱼，其名为鲲，鲲之大，不知其几千里也。化而为鹏，鹏之翼，不知其几千里也！一朝，扶摇直上九万里……"

听老道说庄子，李白心胸豁然开阔，已觉身似大鹏，翱翔于九天之上。嘴里滔滔不绝，华丽辞藻迭出："……南华老仙，发天机于漆园。吐峥嵘之高论，开浩荡之奇言。徵至怪于齐谐，谈北溟之有鱼。吾不知其几千里，其名曰鲲。化成大鹏，质凝胚浑。脱鬐鬣于海岛，张羽毛于天门。刷渤澥之春流，晞扶桑之朝暾。燀赫乎宇宙，凭陵乎昆仑。一鼓一舞，烟朦沙昏。五岳为之震荡，百川为之崩奔。……俄而希有鸟见谓之曰，伟哉鹏乎，此之乐也。吾右翼掩乎西极，左翼蔽乎东荒。跨蹑地络，周旋天纲。以恍惚为巢，以虚无为场。我呼尔游，尔同我翔。于是乎大鹏许之，欣然相随。此二禽已登于寥廓，而斥鷃之辈，空见笑于藩篱。"

李白口若悬河，神游天外，几不知身在凡尘！

"好赋！"

司马氏脱口而赞，视为司马相如再世！

"公子才比长卿，不知可有赋名否？"

李白一时激情，哪想过甚篇名？见道长相询，机灵应答道："晚生常有所思，一时成颂《大鹏遇希有鸟赋》！"

司马氏颔首，复朗声赞道："公子大才，前途无限矣！"

李白再拜谢。

司马道长满脸笑容，示意不必再三多礼："贫道离京已年余，早该回宫面圣。今去矣，后会有期。"

"后会有期！"

李白恭立亭畔，心里万分不舍，目送着司马道长，偕二童抱琴而去。

二

橘园会司马，口颂《大鹏赋》，李白一夜爆红。

旬日内，名动湘湖，京洛骚然。

秋八月，李白继续东渡，与吴指南来到岳州。

岳州，古称巴陵，位于洞庭之滨。巴陵自古风流，乃湘楚文化中心。

得知李白莅岳，地方文士置酒相迎，日日诗词唱和，夜夜歌舞笙箫。

李白性豪侈，又才华横溢，风流卓尔不群。

吴指南肥硕，憨态极类弥勒，尤惹人喜爱。

巴陵众多士子，纷纷与之相交。

内有一子，乃襄阳少府，尤让二人惊喜。

你道是谁？

襄阳少府者，李皓是也。

三年前，李皓进京赶考，中进士第，年前就任襄阳。

李皓闻李白莅洞庭，还有那个虬髯"贼"，一时心花怒放。特置巨型画舫，邀二人夜游洞庭，饮酒赏月赋诗。

船泊西津，酒食堆积如山，仅名酿"巴陵春"，就购了一百瓮。

巴陵士子闻讯，无不奔走相告。一船士子二十人，人人开怀畅饮。

是夜，皓月千里。

洞庭万顷静碧，平展如银屏。围泽芦苇疏影，渔火星星点点，舟子船娘俏歌相闻。

李皓乃官宦后，虽新入仕途，却知席间礼数。请李白坐了客首，吴指南次之，余众二十人，依序一一坐定。

李皓高擎一觞，神采飞扬地说道："某始履新岳阳，即得乡贤来贺，岂不有胜金榜题名、洞房花烛之喜乎？来来来，为大郎才高八斗，为吴兄义薄云天，干！"

"干！"

众子同声呐喊，举觞一饮而尽！

一觞入肠，神采飞扬！

李白感李皓情义，忆起平羌江事，一时情不自禁，持觞相谢道："从兄少年有成，已为国之基石，当贺！"

独飞一觞，对月而歌："渡远荆门外，来从楚国游。山随平野尽，月入大荒流。月下飞天镜，云生结海楼。仍怜故乡水，万里送行舟！"

座中皆文士，谁不晓李白心境？他乡遇故知，本该高兴才是，偏听他语多愁绪，便不依不饶他："大郎才高八斗，得司马道长赞誉，不日即平步青云，为何愁绪满满？当罚一觞！"

李白性率真，本多愁善感之人，适才触景生情而歌，确有不合时宜处。听到众人轰叫，仰天长笑道："众兄说得甚是，白自当罚一觞！"

言毕，去横案上，提一壶巴陵春，倾壶对嘴长饮。

壶尽，复大笑。

吴指南受此感染，不欲让李白专美。领众子依葫芦画瓢，各自拎一壶饮尽。

一船士子，癫狂大笑。惊起草间夜鹭，呀呀盘空掠飞。

李白越发兴奋，望一湖月色如银，千里静影沉璧，滔滔诗情喷涌而出："洞庭西望楚江分，水尽南天不见云。日落长沙秋色远，不知何处吊湘君。"

歌毕，饮一觞。

复歌曰："南湖秋水夜无烟，耐可乘流直上天？且就洞庭赊月色，将船买酒白云边。"

歌毕，又饮一觞。

再歌曰："帝子潇湘去不还，空余秋草洞庭间。淡扫明湖开玉镜，丹青画出是君山。"

歌毕，哈哈大笑，连饮二觞。

续歌曰："洞庭湖西秋月辉，潇湘江北早鸿飞。醉客满船歌《白苎》，不知霜露入秋衣。"

众子惊愕，望之若仙。

李皓不胜酒力，独自去到船舷，撩袍向湖中撒尿。

"唰唰唰"，满是酒臭味！

嘿嘿，李少府不顾官体，更不拘礼数，众子又一阵浪叫。

"好笑好笑，牙狗屙了一泡骚尿。熏死一条母狗，引来一只花猫。花猫花猫，浑身又臭又骚！"

李少府闻歌，傻呵呵而笑。偏偏倒倒手指李白，嘴里大叫道："如此月夜净美，难得湖天景致殊佳，大郎……大郎再歌！"

李白见他醉了，笑其文弱却也有趣，出碧玉箫在手，望月奏一曲《汉宫秋月》，再奏一曲《沙汤秋点兵》。

箫声悠扬，直入天际。

众皆叹服，惊为仙乐。

每奏一曲毕，吴指南即领众饮。少则一觞，多则三四觞。

奏毕，李白收箫入怀。

远望长岸苇影，有渔郎渔娘隐其间，情话绵绵正浓。忆起儿时柳丝儿，也曾这般依偎胸前，顿感无限温暖。

遂依《杨叛儿》原韵，改词而狂歌："君歌扬叛儿，妾劝新丰酒。何许最关人？乌啼白门柳。乌啼隐扬花，君醉留妾家。博山炉中沉香火，双烟一气凌紫霞。"

歌毕，众子又号，纷纷举觞相庆。

李皓烂醉如泥，呼呼酣睡间。突踢一"梦脚"，将身边吴指南踢倒。

"哎哟！"

吴指南一声大叫，俄而心闷难忍，继而胸痛欲裂，随之倒地不起。

李白见状，大惊失色。

众子纷纷离席，齐齐奔上前去。吴指南满脸乌紫，早已气绝身亡。

李白大恸，一时悲痛万分。泣尽，继之以血。

众大骇。

唐之立国，严于典律。

当朝刑律尤严：致人死亡者，偿命；吏员致民死亡者，罪加一等，除偿命外，尚须革去功名，子孙不得入仕。

李少府骇绝。

自己虽醉后失脚，致吴指南暴毙，真要对簿公堂，如何辨得明白？

李白万分悲痛，却不愿连累他人，尤不愿连累从兄。

强忍了悲痛，自负尸首至岸。寻一密林高地，边刨土边哭泣，暂葬于湖畔，以待日后启运回蜀。

三

吴指南死了。

李白悲痛欲绝，久久不能释怀。数度去洞庭畔，静坐泥鳅墓前，往往一坐下，就是两三个时辰。

李皓于心不忍，背着人数往客栈，送来五十两黄金，又书实名举荐信，让李白带在身上。惶恐而真诚地说道："韩荆州乃愚恩师，身兼荆、襄二州刺史，若能得到他的鼎荐，以大郎之才，定可扶摇青云。"

李皓心里有愧，话说得很真切，甚至有些卑微。

李白闷闷不乐，不要他的银钱，想了一想，将举荐信放入怀中。

"从兄不必内疚，也不必再来忧我。待过了义弟头七，白自去江淮散心。"

李少府闻言，知李白失了义弟，实已痛彻心脾，只得默默离去。

待李皓一走，李白即收拾行囊，急奔洞庭而去。

民俗云：人死如灯灭，大雨下不歇。

细想乡间村头，但凡死人天气，确实多阴雨天。小儿惊恐害怕，大人也不明缘由。

李白刚出客栈，天突降豪雨。洞庭湖黑浪翻涌，百里不见舟楫。

冒雨一路狂奔，李白来到泥鳅墓前，动手搭一窝棚，住棚里为义弟守灵。

荆楚一境，风物略异于蜀。

为亡者守灵，皆谓之"守七"。蜀中须守"七七"，天天上香烧纸。荆楚守满"头七"则可，也不用烧钱化纸。

李白依楚俗例，掐指算着日期，愣是窝棚待了五日。

那雨确也奇怪，没日没夜地下，五个对时不歇。犹如蜀地秋雨，直下得人愁绪满怀。

至第六日，一轮红日东升，照得洞庭金光灿烂。

李白心情稍好，独自去到坟前，默哀良久，才一步一回头，沉重地走向渡口。花五十文钱，雇一叶小舟，穿洞庭，入长江，转道鄱阳湖。

鄱阳湖畔，庐山在焉，山色殊佳。

入山小径上，游人熙熙攘攘。

李白随着人流，拾级而上。

午时，二刻。

香炉峰。

一峰如炉，郁郁葱葱。

阳光金辉闪耀，峰峦香烟缭绕，紫气云蒸雾腾。

李白见景忘忧，嘴里唠叨道："泥鳅老弟莫怪，头七里也未烧炷香。此天铸大'香炉'，就为你烧柱天香吧。"

李白唠叨毕，望香炉峰而拜，嘴里吟诵道："西登香炉峰，南见瀑布水。挂流三百丈，喷壑数十里。忽如飞电来，隐若白虹起。初惊河汉落，半洒云天里。仰观势转雄，壮哉造化功！海风吹不断，江月照还空。空中乱潈射，左右洗青壁。飞珠散轻霞，流沫沸穹石。而我游名山，对之心益闲。无论漱琼液，且得洗尘颜。且谐宿所好，永愿辞人间。"

三拜毕，心已宁静。

李白起身远眺，前川白瀑似练，心境已然不同，又歌一曲："日照香炉生紫烟，遥看瀑布挂前川。飞流直下三千尺，疑是银河落九天。"

银河？九天？仙界？

李白大叫道："泥鳅兄弟，天国里有仙女列队相迎，有美酒流淌成河，一路走好！"

山谷如围，回声久久荡漾。

四

江夏，黄鹤楼。

江夏一郡，历史久远，名播国中。元狩二年置郡，属荆州刺史部。

郡西五里，有山名黄鹤。登高俯瞰，江汉横流，极目楚天。

山下有黄鹤矶，峭立大江中。传仙人子安者，乘黄鹤过矶上，土著筑楼以纪，故楼名黄鹤。

李白只身过江夏，乘舟欲往广陵。见江岸矗一楼，高可凌云，嘱舟子停船渡口，独自登楼观景。

初及楼，江、汉二水交流，龟、蛇隔岸对峙，眼界为之开阔。

倚栏而立，长声而歌《江夏行》："忆昔娇小姿，春心亦自持。为言嫁夫婿，得免长相思。谁知嫁商贾，令人却愁苦。……对镜便垂泪，逢人只欲啼。不如轻薄儿，旦暮长相随。悔作商人妇，青春长别离。如今正好同欢乐，君去容华谁得知。"

歌毕，欲题咏壁上。突见粉壁头，崔颢笔走龙蛇，早有佳构留题壁上。

崔颢诗云："昔人已乘黄鹤去，此地空余黄鹤楼。黄鹤一去不复返，白云千载空悠悠。晴川历历汉阳树，芳草萋萋鹦鹉洲。日暮乡关何处是？烟波江上使人愁。"

大郎看一回，叹一回，回味再三，惊之为神笔，终不敢题咏。

郡中士子闻讯，纷至沓来。

有江夏判官者，姓王双名运天，也赶到黄鹤楼，力挽李白留住几日。

一时间，名士云集，雅客随从。

襄阳名士孟浩然，随州隐者胡紫阳，安州郡督马正公，皆一一在座。

众士相聚，酬唱甚欢。

孟浩然有大才，江湖上名头很响，与"诗佛"王维齐名，时人称作"王孟"。惜未得朝廷征召，至今仍是个白丁。

在孟夫子面前，李白甚为恭谦，不愿显摆才学。二人同为白丁，彼此惺惺相惜，又因初入楚地，恐一时不知深浅，伤了他"地主"之尊。

席间，得王判官一顿好吃，众人纷纷赋文吟诗，为黄鹤楼增色不少。

唯有李白稳起，殊无动笔之意。

王运天一见，执杯来到客首位，真挚地对李白说道："青莲才高八斗，名动剑南两川，何不题咏一曲，为江山增色？"

李白闻言，小心应道："眼前有景道不得，崔颢题诗在上头。"

孟浩然主次位，正举杯欲饮，听李白一说，停杯问道："大郎何乱言，崔夫子？几时题诗楼上？"

李白见他不信，有相责之意，急忙严肃地应答道："小弟岂敢胡言？崔夫子真有妙句，留题粉壁上。"

即诵崔诗，以释众疑："昔人已乘黄鹤去，此地空余黄鹤楼。黄鹤一去不复返，白云千载空悠悠。晴川历历汉阳树，芳草萋萋鹦鹉洲。日暮乡关何处是？烟波江上使人愁。"

"果然好诗！"

孟夫子大赞，对众子说道："大郎说道不得，何人还敢再题？"

荆楚骚主发了话，众士子知趣得紧，纷纷闭了嘴，只顾要吃要喝，哪管什么平平与仄仄？

李白感孟夫子抬爱，亲自斟一杯酒，双手捧到他面前，长揖一拜，嘴里说道："敬大兄风流无敌，早日为国征召！"

话说得好听，正搔到孟夫子痒处。

孟浩然站起身来，与李白相拥一处，翩翩而歌："昔登江上黄鹤楼，遥爱江中鹦鹉洲。洲势逶迤绕碧流，鸳鸯鸂鶒满滩头。滩头日落沙碛长，金沙熠熠动飙光。舟人牵锦缆，浣女结罗裳。月明全见芦花白，风起遥闻杜若香。君行采采莫相忘。"

李白才情天纵，又卓尔不群，孟夫子初次见面，即诵旧作《鹦鹉洲送王九之江左》相赠，欢喜之情溢于言表。

孟浩然性情率直，李白尤为心仪，视之为兄长。遂放声高歌《江上吟》，与之酬唱相和："木兰之枻沙棠舟，玉箫金管坐两头。美酒樽中置千斛，载妓随波任去留……兴酣落笔摇五岳，诗成笑傲凌沧洲。功名富贵若长在，汉水亦应西北流。"

功名富贵算个啥，哪敌得"兴酣落笔摇五岳，诗成笑傲凌沧洲"?!

孟夫子侧耳聆听，岂有不知李白心意？二人皆绝世大才，却无半分功名，正是一样难言心境！

两人惺惺相惜，长久相拥不离，四处执杯而歌。

一众狂徒，在他俩煽动下，肆意狂歌乱舞，直喝得人仰马翻。

未时，一刻。

江岸一声锣响，下行客船将启航。

孟浩然执李白手，对众人说道："吾将去广陵，暂别大郎与众亲！"

李白依依不舍，与他再饮一杯，挽手相送至渡口。

孟浩然登舟。

锣鸣三声，那船起锚扬帆，缓缓向下游驶去。

李白伫立江岸，抱拳相送。

客船渐行渐远，孟夫子犹立船头，频频挥手示意。

李白心里发紧，忍不住涕泪长流，遂放声高歌："故人西辞黄鹤楼，烟花三月下扬州。孤帆远影碧空尽，惟见长江天际流。"

一岸士子，唏嘘不已。

胡紫阳立左，马正公立右，二人领众子击节，和声而高歌。

王运天闻之，心头狂喜。

李白所咏诵者，实乃千古名篇也。设若镌刻黄鹤楼上，岂让崔夫子专美？

三日后，果刻诗楼上。

荆楚哄传。

第七章

谢家庄巧遇杏儿　姑苏台戏唱越女

一

江南形胜，首推金陵。

古之金陵，乃六朝帝都，故有"江南佳丽地，金陵帝王州"之谓。

李白来时，金陵城郭依旧。

高大壮阔的城门，犹不减当年的雄风与霸气。从西门入城内，沿秦淮河走去，两岸绿杨成荫，柳丝闲垂。

李白落寞独行，吴指南走后，连个搭白的人都没有，旅途更加寂苦，心里实在难受得紧，每新到一个地方，也不再像先前般喧闹，更不愿意惊动他人，自个儿随意寻古访幽。

偶尔去酒肆里，筛上一碗烧酒，切二斤上好卤猪头肉，以遥祭天国的兄弟，顺便也打打牙祭。

每当这个时候，李白就找个借口，自言自语地说："再不吃些酒肉润喉，嘴里已快淡出鸟来！"

金陵古迹众多，凡残垣断壁处，皆有一段陈旧故事。

人言文喜幽古，武好怪奇。

李白文武兼备，见啥啥喜欢。遂在客栈探得明白，次第一一游览。

郭北有凤凰山，山上筑一凤凰台，金陵城大大有名。

客栈掌柜言之，立即眉飞色舞，赞叹声不绝。

传南朝刘宋元嘉时，有三只五彩斑斓大鸟，领百鸟翔集山间。时人以为祥瑞，谓之百鸟朝凤。遂筑台山巅，祈求吉祥永驻。

土著信以为真，每岁祭祀朝供，呼山为凤凰山，台为凤凰台。

李白素怀大志，久有凌云之志，期冀早日一展鲲鹏，便起了朝拜之意，以期讨个吉利。

小满节。

依《日书》测禁忌，是日宜祈福。

巳时，三刻许。

李白净身，沐浴洗漱毕，换一袭干净白袍，只身来到廊北。

大江浩荡，绕廊而流。

江岸果有一山，林木郁郁葱葱，各色野花点缀其间。远远望去，阳光下斑斑驳驳，宛如彩色大鸟伏地。

凤凰山背驮一峰，状如雄鹰展翅，四壁刀削斧劈。小径如蛇，盘绕绝壁，蜿蜒悬空而上。

登峰而视，上面又是一番天地。山顶平展如坝，坝阔十亩有奇。

平坝中央，凤凰台在焉。

台高十丈，周遭二百八十步。楼台矗立天际，雕梁画栋，巍峨壮丽。

李白大喜，登台远眺。

凤凰孤峰独立，大有小天下之概。东连钟山，林海苍苍；西枕大江，碧波万顷；南抱金陵，万家灯火；北临风凌，帆影点点。

西望长安，不见帝京踪影。唯大江浩浩西来，奔腾宛然如练。又有万千峰峦，重重叠叠直排天际。

天地之间，浩浩然，荡荡然。

李白豪情万丈，却又万分失落。昔日阖闾雄霸吴越，年龄也不过而立，自己则光阴虚度，何颜面登临凤凰台？

一时间，郁结难解。

山风拂衣，野桃乱开。

李白伫立台上，越发伤感不已，轻声吟诵道："凤凰台上凤凰游，凤去台空江自流。吴宫花草埋幽径，晋代衣冠成古丘。三山半落青天外，二水中分白鹭洲。总为浮云能蔽日，长安不见使人愁。"

情伤心，愁伤神。

李白心绪已乱，不愿再待下去，恐这凤凰台非但不吉，反而变成催情老妖，随时让自己泪湿衣襟。

仰天一声长叹，独自奔下岗来。至桃叶渡口，寻一临江酒肆，择僻仄角落坐定。

店家见来了客，脸上笑得稀烂，嘴里甜言蜜语一大串："公子神采飞扬，一见便知大家子，要啥吃喝只管开口，本店所供食无不精。"

"六个大馒头！"

李白心情不佳，没好气一声大喝。

店家吃一惊，冲厨间高喊："六个大馒头！"

见客人没了下文，心里有些奇怪，轻言好语问道："公子远来，不喝点金陵春？"

"不喝！"

听他口气不善，店家大张着嘴，如汤碗般溜圆，生怕惹恼了客人。

小心翼翼问道："牛肉馒头？还是猪肉馒头？"

"白面！"

口气梆硬，发癫了吗？

店家不敢再多言，远远躲着他。

李白好生奇怪，自己心情不佳，何必跟店家置气？

这么一想，心里好受了些，脸上不再僵硬，咧嘴向店家一笑。

店家见了，回他一笑，却比哭还难看。

厨间利索，店小二风快，早送来一盘馒头，泡酥酥冒着热气。

李白已饿极，匆匆咽下六个馒头，放两倍饭钱在桌上，以赎适才无礼之过。

店家却又诧了，饭前语气生硬如刀，饭后为何加倍给钱？不想占他便利，忙寻零钱找补。见李白出了店门，大声呼唤道："公子且慢行，尚未找补于你。听公子一口蜀音，莫非蜀僧濬同伴乎？"

李白已入街市，未听清店家所言。唯蜀僧濬三字入耳，心里怦然一动，柳伯伯云游到了金陵？

忙折返店中，急切地问道："老丈所言蜀僧，现居于何处？"

店家见他回来，将余钱找给他，笑眯眯地说道："公子何故烦躁，恁粗心大意？"

李白摇摇头，推辞不要钱，嘴里直赔不是："恕适才冒昧，此资为赔礼钱。小可非为此返店，实为老丈所言蜀僧耳。"

店家本是爽快人，又善于见风使舵，用手指向秦淮河左岸，应答道："前有谢氏旧宅，蜀僧即住荒宅中。"

李白长揖谢过，转身奔向店家所指。去店千二百步，有巷曰乌衣。

乌衣巷宽不过丈，麻绳般弯弯扭扭，从秦淮河文德桥头，一直拐到夫子庙前。

两晋时，王、谢两大士族，花巨资筑宅巷内。两族皆国中豪门，子弟喜着乌衣，以示身份尊贵。

土著羡其豪侈，便以乌衣呼小巷，一时名动江南。

自晋以降，乌衣巷声誉显赫，巷内门庭若市，冠盖云集。走出过书圣王羲之、山水诗鼻祖谢灵运、南朝大诗人谢朓。

李白素重谢朓，免不了前去凭吊，何况柳伯居其间呢。

酉时，三刻。

月出如玉盘。

李白入得巷来，但见人流涌动，羽扇纶巾者，挨肩接踵。一时好奇，努力挤进人群里，欲探看个究竟。

迎面一阁，高达五丈，层层阁窗灯火通明。三层阁台上，端坐一老僧，正月下操琴独奏。

一街雅士，听得如痴如狂。

琴音入耳，熟悉而温暖，正是柳伯伯的绿绮琴声。

李白心跳加速，瞬间热泪盈眶。便使出浑身解数，愣是挤到了阁前，却不敢放肆呼唤。见底层大门敞着，猛可里一阵急跑，直奔三楼而去。

老僧听有人奔至，突然停了琴，匆匆隐于楼阁中。

一巷听琴者，正痴迷若癫。

突然琴声不续，老僧霍然隐去，齐声鼓噪道："兀那外乡佬，何敢胡作为？"

李白奔上阁来，不见了柳伯伯，心中不由大急。团团转一圈，周遭一阵狂呼。

"柳伯伯，柳伯伯，月牙儿在此，为何不见我？"

一阁灯火俱灭，蜀僧杳无音信。

小巷听琴者，个个听得明白。

月牙儿？

月牙儿！

顿时欢呼起来。

"李白！李白！李白！"

李白心如刀割，望月而长吟："金陵劳劳送客堂，蔓草离离生道傍。古情不尽东流水，此地悲风愁白杨。我乘素舸同康乐，朗咏清川飞夜霜。昔闻牛渚吟五章，今来何谢袁家郎。苦竹寒声动秋月，独宿空帘归梦长。"

柳伯伯避而不见，李白满腹苦水，不知向谁倾诉。

归梦虽长，却苦竹寒声。遂借谢尚识袁宏事而歌，叹世无知者识我，感故人弃之如破屐。

歌毕，李白无限伤心，沉重步下阁来。

众雅士簇拥，闹麻麻至文德桥头，直入"金陵酒家"，彻夜畅饮狂歌。

翌日，天既明。

有小厮受人之托，携一琴至酒家，乃司马长卿绿绮者。

李白一见，悲痛欲绝，知柳伯伯已绝凡心，不肯再见自己了。仰头饮一觞金陵春，泪水扑簌簌而流。

李白想起昨夜听琴，忍不住大恸，歌一曲《听蜀僧濬弹琴》："蜀僧抱绿绮，西下峨眉峰。为我一挥手，如听万壑松。客心洗流水，遗响入霜钟。不觉碧山暮，秋云暗几重。"

众子知他心苦，合拍击掌，随之而歌。

歌声呀呀，其情悲切。

辰时，三刻。

桃叶渡。

李白端坐于舱，面对相送的金陵儿郎，轻抚柳伯所赠绿绮，歌《金陵酒肆留别》而去。

"风吹柳花满店香，吴姬压酒唤客尝。金陵子弟来相送，欲行不行各尽觞。请君试问东流水，别意与之谁短长？"

歌声缠绵，道尽古今离情。

一岸相送者，无不涕流。

二

距金陵不远，有一座扬州城，皇皇一大都会也。

开元初，帝国区划十道，淮南道治所扬州。

前隋大业间，以京师洛阳为中心，开凿通济、永济两渠，重修江南漕运，最终开通北抵涿郡、南达余杭的大运河。

扬州古称广陵，得交通地理之便，处扬子江与运河交汇处，因之而富甲天下。时人有言云："天下名镇推扬、益，以扬为首。"

世称"扬一益二"。

李白来自蜀中，成都的万种风情，早已领略过了。名艳天下的扬州，又会是怎样的繁胜呢？

听友人言，广陵之胜，莫过于大明寺。

大明寺居郡北，距扬州城二里许，坐落在蜀岗中峰上。始建于南朝，因刘宋孝武帝年号大明而名。

前隋仁寿元年，为贺文帝杨坚诞辰，朝廷诏令天下各郡，建佛塔三十座，专以供奉佛舍利。大明寺依诏建"栖灵塔"，佛塔通高九层，"国中之尤峻特者"，故大明寺又称"栖灵寺"。

临大明寺而观，江南诸山可睹，远远近近如千山拱首，实为淮南第一形胜矣。

李白素慕仙道，于佛教少有兴趣，绕寺匆匆一览，便下了蜀冈。

寺前一湖，绰约而有风致。沿岸柳丝如烟，袅袅撩人心乱。

这般烟花景色，正对了李白脾气。遂直入湖畔，迎柳缓步而行。

湖名为"保障"，水连邗沟，与扬子江相通。二十四桥名扬天下，即建此湖上。

李白一边观景，一边疑惑不解。这湖名儿忒怪，不知典出何处。又见湖水宽不及十丈，何必建二十四座桥？

午时，至一白玉桥。银光内闪，不可名状。

桥为单孔拱桥，白玉浮雕栏杆，如玉带飘逸，似霓虹卧波。桥长二丈四尺，宽二尺四寸，栏柱二十有四，台阶二十有四，处处与二十四对应。

李白不明何意，心里又是一惑，当真古里古怪得紧。

左桥头，立一碑，上书右军楷体，碑名"二十四桥"。

右桥头，又立一碑，上书桥铭云："……是桥因古之二十四美人吹箫于此，故名。"

注释说得明白，二十四桥原为砖桥，四围山清水秀，风光旖旎，本是文人欢聚、歌妓吟唱之所。古时有二十四位歌女，个个姿容媚艳，体态轻盈，常于月夜踏歌，来此吹箫弄笛……前隋炀帝性淫逸，三下江南游扬州，听到如此风流韵事，想那二十四位歌女，每每于月夜吹箫弄笛，何等的妖娆浪漫，即命以白玉代替砖拱，御名为二十四桥。

李白见了，哑然失笑。二十四桥者，古之地名也，非二十四座桥耶！

扬州风物，绝胜烟柳与人情，与成都相较，多了一份精细与雅致。

一楼一阁，一砖一石，一花一木，皆精雕细琢。无处不细腻，无处不精到。

观一城人物，雅静而恬淡。

车店码头，贩夫走卒；茶肆酒楼，酒保跑堂；长街窄巷，小姑大娘……人人不慌不忙，话语轻轻，脚步轻轻。

远望湖心，游船点点。有摇橹舟子，夭夭而歌："一池春水皱悠悠，歌舞樽前月满楼。今夜郎君归何处，娇娘含嗔面带羞！"

游人闻船歌，不痴也醉了。

李白就醉了，醉得两眼发直。

湖心，一艇如画。

临船窗处，坐一小娘，年约二八，巧笑倩兮。睛似点墨，唇含樱桃，红衣绿裙，小巧如妖。

柳丝儿？柳丝儿！

李白突然痴了，沿湖岸紧跑，却哪里追得上？

那船一帆风顺，载一湖笑声远去。

三

烟花三月，杨柳广陵。

李白一时贪玩，竟然忘了归期。

眼见天色向晚，忙雇一条乌篷船，嘱舟子摇到东关渡。只道今日一早，东关渡口上的船，到了那里后，自然觅得归途。

哪知下得船来，夜色朦胧中，一时慌不择路，误入一条柳溪。

溪水蜿蜒，夹岸杨柳依依。

四野漆黑，不辨东西。唯一溪水响，哗哗流淌有声，泛起无数水腥味，四下里弥散开来。

李白心慌，不知身在何处。偶有鸡鸣犬吠声，远远近近传来，几疑回到青莲乡间。

向前又行一程，夹岸长林愈密，时有宿鸟扑哧惊飞，心里越发慌乱。

正不知所措，柳溪右岸密林里，忽有灯火亮起。

夜纱笼罩下，一庄甚阔。

李白心头一喜，便慌不择路，径奔来到庄前。借着朦胧夜光，见庄院院墙巍峨，高达一丈二尺。

院大门宏阔，楠木门板沉重如铁，布满碗大的铜包钉。

门楣上书"谢庄"，二字各大如斗。笔力雄浑厚重，乃效颜真卿笔法，难得有几分"颜骨"。

时，四海升平，百姓安居乐业，生活繁花似锦。

人民富裕，民风必淳。但凡有客人借寄投宿，户主必开门热情相迎。设若旅者川资告罄，除好酒好肉款待外，又有不菲银钱相赠，以资盘缠。

李白夜投谢庄，丝毫不觉别扭，直如回家一般自然。叩门三五下，庄内传来一阵犬吠，继而又寂静无声。

良久，出来一女孩，上着红衣小袄，下着曳地绿裙。

女孩年约二八，右手执一盏灯笼，左手拈一枝杏花，容貌娇艳，清丽如画中人。

李白大讶。

你道是谁？画艇小娘子也！

女孩倚门而立，却不识得他。见来者一介书生，又失魂落魄状，抿嘴嫣然一笑。

李白哪里笑得出？忙上前道明缘由，欲借宿庄上。

"烦劳姐姐通报！"

红衣女孩闻言，将其上下打量一番，并未开口说话。

复转身，入宅内。

少顷，出来一位老者。

老者清癯儒雅，一身书卷之风。问及姓名，姓谢名昌泽，乃淮南谢玄晖之后，避祸隐于此间。

李白素重谢朓，知老者乃其后人，肃然起敬。忙躬身长揖，简略道明来意，请求暂住一宿，以待天明。

老者没有多问，点点头默许，请李白入内。

女孩执灯笼，在前导路。李白随老者身后，次第入园中。

初入宅，青砖照壁巍峨。照壁右侧，蜿蜒一条花径，夹道修竹婆娑，桃杏吐艳。

李白满心欢喜，安顿妥善后，独自挑灯夜读。

亥时，一刻。

花窗外，春雨如筛。淅淅沥沥，经夜不息。

翌日晨。

李白依然早起，于庄内空地上，练完一套岷山剑法。徐徐收势后，信步至庄外，来到菜园里。

远望一溪如练，两岸柳丝闲垂，桃李红白争艳，不觉诗兴大发。

随口吟哦道："两岸晓烟杨柳绿……"

正待吟出联句。

身后有丽人声，黄鹂般婉转响起："一园春雨杏花红。"

李白闻言，不觉痴了。

如此联句，如此美声，必绝色佳人也。

李白一边品味，一边轻轻拊掌，慢慢转过身来。

五十步开外，一蓬阔叶芭蕉，碧玉般翠绿。芭蕉林下，立一女孩儿，清纯如早春带露豆苗，正是昨夜执灯者。

李白几疑梦中。

女孩去到菜地，折一枝带雨杏花，拿在手里把玩。

李白一见，心甚痒痒，脱口续吟道："燕草如碧丝，秦桑低绿枝。"

女孩想也没想，笑盈盈和道："当君怀归日，是妾断肠时。"

李白喜甚，再续吟："春风不相识……"

小娘子再和："何事入罗帏。"

李白这才痴了。

柳丝儿？红衣女？红衣女，柳丝儿！

问世间情为何物，直叫人生死相许。儿时刻骨铭心的情愫，让李白找到了归宿，一生一世的归宿！

二人正唱和间，谢员外手捋长须，笑呵呵来到菜园，手指女孩儿说道："大郎勿见怪，杏儿乃老夫义女，尚不知其双亲大人是谁。也是老朽闲来无事，自幼教她些诗词歌赋，也是她冰雪聪明，竟能够联句成章。素闻公子风流文才，她怕是有心讨教了。"

言毕，爱怜地抚摸其头，吩咐道："杏儿，快快见过公子。"

李白闻言，始知女孩叫杏儿。

杏儿羞红了脸，浅浅一笑，款款道了万福。

李白忙还礼，看了看杏儿，心里春风荡漾。

谢员外见了，拈着长须点点头。知二人两情相悦，当场不便说破。笑呵呵地言于李白："公子远蜀而来，广陵无亲无故，若不嫌弃寒舍鄙陋，可安心寄宿于此，慢慢遍游吴中山水，不知大郎意下如何？"

李白听他一说，求之不得呢，急忙躬身长揖相谢："承蒙员外抬爱，小生诚挚谢过。"

杏儿拍着小手，欢快得像只云雀，蹦蹦跳跳回院里。不经请示阿爷，擅自将左厢房腾出来，供李白住宿、课读之用。

李白得此厚爱，安心住下来。除了游山玩水外，偶尔也与杏儿对对句，或诗词唱和一番。

大多数时间，他会拿出银子，让杏儿置办酒席，与谢员外同饮。往往乘了酒兴，大谈经史子集，假意讨教过筋过脉处，以博得老丈欢喜。

盘桓月余，两小暗生情恋。时常花前月下卿卿我我，酽糯如陶罐之蜜，化也化不开了。

谢员外很开明，见李白文才灿然，又喜他性情忠厚，自然为义女高兴，便任由他俩走近。

谁想吴中三月，天气乍暖还寒。

李白秉烛夜读时，未料气温骤降，竟感染风寒，病卧谢家庄内。

症发突然，李白面红耳赤，呼吸十分困难。

杏儿心急如焚，眼见李白气若游丝，一时急得大哭，双膝跪在地上，恳请阿爷施援手相助。

谢员外性仁厚，视杏儿如同己出。见义女悲痛欲绝，心里百般怜爱，专程去到城里，请来名医柳浪仙，为李白问诊把脉。

柳浪仙名头大，与王君堂齐名，时人谓之"柳王"。坐诊紫东街上，轻易不出州城半步。幸得谢员外亲自去请，柳浪仙推脱不得，只好收拾药箱，一同匆匆赶往谢庄。

李白气若游丝。

柳浪仙闻其味，观其色，视其苔，切其脉。摇头叹息道："重瘟症，浓痰瘀堵气门，其势甚危。"

杏儿听罢，泪如泉涌。见李郎面赤红，呼吸已十分困难，便一言不发跪在地上，任由泪水簌簌而下。

柳浪仙名闻遐迩，行医从不打诳语，更不会轻易承诺。见杏儿可怜巴巴，默默哀求于己，复又重新把脉。

沉思良久，复缓缓言道："此病看似凶险，要治愈却也不难。只需胡桃肉五枚，长葱白五枚，老姜五牙，共水煎服，蒙被发汗可痊。"

谢员外听得有救，松了一口气，步出房间煮茶去了。

杏儿跪地上，始终不起，冲柳先生直磕头。

柳浪仙性敦厚，不愿意打诳语，直接对她说："惜大郎病发多时，痰堵气门不畅，需净痰才能处此方。"

杏儿听得明白，又是双泪直流，急切地问道："先生，可有净痰之法？"

柳浪仙闻言，眉头皱了皱。轻轻干咳两声，讪讪应答道："方法倒是有，只是太过恶心，恐无人愿意为之。"

杏儿毅然应曰："若救得李郎性命，小女子愿为！"

柳浪仙闻言，见她满脸毅色，不再多说一语。

女佣吴妈者，遵柳先生指使，端来一盆热水，搁榻前木机上。又有男仆去柳溪择嫩芦苇管数只，洗净置床头。

柳浪仙不说话，启二层桃木药箱，取消毒散少许，放入热水盆里。复将嫩芦苇管置盆内消毒，择一管置于李白口中，径入咽喉处。

柳先生很仔细，不慌不忙做完后，面无表情地说："请猛力吸之，痰出净方止。"

一屋老妈婆子，环立榻前侍候，听到柳浪仙一说，顿觉恶心欲吐。

杏儿单膝跪地，望一眼李郎，含住芦苇管便吸。

室内诸人，扭头不忍睹。

柳浪仙见惯不惊，依旧面无表情，仔细观察着病人。

初时，杏儿不知轻重，未敢用全力，管中阻力甚大。待使劲一吸，猛觉口中秽物难忍，连忙吐在草纸上。

柳浪仙拿过草纸，细辨纸上秽物，但见恶痰浓黄，腥臭难闻。一边用铁钎拨弄，一边微微点头。

杏儿吸一口，又吐一口，反复十数次。

榻上，李白呼吸渐畅。

柳浪仙久居杏林，一生阅人无数，哪见过痴情如杏儿者？不由赞誉有加："至情至性，真义女子也。"

悉心处了药方，感叹而去。

杏儿来到州城，去全泰堂拣了药，回家精心煎成药汤。待凉至微温后，一勺勺喂李白服下。

日里，围榻团团转。夜里，倚榻娟娟眠，不肯离开半步。

得杏儿护理，李白病情渐好，心情却越发沉重。

卧病之人心乱，病卧他乡者心尤乱。

病中的李白，感慨功名渺茫，又深怀思乡之苦。遂写下《淮南卧病书怀·寄蜀中赵征君蕤》，让杏儿帮他寄出。

"吴会一浮云，飘如远行客。功业莫从就，岁光屡奔迫。良图俄弃捐，衰疾乃绵剧。古琴藏虚匣，长剑挂空壁。楚冠怀钟仪，越吟比庄舄。国门遥天外，乡路远山隔。朝忆相如台，夜梦子云宅。旅情初结缉，秋气方寂历。风入松下清，露出草间白。故人不可见，幽梦谁与适。寄书西飞鸿，赠尔慰离析。"

杏儿见其所诗，知他心怀天下，眼里有了一丝忧愁。

逾半月，李白康复如初。听人言及病中事，哭拜谢员外面前，定要娶杏儿为妻，以谢活命之恩。

谢昌泽感极而泣，哪有不同意之理？遂亲自操办婚事，择日张灯结彩，大宴亲朋好友，锣鼓喧天送入洞房。

新婚宴尔，情意缠绵。

杏儿偏又怪了，竟不让李白圆房！

一脸严肃地说道："夫君才绝天下，当以功名为重，岂可误于女色乎？"

二人遂不眠，彻夜狂饮。

李白烂醉如泥。

翌日晨。

李白醉中醒来，竟置身官船上。船开往姑苏，随身诸物一应俱全。唯有一物十分珍贵，乃带给岑勋的信函，为老丈谢昌泽亲书。

李白翻身而起，径奔柳溪而去。沿溪岸往复数寻，终不知谢庄所在。

溪岸有垂钓者，见李白神情恍惚，言此去五里许，有谢大将军坟，乃晋时谢东山之墓。

李白闻言，恍惚如隔世。然杏儿之音容笑貌，犹历历在目，岂可言之于鬼怪乎？

李白实有不知，溪岸垂钓人，乃谢庄家丁所扮，故意说谢东山故事，以绝李白念想也。

李白不知实情，只是怀疑谢氏有意避之。心中多有不甘，望着一岸柳林，长揖数拜而退。

李白有种预感，杏儿与之情未了，必然还会与之谋面。

四

开元十五年，小满时节。

姑苏城南，姑苏山。

山上筑一石台，甚是雄伟。石台高五丈八尺，周遭十二丈，名曰姑苏台，又名为胥台，传为吴王阖闾所筑。夫差灭越，得美女西施，为讨其欢心，又于台上立春宵宫，常领群臣作长夜之饮。

戊辰日，丁巳时。

微雨初晴。

姑苏台上，三五株老柳，千条万条绿丝荡漾。

柳下，置条形茶几。几上，罗列干果饼品若干。又摆三只茶盏，客位一直空着，另两只注满茶汤，色如琥珀。

几围四方，置木凳各一，皆百年树兜制成。

台右角向阳处，搁一铜炉，炉中炭火正红。炉上置铁壶，壶水沸如滚汤。

两苍头小厮，一立炉旁向火，一立几前续水。

座中二弈者，一边品茗，一边落子。清风徐来，柳丝荡拂，怡然如仙。

执白者，头戴道士混元巾，乃世外隐者元丹丘。

执黑者，头戴文士逍遥巾，乃南阳名士岑勋。

二人皆闲人，时常结伴而游。

前日得谢昌泽传书，知青莲李白要来姑苏，掐指一算旅程，今日应该到达。故早早来到姑苏台，置茶席相候多时。

午时，一刻。

杜鹃声声，白鹤掠飞，初夏暖阳正好。

古姑苏台前。

李白寻幽而至，望台高六丈，幽草闲花弥漫，陈迹斑驳不忍睹。叹昔日春秋诸霸争雄，皆为一己荒淫，哪管得百姓死活？遂有感而歌："姑苏台上乌栖时，吴王宫里醉西施。吴歌楚舞欢未毕，青山欲衔半边日。银箭金壶漏水多，起看秋月坠江波，东方渐高奈乐何！"

元丹丘执白子，正要落子"打劫"，听人依乐府西曲《乌栖曲》而歌，知道李白来了。停子拊掌赞道："蜀中才俊李白，果不负风流之名，高才也！"

岑勋乃俗士，没授过道箓，不似逸者元丹丘淡然，高声大吼道："大郎李白吗？胡咧咧作甚？直上台来吃杯酒，岂不更妙！"

嘱小厮撤了茶具，自个儿起身，从座下拽出一包袱，抖出大堆的酒食来，一一铺排在几上。复大叫道："大郎快快上来，吃两杯广陵春，正好暖暖饥肠！"

李白远来是客，自然不会坏了礼数，躬身长揖道："岑夫子，丹丘生，两位大兄在上，请受小弟一拜！"

双手毕恭毕敬，递上谢昌泽荐书。

岑勋接过信函，启蜡封视而笑曰："原来谢兄故人，当饮十杯！"

元丹丘面呈莲花，见李白长身玉立，心里甚是欢喜。依道箓之仪，揖首道："大郎过谦了，入座吃杯寡酒，便是自家兄弟。何必多那俗礼？"

李白素慕元丹丘，乃玉真公主道友，神仙一般人物。见他以道友之仪揖首，忙握个"阴阳手"，正待要答。

岑勋性急，又不识道仪，早将李白按在客位上，嘴里直嚷嚷："丹丘生搞什么名堂？大郎远道而来，莫让你罗天大醮迷了性，连酒也吃不成了！"

李白闻言，哈哈大笑道："岑夫子果真有趣，就陪你吃几杯！"

三人皆酒脱，各自举觞豪饮。

一连吃了五觞，方才停杯举箸，拈些腊味卤品果腹。

李白自广陵来，昨日游寒山寺，耽搁了行程，只得夜泊枫桥。今儿一早乘舟，紧赶慢赶入得城来，又没顾得上晨炊，早饿得饥肠辘辘。只管拿起一只卤肥鹅，拧条腿塞进嘴里大嚼。

一边艰难下咽，一边又吃三觞酒，直把一张白净俊脸，抹成个大"花猫"。

元丹丘笑了笑："大郎瘠馋如斯，想必囊中羞涩，几日未得酒吃了！"

李白不理他，装着没听见，又拧下另一只鹅腿，囫囵吞枣般吃了，才笑嘻嘻地回敬道："小弟哪比得逸人？日日酒肉穿肠，夜夜帝妹相伴！"

岑勋闻言，鼓掌大笑道："大郎所言极是，当高歌一曲！"

李白一时兴起，大叫一声"好！"

应声而起，唱一曲《元丹丘歌》："元丹丘，爱神仙，朝饮颍川之清流，暮还嵩岑之紫烟，三十六峰长周旋。长周旋，蹑星虹，身骑飞龙耳生风，横河跨海与天通，我知尔游心无穷。"

歌毕，李白丢了鹅骨头，冲着元丹丘长揖，恭敬地赔个不是。

岑勋复大笑。

元丹丘亦笑，李白所歌虽戏词，却一点也不生气，反而急书一函相赠。十分严肃地说道："以大郎之才，入京师必得功名，设若遇到玉真道友，只需将拙书给她，或可助你前程。"

复出一枚"道鱼"，一并给了李白。

李白双手接过，再次长揖为谢："小弟何德何能，蒙大兄厚爱？"

亲执一觞，恭敬二兄。

三人复飞一觞，笑声朗朗不绝，惊起无数白鹭，拂柳盘飞。

李白手执酒壶，绕如苏台狂舞，一边长饮，一边再歌："旧苑荒台杨柳新，菱歌清唱不胜春。只今惟有西江月，曾照吴王宫里人。"

"好一曲《苏台览古》！"元丹丘击掌赞叹。

岑勋重斟一觞酒，双手献与李白，以表敬佩之意。

申时。

夕阳西沉。

姑苏台前，一溪碧荷如玉，团团如承露玉盘。无数早吐的尖尖荷苞，绣球般点缀其间。

荷间小舟如梭，犁破万顷绿绸，又摇碎一溪夕红。

越女或蹲船头，或坐船舷，采菱摘莲苞相戏。弱柳纤腰夭夭，吴语软糯如饴。偶见行郎打马岸上，心里便荡漾如春水，时而摇橹竞渡，时而笑入藕花。

李白呆立苏台，远远望得痴了……《越女词》脱口而出："耶溪采莲女，见客棹歌回。笑入荷花去，佯羞不出来。"

饮一口酒，又歌曰："镜湖水如月，耶溪女如雪。新妆荡新波，光景两奇绝。"

李白情思如涌，一连歌了五曲。曲曲撩人心痒，旖旎不可名状。

元丹丘惊为情圣，抚琴助之以兴。

岑勋心服膜拜，奏笛合韵而鸣。

是夜，明月高悬。

苏台四邻，彻夜皆闻管弦声。

第八章

孟夫子京城失意　李太白安陆定亲

一

古之襄阳，乃荆楚名城，居襄水北岸而名。郡城西去二十里，山峦连绵起伏间，一山隆然中起，宛如卧龙盘蜷。

土著呼为隆中。

隆中北枕汉水，南抱郡廓。境内鹤鹄相亲，松篁交翠。山不高而秀雅；水不深而澄清；地不广而平坦；林不大而茂盛。

汉末，群雄割据，天下大乱。南阳诸葛孔明避乱，从河南来到荆楚间，爱隆中山明水净，筑庐号"卧龙"，隐居其间。时，刘皇叔新败樊城，闻其名而三顾茅庐，得孔明一席《隆中对》，终成就蜀汉伟业。

昔日先主访贤地，天下名士俱往之。

开元初，襄阳名士孟浩然，效仿诸葛亮隐于隆中，以待有明君三顾。然而隐居十余年间，虽然才名远播国中，却无明主相顾求贤，到现在还是一介白丁。

开元十五年，春。

唐玄宗下诏，征召天下贤士。

孟浩然满怀信心，整日翘首以盼，谁知望穿襄水，也没有得到朝廷春征。

茫然苦闷间，经不住家人劝说，过完三十九岁生日，便只身赴长安赶考，欲博得功名为国效力。

帝都长安，高楼鳞次栉比，覆压三百余里，壮丽如天上宫阙。

孟夫子初入京，人生地不熟，幸得好友王维相迎，二人饮于东市。

席间，孟浩然即兴赋诗，吟诵《长安平春》，抒发渴望中式之情。

"关戍惟东井，城池起北辰。咸歌太平日，共乐建寅春。雪尽青山树，冰开黑水滨。草迎金埒马，花伴玉楼人。鸿渐看无数，莺歌听欲频。何当桂枝擢，归及柳条新。"

谁知天不酬勤，任孟浩然才华横溢，也没有被主考官相中，反而认为试卷言论狂悖，有妄议朝廷之嫌。

孟夫子科举不第，不肯就此返乡，滞留京师四处献赋，以期求得权贵们赏识，荐为国家贤良。

王维状元及第，自号摩诘居士，时任监察御史，才名政声誉满京师，与朝中阁老们多有交情。王御史爱孟浩然有大才，政事之余经常带着他同游，其间多次到国子监旁听。

唐承隋制，国家设国子学，为帝国最高学府，学额限制三百人，生员皆贵族子弟。

贞观初，改国子学为国子监，设祭酒一人，为最高教育长官。设丞、主簿各一，负责生员考勤事宜。

开元间，国子监达到极盛，生员上千人。

孟浩然性情孤傲，骄傲得两只鼻孔朝天，哪瞧得起一帮纨绔子弟？曾在国子监显摆才学，赋诗有句云："微云淡河汉，疏雨滴梧桐。"一时名动公卿，"六学"为之倾服搁笔。

王维大为惊叹，极力荐于宰相张说。

张说素有贤名，早年参加科考时，策论天下第一。累迁至工部侍郎、兵部侍郎、中书侍郎，加弘文馆学士。

张相公曾官钦州，当年途经襄阳时，即闻孟浩然的才名。今日得王维举荐，毫不嫌弃他一介白丁，私自邀请到内署相见，欲为国征召贤良。

王维得到消息，着实为好友高兴，千叮万嘱用心准备，以期得到张说的赏识。

孟浩然空负才学，四处求告无门，正心里苦水涟涟。今日得到张相公相邀，似乎看到了报国的希望，激动得难以自持。

夜里，外出至东市，寻一简易酒店，独自吃一壶烧刀子。

几杯酒下肚，一时喜极而歌："北阙休上书，南山归敝庐。不才明主弃，多病故人疏。白发催年老，青阳逼岁除。永怀愁不寐，松月满窗虚。"

自个儿再念一回，感到甚是满意。让酒家拿来笔墨，醉书《岁暮归南山》于壁。

翌日，天既明。

诗传市井，京师轰动，朝野相闻。

孟夫子早起，持了王维的荐书，只身来到相公内署，兴冲冲拜会张相公。

巳时，三刻。

二人相谈正欢，突听到门吏禀报："皇帝驾到！"

张说听到报告，顿时惊出一身冷汗。手慌脚乱间，把孟夫子匿藏在床下。

唐玄宗李隆基，广额隆准，威不可视。

张说忙整衣冠，小心翼翼伏迎地上。

玄宗跮步入内，见几上置茶具，茶汤犹蒸腾，满脸疑惑地问道："张相公与客名聚？"

张说越发惊恐，不敢有丝毫隐瞒，惶惶不安地应答道："启奏圣上，友孟浩然，远道访老臣。"

玄宗环视左右，心里十分不解："为何不见孟卿？"

张说汗流如注，战战兢兢再禀："启奏圣上，孟夫子乃白丁，不敢观瞻龙颜。"

玄宗闻奏，展颜一笑："孟卿大名，寡人早已知道，何不见我？"

张说闻言大喜，连磕三个响头。急忙奏曰："皇帝万岁，请恕臣欺君之罪，适才慑于天威，将孟夫子匿于床下。"

唐玄宗听罢，哈哈大笑道："此时非朝议，可免大礼，让他出来吧。"

孟浩然天生傲性，床下憋得正慌。听得圣谕可免大礼，灰头灰脑爬了出来，依照张相公的行状，也扑伏在地上，嘴里直呼："草民孟浩然，叩见圣上。吾皇万岁，万岁，万万岁！"

玄宗龙颜大悦，见孟夫子气韵高雅，欢喜地笑着说："朕素闻卿家大名，可有新作诵乎？"

孟浩然趴在地上，本来想一展胸中才学，博得圣天子龙颜大喜，偏偏月前应试落第，适才又憋屈钻入床下，一股傲气冲腔而出。想起昨夜酒后所吟，脱口诵出《岁暮归南山》："北阙休上书，南山归敝庐。不才明主弃……"

玄宗听到此，突然满脸不高兴，闷哼一声道："卿不求仕，而朕未尝弃卿，奈何诬我！何不云，气蒸云梦泽，波动岳阳城。"

张说大骇，知玄宗已动怒。"气蒸云梦泽，波动岳阳城"者，乃宰相张九龄官荆州时，孟浩然为得其举荐，专门赋诗《临洞庭上张丞相》，该诗首联即此句也。

天威难测，孟夫子危矣！

张说惶惶不安，浑身抖如筛糠。孟浩然以白丁之身，进入内署乃自己私召，本打算为国家荐才，谁知惹得皇帝不高兴，专门说出此联句，彼张相喻此张相乎？果真是这样的话，孟夫子获罪难免，自己也脱不了牵连！

张相公想到此处，心里惊骇异常，重新扑伏于地，专拣好听的禀奏："吾皇神威天下，宇内咸服。孟浩然不思圣恩，胡言乱语罪不可赦。然圣天子胸怀四海，恕他一介草民，哪识得国家大礼？"

玄宗绝世明君，心里虽然生气，仍不失天体圣仪，更不愿失了礼贤之名，当即拂袖谕曰："他自言归南山，就让他去吧！"

言毕，不悦而去。

张说见玄宗远去，气喘吁吁跌地上，嘴里直嚷嚷："完了，完了！"

孟夫子满脸迷茫，不解地问道："相公何出此言，怎的就完了？"

"唉！"张说长叹一声，不耐烦地解释道，"圣上之意，叫你归隐南山，永不录用了！"

孟浩然闻言，如五雷轰顶。

莫非命乎？

隐居襄阳隆中，不得明主三顾。西入帝京长安，又被明主抛弃。

唉，人再牛，也犟不过命！

二

开元十五年，夏。

孟浩然落泊归里，隐于隆中茅庐，月余不肯见人。

李白东游江淮，散尽三十万金后，再入荆楚间。得知故人不第，又遭天子弃归，哪能不去拜访？

可惜腰无分文，奈何！

李白性豪侈，与友相聚出手阔绰，从不把钱当回事。极好面子的李白，没钱怎么好去见孟夫子？

突忆起从兄李皓，不是襄阳少府吗？想到从兄，便有了主意。

时值初夏，天气渐热。冬装已经卸身，早闲置箱底不用了。

李皓有了家室，前去登门拜访，哪能空手上门？

李白想了想，街头找了家当铺，将一件裘皮褂儿当了。再去糖果铺子里，买了十个饴饼，用红纸仔细包了，当作礼信提在手里，大摇大摆向少府第走去。

酉时，少府第。

选择此时来访，原因有二：一则从兄必已离衙回家，免得空跑一趟。二则已近晚餐时间，难免混一顿夜宵饱腹，自可落得几个饭钱。

李白掩嘴，忍俊不禁。"青莲李白"的豪名，算是让自己混没了。

管他呢，有吃有喝有钱花，才是快活人生！

唐袭隋制，县衙里除县令外，另设有县丞、主簿和县尉，另有九个不入流的吏员。

县丞名为少府，官职却很低，刚刚仅够入"流"，县衙里算个二把手，抵不得州郡的副职权重。

李皓宅第逼仄，南街上毫不起眼，门前也没有卫士。

李白东问西问，好不容易才找到。见大门紧闭，上前叩了叩门环。

院内，传来脚步声，随即一声询问："谁呀？"

李白长年习剑，辨音能力异于常人，知道是从兄的口音。故意拖长腔调，应声回答道："故人李白驾到，从兄快快开门相迎。"

李白？

院内来人噫一声，咣当拉开门闩。李白手提扎包，笑眯眯端立门前。

李皓一见，喜出望外，忙拥入院内，连连大叫三声。

"娘子，娘子，娘子，大郎登门了，快快备酒煮肉！"

娘子李何氏，笑吟吟迎于厅。见了李白直夸："叔叔俊秀，果然貌比潘安！"

李白上前一揖，顺手将扎包递给她，呵呵玩笑道："嫂嫂夸错人了，哥哥才是俊人儿。"

妇人真个乖巧，笑着打趣道："夫君果也不差，若与叔叔长身玉立相较，却又是一枚歪瓜裂枣。"见偌大一个扎包，满脸笑意地嗔道："叔叔恁地见外了？来哥哥家串个门儿，便是奴家的福气，何必带些礼信？"

叔嫂二人打趣，李皓满心畅快，呵呵地笑个不绝。

李白尤喜，称赞道："哥哥恁好福分，难得嫂嫂贤淑！"

妇人听了自然高兴，道一声少陪，提扎包进了厨房，自个儿忙厨活去了。

李皓煮壶茶，兄弟俩饮于厅，等待着酒肉上桌。

少顷，妇人送来酒食，嘴里谦逊道："今日匆忙，不曾备得好酒好菜，叔叔将就吃喝。"

李皓也说："实不知大郎过来，今晚将就吃些，明儿醉仙楼补过！"

少府坐主位，李白坐客位，便不管妇人里外忙活，一杯一杯吃起酒来。

三五杯下肚，二人脸泛红光，话也多了起来。

主人殷勤，频频劝酒。

客人心里有事，数次欲饮还停。

李皓瞧在眼里，心甚疑惑，李白向来豪爽，今日为何忸怩？

李白再吃一杯，故意打一串酒嗝，顾左右而言他："从兄忙于公务，可晓孟夫子近况？"

说到孟浩然，李皓唏嘘不已："曾听人言及过，孟夫子科举不第，隐于隆中不肯见人，大郎可曾见得？"

李白复吃一杯，回答道："正要去见他，只不过……"

一语未了，何氏自里间出，将包饼红纸铺开，指指点点让夫婿看。

李白装着没看见，自个儿连饮三杯，脸上越发烫热起来。

李皓就着灯火，笑眯眯看得仔细，纸上乃李白手迹，书《赠从兄襄阳少府皓》："结发未识事，所交尽豪雄。却秦不受赏，击晋宁为功。脱身白刃里，杀人红尘中。当朝揖高义，举世称英雄。小节岂足言，退耕舂陵东。归来无产业，生事如转蓬。一朝乌裘敝，百镒黄金空……"

何氏看不明白，李皓哪能不懂？我这从弟没钱用了！说声衙里有事，拽上李白便走。

何氏呆立厅中，不知二人搞什么鬼。嘟哝道："天都黑了，跑去衙门干吗？"

兄弟俩一阵小跑，来到少府内署。

李皓出一金囊，乃去岁所赠五十金，笑呵呵递给李白，嘴里说道："此大郎故物，去岁不曾带走，今日物归原主。"

话说得委婉，不欲让李白难堪，真像还给他一般。

五十两黄金，不是小数目。李白内心感激，唯长揖而别。

李白驮一袋金，醉醺醺步出衙门。

时，华灯初上，夜市正酣。正所谓"人声三里市，初夜一街灯"。

夜色朦胧中，一女行走甚急，转眼没入一条小巷。

刘十娘？

李白揉揉眼，几疑梦中。心里奇了怪了，刘十娘不待在夔府，跑来襄阳干什么？急忙跟上前去，想探个明白。

北里弄，一巷灯火，红红绿绿，迷乱人眼。

放眼望去，哪有刘十娘的身影？

三

隆中，三间茅庐。

庐前，曲溪环绕。

溪上，架一木桥，长丈八，宽不盈尺。

桥头，三五株古柏，虬枝盘绕。

茅庐四围，翠竹千竿，亭亭迎风，摇曳多姿。

远望一湾山水，宛如晋人墨迹。

李白有了银子，复又豪气起来。这不正拽着胡紫阳朝草堂走来吗？马正公依旧洒脱，笑嘻嘻紧随其后。三人各驮一袋，过了那座木桥，来到茅庐前。

篱笆扎的围墙，不甚规则。藤枝随意缠绕，倒有几分农家气。

柴门半掩，三五只麻雀，灰扑扑觅食门垛上。见有不速之客到来，叽叽喳喳惊飞入林。

马正公生性诙谐，想给孟夫子一个惊喜，蹑手蹑脚推开柴门，贼一般进了院子。

胡紫阳性端肃，不欲败他兴致，与李白相视一笑，悄悄跟在他后面。

院内甚阔，约有二亩地。中分一径，径宽二尺许，匀匀地铺满鹅卵石。卵石大小如拳，小半露出地面。

径左，一畦菜蔬，种些丝瓜茄子，间或有几株葱蒜，碧玉般晶莹喜人。

径右，三五枚杏树，花已谢尽。枝头青杏累累，拇指般大小，酸酸地碜牙。

茅屋正堂前，青石铺成一坝，坝面平展如镜。石板线缝分明，横平竖直，不差分毫。

一院庭除，洒扫甚洁，让人喜爱。

堂前木柱上，拴一犬甚雄，毛色金黄而卷，状如卷毛狮子。

檐下一桌，桌上堆满餐具，瓦钵里，尚有剩饭剩菜。三五只芦花鸡，咯咯觅食桌上。

黄犬甚机警，见有人偷入院内，猛可里一阵狂吠。声若狮吼，令人胆寒。桌上数鸡惊飞，扑棱棱掀翻瓦钵，"砰"地砸得粉碎。

三人骇一跳，却不见主人出现。

李白见恶犬凶猛，忙摘下所驮背包，从里边摸出一个馅饼，讨好地抛给它，嘴里"啧啧"逗着。

那犬见了馅饼，果然不再狂吠，嘴里发出"呜呜"声，表示欣喜和欢迎。

茅屋大门紧闭，外面却未加锁，显然主人在屋里，躲着不肯见人。

胡紫阳见了，小声言于马正公："孟夫子自京师归来，真是谁也不见了，大郎还不信呢。"

马正公急忙附和，嘀咕道："正是，害得我等傻瓜，又白跑了一趟。"

李白不信。

昨年相聚黄鹤楼，孟夫子何等潇洒，哪是看不开的人？低头想一想，嘴里轻声吟诵道："吾爱孟夫子，风流天下闻。红颜弃轩冕，白首卧松云。醉月频中圣，迷花不事君……"

歌未毕，大门呀然而开。孟夫子笑态可掬，早已阔步迈出。

胡、马二人甚讶，孟浩然眼高于顶，自长安落第归，任谁都不肯见。不想李白庐前一歌，竟让他开了大门。

李白很欣慰，见到大兄出来，虽然满面笑容，却也清瘦了许多，心里不免恻然。急忙迎上前去，双手作揖道："大兄闭门谢客，何苦为难自己！"

孟浩然一愣，突然明白过来，哈哈大笑道："某哪里真谢客？实烦俗夫忧耳！"

李白一听，孟夫子豪爽依旧，亦哈哈大笑。上前拥住大兄，好一番亲热。

胡、马略显尴尬，自诩孟浩然知己，然几番前来探视，不仅未见着面，连院门都没入得一步。遂双双上前，拱手揶揄道："孟夫子神采依旧，我等欣喜万分！"

孟浩然忙转身，扶住二人赔不是："两位仁兄误会了，非孟某不相见，实不知来访者是谁。"

二人释然，随之入堂屋。

孟浩然闭门月余，今得好友来拜，喜得眉毛直扬，冲右厢房大叫道："我说堂上那客，三位叔叔来见，还不宰鸡炖上？"

堂客孟杨氏，是个乡下农妇，面薄不肯见生人。听得夫婿狂喊，急忙捉一只大母鸡，提刀便要宰杀。

孟夫子家贫，靠着几只母鸡下的蛋，去肆中换些油盐度日。

马正公最知情，见老嫂子要宰母鸡，哪里允许？忙起身阻止。

胡紫阳亦劝，指指三个背袋说："孟兄何故客气？大郎早备了酒食。"

李白咧嘴笑道："炖只母鸡喝汤，正好解酒，宰得，宰得！"

孟浩然家贫如洗，生活十分拮据，四邻乡亲都知道。

胡、马二人闻言，好生尴尬不已。便拿眼来盯着李白，怪他一个外乡人，不知楚地风俗，做客主人家里，怎么能要吃要喝？

孟夫子性豪爽，来了客只顾高兴，哪在乎一只老母鸡？倒喜欢李白的率直，讨厌假惺惺的客套。见胡、马二人尴尬，扯开喉咙吼道："兀哪婆娘，磨蹭蹭干啥？还不快快宰了，炖好早早送来。"

李白闻言，哈哈大笑："大兄恁也怪脾气，何故责怪嫂嫂？倘若惹恼了她，不炖鸡与我四人，莫非喝尿解渴？"

孟夫子亦大笑，动手收拾饭桌，只待母鸡炖好，端上桌来下酒。

胡、马夹手夹脚，始终有些放不开，实在不是爽快人。

李白装着未看见，故意大声嚷嚷，让二人打开背袋，欲铺酒食于桌。

众人嫌堂屋逼仄，动议搬到室外，席于院坝石地板上。

铺席完毕，正欲举箸。

李白忙叫且慢，拿只邛烧黑釉大碗，专拣好的卤品，满满盛了一碗。

"此嫂嫂独食，众兄休得眼馋。"

李白端起入厨间，笑呵呵置灶头。复回身席地而坐，团团举杯对饮。

孟浩然见了，眼里满是感动。

胡、马面呈愧色，适才错怪了他，大郎才是识礼数之人，颔首暗叹不如。

厨间，宰鸡声，剁案声，舀水声，生火声，风箱声，声声不绝。

少顷，鸡汤飘香，绕于茅庐。

待到鸡汤上席，四酒徒吃得正酣，早饮空三瓮"巴陵春"。

杨氏捧一钵汤，小心翼翼搁地上，又拿来四只大碗，用杨木勺舀汤碗内，一人面前置一碗，正要默默退去。

李白装着酒醉，从怀里出一金囊，偏偏倒倒甩给孟夫子，嘴里嘟哝道："嫂嫂炖只芦花鸡，叔叔吃了喊惊奇。汤鲜味美世间无，十两黄金值不值？"

十两黄金？

胡紫阳吃一惊，这蜀蛮子恁多金？真够大方啊！

马正公尤惊。

帝国吏俸严明，以县令职级例，年俸银二十五两二钱，折算成黄金价格，不足三两二钱！

一钵母鸡汤，竟值金十两！

李白性豪侈，果然名不虚传。

尤可道者，客人相帮自然，主人也不尴尬！

"岂曰无衣，与子同袍。"

啥是好兄弟，能与尔同袍者！

千金散尽，又何足惜哉？

四

襄阳城，醉仙楼。

醉仙楼临襄水，矗立郡南城墙上。二层榫木结构，占尽一郡风光。

早先的醉仙楼，不是这个名儿，叫作仲宣楼，为纪念王粲而建。

王粲，字仲宣，"建安七子"之首。汉末，王仲宣过襄阳，居十五载未得重用，郁郁不得志，有感而作《登楼赋》，故楼名仲宣。

仲宣楼高四丈，双层重檐歇山顶，由城墙、城台、主楼构成。

楼内，先贤题咏甚众。

壁刻百十幅，尤有建安七子图，惜年代久远，斑驳不可辨。

李皓尉襄阳，见仲宣楼历史悠久，视为荆楚名胜，奏请恩师韩朝宗，欲恢复大楼旧制。

韩朝宗时兼任荆、襄二州刺史，得门生李皓专函，特别批文准允，拨库银专款修缮，改名为"醉仙楼"。

楼为上下两层，底层搭有戏台，可容三十人演奏。戏台下面，开有拱形巨门，大门时常敞着，也没有人看守。

戏台前，一庭甚阔，约莫三亩。

平时里，百十把竹椅茶几，很随意地摆放着，供茶客们品茗聊天用。设若逢上梨园奏演，就将竹椅茶具收了，腾出偌大的空坝子来，作戏迷们听戏用。

土著信誓旦旦，京师名角水仙花，东进扬州路过襄阳，醉仙楼戏园子里，拥进上千人。院坝头人山人海，挤得缝缝都没有，连院里那棵黄葛树上，都爬满了听戏的人。

锣鼓响处，台上唱得展劲，台上吼得闹热，喜洋洋嗨翻天。

醉仙楼既为要处，来客目的明确，要吃要喝要玩，先前的记忆便淡了。谁

115

还记得仲宣楼？建安七子是谁，就更没人知道了。

　　襄阳人不感兴趣，也没人去研究。闲人们到这里来，无非品茗听戏，又或饮酒作乐。

　　芒种节，风和日暖。

　　襄水两岸，柳荫十里。

　　李白离蜀年余，优游湖湘吴越间，整日里玩得潇洒，早忘了姓甚名谁了。

　　二十年前的今日，李白正式有了自己的名字。对于人的名儿，古人特别讲究，视出生日为得姓日，得名日为"再诞日"。对成年男子而言，尤其重视"再诞日"，有建功立业、光宗耀祖的寓意。

　　难得李皓有心，还记得李白的"再诞日"，便帮他操持打理，在醉仙楼摆下盛宴，遍邀荆楚名士相贺。

　　孟浩然，胡紫阳，马正公……悉数到场吃酒。

　　席间，众好友大块吃肉，大碗喝酒，诗词唱和甚欢。有说"青云直上"的，有说"鹏程万里"的，还有说"洞房花烛"的。

　　惹得李白心痒痒，一一持酒相谢。

　　李白眼界高远，自比管仲、乐毅。"申管晏之谈，谋帝王之术，奋其智能，愿为辅弼，使寰区大定，海县清一。"

　　然岁添一"龄"，莫说天下没得扫，自家"小院"也无人经佑。

　　想想心里苦甚，醉醺醺索要笔墨，于回廊左壁上，挥毫题下《江夏行》："忆昔娇小姿，春心亦自持。为言嫁夫婿，得免长相思。谁知嫁商贾，令人却愁苦。自从为夫妻，何曾在乡土。去年下扬州，相送黄鹤楼。眼看帆去远，心逐江水流。只言期一载，谁谓历三秋。使妾肠欲断，恨君情悠悠。东家西舍同时发，北去南来不逾月。未知行李游何方，作个音书能断绝。适来往南浦，欲问西江船。正见当垆女，红妆二八年。一种为人妻，独自多悲凄。对镜便垂泪，逢人只欲啼。不如轻薄儿，且暮长相随。悔作商人妇，青春长别离。如今正好同欢乐，君去容华谁得知。"

　　李白笔走龙蛇，一气呵成。借商妇怨夫远离不归，感叹青春易逝。

　　书毕，掷笔大笑，又连飞十数觞。一座酒徒子，无不为之倾倒，纷纷取笑道："大郎思春矣，早该找个当垆女，作个轻薄郎！"

时有老妪，偕二八女郎，自绸庄购布过楼下，见了李白的醉书，惊为右军再世。

女郎绿衣绿裙，娇声赞叹曰："宋玉之才，子建之骨！"

声似黄鹂，婉转如歌。

李白闻言，酒意全无，往楼下望去，果绝色佳丽也。

李白书生意气再发，左手执酒盅，右手执木箸，两两击节而歌："花为貌，鸟为声，月为神，柳为态，玉为骨；冰雪为肤，秋水为姿，诗词为心，翰墨为香！妙哉妙哉！"

女郎满脸含羞，随老妪匆匆离去。

李白醉眼蒙眬，见女郎袅娜而行，气韵如仙。心里忽痴迷，一言不发返回客栈，迷迷糊糊倒床便睡……

四野清幽，林木葱郁，溪水宛然如画。

女郎隔岸回眸，夭夭如桃花。忽劲风过林，落英缤纷，女郎翩跹坠涧中。

李白大叫而醒，原来南柯一梦。回顾适才梦境，却又历历在目。

翌日，寅时。

李白起了床，像往日一样，站在客栈阶沿上，舒展活动筋骨。深吸一口长气，又徐徐吐出，心中顿时空空荡荡，没有抓拿般发慌。匆匆忙忙收了功，来到盥洗间洗漱。

卯时。

李白走出客栈，独自来到城南，沿女郎离去的路径，一路寻觅而去。

距城二里许，有溪名芦水，夹岸十里柳荫。

过板桥，芦苇茂密。

道旁苇丛中，遗一绢扇。

李白上前拾起，扇额题有小诗，字细如蚁足："烟中芍药朦胧睡，雨底梨花淡淡妆。小院黄昏人定后，隔帘遥辨麝兰香。"

再往下看，李白吃了一惊，扇面所书诗句乃《江夏行》，正是自己昨日题诗！

字迹工整娟秀，墨迹犹新，仿佛若有胭脂香。

李白大异，将扇匿入怀中，视若珍宝收藏。

又行二里许，柳林愈茂盛，间有山桃烂漫，红艳艳一片。

远见一女郎，绿衣绿裙，妖娆戏花下。

左右二侍女，嬉闹相随。

李白隐林中，窥视良久。

三姝丽不察，一路嬉笑，且行且停，怡然桃源中人。

巳时，三刻。

三女择岔路，结伴入林而去。

李白呆立溪畔，遥望三女带袂飘举，环佩叮当作响，风姿绰约如仙。百步外，犹异香袭鼻。

临近午时，柳林浓密处，有炊烟袅袅升起。

李白确信，三女住此不远。遂解下腰间长剑，剥光一棵柳树皮，刻小诗其上。

诗云："隔溪遥望绿杨斜，联袂丽人歌落花。风定细声听不见，茜裙红入那人家？"

刻毕，独自念一回，竟有些痴了，依依不舍沿溪续行。转过小山坡，道旁有鸡毛小店，三五个村人，坐长凳上喝茶聊天。

李白彬彬有礼，躬身上前问话。

村人皆摇头，不知李白所云。

唯店家相答："此去里许，有许相公园林，恐其家眷是也。"

李白谢过，郁郁而返。

又一日，巳时。

李白再至芦水，来到桃花林。风和日丽依旧，却整日不遇所期。唯一溪落红，伴清流缓缓流出。

李白大失所望，复又书一绝句，续于昨日所题之旁。

诗云："异鸟奇花不奈愁，湘帘初卷月沉钩。人间三月无红叶，却放桃花逐水流。"

如是者旬日，李白数往芦水，皆不见女郎踪影，心里惆怅万分。只把一柄遗扇，随身藏于怀中，时时拿出把玩，珍爱如拱璧。

胡紫阳乃逸人，却心细如发，数度私下相问，李白终不肯说。

马正公早为人夫，见李白心神不宁，知为绿衣女所困，却苦于无法帮他。

越明年，春三月。

李白游安陆，同行者胡紫阳、马正公是也。

三人意气风发，打马过白兆山。正值春风淡荡，桃花灼灼盛开。

李白爱此美景，勒马山前不行。嘱二兄饮马山涧，自己立一幢茅屋前，四顾赏景小憩。

院内，一红颜老翁，正负日弄儿。见李白立檐下，气度卓尔不凡，忙将稚童交与门人，出来邀请入宅饮茶。

李白心情颇佳，又喜庄户雅洁，信步进入院内。

初入宅门，仅茅屋数间。

再经曲廊幽径，越过前面小院，步入后园竹林中。眼前豁然开阔，楼台重宇，金碧辉耀。缓步行走其间，恍然如隔世。

老翁引着李白，来到一间雅室。

少顷，一红衣绿裙小丫头，款款奉上一盏茶。茶汤平常，殊无特别，徐徐饮后，却满口余香。

李白手托茶盏，细细把玩。终不知何缘故，如此平常茶汤，口感竟这般美妙。

稍憩片刻，李白饮茶两盏，便要起身辞行。

老翁挽留道："此去安陆不远，可歇马用过午膳，再行无妨。"

李白闻言，喜老翁诚恳，复坐凳上。拿出珍藏绢扇，轻轻摇动起来。

老翁立一旁，见了那柄团扇，表情十分惊讶，遂轻声相询道："敢问大郎，不知此绢扇何处得来？"

李白见询，据实告知："不瞒老丈，此扇诗书画俱佳，去年春上，得之襄阳芦水。"

老翁讨过绢扇，正反仔细观看。越看越惊诧，突起身，匆匆入侧室。

良久乃出，喜滋滋笑曰："适才见扇头小诗，疑吾甥女手笔，入示吾妹，果如是。"

李白初入宅，即有异样感觉，闻听老翁之言，心中惊骇不已。

老翁见他吃惊，并不言语解释，唯领着他进入侧室。

室内锦帐妍丽，几案洁亮如镜，四壁窗花镂空雕刻，花鸟鱼虫栩栩如生。

临窗置一琴，甚古，乃蜀中雷琴。

方坐定，有老姬出拜。

李白一眼便识，姬乃去岁芒种节，醉仙楼偕女郎之老姬也。

老姬见了李白，却并未认出他来。自言自语道："夫君许圉师，前朝高宗国相是也，三年前退隐芦水，筑园自宁。小囡女玉儿，溪畔游玩偶失此扇，不意为大郎所获，莫非天意乎？"

李白愈惊讶，不知"天意"何指？

老姬复述曰："玉儿溪畔失扇，曾数返寻找，皆无所获。唯溪树上题二绝句，吟哦甚欢，至今犹诵之不辍。"

李白请诵其词，乃自己所题句也，心里早明白了来龙去脉。

老姬端视良久，恍然大悟道："大郎莫非……芒种醉仙楼……题诗者乎？"

李白忙欠身，欣喜应答道："小生酒后孟浪，恕无礼至极。"

老姬闻言，大喜。嘱咐一侍女，速到内室去，传唤小玉来见。

侍女入内，良久不至。

老姬不耐烦，高声呼唤道："玉儿何无理至此？可知溪树题诗者乎？枉自日夜念念不忘。"

呼声未了，环佩响如连珠，旋即见一女郎，严服靓妆而出。

果溪畔丽人也。

一年不见，越发玉姿芳润。

李白心头狂喜，情不自禁责诘道："那日一去不还，苦煞小生数往寻觅。"

欢喜之情，溢于言表，俨然如故交。

女郎低首，面带桃花，轻声应曰："去岁芒种，妾随重慈远赴安陆，到白兆山来探望郎舅了，至今未返芦水，奈何？"

二人相谈如故，论及文学事，话语滔滔不绝。

午时用膳，美具精食，世所罕见。

席间，老丈再三斟酒相邀，李白皆不应允。

胡、马二人皆诧，李白嗜酒如命，今日何以彬彬有礼？想起醉仙楼题诗，已晓李白心思。二人相视一笑，同声言道："大母在上，晚生胡紫阳、马正公有话要说，不知当讲不当讲？"

老姬噫一声，既诧且惑地笑道："荆襄胡、马二公肯光临寒舍，实乃蓬荜生辉，有话可直说。"

马正公嘴快，手指李白道："此青莲李白者，去岁得识贵千金，时时为情所苦……"

李白？

老妪大惊诧，口里念念有词："青莲李白，果然人才双绝，许门何其有幸，迎来凤凰栖枝！"

玉儿尤惊喜，满脸羞红。偷偷看一眼李白，转身入里间。

胡紫阳性端肃，稽首作揖道："大母高高在上，我愿与马兄共媒，保大郎入赘高第。"

老妪不语，笑眯眯一脸喜色。心想，若招得这般孙婿，须不辱了许氏门面。

扭头向里间喊话，嗔曰："玉儿何故害羞？嘻，天天唠叨着大郎，今日偏又躲着不肯见。"

玉儿藏里间，竖起双耳听着。闻大母笑言，轻轻一声欢喜，再没了声息。

老妪呵呵而笑。

胡紫阳亦笑，知她已经首肯，拽李白伏在地上，再三叩拜。

老妪忙起身，双手将李白扶住，嘴里赞不绝口。

玉儿听得真切，"扑哧"笑出声来。

李白喜昏了头，一时手脚无措，唯发出"嘿嘿"的傻笑声。

胡紫阳掐指一算，佳期定在阳春三月，初八日为最佳期。

二媒与老妪约定，花好月圆之期，万万不能错过。

楚地古俗，定好了婚嫁日子，李白不得再逗留女方家，须打道回府以避喜神。

老妪偕玉儿，相送于道旁。

绿裙女郎突含泪，轻声吟诵道："闻郎夜上木兰舟，不数归期只数愁。半幅御罗题锦字，梦里相赠玉搔头。"

李白心头一紧，马上拱手相别，应声回唱："碧窗无主月纤纤，桂影扶疏玉漏严。秋浦芙蓉偏头笑，半帘斜映红烛轩。"

春风荡柳，桃红乱坠。

李白执缰西行，又数度回首。

玉儿扶柳道旁，久久不愿离去。

第九章
胡紫阳赞礼主大婚　马正公嬉笑作媒婆

一

李白本是蜀人，蜀中旧俗了然于胸。

楚地与蜀相壤，婚俗却大相径庭。男女姻嫁论定后，双方便只能"窝"在家里，耐心等待大喜之期。

"窝家待喜"期间，双方哪儿都不能走动，连隔壁邻家也不能去，免得喜气外泄误了终身。

女孩儿则另有一说，"窝喜"为了"养膘"。每日除做些女红外，就一门心思待在闺阁"养"，直养得白白胖胖，到了婆家好生儿育女。

李白客居襄阳，爷娘远在蜀中青莲，虽有胡、马二兄为媒，仍属"入赘"之列。没有家可"窝"，成天"窝"在客栈里，还不"窝"出病来？

掰着指头一算，离庚午日尚有半月，李白天马行空惯了，哪受得了这般约束？幸得从兄关怀，李皓征得内子同意，让他搬进少府第，当自己家一样"窝喜"。

胡、马都是过来人，知道李白"窝"得难受，便时常邀约孟夫子，隔三岔五来看他。

来时，必携酒食。多则卤品伴醉，少则落花生佐酒。

李白得众兄关怀，倒也不寂寞。虽说岁龄二十有七，然尚未涉足"人事"，难免内心惶惶，既盼婚期早点到来，又恐它日日临近。私下请教胡、马二人，楚地入赘仪程烦是不烦。

马正公笑笑，故意捉弄他，装着一本正经的样子，戏之曰："先不说别的，大郎首先得谢媒，蜀中礼信轻重不知，楚地少不了一只大公鸡。"

听他说得认真，李白爽快答应道："这个省得，蜀中也有谢媒一说。"

马正公再笑："好事成双，我与逸人共媒，须得四只大公鸡。"

李白咧嘴一笑，憨憨地也依了他。

胡紫阳性厚道，不忍相戏："大郎有所不知，入赘不比迎娶，楚俗更有别于他地。"

听逸人说得靠谱，李白长揖于前，请教道："先生所言楚俗，可否详尽告知？"

胡紫阳接着说："《说文解字》云，'赘，以物质钱，从敖贝，敖者犹放贝，当复取之也。'赘婚者，即男子以身为质也。自秦扫六合至我大唐，赘婚者一概等同罪史亡人，下贱至极。依旧俗应弃姓氏，改入女家族谱。入赘之婚仪，也由女家彩车迎接新郎。"

李白闻言，大惊失色，摇头大叫道："大丈夫立于天地间，行不改名，坐不改姓。似这等巫教恶习，使不得，万万使不得！"

马正公听得真切，大愕。恐李白一时激愤，悔了先前媒约，急忙说道："媒约已允应，聘期将满，大礼势在必行，奈何？"

李白仍大愤，气咻咻怒道："入赘倒也罢了，如若改名换姓，势必不从，哪管得那许多？！"

一人坚持古法，一人欲挣脱约束，两两争持不下。

逸人不着急，依旧神态可鞠，笑眯眯安慰道："大郎少安毋躁，听我慢慢道来。"

原来楚地旧俗，因男方入赘为贱，女孩儿倒成了主角，可以亲视男子后定夺，实有别于"父母之命，媒妁之说"。为维护男方尊严，避免婚后遭乡邻鄙视，方式也灵活多样。

其一，入赘之日，由女家备彩车，并用行人执事鼓乐，专事"迎娶"新郎，俗称"载郎头"。

其二，也有先一日由女方接去，让入赘者宿于新房中。正日，彩车鼓吹，载新娘兜喜神方转一圈，似男家迎娶，到门拜堂。

其三，女孩儿移居舅父家，入赘者到女家居住。到了婚娶吉期，"男方"依例派出彩车，到女方（外祖母）家"迎亲"，嫁妆陪奁、笙乐鼓吹、行人执事，一行俱全。"男方"则安排亲朋数十，朝门前列队"迎新"。炮仗声中，"迎新"者依例踢车门，设"门坎"阻拦。"新郎"上前，请"新娘"出车门，牵"新娘"入厅堂，在赞礼师指挥下，双双行拜堂礼。同样鼓乐喧天，大宴各方宾朋。用最喜庆的场面，将入赘形式掩盖起来，使男子堂而皇之娶亲，女孩儿照样坐彩车，吹吹打打"出嫁"做新娘。

其四，另有入赘婚仪者，俗呼为"顶房桃"。这种情况不常见，多为无后嗣者，为了传宗接代，往往抱养一女孩。待其长大成人后，便从同宗平辈兄弟间，挑选一兄弟较多的男子，来同这位姑娘结合，男方不用更换姓名。

李白听得仔细，胡紫阳说得明白，李白举觞一饮而尽曰："逸人所言甚合吾意，第三者方式可行，第四者不改姓名，尤佳。若得二者合一，某自当入赘许门。"

当即吩咐二兄，速去白兆山相商。二人领命而去。

待胡、马去后，李白独自饮一回，又吃些卤品馅饼，胡乱填饱肚皮后，去床上舒坦躺下，静候二兄佳音。

申时，三刻。

群燕聚于檐下，来来往往盘飞。老妪随胡、马来襄，驾车径奔南门，驶入少府第。

李皓满面春风，笑吟吟迎进门。自是一番寒暄，好酒好肉款待。

席间，老妪言于李白，语多诚恳而开明：

"大郎所虑，甚是。然老身膝下，唯一孙囡女，哪舍得她出阁离家？玉儿郎舅为之劳神，曾选三位荆楚士，由她亲视定夺，皆不合心意作罢。去岁醉仙楼一别，便心系大郎身上，痴了一般日夜唠叨。那日白兆山一晤，经胡、马二士

124

撮合，得大郎允诺，玉儿默许，老身心病去矣。"

李白听得仔细，却不知相商结果，哪敢轻易点头摇头？直把一双眼睛，来望着胡紫阳。胡紫阳不理他，附和老妪话说："大母所言，极明事理。"

老妪笑笑，再吃一盏酒。咂了咂嘴，续曰："老身思之再三，可依楚地风俗，令玉儿先移居郎舅家，待花好月圆之期，再由大郎彩车迎回，嫁妆陪奁、笙乐鼓吹、行人执事……一应礼节与娶亲无异，大郎可省得？"

李白闻言，松了一口气。二兄白兆山之行，看来已初见成效。唯更换姓名，滋体事大，不知结果如何？

遂双手擎杯，长揖老妪前："承蒙大母错爱，晚生李白幸甚，自当珍惜之！"

话说得好听，却把"李白"二字说得响亮，生怕老妪年老耳背，听不真切似的。

老妪闻言，哪能不知？郑重地说道："大郎入赘许门，可不改名换姓。君不见唐帝国威仪天下，圣天子胸怀四海，多少胡儿入驻天朝，也未改名换姓，何况本小家乎？岂可抱陋习不放！"

李白喜极，感老妪宽宏大量，果不愧帝国相门夫人！心里便有个想法，若与玉儿喜结连理，所得子嗣但凡取名，既不姓李，也不姓许，以示感恩大母。

老妪开明如斯，李皓由衷钦佩。见李白傻乐，上前拽之曰："欢喜伢崽挨箸头，快快拜见大母！"

李白回过神来，赶紧伏地上，三拜九叩道："大母高高在上，请受孙婿一拜！"

老妪忙上前，双手扶起李白，呵呵欢笑道："老身得婿如大郎，夫复何求?!"

一屋主宾，皆大笑。

二

春三月，初八日。皇历写得明确，宜嫁娶。

寅时，一刻。白兆山下，青石官道上，百十人一队迎亲人马，吹吹打打赶往"许家庄"。

寅时，二刻。"许家庄"内，数畦百合正开，花瓣洁白如羊脂。

后花园绣（闺）楼里，除坐着新娘玉儿外，另有小女儿九人，团团围坐一屋，正长声幺幺唱《哭嫁歌》。

众姊妹情深，不忍玉儿嫁走。依家里长幼亲疏，挨个儿哭去。

哭爷娘、哭兄嫂、哭姊妹、哭叔伯、哭姑舅、哭陪客、哭媒人、哭苦情……

此时正值开头，由玉儿领哭。

先哭的阿娘："在娘怀里三年滚，头发白了万万根……"

再哭阿爷："天上星多月不明，阿爷为儿苦费心……为女不得孝双亲，难养父母到终身；水里点灯灯不明，空来世间枉为人！"

玉儿爷娘早殁，由大母抚养带大，心里之苦甚于她人。便真唱真哭，直唱得泪水长淌。

众姊妹应声而和，也唱得泪水长流。

卯时，一刻。玉儿不再哭，悄悄擦干眼泪，在两位"喜婆子"理料下，故意慢腾腾化着妆，静待李白前来"催妆"。

绣（闺）楼外，十位红红绿绿侍女，笑逐颜开，叽叽喳喳，分列于楼廊两旁，候着庄院外鼓乐声响。

一屋红烛，明晃晃亮堂。

玉儿内着红色胸衣，外套多层青绿广袖上衣，下着荷绿色拖地罗裙。头戴"次"（假发辫盘成），以"纚"束发，插一尺二寸玉笄，发簪金翠花钿。青黛眉，点绛唇，格外地明艳照人。

媚眼儿迷离含羞，脸蛋儿白里透红，小嘴儿一点绛唇，鲜嫩如百合带露。

玉儿脸蛋微烫，羞答答端坐镜前。伸手摸一摸头上"结缨"，越发地娇羞可人。

"缨"乃五彩丝带，为玉儿亲手精心编织。自李白许婚后，即遵大母意，"结缨"束发于鬓，表明自己已许配婚家。此"缨"结上后，便不能摘下，须待洞房花烛时，由夫婿亲手解摘。

李白长身玉立，一袭白袍如雪，想到洞房花烛时，由他亲手解下"结缨"，玉儿羞得满脸通红，心跳如小兔乱蹦。

卯时，三刻。李白骑高头大马，领着彩车仪仗，兴冲冲来到"许家庄"。

新郎官的装束，又别有一番讲究，与新娘相匹配：头戴"爵"弁，脚蹬玄色"朝"靴，着绯红长袍，外配圆领大袖徘衫，一副大官人模样。

时，大唐富强天下，帝国官贵民显。结婚（成家）乃人生大事，与建功（立业）并列首位。朝廷准允新人着官服（仿），以示与民共享荣华。

故李白夫妇新婚装，皆着朝廷官员（夫人）服饰。大胆而炫目的色配冲撞，尽显唐帝国风范，正所谓"红男绿女"是也。

"许家庄"二门童，穿簇新俳衣，头扎两只"朝天冲"，神气活现背手立阶前。见到迎亲队伍临门，故意上前阻拦，始终不肯让彩车进院门。

二子故作顽劣，牵手挡在门前，嘴里唱着《讨喜歌》："娇儿光光，讨回一个新姑娘。娇儿皇皇，忘了自家老亲娘！"

原本俩"媒婆"，到场的只有马正公一个。胡紫阳留在"婆家"，权且作了赞礼官。

见童儿拦门，马正公笑了笑，知道此乃楚地古俗，"娘家人"装装样子，故意设个"门槛"，让童儿阻闹讨喜。意即舍不得姑娘出阁，非真刁难新郎官也。

李白忙掏出两串铜钱，笑呵呵递上。二子接了钱，嘴里又唱道："新郎，新郎，打马朝纲。今日讨个颜如玉，明儿高官伴君王。"唱完，让出大门，一溜烟跑了。

马正公手摇媒铃，叮叮当当作响，在前面领路。

李白下了马，走在彩车左辕旁，领队伍随后入院内，来到绣（闺）楼下。

听得楼下媒铃响，知道迎亲的队伍到了。玉儿心里欢喜，却故作一副怒色，大声唱起《骂媒歌》来。

"韭菜开花一二台，背时媒婆天天来。蚕豆开花绿茵茵，背时媒婆嚼舌根。豌豆开花夹对夹，背时媒婆想鞋袜。板栗开花球对球，背时媒婆想猪头。你做媒婆想饮酒，山上猴子骗得走。说活阿爷和阿娘，媒婆死后变牛羊。"

《骂媒歌》乃喜歌，不是真骂媒婆。歌词虽然尖锐刻薄，新娘却是正话反说。

马正公晓得，丝毫不介意。媒铃摇得哗哗直响，冲着楼上高声唱道："东方一朵紫云开，吹吹打打迎亲来。郎家备下高彩车，新人移步下楼台！"

"喜婆子"乃娘家人，听了媒婆的《迎新歌》，故意尖酸刻薄地唱道："新郎来自何人家，千金楼前闹喳喳。莫得百年梧桐树，凤凰岂肯落枯丫！"

娘家人回敬得好，马正公也不差。赶紧回唱道："郎家千年凤凰台，只待玉人天上来。今日奉上万千彩，迎得新人欢喜回！"

喜婆子一听，改口唱道："既有千年凤凰台，为何不见新郎来？我家玉娘千金躯，怎可移步沾尘埃！"

马正公听罢，顺势把李白一推，小声嘱咐道："傻愣着干啥，还不快去背玉人。"

李白"喜糊"了心，被马正公一推，迷迷糊糊上到二楼。一众十侍女，嘻嘻哈哈齐上前，死死拦住李白去路。领头一女，故意怪嗔道："新人化妆未毕，好一个毛脚婿，恁地这般性急？"

李白初时一愣，马上忆起胡、马二兄所教，此新娘假化妆为由，考新郎才学的"催妆"仪程是也。

一时情急，脱口而吟催妆诗。李白连吟两诗，并非卖弄才学，实在是紧张所致。

众侍女不知，皆惊讶其才。让开楼廊通道，允许他进入房间。又见他手慌脚乱，纷纷掩嘴窃笑。

李白越发慌乱，额上汗出如浆。跟斗扑爬进入闺房，喜颠颠背起玉儿，下楼送入彩车中。

楼上一喜婆，体态肥硕。见玉儿进了彩车，故意扯开喉咙，高声大叫道："哪来的大胆狂徒？竟敢偷了新娘子去！"

旁邻一喜婆，瘦若竹竿。扭着腰身，摆手喝止道："哪是狂徒偷新娘，实乃我家金龟婿心急，欲抱玉人早入洞房！"

复又领十侍女，列立在楼廊上，依玉儿阿娘的口吻，唱起《哭女儿》歌来："阿爷阿娘好伤心，囡囡进了别家门……"

娘家唱罢《哭女儿》，马正公再摇媒铃，嘱咐车把式启"辇"。

爆竹声里，鼓乐行人执事在前，高轩彩车居中，陪奁嫁妆挑子在后，迎亲队伍浩浩荡荡，向白兆山李家庄缓缓前行。

每行至桥头，便不直接过桥。马正公必鸣媒铃示意，让吹鼓手停乐，迎亲队伍围坐一起，饮酒吃肉取乐，拦车讨要喜钱。队伍中三五童子，乘机围车而歌："新姑娘，嘭嘭当，长得好看又大方！"

车内的玉儿，果然大方得紧，撒出大把大把的铜钱，还有无数的干果饴饼。迎亲队伍一哄而上，纷纷抢夺钱物，各自归为己有。

如是者七八回，迎亲队伍走走停停，才行去五六里地。

三

唐时，依周制《礼记·昏义》，婚礼定在黄昏举行，谓之"昏礼"。

未时，三刻。李家大院张灯结彩，宾客盈门。

胡紫阳为赞礼官，特意脱去道袍，换了一身新打头。头戴一顶绯红镶黑边帽儿，身着绯红色云纹边牙大襟袍，摇一把孔明羽毛扇，正站在庄院台阶上，伸长脖子向官道张望。

申时，正。庄前探喜童儿报，彩车已过溪头板桥。

胡紫阳忙端正衣冠，指挥九"炮手"鸣炮，接连不断爆九九八十一响。寓意祝报（竹爆）平安，幸福久久（九九）长享（响）。

刹那间，李家大院内，爆竹声声，鼓乐齐鸣。一院宾客，欢集于庭。手之舞之，足之蹈之，热闹轰然。

新郎爷娘远在蜀中，李皓夫妇权且做了"高堂"，端坐在上八位首席上，是谓"长兄为父，长嫂当母"。

彩车入庭，吹打愈欢。马正公故作妖娆，头戴青色媒婆帽，两颊涂抹绛泥红，左腮点颗媒婆痣，极度夸张地扭腰摆胯，尽显"媒婆"之态。

待李白下得马来，马正公手持一条五彩绸带，带上系偌大一朵红绸花，领着他来到彩车前，让新郎新娘各持彩带一端。

李白在前，牵着绢扇遮面的玉儿，双双进入喜堂内，依例行"拜堂礼"。

胡紫阳端正衣冠，伫立赞礼台上，喜气洋洋颂曰："夏秋之交，金玉之时。美景良辰，天作佳偶……清风迎客，碧水添情。鼓乐声声，车马穿行。欢歌阵阵，香辇徐停。莺飞燕走，芳草峥嵘。霞帔锦绣，足履长虹。红颜白首，相携相拥。此生无散，鱼水相融。"

李白满脸幸福，牵玉儿立堂前，不敢随意乱动乱看。暗赞逸人好记性，不知他哪来的这般说词，心里觉得好笑，却强忍着不敢笑出声。

赞礼台前，品字型立三童子。前为报喜童子，后为金童玉女。待赞礼官颂毕，报喜童子稚声唱曰："燕聚廊檐，花好月圆！"

"嘭嘭嘭"，"嘭嘭嘭"，又是九九八十一声爆竹响。

后立金童玉女者，双双相对拍小手，口里诵着稚儿歌："潇湘水，正清清，鸳鸯对，撒花迎；盼月亮，等星星，看游船，逛花灯；坐玉台，吹暖风，烟花舞，酒香浓；邀喜果，讨红封，新娘脸上红彤彤。"

歌毕，又有百名彩衣童儿，绕着新郎新娘轰跑，依金童玉女韵，拍手齐诵同一儿歌。

众子一边欢跑，一边欢唱，一边又向新人抛撒花瓣。

新郎新娘矮下身子，一一拥抱、贴脸众童子。双双拿出所携饴饼干果，分发给童儿们香嘴。百子得了喜物，欢天喜地散去。

胡紫阳再歌："凤兮凤兮归故乡，神游四海求其凰。青山远衔花作引，花香犹忆几重芳。凰兮凰兮从我栖，惟愿白首永不离。碧水潭清新月熠，月映天地两相依。"

马正公闻歌，带头起哄曰："新娘貌若天仙，偏偏以扇遮面，不让我等看正当，为何不让新郎官瞧一瞧？"

众宾客跟着起哄，闹麻麻大声嚷道："移开团扇，花好月圆！"

眼见群情"汹汹"，胡紫阳忙转身，对新郎官唱道："人生难得有情猜，亟盼佳人倩影来。若欲一睹芳华面，快上心意莫发呆。"

李白听逸人一唱，知道该对玉儿表心意了。此仪程有个说法，是谓让新娘"称心如意"。

李白先有准备，去怀里掏出一只雁（麦面雁形馍，寓意男人当顾家，婚后外出像大雁，记得准时回来），并五色丝、合欢铃和一对金镯子、金耳环（心意），恭敬交与玉儿身边侍女。嘴里唱道："不须面上浑妆却，留着双眉待画人；城上风生蜡炬寒，锦帷开处露翔鸾；已知玉女升仙态，休把圆轻隔牡丹；

莫将画扇出帷来，遮掩春山滞上才；若道团圆似明月，此中只须放桂花。"

玉儿受了心意，又听了《却扇歌》，却越发含羞，不肯移开遮面团扇。

李白没辙，傻乎乎笑着。

胡紫阳见了，忙唱道："佳人妩媚多羞语，千呼万唤上前来。团扇轻摇将面掩，快请郎君前去开。"

"拜堂礼"上，赞礼师是主角，媒婆少有机会露脸。

马正公闲得慌，这下捡到了话说，扯开嗓门大吼："新郎修且俊，才情贯古今。佳人美且娴，才貌幸得兼。今宵风正暖，今夜月正圆，今夕情正好，今日酒正酣。从此相思同长路，偕老今生共君度。比翼连理心寄远，好景良辰莫辜负。"

吼完，很是得意，冲李白眨眨眼。李白一身盛装，拘谨得正难受，偷偷回他一笑。

胡紫阳一见，更加来了精神。大声指挥道："列班仙女听命，快快备好昏仪礼器，以待吉时。"

一众数十侍女，闻风而动，四下准备礼器，以待昏仪大典。

众炮手更没闲着，将一节节竹筒，浇上黄澄澄桐油，只等赞礼师令下，便爆个惊天动地，喜气洋洋满乾坤。

天井上，一月已圆。

屋檐下，群燕拥聚。

四

唐袭前隋，承周礼旧俗，昏礼极为繁复。

一为沃盥礼。

七位彩衣侍女，遵赞礼师所嘱，自堂屋内鱼贯而出。

为首者，着桃色衣裙。手托一盘，盘内摆两只碗，两双箸，一只碟。碟内，盛一块熟肉，约一寸见方。

次者，着荷色衣裙。手里也托一盘，盘内盛二物。一物为葫芦，对半破开，用红丝系着，外形完好如初。另一物为酒壶，壶乃纯银所铸，擦拭得锃亮，美酒满满盈颈。

另有二童子，抬一黄铜鼎，鼎内盛满清水，端立新人前。

胡紫阳再正衣冠，嘴里又唱道："新人新貌话新颜，互为心上正衣冠。清水清风涤清面，朝朝相对此情连。请新人行沃盥礼。"

新郎新娘遵嘱，去铜鼎里净手，细细洗去手上尘土，又互为对方擦拭。

此为沃盥礼，表达新人新气象，也表达对昏仪的敬畏。

二为同牢礼。

童子抬走盛水铜鼎，胡紫阳即招呼托盘侍女，将盘递到新人面前。嘴里唱道："举案齐眉真相敬，举手同牢互心倾。夫妻共食盘中物，相濡以沫永搀扶。请新人行同牢礼。"

依赞礼师所嘱，新人席地相对跪坐，一起分食碟中熟肉。

此为同牢礼，寓夫妇从此一体，同甘共苦永不分离。

三为合卺礼。

托盘侍女退下，另一托盘侍女上，后随一五龄女孩，两只丫头朝天。

胡紫阳再唱："结发之情动天地，从此相亲永不离。夫妻共饮合卺酒，同甘共苦总相依。新人请行合卺礼。"

侍女端捧托盘，示意五龄丫头上前，将葫芦所系红线，一匝一匝拆下。拆线者极有讲究，盖因拆去红线，葫芦即"分卺"，成年人万万拆不得，唯童言（手）无忌。

红线拆下，瓢分为两瓣。分别递与新郎新娘，双方各执半瓢。

侍女执银壶，注酒新人瓢内。二新人先各自半饮，又交换瓢饮尽。

此为合卺礼。

周制，以匏瓜作昏礼礼器。卺为匏瓜一种，故称为合卺。

前朝炀帝幸江南，选民女为妃，一时寻不到匏瓜，因葫芦类似匏而代之，从此约定成俗。唐沿隋制，匏瓜、葫芦二者，皆可作"合卺"礼器。

匏瓜味苦而涩，用之盛上美酒，酒与匏瓜味中和，味道纯美而甘甜，寓意夫妻同甘共苦。

饮完合卺酒，匏瓜（葫芦）重新合上，用红丝线仔细系好，表示夫妇永不分离。后人不识古礼，讹为交杯酒，倒也说得过去。

四为跪拜礼。

互饮合卺酒后，新郎新娘不再视为新人，而成了正式夫妻。须拜天地，拜高堂（宾朋），夫妻对拜。

赞礼官胡紫阳，语气喜庆如故，唱曰："千里姻缘一线牵，良辰美景喜相连。今朝佳侣成三拜，自此同心到百年。"手摇赞礼铃，叮叮当当走下赞礼台，上前领着李白夫妇，一拜天地。

夫妇双双伏地，虔诚叩着响头，感谢天地造化之恩。

一拜毕。

逸人再摇赞礼铃，又领两人到堂前。李皓夫妇坐堂上，笑呵呵满脸喜色，端足了"高堂"架子。

李白今日大喜，忆起蜀中双亲大人，鼻头一阵发酸。见了李皓夫妇，感念从兄嫂厚爱，不待胡紫阳声起，早与玉儿拜于地，头磕得"咚咚"直响，感谢父母养育之恩。

二拜毕。

胡紫阳立堂前，见李白动了真情，心里十分感动。扯长嗓音，高声唱曰："夫妻对拜！"

李白回过神来，望玉儿一脸羞红，心里欢喜得不行。玉儿瞄一眼李白，见他眉毛笑成了豌豆角，也暗自偷着乐！

二人正"喜糊"间，听到赞礼师一声对拜，双双躬身便拜。谁知未注意距离，两个"喜头"咚地碰到一起。一时情急，又双双后退。

众宾客见了，顿时哄堂大笑。李皓夫妇也笑。胡紫阳不敢笑，依旧端肃如故。

马正公乐翻了天，故作一副丑态，扭着粗大的腰身，拍手戏言道："喜头两相碰，洞房花烛红。今夜拥锦被，明朝抱龙凤！"

"说得好！"

孟浩然居客首位，带头喝起彩来。

五为执手礼。

胡紫阳重登赞礼台，继续主持昏礼。唱曰："此生既有佳缘定，同心携手莫

133

相轻。红线牵来鸿运早，再把新庭好经营。请新郎新娘行执手礼。"

左手牵李白，右手牵玉儿，高唱一句祝词："执子之手，永结连理！"

李白盼了很久，终与玉儿两手相执。酥酥一股暖流，刹那间涌上心头。

一个激动，心跳如脱兔。一个含羞，娇媚若闭月。

执手礼毕。

六为结发礼。

李白执玉儿手，不愿放弃片刻。若非大庭广众前，早相拥入怀了。

二人恩恩爱爱，胡紫阳装着不见，喜滋滋唱道："执手偕老今日事，结发恩爱有长时。比翼才能飞腾远，连理方觉常相思。请新郎新娘行结发礼。"

适才荷衣侍女，又捧一朱漆木盘，盘里盛二物，一把精巧小剪，一个绣花锦囊。先到新娘面前，端端站定。玉儿从盘中拿起剪刀，剪下一缕青丝，放入木盘锦囊中。

再至新郎面前，依旧端端站定。李白亦拿起剪刀，剪下一束长发，放入木盘锦囊中。

侍女手捧木盘，转身递与赞礼师。

胡紫阳一脸肃然，庄重地接盘在手，复端至新夫妇面前。

李白望一眼玉儿，玉儿对望一眼李白。

二人一起动手，将两束发合二为一，织成一条完整发辫。用红丝线束好发头，极庄严地装进锦囊，发愿一生一世珍藏。

此为结发礼。寓夫妻血脉相融，白头偕老！

结发礼毕。

酉时，正。

胡紫阳再登赞礼台，精神抖擞四下一望，对满庭宾朋高声宣布："吉日良辰已到，新郎新娘入洞房！明灯！奏乐！鸣炮！"

刹那间，李家庄灯火通明，鼓乐喧天，爆竹轰响。

赞礼师手摇赞礼铃，高声颂着赞词。赞曰："寄相思兮于天地，歌大唐之盛时。念古辞于故庭兮，忆绕梁之清音。驾长舟于南湖兮，临清风之垂沐。得佳人于此处兮，感上苍之恩厚。踏月以迎宾客兮，奉美酒与香茗。凭栏以顾山水兮，叹造化之神功。揽娇妻以饮同杯兮，敬彼此相恩宠。携秀手以入爱河兮，笑此生之何幸。"

六礼既毕，昏礼仪式结束。

马正道作为媒婆，终于成了主角，由媒婆变成了喜婆，负责洞房闹喜。

洞房闹喜者，典籍谓之"戏妇"，民间俗称"闹洞房"。

马正公摇喜铃，前导。两侍女捧龙凤花烛，随行。

李白执彩带红花，喜滋滋牵着玉儿，在龙凤花烛照耀下，脚踏事先铺好的麻袋前行。

麻袋为五只，相连铺成"喜道"。新郎新娘过袋上，每走完五袋，喜婆即指示铺袋者，将走过的麻袋前移，依样重新铺好。

如此反复，即铺即走，直至花床前，寓意"传宗接代（袋）"。

进入洞房后，依男左女右序，新夫妇挨坐床沿上，称为"坐床"。

有全福婆子者，领六位老妈子入内。老妈子称为喜婆，人人脸上涂着喜红。众喜婆个个老俏，示全福婆子指挥而动，围着花床撒喜钱，称为"撒帐"。

所撒六铢钱，皆特制。上刻"长命富贵"字样，每十文缚条彩条，实为酬劳闹房者辛苦所得。

撒帐毕。

全福婆子持秤杆，秤杆若如意状。先叩一下玉儿额头，指指心窝；再叩一下李白额头，指指心窝……寓"称（秤）心如意"。

新郎稍坐即出，新娘换装，客人吃"换装汤果"。

六喜婆不能离开，需待在洞房里，护卫着新娘。

新房内，马正公是唯一男性。六个老妈子不怀好意，挤眉弄眼将他围住，就势按在地上戏弄，浑身上下一阵乱摸。一屋妇人，放肆大笑。

玉儿换装毕，李白回坐床沿。

另有一老婆子，虽素颜，打扮得却很干净。笑呵呵端一簸箕，盛满红枣、花生、桂圆、莲子，大把大把抓起，不断抛向新郎新娘。

李白挨玉儿坐，彼此心跳可闻。见老婆子撒下干果，二人各捡红枣一枚、花生一管、桂圆一颗、莲子一牙，细细吃了。寓言"早生贵子"。

剩余许多干果，皆为闹房者分享。或当即食之，或揣入怀带回家，与家人享用。

唐时"闹房"，非专指闹洞房。喜房里闹得欢畅，大厅里筵席尤酣，众宾客吃酒也闹得欢。

四果撒毕，全福婆子领新夫妇前去筵厅行"拜见礼"。依亲疏、长幼行拜，称为"见大小"。拜时起乐，见长辈跪拜，敬酒三杯。与同辈则作揖，敬酒一杯。若有小辈拜见，新娘须给"见面钱"。

"见大小"毕，新郎留筵席上，与亲朋好友吃酒。新娘重回到洞房，举行"待筵"。玉儿是主子，坐了首席。四位作陪侍女，年龄与玉儿相仿，分列于席劝食。

玉儿饿了一天，早已腹中空空，却不会真吃，怕憋不住腹中物，让人笑话没家教。

酉时，三刻。

昏筵正席开始，这也有个名堂，叫作"贺新郎"。

百十位宾客，先举杯同贺。三杯后，再逐个与新郎对饮。

酒饮状元红，菜多鸳鸯名，乐奏百鸟朝凤，歌唱龙凤呈祥。

主贺者唱贺郎词，戏谑、祥和兼有。

闹至子时，昏筵始散。

李白躬立门外，拱手立阶沿上，一一送别宾客。

洞房内，喜婆子吃着干果，开始铺设喜床。一边铺置帐被，一边唱些祝词。

铺设喜床，铺被尤重。众婆子和着歌声，抓起大把干果，向床头床尾撒去。又将莲子、花生、红枣、桂圆四果，分置花床四角，用褥子一一压住，以示"早立子、花着生（有男有女），连生贵子。"

花床铺毕。六婆子小憩，讨吃一杯喜茶。

复绕花床慢行，边走边歌曰："铺床铺床，龙凤呈祥，夫妻恩爱，日子红亮。铺床铺床，儿孙满堂，先生贵子，再生女郎。铺床铺床，富贵堂皇，财源满地，米粮满仓。铺床铺床，喜气洋洋，万事皆乐，幸福吉祥。"

歌毕，再吃一杯喜茶。茶毕，两两为对，六人交叉续歌："一铺金玉满堂！二铺子女成双！三铺幸福安康！四铺龙凤呈祥！五铺五福临门！六铺六六大顺！七铺七彩人生！八铺发达兴旺！九铺地久天长！十铺十全十美！"

此"喜铺"结束式。

众婆子唱一句，玉儿便递个红包。

红包用绸缝制，装"开元通宝"钱。铜钱三五枚不等，视歌词吉祥给予。

也有狡黠者，领了红包并不离开，言下之意"喜"少了。玉儿图个吉利，大多添个红包给她。一干老婆子得了钱，喜笑颜开而去。

宾客散去，喜气依然。"李家庄"大红灯笼，透天彻地般通明。中庭百合盛开，洞房花烛正艳。玉儿坐床沿，静候李白回来。

李白今儿大喜，喝了不少酒，送走客人后，喜颠颠回到洞房。见玉儿一脸娇羞，忍不住抱在怀里。玉儿低着头，示意"结缨"未解。好你个李大郎，愣是喜昏了头哟，连这等大事也忘了。

李白咧嘴一笑，忙就着龙凤花烛，耐心解开"结缨"，就势将脸贴上去……

春宵一刻，花暖洞房。喜烛摇曳，点点落红……

第十章
唐玄宗元宵观灯　圣天子大驾卤簿

一

帝国京师，长安。

宽阔的护城河，蜿蜒曲折百八十里，玉带般绕郭而流。

河水清澈，波光粼粼。夹岸长林，柳荫蔽日，游人如织。

帝都雄伟壮阔，灿烂无与伦比。

东西两市、外郭城、宫城、皇城……方圆三百六十里，实乃天下第一大都会也！

外郭城为矩形，东西长二千九百丈，南北宽两千六百丈，周长一万一千丈。四面皆有三座城门，南面正门曰明德门，共五孔拱形通道，余者均为三孔拱形通道。

宫城为内城，位于郭城北部中央，亦为矩形。东西长八百四十六丈，南北宽四百四十八丈。中部为太极宫（隋大兴宫），正殿为太极殿（隋大兴殿），正东面为皇太子东宫，正西面为宫人所居的掖庭宫。

皇城接宫城之南，东西街七条，南北街五条，井然有序。左宗庙，右社稷，中央各部衙署，居皇城内。

国朝初，因"玄武门之变"，高祖被迫退位。太宗有愧于父皇，专门修大明宫，为高祖避暑之所。高祖李渊宾天后，大明宫一度闲置，后择为天子勤政处。

玄宗曾为临淄王，登上皇帝宝座后，即大兴土木，修缮扩建临淄王府，将其改造成兴庆宫。宫成，即诏告天下，移至兴庆宫听政，帝国政务中心随之迁徙，大明宫完成历史使命。

兴庆宫前院里，有一方形水塘，唤作"龙池"，又名兴庆池，占地六十亩之阔，荡荡水天一色。

龙池东面，建一座沉香亭，为大皇帝宴乐之所。南边建有长庆殿、龙堂、勤政务本楼、花萼相辉楼，为各部衙署及奏事之所。

兴庆宫后院里，建有两座大殿，一曰兴庆殿，一曰大同殿。两殿巍峨，功能却各不相同。兴庆殿居左，为兴庆宫主殿，乃大皇帝接见使节之所。大同殿居右，为大皇帝处理政务之所。

兴庆宫地位显赫，乃天子活动场所，位置皇城内正北面，禁卫森严。

沿兴庆宫往南，行九百九十九尺，即为皇城城门——朱雀门。

高大的朱雀门外，一广场甚阔，占地三百二十亩，号称天下第一广场。广场为帝国大庆场所，凡接见诸番酋长及使节，又或重大节日庆贺，皆于此隆重举行。

唐沿隋制，京师实施"宵禁"。夜里禁鼓一响，民众便禁止出行，犯夜禁者，必受律令处罚。

帝国恩威四海，自高祖兴国以降，各朝天子皆与民同乐。每逢元宵佳节，一律取消"夜禁"。即每年新春初十四、初十五、初十六，三日里皆"放夜"，举国欢庆"闹元宵"。故帝国闹元宵，成为全民狂欢节，因之扬名天下。

玄宗好大喜功，登基后第二年，即诏告天下，"闹元宵"成为国家重要庆典：不仅要全民"闹元宵"，更要全民张灯斗艳，皇家排练大型歌舞相助。长安灯市，一时冠绝宇内。

朝廷岁拨专款，置各色彩灯五万盏，大街小巷里，张灯结彩布红幔，全城一派喜气洋洋。

宫、皇二城外，有座安福门。门前，为皇家歌舞现场，阵仗让人叹为观止。所搭演出戏台，长八里许，绕帝国中央广场一周。

元宵三日期间，中央广场上，昼夜举行歌舞表演。鼓乐声声震天，通宵达旦不绝。表演队伍尤惊悚，演员多达三万余众。

皇家参演队伍，由万名宫女组成，个个华美艳丽，乃最炫目者。

京师近郊，有长安、万年两县，各自挑选五千名美丽少女，也人人红妆霓裳，组成地方表演队。

地方表演队并不示弱，与宫女表演队争奇斗艳，流水席般登台演出。

又有奏乐者，尤令人咋舌，皇家定制一万八千人，笙、箫、管、弦、锣、鼓、磬、钹，各色乐器应有尽有，合奏声百里可闻。

元宵节期，帝京大广场上，观灯者，听戏者，猜灯谜者，斗鸡斗狗者，杂耍弄幻术者……胡贾番商，方外酋长使节，游人数以百万计。长安城内，万人空巷。市井百姓，载歌载舞，彻夜尽情欢乐。

时人有诗赞云："火树银花合，星桥铁锁开。暗尘随马去，明月逐人来。游伎皆秾李，行歌尽落梅。金吾不禁夜，玉漏莫相催。"

开元十六年春，元宵节。

京师长安，春戏盛况空前，铺排尤胜往年。史载："金吾兵士身披黄金甲，短衣绣袍，盛列旗帜，陈仗而立；太常设乐，诸蕃酋长就食。教坊大陈山车旱船，寻撞走索、丸剑自抵、戏马斗鸡。还令宫女数百，自帷中出，击鼓起乐。又引数百匹大象、犀、牛、舞马入场为戏，热闹非凡。"

时，民多炫耀，又好斗富。

东市李达者，乃花炮始祖李畋之后。巧制"百枝灯笼"，高二十六丈，美轮美奂，巧夺天工。每每于元宵夜，招摇中央广场，光芒百里可见，岁岁占尽春戏风流。

玄宗好娱悦，尤喜豪奢。

国库里金银如山，皇帝便寻思，如何赢李达一回。高力士机敏，善溜须拍马，一门心思讨圣上欢喜。见天子闷闷不乐，知玄宗所思所想，便不惜花费重金，悄悄雇百名巧匠，打造了一座大灯楼。

大灯楼镏金镀银，豪侈无以复加。计有房屋二十二间，高二百八十尺，通体金碧辉煌。上置红灯三百六十五盏，寓意一年三百六十五日，天天红红火火。

兴庆殿高三十丈，乃帝国政务中心，也是天子赏灯最佳处。

依皇家礼制，天子不能随意出宫，故三日元宵晚会期间，只在初十五夜出赏灯，以示与民同乐。

戌时。玄宗着龙袍，登上兴庆殿。观礼台上，百官簇拥。首相宋璟、中书令张说、各部尚书，一一列坐恭陪。幽州节度使张守珪，作为边防藩镇代表，亦出席晚会观礼。

尤不可思议者，安禄山赫然在列。胡儿安禄山，时仅为一偏将，为何享此隆荣？谁不知道呢，偏将乃杂号将军，属最低等级将军，统兵不过三千。

看官实有不知，张守珪镇幽州，帝国北部安危全系于一身。张幽州喜胡儿骁勇，收其为义子。因之故，得以元宵观礼，与天子同台。

胡儿长得憨痴，立右后角落处，无限景仰地望着皇帝，始终不言不语。

皇帝眼高，怎会注意到他？左右环视间，不见内侍高力士。正纳闷儿，小高子哪里去了？

广场上，突人拥如潮，疾速闪出一条通道来。

刹那间，千千万万声爆竹炸响，万万千千朵焰火升天。但见灯火阑珊处，缓缓移来一座大灯楼。楼上，百灯千灯齐明，五光十色，变幻莫测。

观者如堵，欢声如雷。

玄宗大赞，好一座大灯楼！以为必李达杰作也。暗自叹喟不止，又让那小子占了魁首。哪知定睛一看，高力士正身着朝服，端立大灯楼上。四辕马车拉着他，神采飞扬地绕场而行。

大灯楼千变万幻，时而焰火喷射，时而彩带飘飞，时而鼓乐轰鸣，时而伎者翩跹。

尤令人叫绝者，灯楼顶端宝塔上，硕大一颗珠宝灯，不停地旋转着。灯火闪烁间，无数金字涌现，金光灿烂，遥远可睹。

"圣天子日月同辉，大皇帝天地同春。"

落款处，赫然"皇家御制"！

玄宗喜不自胜，暗赞高力士不已。这小子了不得也，硬是寡人肚里蛔虫，朕想啥他都知道！难得这份孝心，小高子肯搜肠刮肚，想出千般乐子来，曲意迎合自己高兴。自然留他在身边，以解众臣泼烦较真之声。

时有歌者许永新，歌喉似天籁，为帝国第一大乐师。每有国家盛典，必献曲于广场。与之同歌者，京师名伶念奴也，亦世间罕见尤物。二人正高歌，声音妙绝寰宇。然山涧溪响，怎敌大江怒涛！两歌者所歌，淹于千万人喧哗，连点回声也没有。

玄宗眉头一皱，停杯不饮，面呈不悦之色。

安禄山乃胡儿，胖乎乎貌似憨痴，却心明如镜。见皇帝不悦，早猜得玄宗心思，不待他人动作，自个儿急奔下楼，邀二乐者面圣而歌。

玄宗大喜，目示胡儿以表赞许。遂亲拨箜篌，为二乐师伴奏。

念奴上前，献旧曲《阳关三叠》。歌曰："渭城朝雨浥轻尘，客舍青青柳色新。劝君更尽一杯酒，西出阳关无故人。"

声似黄鹂，婉转动人。一楼之人闻歌，皆惊服。

玄宗听罢，却不甚欢喜。陈词老调，语多不祥，焉能博彩？

不待念奴唱毕，玄宗突张十指，急拨怀中箜篌，疾如骤雨打芭蕉。

胡儿不识音律，又居右后角落处，未见到玄宗脸色。听箜篌声急，以为激昂也，正待鼓掌叫好。

高力士一把拽住，不屑地盯他一眼，低声骂道："哪来的胡儿，忒不识礼数？愣是一个夯货！"安禄山被他一骂，恨得牙根直痒痒。眼里杀气一闪而没，脸上仍旧是憨憨的笑容。

张说看在眼里，莫名一阵惊惧。安禄山不简单呢，憨态里藏着凶残。若他日长势，如养父般成为藩镇，帝国繁花似锦的江山，早晚败于竖子之手！

奈何？中书令不是神，原本一番臆测，哪知一臆成谶。此为后话，暂时不表。

许永新为歌者，不关心帝国命运，更不会识人忠奸。见皇帝不悦，微笑着轻展歌喉，奉一新曲献上。歌颂曰："元宵烟花一万重，鳌山宫阙倚晴空，玉皇端拱彤云上，人物嬉游艳舞中。星转斗，驾回龙。五侯池馆醉东风。凤箫声动花月暖，春回大地万里红！"

玄宗闻歌，大悦。停了手中箜篌，亲斟一杯琼浆，递与许永新，以示奖赏。

许永新得赏，忙叩谢隆恩。文武百官皆倾慕，齐躬身相贺于他。

唯安禄山不屑，也不肯躬身贺之。

高力士怪他倨傲，低声叱道："胡儿岂可无理?!"

安禄山遭他再骂，突高声曰："禄山只识得皇帝，又不识乐师何人？为何贺他?!"

张守珪大惊，恐圣天子怪罪于己，正要呵斥。

玄宗笑笑，挥手止之曰："胡儿心里有朕，所语实憨厚可爱，当赏!"言毕，高擎一杯琼浆，赐予安禄山。

安禄山喜甚，大咧咧接过，仰头一饮而尽，却不叩头谢恩。百官大骇。

首相宋璟，视为不识国家大体。中书令张说，斥之为悖逆。一时，群情汹汹!

胡儿傲然不惧，谓大皇帝曰："臣不识朝廷大仪，但知拜天地双亲，为何要拜皇帝？"

百官听罢，震骇不已，恐祸及于己。纷纷伏于地，恳请皇帝宽恕。玄宗闻言，不愠反喜。言于胡儿："朕乃天下万民父母，尔为何不拜？"

胡儿一听，故作吃惊。嘀咕道："皇帝乃万民父母？恕臣不知，禄山罪该万死!"言毕，纳头便拜。

群臣见之，齐声大笑。玄宗亦大笑。

见皇帝欢喜，中书令张说忙近前，献《十五日夜御前口号踏歌词》："花萼楼前雨露新，长安城里太平人。龙衔火树千灯艳，鸡（吉）踏莲花万岁春!"

再颂曰："帝宫三五戏春台，行雨流风莫妒来。西域灯轮千影树，东华金阙万重开。"

听了张说的新词，玄宗龙颜大悦，脱口赞道："中书令颂得好词，博得今春元宵佳节头彩，当赏。众爱卿陪朕观灯有功，亦该奖赏!"

天子吩咐掌书记，按百官职衔高低，依序作好奖赏记录，以便他日论功行赏。

掌书记遵旨，一一登记在册。

玄宗亲执龙杯，当场又赏琼浆。

张说叩首，谢过大皇帝，先文武百官一步，吃了一杯赏酒。

百官依序叩谢，祝圣天子万寿无疆。然后转过身来，齐齐躬身面对张说，贺中书令博得今春头彩。

贺毕，同吃赏酒。

万民欢呼声中，玄宗领着众大臣，齐立观礼台上，高擎龙杯向天祈福：新年风调雨顺，天下万民安居乐业！

刹那间，帝国中央广场上，人流似海，歌声如潮。千万枝爆竹炸响，惊天动地不绝于耳；万千枚焰火升空，满天彩云绚丽夺目……

这正是：东风夜放花千树，香车宝马隘通衢。身闲不睹中兴盛，月色灯光满皇都。

二

唐制：春节大假，可休十六日。

玄宗与民同乐，整日里宴饮不辍，耍过了正月十六，哪还有心思打理朝政？

中书令张说上书，声称帝国驿馆内，数十位贺岁番酋及使节，还在等皇帝赏赐呢。

玄宗犯了春倦，听不得有人聒噪，一概不予搭理。

张说坚持不懈，三番五次上书，劝诫帝莫忘祖制。

原来自高祖以降，帝国便定下规矩：年初正月十八，须宴请外国使节，逐个赏些"春喜"，以示大唐恩威。

玄宗骇一跳，也是自己一时贪玩，竟忘了这件大事。忙打起十二分精神，令张说依昔年惯例，准时安排接见事宜。

宋璟时为首相，凡事为国着想。知玄宗好显摆，为赏万邦来仪之盛，年年抛撒帝国大量钱物。想起先贤相魏征语："彼以商贾来，则边人为之利；若宾客之，中国萧然耗矣。"急上书谏曰："今众番来朝贺岁，皆奔圣天子赏赐而来，非两国商贾互利，望皇帝明鉴。"

玄宗闻奏，深以为然。特诏告天下，叫停四夷组团贺岁事。

众番酋及数十使节，无端待在帝国驿馆里，虽每日好酒好肉吃喝，却久等不见皇帝召见，倒得了一纸不允贺岁之诏。心里犯了嘀咕，唐国富甲天下，咋变得这般小气了？

玄宗胸怀四海，绝非小气之人。私下商于宋璟、张说，叫二人想个法子，既打发这拨名为朝贡者、实为叫花子的泼皮胡儿，又不失邦交礼节。

宋璟献策，可效仿先皇太宗，以猎狩之计威伏四夷。曰："大蒐于昆明池，番夷君长咸从。"

玄宗以为可行，唯形式老套无新意，难显大唐雄风。

张说补充说道，以"大驾卤簿"代猎狩，既可彰圣天子威仪，又能尽显大唐国威，以慑四方番夷。奏曰："为保成功，日程可延后，惊蛰节为宜。"惊蛰，惊蛰，惊醒冬眠之蛰。寓四方番夷如冬虫，该醒醒了！

玄宗闻言，大喜。赞曰："二爱卿竭诚为国，忠心可表！"当即口谕，封张说"大驾卤簿"使，全权负责"大仪"。

张说急忙伏地，谢主隆恩。内心却惶恐不安，大驾卤簿非同小可，需举国之力方可操办也。稍有差池，如何担待得起？

中书令出将入相，啥阵仗没见过，为何惊恐？

原来"大驾卤簿"者，本指商周时，记录天子出行护卫、随员及仪仗、服饰等的册籍。迨至秦汉、两晋后，演绎为皇帝出行的仪仗卫队。

东汉学者蔡邕，著《独断》记载："天子有大驾、小驾、法驾。法驾上所乘，曰金根车，驾六马，有五时副车，皆驾四马，侍中参乘，属车三十六乘。"

考东、西两汉典礼：皇帝大驾由公卿引导，大将军随车护卫，掌管宫廷车马的太仆驾车，属车多达八十一乘，另有备车千乘（以防大驾、属车出故障），护卫骑兵一万二千人。法驾由京城长官引导，侍中随车，奉车郎驾车，属车三十六乘。小驾则由执事尚书一人侍从，属车十二乘。

自秦汉以降，到了隋唐两代，皇帝大驾规模空前，主要由导驾、引驾、前后护卫、前后鼓吹乐队、皇帝大驾组成。大驾卤簿仪式隆重，为帝国大典之最。

张说作为大典司仪，受到唐玄宗特别诏封，在大典筹备期间，拥有先斩后奏的特权，中央六部尽归其节制，要钱给钱，要人给人。

六部各部长官，深谙玄宗的心意，只要豪奢排场够，花钱再多也不足惜。设若办得小家子气了，必定会龙颜震怒，最终担责者是谁？自然张司仪说了算：某某某不予配合！

有了这番考量，大典筹备期间，各部大员莫不鼎助，生怕得罪了张说，被他参为不配合者，那样就麻烦大了。连位高权重的宋璟，也要让着他三分。特权通天，先斩后奏。

张说谈不上高兴，愈加谨言慎行，连觉也睡不踏实。整日虑着"大仪"，皇帝眼光极高，达不到他要的效果，咋办？

中书令聪慧过人，当年参加制科，策论天下第一，啥事情想不周全？每日排练完毕，必亲自向天子禀报。私下尤密交内侍高力士，百般打探玄宗的点滴语言，从中揣摩圣意，以便随时改进方案。

对于朝中权贵，张说不惜放低身段，百般周旋大员间，唯恐他人设置障碍，坏了大驾卤簿之仪。旬日内，焦虑，失眠，惊恐，无法正常起居。张说体重锐减，至少轻了十斤！经过千百遍排练，自觉效果大好，张说舒了一口气，心里有几分得意。

二月十八日，早朝。兴庆宫内，张说持笏专奏，请示玄宗大皇帝：惊蛰节准时举行大典，并邀诸番酋及使节观摩！

玄宗闻奏，知他操演"大仪"功成。见他瘦了一圈，口谕安抚道："张司仪日夜操持，辛苦多劳，准奏！"

二月二十日，惊蛰节。帝国中央广场，观者似蚁拥蜂攒，数以百万计。

辰时。赞礼台上，张司仪高声宣布：大典正式开始。

帝国雄风浩荡，果然不同凡响！

大驾卤簿气势恢宏，由三大仪仗方阵组成，六万禁军参与，潮水般排山倒海。

赞礼台高十丈，披红挂彩。张说立台上，口里衔个铜叫子，右手执红旗，左手执绿旗，指挥三大仪仗方阵，从西往东进行，依序过中央广场。

大驾卤簿如何威风，请瞧中央广场。

导驾仪仗：

"导引"由长安令（出京师，则由途经地方令担任）、太常卿、司徒、御史大夫、兵部尚书居前，称之为"六引"。然后是十二面"大纛"，大纛长丈二，宽九尺，需八人托持牵扯。

大纛后，为"清游队"，负责大驾清场工作。二百名清游成员，手持弓弩和槊，沿途驱逐围观障道者，又或清理道上障碍物。

紧随其后者，为执朱雀旗、持槊和弓弩的朱雀队。

朱雀队后，又是十二面大纛，号为"龙旗"：风伯、雨师旗各一，雷公、电母旗各一，木、火、土、金、水星旗各一，左、右摄提旗各一，另有北斗旗一面。

龙旗后，为大驾卤簿专用车队，总计有指南车、记里鼓车、白鹭车、鸾旗车、辟恶车、皮轩车。每车由四马牵引，有驾士十四人、匠人一名。

导驾仪仗毕。

引驾仪仗：

引驾仪仗为第二方阵，不同于导驾仪仗，主要以乐、仗为主，陪同皇帝出行的文武百官，位于此方阵中。

引驾仪仗前导为卫队，由十二排等距排列、手执横刀、弓箭的骑兵组成，称之为"引驾十二重"。

骑兵卫队后，为庞大的鼓吹乐队。

乐队前有两名鼓吹令，负责指挥乐队演奏。乐器以鼓为主，主要有㭪鼓、大鼓、铙鼓、节鼓、小鼓、羽葆鼓六种，计九百面之多，兼有吹奏乐器——笛、箫、笳、号筒"长鸣"和"中鸣"、大横吹（横笛）、笙箫（管乐器）三百六十支，另有大锣、金钲等打击乐器一百二十面。

乐队规模庞大，由一千五百人组成。

乐队后，为大型旗阵。旗阵阴翳蔽日，各色彩旗三千面，在队伍里猎猎飘扬。彩旗由幡（呈下垂状长方形旗帜）、幢（用各色羽毛装饰的旗帜）、旌旗（帝国军旗）组成。少数随行官员、皇帝御马，夹杂在旗阵中。

旗阵之后，又有两面巨型大旗——青龙旗和白虎旗，分列于左右两旁。两面旗帜之后，则为朝廷官员方阵，间或穿插有手持弓箭的骑兵，或手持刀枪的步甲兵。

引驾仪仗毕。

"大驾"仪仗：

引驾仪仗后，为天子所乘玉辂。天子玉辂四围，警卫森严，为仪仗队核心。

玄宗着黄色大龙袍，端坐玉辂上。玉辂由太仆卿驾驭，前后有八十位驾士簇拥，两侧则由左、右卫大将军护驾。

天子玉辂所行处，观者齐呼万岁，欢声惊天动地。众番酋长、使节，立道旁专属区，见唐国皇帝玉辂至，有左手抚胸鞠躬者，有振臂高呼"天可汗"者，有热泪盈眶号啕者，有匍匐于地谢恩者……

紧随玉辂后的方阵，由禁军将领和宦官组成。在这些护驾官员的外围，布列着十六队禁军骑兵和步卒。每队禁兵人数不等，多则百二十人，少则六十人，皆由禁军将军率领。禁兵配备有弓、箭、刀等兵器，随时准备应对突发事件。

禁兵后面者，为"掌扇队"。古时称掌扇为谇，故又称"谇队"。一如皇帝宝座后宫女所执掌扇，象征天子尊贵与威严。"掌扇队"鲜艳夺目，由孔雀扇、小团扇、方扇、黄麾、绛麾、玄武幢组成。

以天子玉辂为核心，其后还有一支小型乐队，有个名堂叫"后部鼓吹"。小乐队所配置的各色乐器，与玉辂前的鼓吹乐队一致，只是规模相对较小，但也有六百人之众。

紧随着"后部鼓吹"，为皇帝专用车队（车驾），包括方辇、小辇、腰辇、金辂、象辂、革辂、五副辂、耕根车、安车、四望车、羊车、属车、黄钺车、豹尾车。车驾为天子专用，一千九百九十名甲胄兵士，在左、右威卫折冲都尉率领下，四行横排队列前进，分别持大戟、刀盾、弓箭及弩，尾随豹尾车作为掩后。

天子车驾乃空载，谁敢僭越乘坐？然均由九匹大马牵引，各有六名驾士随从。

仪仗最后，为后卫部队。

后卫部队又为三个方队，最前面者为左、右厢步甲队，由两位大将军率领，计有甲兵六百名。余下两个方队，以一面旌旗为前导，士兵均头戴兜鍪，身披重型铠甲，手持弓或刀、盾，两队兵士装束完全一致，服饰均为同一深褐颜色，相间等距排列行进。两队间又有左、右厢黄麾仗，分为十二行前进，分别手持弓、刀、戟、盾，五颜六色的孔雀氅、鹅毛氅、鸡毛氅间杂其间。

黄麾仗后为殳仗，"殳"为上古仪卫兵器，一百六十人的殳仗，显得无比雄伟。

殳仗后，为诸卫马队旗兵、左右厢骑兵旗队组成的旗阵，计有大旗一千六百面。每面旗上，绘有不同传说神怪，诸如辟邪、玉马、黄龙、麒麟、龙马、三角兽、玄武、金牛，等等。

旗阵后，又是步甲兵组成的黄麾仗，规模等同前仗，计有六百骑兵护卫。

大驾卤簿众仪仗方阵，在张司仪指挥下，有条不紊通过帝国广场。

盛典始于辰，终于午，耗时两个时辰。

民众山呼海啸，旗、幡、幢、麾掩映日光，鼓、锣、铛、钹惊天动地。正所谓：刀枪林立撼日月，甲光鳞鳞映长空。四夷齐呼天可汗，万里大唐万国雄！

三

春三月，和风淡荡。

京郊，渭河两岸，柳丝闲垂。

"早点苞谷"，"早点苞谷"，四声杜鹃声声悦耳，山谷间叫得欢快。春阳下，麦苗翠绿带露，碧玉般千里平畴。菜花盈阡溢亩，金灿灿一望无际。

唐制，春分时节，天子出宫春游，谓之"巡青"。意即查看农禾长势，体察民间疾苦。

开元间，风调雨顺，国泰民安，各地频报祥瑞。玄宗谨遵祖制，每岁春分时节，必领文武百官，出宫"巡青"。一行百十人，为避排场过大扰民，皆轻装奔驰。

玄宗久居禁中，难免身心疲倦。一旦出得宫来，天广地阔间，心情自然欢愉。

巳时，三刻。玄宗巡至灞桥。

长安、万年二令，恭迎于桥头。见玄宗踏马过桥，长安令忙上前，躬身呈报曰："吾皇万岁万岁万万岁！乡民张旺财家，一禾生九穗，穗长径尺，请大皇帝谕示！"

万年令不甘落后，亦急忙躬身禀报，喜洋洋奏曰："吾皇万岁万岁万万岁，孝廉罗长富家，一树杏花着百色，朵大如碗，请大皇帝谕示！"

百官以为祥瑞，跪一地请封。

春风淡荡拂面，百鸟和鸣悦耳，玄宗满脸喜悦，当即口谕：敕建长安县嘉禾堂，敕建万年县百花楼。二令呈报祥瑞当赏，着令掌书记录入功名簿，以待他日补缺晋爵。

得了天子口谕，二令受宠若惊，齐齐匍匐于地，叩谢圣天子隆恩："吾皇天威神武，万岁万岁万万岁！"

长安、万年二令讨了赏，文武百官满眼羡慕。为人臣者，莫不以天子恩宠为荣！

吏部尚书裴漼跪前排，见天子心情上佳，想起元宵张说献新词，中头彩而获"大驾卤簿"使，占尽天下人臣风光。今又见二令报祥瑞得封，顿时有了主意。

裴尚书忙起身，以帝国理化升平、时谷屡稔、大皇帝治世有功为奏，请圣天子封禅泰山："（大皇帝）握符提象，出震乘图。英威迈于百王，至德加于四海。梯航接武，毕尽戎夷之献；耕凿终欢，不知尧舜之力。恶除氛沴，增日月之光辉；庆袭休荣，杂烟花之气色。灵物绍至，休祥沓委。江茅将黍均芳，双觡与一茎齐烈。"

奏毕，伏地不动。

朝中百官，一向争宠。所上奏章，多甜言蜜语，以搏天子欢心。今裴漼"封禅"之奏，将大皇帝比作尧舜，心想必得恩赏，便齐声高赞。

唐玄宗闻奏，满心欢喜不已，却谦让不准允："自中朝有故，国步艰难。天祚我唐，大命集于圣贞皇帝。朕承奉丕业，十有余年，德未加于百姓，化未覃于四海。将何以拟鸿烈于先帝，报成功于上元？至若尧舜禹汤之茂躅，轩后周文之遗范，非朕之能逮也。其有日月之瑞，风云之祥，则宗庙社稷之余庆也。天平地成，人和岁稔，则群公卿士之任职也。抚躬内省，朕何有焉？难违兆庶之情，未议封崇之礼。"

宋璟一代贤相，闻大皇帝所言，由衷敬爱天子圣明，忙领着百官，山呼万岁。

众文武齐赞："吾皇英武神明，实乃大唐之幸、黎民之福矣！"

幸逢盛世，又遇明君，宋璟既为自己高兴，尤为天下百姓欣喜。得裴尚书启示，心里有了想法，欲力促玄宗封禅泰山。

是夜，大雨倾盆。宋璟不避豪雨，先到尚书第，密会裴尚书，使其知会天下府州衙门，火速上书奏请天子封禅。又来到中书令邸，与张说私下相谋，让他明日早朝时，复奏封禅事宜。张说应诺，思虑一夜，辗转不眠。至三更天时，精心拟一奏折。

翌日晨，雨过天晴。

卯时。玄宗临朝，登坐龙椅。首礼太监唱曰："圣天子驾临，列班大臣依序奏报。"

宋璟忙使眼色，让张说先奏。依官场职秩论，列班大臣朝奏，莫不视首相眼色行事。今见他暗示中书令，皆知趣地站着不动。

受到宋首相怂恿，张说也不推辞，双手捧持朝笏，出班朗声奏报。

奏曰："陛下靖多难，尊先朝，天所启也。承大统，临万邦，天所命也。焉可不涉东岱、禅云亭，报上玄之灵恩，绍高宗之洪烈，则天地之意，宗庙之心，将何以克厌哉！且陛下即位以来，十有四载，创九庙，礼三郊，大舜之孝敬也；敦九族，友兄弟，文五之慈惠也；卑宫室，菲饮食，夏禹之恭俭也；道稽古，德日新，帝尧之文思也；怜黔首，惠苍生，成汤之深仁也；化玄漠，风太和，轩皇之至理也。至于日月星辰，山河草木，羽毛麟介，穷祥极瑞，盖以荐至而为尝，众多而不录。正以天平地成，人和岁稔，可以报于神明矣。"

武后临朝时，张说即以文名显达，策论天下第一，时人谓之"燕许大手笔"。适才所奏封禅文，析理清楚，颂扬恰到好处。

玄宗闻奏，仍不允。谦言曰："朕以眇身，托王公之上，夙夜祇惧，恐不克胜，幸赖群公，以保社稷。"

宋璟忙出列，持笏躬身上前，小心翼翼禀奏道："各道、府上书千余，奏请吾皇万万岁，早日封禅泰山，此乃民意也，臣恳圣天子准允。"

黄门侍郎源乾曜，听宋首相一奏，也急忙持笏相奏："吾大唐国四海升平，八方祥瑞频报，大皇帝封禅泰山乃天意也，臣恳吾皇恩准！"

众大臣一听，齐跪地齐奏："恭请吾皇顺天意，合民心，准允泰山封禅！"

玄宗依然不允，再次言曰："朕承奉宗庙，恐不克胜。未能使四海从安，此理未定也；未能使百蛮效职，此功未成也。"

众臣面面相觑，不知如何收场。宋璟无奈，只得示意众僚退朝，独将黄门侍郎源乾曜、中书令张说、吏部尚书裴漼留下，与自己一同专奏。

张说知其意，定要玄宗奏准。细思先前所奏，多言天时、地利、人和，唯独未论及宗庙社稷。遂再奏道："稽天意以固辞，违人事以久让，是和平而不崇昭报，至理而阙荐祖宗。"

中书令说得绝，不去泰山封禅，就对不起祖宗，更有悖天意了。

玄宗闻奏，哑口无言。当下回心转意，接受了封禅之请，命四大臣起草，即日颁布《允行封禅诏》。

诏曰："朕昔戡多难，禀略先朝，虔奉慈旨，嗣膺丕业。是用创九庙以申孝敬，礼二郊以展严禋。宝菽粟于水火，捐珠玉于山谷。兢兢业业，非敢追美前王；日慎一日，实以奉遵遗训。至于巡狩大典，封禅鸿名，顾惟寡薄，未惶时迈，十四载于兹矣。今百谷有年，五材无眚。刑罚不用，礼义兴行。和气氤氲，淳风淡泊。蛮夷戎狄，殊方异类，重译而至者，日月于阙庭。奇兽神禽，甘露醴泉，穷祥极瑞者，朝夕于林簌。王公卿士，罄乃诚于中；鸿生硕儒，献其书于外。莫不以神祇合契，兆同心。斯皆烈祖圣考，垂裕馀庆。故朕得荷皇天之景祐，赖祖庙之介福，敢以眇身，而专其让？是以敬承群议，宏此大猷，以光我高祖之丕图，以绍我太宗之鸿业。"

四

封禅乃国之大仪，天子诏令一出，帝国朝野轰动。

各地祝词贺书，雪花般飞向京师。

朝中文武百官，突然缄默不语。明里笑脸相迎，暗里互相提防，都惦记着封禅使一职，终不知花落谁家！

玄宗心尤烦，为此大费周章。论资历人望德行，非首相宋璟莫属。然此次东巡泰山，时间长达两月余，京畿重地由谁留守？思虑再三，考量宋璟老成持重，留守京师最为适合。

玄宗打定主意，秘宣宋璟入宫，相商封禅使事。宋璟忠心为主，不欲有任何私念，便极力推荐张说，由他任封禅使最适宜。

玄宗点头称是，暗赞宋璟虑事周全。帝国除首相外，尚有左、右相六人。任命谁都不妥，难免会相互攀比，引起不必要的争斗。

张说为中书令，德行人望颇佳，又曾为大驾卤簿司仪，由他担当封禅使，别人没得话说，确为最佳人选。

玄宗不再犹豫，立即诏告天下：宋璟为京师留守使，张说为封禅使。

诏示一出，众皆咸服。

天子封禅泰山，闹心事实在不少，尤让人泼烦的是，李唐祖制有规定，准允皇后随驾封禅。然而高宗时，武后随驾封禅东岳后，翌年即篡位称帝，国人为之议论纷纷，谓泰山乃祭天圣地，妇人登临有悖日月，必会祸乱朝纲！

开元间，政通人和，帝国如日中天。玄宗虽居庙堂，却也知道民间所议，心思便十分复杂。

张说既为封禅使，又知皇帝心思，便大胆提议"革正"：不让皇后随驾封禅。奏曰："天后为亚献，上玄不祐，遂有天授易姓之事，宗社中圮，公族诛灭，皆由此也。韦氏为亚献，皆以妇人升坛执笾豆，渫黩穹苍，享祀不洁。未及逾年，国有内难。……今主上尊天敬神，事资革正。斯礼以睿宗大圣贞皇帝配皇地祇，侑神作主。"

封禅使此议，可谓胆大包天，视皇后参与祭祀，为帝国祸乱之根由。玄宗闻言，不怒反喜，二话不说，即从其议。

宋璟心明如镜，却不说破张说心思。张说既为封禅使，反对皇后随驾，实有去繁从简之意："主上尊天敬神，事资革正。"

为何要革正？

别看他说得轻巧，实则另有谋算。先前任大驾卤簿使，累得人都变了形，今次天子封禅泰山，事体百倍于大驾卤簿，还不累死如狗？

宋璟欣赏张说，却不料他敢于革正。也是中书令才智高绝，摸准了大皇帝心思，不仅"革"掉了皇后随驾，也"正"确了山上山下仪式之争。二者皆唐玄宗心结，张说所奏的"革正"方案，正搔到了大皇帝痒处。

百官多昏聩，哪里看得懂？封禅使不让皇后随驾，又力主山上"三献"，究竟要干什么？

正所谓无事是非多，有事是非更多。泰山封禅，兹事体大，朝野上下，难免议论纷纷。

张说装着没听见，一概不予理会，他不仅要革正，还想革正"大驾"。若能"大驾"改"法驾"，随行人员便减了大半，烦琐事必定倍减，于国于民于己，都大有裨益，为什么不革正呢？然而这般"革正"，触及了李唐祖制，真要实行起来，谈何容易？

张说左思右想，始终不得要领，最后想到了玉真公主。遂连夜造访玉真观，密会公主殿下。在"无上真"（公主道号）陪同下，秘密拜访司马承祯。司马氏道行高深，既是玉真的道师，也是玄宗帝的道师，于帝国的方略大事，往往一言九鼎。

司马承祯迎入，始终含笑不语。唯手心写一"天"字，秘密示与张说。

张说一见，松了一口气。是啊，上天之意，岂不可违？既然如此，还得有帮腔的人，才可能事半功倍。司马承祯再授一计，让他去找贺知章。

四明狂客？

贺知章有大才，又为朝廷礼官学士，却一时无晋阶途径，整日待在玉真观里，围着玉真公主打转转。张说得了计，欢天喜地而去。

翌日，早朝。张说奏于唐玄宗：封禅国之大典，不敢有违祖制，为示"革正"依规合法，可召宰臣公开对议。

玄宗闻奏，哪能不欢喜？张说之奏，正去了自己的心病。前几日从了"革正"之议，仍担心国人不解，恐遭到无端非议。今得中书令谏议，帝龙颜大悦，当即准奏。

六月，初六日。兴庆宫。

众宰臣齐聚，对议于勤政殿，贺知章列坐其间。

唐玄宗不知委曲，假装没有看见，故意言"灵山好静，不欲喧嚣"，欲初献于山上坛，亚献、终献于山下坛。"众爱卿对议，不必拘泥，尽可畅言"。

贺知章胸有成竹，起身奏曰："昊天上帝，君位；五方时帝，臣位；帝号虽同，而君臣异位。陛下享君位于山上，群臣祀臣位于山下，诚足以垂范来叶，为变礼之大者也。礼成于三，初献、亚、终，合于一处。"

四明狂客对得好，不仅言之确凿，典出有根有据，而且以"天"意说事，不容有任何置疑。

张说窃喜。玄宗闻言，尤大喜。笑曰："朕正欲如是。"当即口谕，敕三献于山上行事，五方帝及诸神座于山下行事。

众宰臣闻谕，一时都蒙了头。不是初献山上、亚献终献山下吗？怎么"三献于山上"了？实不知天子的心思，为何突然间转了弯。

唐高宗李治封禅泰山，让武后参加亚献，最终导致武氏篡位，坏了李唐王朝的正统。史籍记载甚详："三年正月，帝亲享昊天上帝于山下，封祀之坛，如圆丘之仪。"

唐玄宗恐蹈覆辙，心里便想着必须"革正"，不仅不让皇后随驾，还要革正祭祀地点。

贺知章心知肚明，主张"三献"改到山上，正是唐玄宗李隆基心里所思，更是中书令张说所想，故而有了以下对词："昊天上帝，君位；五方时帝，臣位……陛下享君位于山上，群臣祀臣位于山下，诚足以垂范来叶，为变理之大者也。"道理正大光明，较之张说之议——皇后参加封禅，为祸乱根由说，要体面得多。

众宰臣想不明白，相互窃窃私语。玄宗不予理会，续曰："玉牒之文，前代帝王，何故秘之？"

贺知章复对曰："玉牒本通神明，前代帝王，所求各异，或祷年算，或思神仙，其事微秘，是故莫知之。"

玄宗闻言，尤赞许有加，口谕曰："朕今此行，皆为苍生祈福，更无秘请。宜将玉牒出示百僚，使知朕意。"

宋璟老于世故，封禅《玉牒文》宣与不宣，实在大有讲究。前代帝王封禅泰山，私德也。今之天子封禅，公德也！

贺知章说得尤其好，"前代帝王，所求各异，或祷年算，或思神仙"。《玉牒文》宣之何益？自然秘而不宣了。

当今天子则不同，"封祀岱岳，谢成于天。子孙百禄，苍生受福"。玄宗光明磊落，公开向世人宣称："朕今此行，皆为苍生祈福，更无秘请。"《玉牒文》公宣于众，定得民众的拥戴，为什么不公开宣示天下？

勤政殿上，宰臣对议，让"革正"最终名正言顺。

唯大驾改法驾事，张说作为封禅使，怎么也说不出口，他害怕皇帝不允，

155

更害怕朝中大臣非议。一时心里苦甚，急得额头直冒汗，只顾拿眼来撩宋相。

宋璟微微一笑，忙以"大驾东巡，恐突厥乘间入寇"为由，奏请增加二议：一为天子东巡，加兵守边；二为东巡仪仗，改大驾为法驾，可减轻扰民，多留兵士卫京。

对议已达目的，玄宗心情大好，见宋首相增议，不待众臣开口，笑呵呵准奏。

宋璟心喜，今上果然明君！急忙领着众大臣，齐声高呼："吾皇万寿无疆！"

张说尤喜，以封禅使身份宣布：皇帝泰山封禅日，为十二月十六日。

天子东巡，事关社稷安危。由玉真公主鼎荐，司马承祯代天监官推演，十月十八日为旺日，定为天子出巡吉日。

是日，风和日丽。辰时，天子法驾出宫。

史载："壬辰（十八日），玄宗御朝观之帐殿，大备陈布。文武百僚，二王后，孔子后，诸方朝集使，岳牧举贤良及儒生、文士上赋颂者，戎狄夷蛮羌胡朝献之国，突厥颉利发，契丹、奚等王，大食、谢、五天十姓，崯崒、日本、新罗靺鞨之侍子及使，内臣之番，高丽朝鲜王，百济带方王，十姓摩阿史那兴昔可汗，三十姓左右贤王，日南、西竺、凿齿、雕题、牂柯、乌浒之酋长，咸在位。"

帝国天子法驾东巡，三仪仗方阵格外分明，不敢有丝毫的简化。

导引仪式，为七色马队。每色马各一千匹，远望如彩云追月。

随行百官、禁军卫队、鼓乐吹奏，计一万二千人，规模略小于大驾。

法驾所到处，鼓乐喧天，甲光映日，百姓伏道相迎。

十一月，二十五日。天子封禅法驾，行至岳西。

张说奏请天子，驻跸来苏顿。

午时，一刻。玄宗正用膳。

天空黑云翻滚，突起一阵狂风，从东北角呼啸而来。

呼啦啦，自午至昏，恶风所至，草木尽折。东巡队伍所搭帐篷，悉数被撕破，支柱全部折断。

鲁西之地，既不临海，又不濒江，晚秋初冬时节，何来的东北风？恶风甚

156

怪，剧烈刚猛，突如其来！

随从百官皆惊，暗自以为不祥，不知张说如何应对。

自壬辰日出京师，已近二十三日。每日里，张说忙得焦头烂额，遇此怪风一刮，大队人马乱作一团，封禅使不忧反喜，下令着力护好天子大帐，让玄宗做个定海神针，以免引起更大骚乱。又去诸番王酋长帐里，逐一安抚劳慰。

好一番忙活后，张说这才下达通告，命护卫兵士列队，亲自到阵前训话。

护驾东巡各卫，皆京师大内禁军，部队军纪严明。三军整肃，皆列方阵。中军白裳、白旗、素甲、白羽之矰，望之如荼；左军赤裳、赤旗、丹甲、朱羽之矰，望之如火；右军玄裳、玄旗、黑甲、乌羽之矰，望之如墨。

三军甲胄鲜明，挺立在天子大帐前。见封禅使引百官至，齐声振臂欢呼，矛盾互击声惊天动地！

张说巡视阵前，威风凛凛不可犯，对三军将朗声说道："皇帝天之骄子，今御驾东巡封禅，定然惊天动地。适才大风者，必东海之神迎驾也！"

当真好说辞，似这番心思缜实，果不负策论天下第一的名头！随从百官心服口服，三军将士莫不敬佩。

似有神焉，封禅使话音刚落，刹那间风清气正，满天祥云缭绕。三军众将士，顿时欢声雷动，再次振臂高呼："吾皇万岁！万岁！万万岁！"

众番酋、使节以为神，纷纷拜伏天子大帐前，齐呼"天可汗"。

玄宗大悦，着令即刻起拔，直接到泰山安营。

是夜，为斋戒夜。玄宗遵制，斋戒。

酉时。一众华服宫娥，奉封禅使之命，为皇帝更衣洗浴。

浴池里，撒满花瓣。氤氲之气，缭绕弥漫。方入池，玄宗正待解衣。大帐外，突狂风再起，呼啸之声，令人胆战心惊。刹那间，气温陡降，寒冷彻骨。

众宫娥几仆地，一时灯烛俱灭，黑沉沉不辨东西。皇帝匆忙浴毕，出帐肃立夜露下，不饮不食不动，一直站到夜半子时。

玄宗仰望天宇，漆黑不见星月，心怀无限敬畏，向天默默祷告："某身有过，请即降罚。若万人无福，亦请某当罪。兵马辛苦，乞停风寒。"

皇帝祈祷毕，果然风静树止，山间气温回暖。

封禅使大喜，急命禁军布兵。卫队遵令，从山脚排列至山顶。火烛映红天地，笙箫鼓乐，彻夜不绝。

翌日晨。卯时，一刻。红日东升，霞光万丈，东岳金碧辉煌。

封禅广场上，一字形布着三坛，曰朝觐坛，曰封祀坛，曰社稷坛。

社稷坛最大，坛高一丈八尺，上设先农神牌。神牌高二尺四寸，宽六寸。坛座高五寸，宽九寸五分，红牌金字。

四围，幔帐垂幕，重重叠叠。

仪注祭品累累，分列高坛两旁。总计有香、花、灯、水、果、茶、食、宝、珠、衣"十供养"和猪、牛、羊"三牲"。另有纸扎金马一对，碧鸡一对。

社稷坛前，为鼓吹乐部专位，规模与大驾卤簿一致。

卯时，三刻。

封禅使示意，四彩衣童子，先献一方红绸，覆先农神牌上。再置鲜花若干，簇拥神牌四围。是为"安圣"。

辰时。

封禅使右手指天，礼乐队得令，射冲天焰火一万发，又爆竹一万响。爆竹声中，封禅使高声宣布，"封禅大典"正式开始。

玄宗帝净手，正衣冠，由封禅使引领，来到"朝觐坛"前，颂敬天祀地祝文。

祝文云："唯神奠安九土，粒食万邦，分五色以表封圻，育三农而播稼穑，恭承守土，敢忘劳民。谨奉彝章，敬修祀典。唯愿五风十雨，嘉祥永沐于神庥；芄芄黍苗，佑神仓于不匮。尚飨。"

颂毕，依序"三献"。

一献"十供养"，二献"三牲"，三献金马碧鸡。

封禅使复指天，千六百名乐师见状，鼓吹顿起，七奏"丰收"大乐。

朝觐坛前，笙、箫、笛、箛、横吹、号筒、筚篥、云锣、金钲、大鼓、小鼓齐鸣。

初奏迎神乐，演奏"永丰"之章。

玄宗率领百官，齐唱"受福"颂词。

词曰：句芒秉令，土牛是驱，天下一人，苍龙驾车。念彼田畴，民命所需。生民有德，尚式临诸。

158

二奏奠帛初献乐，演奏"时丰"之章。

玄宗初献，百官齐唱"初献词"。

词曰：先农神哉，耒耜教民。田祖灵哉，稼穑是亲。功德深厚，天地同仁。肃将币帛，肇举明禋。厥初生民，万汇莫辩。神锡之麻，嘉种广诞。执兹醴齐，农功益见。玉瓒椒醑，肃雍举奠。

三奏亚献乐，演奏"咸丰"之章。

玄宗又献，百官唱"亚献"词。

词曰：上原下隰，百谷盈上。粒我生民，秀良兴起。乐舞具备，吹豳称兕。再跻以献，肴馨酒旨。

四奏终献乐，演奏"大丰"之章。

玄宗依例三献，百官再唱"终献"词。

词曰：糜芑秬秠，维神所贻。以神飨神，曰予将之。秉耒三推，东作允宜。五风十雨，率土何私。

五奏彻馔乐，演奏"屡丰"之章。

玄宗"三献"毕，领百官齐唱：于皇农事，自古为烈。莫敢不承，今兹欣悦。笾豆既丰，簠簋云洁。神视开疆，执事告彻。

六奏送神乐，演奏"报丰"之章。

玄宗再领百官齐唱：麻麦芃芃，秔稻连阡。纵横万里，皆神所赡。人歌鼓复，史载有年。岁有常典，福禄绵延。

七奏望瘗乐，演奏"庆丰"之章。

玄宗登社稷坛，率百官领一山军民，齐声赞唱谢福"望瘗"：玉版苍币，来监来歆。敬之重之，藏于厚深。典礼由古，予行至今。乐之利之，国以永宁。

"丰收"大乐毕。

在封禅使引领下，大皇帝来到封祀坛前，再次拜祭天地。

礼毕。

玄宗肃立封祀坛前，高颂封禅《玉牒文》。

文云："有唐嗣天子臣某，敢昭告于昊天上帝：天启李氏，运兴土德。高祖太宗，受命立极。高宗升中，六合殷盛，中宗绍复，继体丕定。上帝眷祐，锡臣忠武。底绥内难，推戴圣父。恭承大宝，十有三年，敬若天意，四海晏然。

封祀岱岳，谢成于天。子孙百禄，苍生受福。"

《玉牒文》颂毕，岱宗上下，掌声、欢呼声、歌咏声，如雷鸣般响起。

"封禅大典"大获成功。

大皇帝感恩天地，令封禅使张说撰《封祀坛颂》，源乾曜撰《社首坛颂》，苏颋撰《朝觐坛颂》，勒铭以记其盛。

玄宗亲撰亲书《纪泰山铭》，摩崖石刻于岱岳大观峰上。

铭曰：维天生人，立君以理。维君受命，奉天为子，代去不留，人来无已。德凉者灭，道高斯起。赫赫高祖，明明太宗，爰革隋政，奄有万邦。罄天张宇，尽地开封，武称有截，文表时邕。高宗稽古，德施周溥，茫茫九夷，削平一鼓。礼备封禅，功齐舜禹。岩岩岱宗，衍我神主。中宗绍运，旧邦惟新。睿宗继明，天下归仁。恭已南面，氤氲化淳。告成之礼，留诸后人。缅余小子，重基五圣，匪功伐高，匪德矜盛，钦若祀典，丕承永命，至诚动天，福我万姓。古封泰山，七十二君，或禅奕奕，或禅云云，其迹不见，其名可闻。祗遹文祖，光昭旧勋。方士虚诞，儒书龌龊，佚后求仙，诬神检玉。秦灾风雨，汉污编录，德未合天，或承之辱。道在观政，名非从欲。铭心绝岩，摇告群岳。

第十一章
韩刺史鼎力荐才　大猎赋颂扬圣恩

一

白兆山，李家小院。

曲溪抱村，烟迷垂杨。

李白躺竹椅上，惬意地喝着茶。麦风袅袅，酥酥地让人心痒。

前日去隆中，孟夫子谈起封禅事，李白一双眼里，满是向往之色。

玉儿已为人娘，早褪尽往日青涩，没有人再唤她玉儿，乡邻们大多叫她许大嫂。

许大嫂很幸福，乐意被人这么叫，像只端庄的老母鸡，呵护着自己三个崽伢。

李白仍呼她玉儿，呼时眉梢都在笑。

李白也很幸福，不愁吃不愁穿，一日三餐有堂客管着，隔三岔五弄桌菜，招呼哥儿几个来小院里喝台酒。除吟诵风月外，也借酒骂骂官家人。

日子过得悠闲，岁月便显得短了。

李白极守信诺，哪怕大母已经过世，崽伢也没一个姓李。

大姑娘六岁了，名是玉儿取的，叫作"平阳"。大儿子四岁，名字叫作"伯禽"，小名取得怪，叫个"明月奴"。小儿子尚不足两岁，正满院坝里乱爬，名儿叫个"天然"，小名儿"颇黎"。

马正公依旧诙谐，私下取笑李白：狗不忘屎，人不忘根。

李白自己也承认，三个伢崽之名，虽未冠之李姓，却源自遥远的故乡。盖因碎叶一地，盛行火教和明教，尤崇拜日月水火。故李白一女二子，皆以日月名之。

孟浩然来时，玉儿正汲二桶水，欢快叫一声"稀客"。

李白听见了，笑呵呵迎出来。扭头唤大姑娘，拖条板凳过来，让孟伯伯坐下喝茶。

孟浩然刚坐定，又言起封禅事，说得唾沫四溅。李白着了迷，听得津津有味。

村外，青石官道上，飞驰而来三骑，远远卷起一路黄尘。马上三人，正是李皓、胡紫阳、马正公。见了孟浩然，三人齐大笑。

孟夫子一愣，自己洗了脸的哟，又不是花猫，何故冲我发笑？

李白心里一默，已知三人笑因，笑呵呵说道："三位仁兄打赌，必是从兄输了。"

马正公翻身下马，答道："正是！我与逸人言，孟夫子必在大郎处，李少府他不信。"

李皓随之落马，笑呵呵言道："非马兄之功，逸人神机妙算哈。"

胡紫阳摇摇手，谦让道："非某神机妙算，实乃许大嫂厨艺相诱，正该我等今日吃酒。"

孟浩然始明原因，忍不住哈哈大笑。众兄弟皆达人，早知了天子封禅事，故来白兆山相聚呢。

李白心情大好，叫玉儿停止了洗衣，去厨房准备午餐。

玉儿扬起头来，一脸的灿烂笑容，应声倒掉盆中的污水，让衣服继续堆在里面，待会儿再来作清洗。甩掉手上的渍水，在围腰上擦得干净，过来一一见过叔叔，就去了厨间操作。

李白又呼平阳。平阳走过来。

李白掏出十串铁钱，笑呵呵递给大姑娘，让她去村外的酒肆里，沽一坛"巴陵春"回来。

李皓过意不去，执意要给酒钱。

李白哪里肯依？嘴里嗔怪道："从兄恁客气，小弟虽为草民，哪会缺了酒钱？"

李皓听罢，手里执着两贯钱，不知如何是好。

马正公见了，咧嘴一哂，上前一把夺过去，抖抖装入自己腰袋，戏谑地说道："我说李少府，何必寒酸人呢？有钱请我们便是。谁不知大郎笔头硬，今春四处卖笔墨，润格少得了十万金？"

李少府闻言，尴尬地笑笑。李白也笑，果如马正公所言，一个春节下来，是得了不少润格呢。

五个人围坐吃茶，暖暖地晒着太阳。众兄弟今日所言，话题离不开唐玄宗泰山封禅事，每每说到激动处，无不两眼放光。

李皓身为吏员，心情格外激动，大声武气地说道："圣天子德政天下，我大唐国泰民安，皇帝封禅泰山，实乃国之大幸，民之大福矣！"

胡紫阳接过话茬，一本正经地说："古之帝王，德佩千秋者，莫不泰山封禅。吾皇倡开元之盛，德比尧舜，功盖秦皇汉武，实不为过也。"

孟夫子频点头，却只顾倾听，始终不发一言。马正公暗揣，孟兄曾遭"明主弃"，莫非心里有了阴影？故意拣好听的话说："孟夫子曾入京师，与封禅使张说交厚，愿闻大兄指点一二。"

李白傲性，却素服孟浩然。关于泰山封禅事，倒真想听他说道说道。正好马兄有此提议，便睁着一双大眼，只顾盯着孟夫子不放。

孟夫子才高，器量自然也大，绝非小肚鸡肠之人。当年进京科举不第，得到张相公鼎荐，拜谒明皇而最终未能入仕，实乃自己言语不慎，哪怪得大皇帝抛弃？

孟浩然品一口茶，慢悠悠地咽下，正色言于三位好兄弟："当今大皇帝圣明，开帝国千秋之盛，如皓月光芒万丈，我等米粒之珠，岂可与之比拟？"

李白闻言，万分钦佩。孟夫子果然心胸开阔，自京师返回家乡后，何曾说过半句怨言？今日当众赞美明皇，语出真心诚意，更显得品格高尚。也是帝国繁盛，人人昂扬向上，只有这样伟大的时代，才会有这么伟大的人民！

李白心里感动，带头鼓起掌来，有了重出江湖之意。

孟夫子受到鼓舞，复言道："帝国繁荣昌盛，正该大展宏图，众仁兄皆不世才，自可报效朝廷。大郎堪称国士，若能得到明君赏识，前途更加无量。"

胡、马二兄一听，齐齐鼓起掌来。

李皓少年老成，既为朝廷官员，对帝国充满信心，巴不得李白早日入仕，遂对李白笑侃道："苟富贵，无相忘！"

李白雄心万丈，好像已入京师，金銮殿面君一般，慷慨激昂地说道："果如孟夫子所言，定当生死为国，也绝不辜负众兄心愿！"

少时，厨间飘香。

玉儿隔空喊道："众叔叔莫再闲谈，快快过来吃酒！"

李白听到喊声，急忙呼唤众兄，来到堂屋里坐席。

堂屋正中的餐桌上，摆着一钵青元炖腊猪肘，正散发着浓郁的香气。又有六个时蔬小炒，皆自家菜园所撷取，青翠碧绿，诱人食欲。

五人依长幼顺序，孟夫子坐了主位，李皓是朝廷官员，坐了席桌右侧位，胡紫阳坐了左侧位，马正公坐了下首位。李白年龄最小，虽然说是主人家，仍然坐在偏位上，拾个独凳坐左下角。左下角近窗，窗下摆一条横案，横案上置一坛巴陵春。李白顺手抱起酒坛，拍散坛口上的封泥，为四位兄长各筛一碗，自己也满满倒了一碗。胡紫阳最讲礼数，让孟夫子领个头，带着哥几个，先向许大嫂敬酒。孟浩然是老大，确有老大的范儿，双手擎着酒碗，领三人来敬许大嫂。玉儿也不推辞，咕咕咕吃一碗酒，又笑着回敬一碗。敬毕，与叔叔们别过，独自进入厨房。

厨房内，平阳坐在灶门前，嘟嗒嘟嗒拉着风箱。灶里，柴火熊熊。灶头，锅里炖只老母鸡，油亮亮的鸡汤，正汩汩地翻腾。

二子满嘴油渍，抱着猪脚骨猛啃。

玉儿去到厨柜边，拿出四只馅饼来，递一个给平阳，自己也吃一个。余下两个，递给明月奴和颇黎。二子啃骨头正酣，津津有味地馋涎直流，摇头表示不要。玉儿抿嘴笑了笑，心想不要算了，重新放回橱柜里。

堂屋那边，酒声汹汹，猜拳声不绝。

少顷，鸡汤已熬好。

平阳停了风箱，将汤舀进乌钵里，用湿布巾围钵上，捧住端到堂屋桌上。

李白天生好吃，特别喜欢喝鸡汤。见了油亮亮一大钵，顿时就忘记了大小，自个儿先舀一碗，用嘴呼呼呼地吹凉，咕噜咕噜喝下肚去。

四位仁兄也不客气，孟浩然扯了鸡右腿，李皓扯了左腿，胡紫阳抓了右脯，马正公抓了左脯，留下一个鸡头和一对翅膀，说是好让李白独占鳌头，又祝他鹏程万里。

李白听得高兴，这话中听着呢，一边啃着鸡脑壳，一边频频举杯劝酒，嘴里尽说些豪气干云的话。

酒话没人计较，计较的是酒量，众位仁兄都是好酒量，不喝个痛快不肯罢休，直喝到玉兔东升。

戌时，二刻。

一轮橘红的月，静静地挂在天边。

李白偕玉儿，送众兄于朝门口。

孟浩然醉眼惺忪，李皓手舞足蹈，马正公偏偏倒倒，胡紫阳两脚打绞，乘一地朦胧月色，踉跄着各自回家。

寂静的山湾里，此起彼伏的蛙鸣，彻夜呱呱不绝。

二

翌日，晨起。

玉儿煮好早饭，遍寻不见李白身影，心里十分奇怪。许大嫂没心思管他，哄小儿子颇黎食毕，独自来到水井边，清洗昨日那盆脏衣物。

李白时常发癫，动不动就外出几日，高兴了告知一声，更多的时候，一声不吭就离家出走，谁也不知道他去了哪里。

兴许外出……会友了吧？玉儿这么想。

待一盆衣物洗完，太阳已升起丈高，仍不见李白踪影，心里空落落不是滋味。

许大嫂晾完衣服，转身又回到厨房，平阳正在洗碗。

灶台的盐缸里，盐巴空已见底。

玉儿扭头去到内室，从床头柜里取出首饰盒，准备拿些钱币，让平阳去村外的杂货铺，买些花盐回来备用。许大嫂打开首饰盒，顿时吃一惊，原本满满一盒金银首饰，居然少了一大半！玉儿这才蒙了，托人找到李少府，让他打听李白的下落。

李皓听说后，也很是吃惊，派人四下寻找，始终得不到李白的消息。

邻人不明就里，私下胡乱瞎猜，只道李白不辞而别，必是两口子吵架所致。就时常见许大嫂立檐下，望着对面山垭口出神，孤零零好生让人怜悯。

夜里，人静时，白兆山的人，总会听到哭声，幽幽地让人心紧。三个孩子偎着娘，陪着一起偷偷地哭。

玉儿越发难过，心痛得直不起腰来。旬日内，憔悴如枯萎瓜藤。无人的时候，就疯疯癫癫唠叨："望矮了山，望断了水，大郎大郎久不归！"

孟浩然得知消息，心里一阵自责。他比谁都明白，李白去了哪里。

开元二十二年，五月初八。

荆州城，北街。刺史署衙前。

李白惴惴不安，他实在没有把握，虽有李少府的推荐信，刺史韩朝宗会见他吗？自从离开白兆山后，李白就心痛得要命，整夜整夜地睡不好觉。玉儿难受吗？平阳、明月奴、颇黎，想阿爷吗？

李白鼻头发酸，心里暗自发着誓，定要一飞冲天，他日衣锦返乡时，好让玉儿四母子，过上风光无限的生活。

可惜虽有报国之志，却无晋仕之途，唯有李皓一纸荐书。李白依从兄之意，怀揣荐书前往荆州，躲在客栈里月余，精心拟就《与韩荆州文》，以期得到韩刺史的赏识。

李白才高八斗，一向目中无人。适才来到署衙前，递帖与门吏时，竟汗颜得语无伦次，像做了啥见不得人的事，生怕别人看见了难堪。

韩朝宗坐在签押房里，接到李白的拜帖后，很有些不相信。李白名动江湖，人言其目无余子，怎会主动投帖，来拜谒自己呢？

仔细看一回，确实李青莲无误，便展开文稿，认真阅读起来："白闻天下谈士相聚而言曰，'生不用封万户侯，但愿一识韩荆州。'何令人之景慕，一至于此耶！岂不以有周公之风，躬吐握之事，使海内豪俊，奔走而归之，一登龙门，则声价十倍！所以龙蟠凤逸之士，皆欲收名定价于君侯。愿君侯不以富贵而骄之、寒贱而忽之，则三千之中有毛遂，使白得颖脱而出……君侯制作侔神明，德行动天地，笔参造化，学究天人。幸愿开张心颜，不以长揖见拒。必若接之以高宴，纵之以清谈，请日试万言，倚马可待。今天下以君侯为文章之司命，人物之权衡，一经品题，便作佳士。而君侯何惜阶前盈尺之地，不使白扬眉吐气，激昂青云耶？……且人非尧舜，谁能尽善？白谟猷筹画，安能自矜？至于制作，积成卷轴，则欲尘秽视听。恐雕虫小技，不合大人。若赐观刍荛，请给纸墨，兼之书人，然后退扫闲轩，缮写呈上。庶青萍、结绿，长价于薛、卞之门。幸惟下流，大开奖饰，惟君侯图之。"

　　韩朝宗读罢，已知李白心意。报效国家嘛，低三下四说些违心话，正常！即遣门吏出，迎入会客室相见。

　　韩荆州一代循吏，素闻李白有大才，连苏颋莅蜀时，都向天子举荐过他。便很客气地和他交流，特煮一壶好茶招待。

　　李白来者是客，又有事情求助于人，难免有些不自在。

　　韩朝宗素雅重，又是个老实人，言谈无诳语，亲切得如敦厚兄长。李白心稍安，慢慢没了拘谨，遂高谈阔论治国之道。说到激动处，连赵蕤阴谋治国论，都搬出来佐证。

　　李白胸罗万象，谈吐警天策地。韩朝宗大为折服，视为人中龙凤。又想自己位卑，远不及苏相（颋）位高权重，实难帮助他飞黄腾达。便实话告诉李白，京师才是龙虎之地，以李白的惊世才华，若能得到皇帝赏识，必定会大展宏图。

　　"大郎之才，经天纬地。若得圣天子所赏，必扶摇青云矣！"李白闻言，以为他借故推脱，急忙离座躬身长揖道："白不识官体，愿韩刺史明教。"

　　韩朝宗人格高尚，为官清正廉洁，素有为国荐才之举，在江湖上颇有清誉。听了李白的话，韩朝宗点了点头，起身关了门户，压低声音告诉他，皇帝每年秋天，必狩于京师西郊皇家猎场，除文武百官陪同外，番邦酋长、使节皆一同前往，以此扬威耀武，震慑周边邻国。"大郎可以此作赋，适时呈大皇帝御览，或可遂尔心意。"

李白闻言，感恩戴德不已，再次长揖称谢："但得他日腾达，定不负韩刺史教化！"

韩朝宗走上前，双手将李白扶起，十分严肃地说道："皇帝行踪，乃帝国最高机密，万不可泄密于人。保重！"

李白再三谢过，兴冲冲离去。回到客栈里，犹激动不已。想皇帝封禅事，不知何等的排场？决定亲往泰山，一睹圣天子威仪，至于如何去见皇帝，也有了初步的构想。

开元二十三年，初夏。

四月，二十六日。午时，一刻。

泰山南天门外，十里陡壁石梯上，李白正挥汗如雨，一步一歇地向上攀登。

午时，三刻。南天门上，丽日高照。偌大的祭祀台上，大皇帝封禅遗迹，犹历历在目。

李白一路寻觅，最终登临玉皇阁，俯仰天地间，群山茫茫苍苍，似万人叩首，四伏朝圣岱岳。胸怀豁然开阔，心中浩浩然，潮水般风起云涌。遂伫立阁顶，目空四野，仰天引项，放声高歌："四月上泰山，石屏御道开。六龙过万壑，涧谷随萦回。马迹绕碧峰，于今满青苔。飞流洒绝巘，水急松声哀。北眺崿嶂奇，倾崖向东摧。洞门闭石扇，地底兴云雷。登高望蓬瀛，想象金银台。天门一长啸，万里清风来。玉女四五人，飘飘下九垓。含笑引素手，遗我流霞杯。稽首再拜之，自愧非仙才。旷然小宇宙，弃世何悠哉……"

时值农忙，游山者不多，三三两两，多雅闲人士。闻李白所歌，格局恢宏，气象豪迈，纷纷叹服，惊以为神。

三

开元二十三年，岁在乙亥。

168

秋八月，初十日。秦地之秋，天高地阔。

京洛官道上，一匹白骏马飞驰，路人纷纷避让。李白乘马上，抖缰扬鞭，意气风发。

那日得韩朝宗指点，回到客栈中，李白尽展平生才学，精心撰就《大猎赋》，极尽颂扬之能事。反复诵读，反复斟酌，反复修改，唯恐犯了禁忌，重蹈孟夫子覆辙。甚觉满意后，便东游岱岳，西入帝京，准备大干一场。

京师西郊，皇家猎场。猎场内，林木郁郁葱葱，覆压百二十里。

李白打马狂奔，转过一个山嘴，直奔寒阳驿。驿站官道两旁，列兵两千众，甲胄映日，刀枪森森，不可逼视。

禁道？

李白大喜过望，韩荆州果不诳人，玄宗准时秋狩了。

李白西入长安，做足了功课，他早问得明白，驿旁有一条僻静小道，可以借此潜入猎场。见大道有官兵把守，急忙丢了所乘白骏马，只身潜匿在丛林中，静待圣天子到来。

李白闲得无事，掏出《大猎赋》来，又仔细看一回，越看心里越激动。

"白以为：赋者，古诗之流。辞欲壮丽，义归博远。……《子虚》所言，楚国不过千里，梦泽居其太半，而齐徒吞若八九，三农及禽兽无息肩之地，非诸侯禁淫述职之义也。《上林》云，左苍梧，右西极。考其实，地周袤才经数百。《长杨》夸胡设网，为周陛，放麋鹿其中，以博撄充乐。《羽猎》于灵台之囿，围经百里而开殿门。当时以为穷壮极丽，迨今观之，何龌龊之甚也！但王者以四海为家，万姓为子，则天下之山林禽兽，岂与众庶异之？……

"河汉为之却流，川岳为之生风。羽旄扬兮九天绛，猎火燃兮千山红。乃召蚩尤之徒，聚长戟，罗广泽，河雨师走风伯。棱威耀乎雷霆，炟赫震于蛮貊。陋梁都之体制，鄙灵囿之规格。而南以衡霍作襟，北以岱常作袪。夹东海而为堑兮，拖西冥而流渠。麾九州之珍禽兮，回千群以坌入；联八荒之奇兽兮，屯万族而来居。……

"曷若饱人以淡泊之味，醉时以淳和之觞，鼓之以雷霆，舞之以阴阳……六宫斥其珠玉，百姓乐于耕织。寝郑卫之声，却靡曼之色。天老掌图，风后侍侧。是三阶砥平，而皇猷允塞。岂比夫《子虚》《上林》《长杨》《羽猎》，计麋鹿

169

之多少，夸苑囿之大小哉！方将延荣光于后昆，轶玄风于邃古，拥嘉瑞，臻元符，登封于太山，篆德于社首。……"

李白看一回，偷着乐一回，自个儿也觉得脸红。玄宗帝固然圣明，然《大猎赋》的措辞，仍显得十分肉麻。歌盛世没错，连天子狩猎事，也颂扬为治国之道，难免有粉饰之嫌了。

李白正遐想间，猛听得一阵铜铃声，连珠般爆响，悄悄拨开树枝，引颈往外张望。

但见猎场深处，有千百只猎犬，项系黄铜铃儿，或黑或黄，或白或灰，争先恐后追逐。又有猎鹰数十，结阵掠天飞过，黑压压状若乌云。刹那间，兔奔獐突，鸠鸣雉飞。

李白心跳如鼓，死死盯住场中。

猎场里，一骑甚劲，冲锋在前。上坐一汉，相貌雄伟，气宇轩昂。头戴锦绣软幞，身着貂皮裘，外套束腰猎装，手执金色长弓，箭镞熠熠闪光。朝廷文武百官，紧紧相随左右。首相宋璟、中书令张说，一一在列。

紧随其后者，为两千禁军骑兵，人人张弓搭箭，呼啸着卷岗而来。

又有百十胡儿，着各色斑斓服饰，催胯下烈驹紧追。

鹰阵巡天，荫翳遮日；犬阵掠地，似狂风暴雨。首犬漆黑如炭，极类跳涧猛虎。正奔行间，倏地仰天长吠，啸声慑人心魂。

众禁军闻警，急催胯下坐骑，向前护住裘衣汉。

四围警卫，铁壁铜墙，形成一圆圈。唯留前方一口，只待猎物入围。

突风起密林，呼啦作响。群犬皆毛起，呜呜低嚎。一吊睛白额大虫，锦毛斑斓如缎，身长八尺有奇，咆哮着冲进大围。

裘衣汉毫无惧色，猛催胯下烈驹，迎面狂奔过去。

李白心似明镜，知那壮汉必天子也。见他不顾凶险，迎吊睛大虫而上，着实为他捏一把冷汗。

那大虫林间为王，野蛮霸道惯了，哪有他物敢近身来？顿时狂吼一声，四围人马俱惊。那虎抖擞威风，猛然纵起丈余，张开血盆大口，凌空扑向裘衣汉！

李白伏林间，顿觉热血沸腾。

裘衣汉沉稳如初，兜缰策马右旋，避过凌空扑击之虎。只见他拈弓如满月，搭箭似流星，扭身回首一箭，正中那虎心脏处。

大虫再吼一声，势已去了大半。几经上纵下跳，终至扑地气绝。

四围数千随从，欢声山呼海啸："吾皇万岁，万岁，万万岁！"

李白大喜，抑制不住激动，鼓足丹田之气，猛叫一声"好"！

这声好憋得太久，一经蓄意吼出，当真石破天惊。

皇家禁地，谁敢擅入！

禁军将军郭英，闻声大骇。设若匿伏者图谋不轨，又该当如何?! 当下发声喊，指挥左卫禁军，向林间包抄。

禁军随从护驾，分为左右二卫。

左卫禁军负责外卫，左卫长彭大虎得令，急领禁军二百骑，齐齐围将过来。

李白犹激动不已，凌空腾跃而起，径直飞扑天子坐骑前。

右卫禁军负责内卫，右卫长祝一龙大怒，从马背上跃起，持刀扑向李白，架于李白项上。

李白并不反抗，也不为所动，双手擎着《大猎赋》，嘴里只顾高喊："吾皇万岁，万岁，万万岁！"

玄宗射杀一虎，正满心欢喜。见来者白袍袖带飘飘，双手又高擎一篇赋文，嘴里犹高呼万万岁，竟不以为忤。示意禁军退下，让他起身说话。

祝一龙得令，急忙收起钢刀，仍不敢放松警惕，站在李白身边不走。李白听得真切，见圣天子不怪，起身朗声应道："草民青莲李白，误入皇帝猎场，适才慑于天威，故而惊恐大叫。"

青莲李白？听着耳熟，偏又想不起来。

玄宗爱他俊朗，示意首相宋璟，上前去收了《大猎赋》，看也没看一眼，呼啸着驰马而去。

李白目瞪口呆。

果然天子气派，视天下如无物！

李白嘴上不说，心里却极度失望，望着皇帝远去，满眼无限景仰神色。

张说骑一匹黄骠马，专程来到李白身旁，上上下下打量一番，微微点了点头，似有赞许之意。

李白张嘴欲呼，中书令已打马而去。

四

开元间，唐帝国一枝独秀，傲然屹立于世。帝国京师长安，宇内第一大都会，乃世界政治、经济、文化中心。

李白初入长安，本以为献上《大猎赋》，可博得皇帝欢心，谁知落得一场空欢喜。

生活长安月余，李白耳闻目染间，深为帝国强盛而骄傲，越发激起报国雄心。为实现心中抱负，囊中羞涩的李白，只身来到终南山，暂居山中纯阳观。

终南山名秦岭，临近京师长安，李白择此寓居，可谓用心良苦。一可节约开支，以利长期"京漂"；二则身居帝都，时刻感受大都会气息，准备随时听候天子召唤。

李白远离家小，长安别无亲友，唯一有过一面之缘者，司马承祯已过世。念及司马氏，决定前往玉真观，拜会玉真公主。

想到玉真公主，李白满心灿然。

李白学究天人，不仅诗写得好，犹崇尚仙道，虽未正式"授箓"，却因东岩子、赵征君故，道中也颇有些声誉。早于开元十七年夏，就与玉真公主结了道缘。

二人初次相见，会于宣城敬亭山。两个人同为道友，彼此又善解音律，因此一见如故。推杯换盏间，李白当席献诗一首："玉真之仙人，时往太华峰。清晨鸣天鼓，飙欻腾双龙。弄电不辍手，行云本无踪。几时入少室，王母应相逢。"

李白生性风流，此诗非即兴之作，实乃先前精心构制，席间借助酒兴，殷勤献与公主，以期得她的赏识。

诗意灿烂，让人遐想。"清晨鸣天鼓，飙欻腾双龙"，"几时入少室，王母应相逢"，正搔到公主痒处。玉真爱其才，视为知己。

李白因之受宠，曾相随月余。

当朝状元郎王维，时官为右拾遗，与公主交好。李白不敢放肆，害怕惹火烧身，故偷偷不辞而别。

今日赴长安，李白本欲一飞冲天，哪知时运不济，困居终南山中。思前想后，便厚着脸皮来找她，实出于无奈矣。

玉真贵为御妹，神龙见首不见尾，长年居无定处。长安城内，即有山居、别馆、玉真观、安国观、紫极宫五处。

李白探得准信，玉真与王维闹别扭，近日一人独居紫极宫，任谁也不肯见。心里便想，见不见自己呢？管她呢，李白独自乘了月色，悄悄潜往一试。

月下，敲门良久。

玉真掌灯出，道袍飘飘，怡然如仙。一眼瞧见李白，不怒反喜，媚眼儿笑得分外俊俏。

李白内心惶惶，当日不辞而别，生怕公主愠怒。今见玉真笑脸相迎，心里石头落了地，反生出莫名的遐想。

李白性聪慧，可谓世事洞明。心想公主道友甚众，设若真不喜欢他，必定虎起脸撵人走。既然笑脸相迎，宫中定不会有外人。

当即上前，稽首施礼。

玉真笑脸如花，亦稽首回礼。礼毕，执灯款步前导。到了斋室，公主吩咐侍者弄一桌酒菜来，供二人"消夜"。

席间，公主十分热情，兴趣特别高涨，频频举杯相邀，劝李白吃酒吃菜。酒到酣处，公主脸泛红光，突然醉眼迷离地说道："大郎别怪我多嘴，敬亭山不辞而别，烦了我吗？今日不请自来，又为何事？"李白吃了酒，胆儿便大了，故意拿眼神撩她，却并不回她的话。笑眯眯停了杯，悄声摆一桩往事。

言自己在青莲时，去彰明县应聘小吏，牵水牛入县令家后堂，欲行贿于县令。

县令堂客大怒，骂他龟孙不懂事。李白年轻性顽，以诗回敬曰："素面倚栏钩，娇声出外头。若非是织女，何得问牵牛。"

玉真听得有趣，扑哧笑出声来。

李白好不顽劣，牵头水牛去贿，还跑到人家卧室搅肇。县令浑家没穿衣服，在帐后露出半弯玉臂，探出头来就骂。他个愣小子倒好，嬉皮笑脸自称"牛郎"，把妇人比作了织女。

玉真吃一杯酒，笑嘻嘻言道："大郎做得好美梦，想织女想疯了！"

李白离开白兆山，已经一年有余，每每念及女人体香，就忍不住咽清口水。当然想疯了！要不半夜三更，怎会上紫极宫来？

"公主说笑了，世上万物皆合阴阳。然也只见藤缠树，何曾见过树缠藤？"

李白一语双关，貌似回应牛郎事，实则另有所指。起身敬公主一杯酒，胆儿越发大起来。

公主哪有不知？

一席酒话，几番推杯。紫极宫里，一灯如星。

李白情迷意乱，酒量自然减了几分，早已醉得不轻。离蜀逾十载，蹉跎光阴三十有四，竟然一事无成。仰望天边那月，皎洁如儿时"白玉盘"，不觉悲从中来。泪流两行，潸然而下，深情吟诵道："床前明月光，疑是地上霜。举头望明月，低头思故乡。"

玉真心有灵犀，知道李白心苦，难与他人述说。忙走上前去，将其头揽入怀中，轻声安抚道："大郎何如此？以君之大才，早晚为国所用。"

李白被戳到痛处，越发哭泣有声。想柳丝儿，想泥鳅，想地牛儿，想蜀中名山大川……一时情不自禁，吟出一首千古绝唱来！

"噫吁嚱，危乎高哉！蜀道之难，难于上青天！蚕丛及鱼凫，开国何茫然！尔来四万八千岁，不与秦塞通人烟。西当太白有鸟道，可以横绝峨眉巅。地崩山摧壮士死，然后天梯石栈相钩连。上有六龙回日之高标，下有冲波逆折之回川。黄鹤之飞尚不得过，猿猱欲度愁攀缘。青泥何盘盘，百步九折萦岩峦。扪参历井仰胁息，以手抚膺坐长叹。

"问君西游何时还？畏途巉岩不可攀。但见悲鸟号古木，雄飞雌从绕林间。又闻子规啼夜月，愁空山。蜀道之难，难于上青天，使人听此凋朱颜！连峰去天不盈尺，枯松倒挂倚绝壁。飞湍瀑流争喧豗，砯崖转石万壑雷。

"其险也如此，嗟尔远道之人胡为乎来哉！剑阁峥嵘而崔嵬，一夫当关，万夫莫开。所守或匪亲，化为狼与豺。朝避猛虎，夕避长蛇；磨牙吮血，杀人如麻。锦城虽云乐，不如早还家。蜀道之难，难于上青天，侧身西望长咨嗟！"

李白醉酒是假，思乡情却是真的。这首《蜀道难》，乃上月初七日，送友人王炎入蜀，别于京西寒阳驿，所作的送别歌。李白很看重此诗，此时借酒醉吟出，用意十分明显，就是要公主赏识，让她荐于皇帝！

玉真阅人无数，哪会不懂他的心思？

李白有大才，才华横溢世所罕见。她既怜其苦，又爱其才，更爱他风流倜傥。心里有个想法，愿助他一臂之力。

公主想到此处，便一边抚摸其头，一边轻拍其背，百般温存关怀。低下头去，附耳柔声说道："大郎何苦难过？且先去上房休息。玉真心里明白，自当为尔解忧。"

李白演完戏，效果很不错。被公主玉手一摸，心里暖烘烘骚动。顺势起身，倚在玉真身上。

第十二章
贺知章金龟买酒　谪仙人名动京师

一

李白得公主青睐，紫极宫住了三日，天天有酒有肉，好不逍遥快活。

巳时，一刻。二人品茗庭中。

大柳树下，端端摆一张茶几，四围六把交椅，另有三个小方木凳。

临南墙拱门处，置一铜风炉，炉上铁壶正沸。

风从门户吹入，爽爽地无限惬意。

李白正专心抚琴，突闻宫外林木间，琅琅传来一阵歌声："少小离家老大回，乡音无改鬓毛衰……"

公主斜靠凭几，一心专注于琴。听到歌声传来，心中颇不耐烦，嘴里嘟哝道："这厮不知趣，又来扰人清幽！"听她的口气，似不喜欢这人。

李白停了琴，笑言相问："这厮是谁？"

公主撇撇嘴，愤声应道："哼，还会是谁？剪刀！"

剪刀？李白一头雾水。

玉真见他迷糊，扑哧讪笑道："太子宾客噻！"

李白眉头一皱，突忆起"二月春风似剪刀"。李白久居乡下，不知长安事物，这人以诗文显达，京师人都称他"贺剪刀"！

"您说四明狂客吗？为何呼他剪刀？"

公主白他一眼，揶揄道："他还不是剪刀？一张嘴比剪刀还厉害，逮谁都乱剪一通。"

原来如此！

李白混迹骚坛，早知贺知章大名，特别推崇他的诗文。见公主不甚了然，自言自语地说道："贺宾客名重京师，贵为太子宾客，谁都可以剪得。实不知又有新作问世，'少小离家老大回'……"

公主听得火起，圆睁一对杏眼，不待李白说完，突大恚："这厮说他不得，因对议泰山封禅，得大皇帝欢心，赏他做了太子宾客。他自视才高，不恩反嗔，怨朝廷辱没了他，时常来宫里烦我，嚷嚷着告老还乡，这不'少小离家老大回'吗？"

李白闻言，沉默不语。心里暗忖，贺知章才高八斗，玄宗为何不重用，只给个"太子宾客"？有名无实的虚职，难怪老夫子牢骚满腹哟。自己真得公主举荐，恐怕还不如他呢。

玉真心细，见李白不言不语，知他所思所虑，便有意教导他："怪他嘴不饶人，自称'四明狂客'，见谁都要贬抑。岂不闻庙堂高深，哪容得狂士撒野？"

二人正对话间，贺知章偕一童儿，歌声夭夭地来到宫前。

一眼看见李白，脸色微微一诧，玩儿一般取笑道："我道公主为何躲进紫极宫，原来早有贵客在。"

四明狂客狂放，京师谁人不知？今日一见，果然狂得大胆，他嘴里的"贵客"，不正是长安城勾栏里的"跪客"（嫖客）吗？

贺知章狂，李白更狂。在世人眼里，李太白的狂，才是天下第一狂。

李白站起身来，怪他口无遮拦，哈哈大笑道："在下青莲李白，早宾客一刻到。惭愧，惭愧，只好委屈贺兄了，吃一盏残汤剩水！"

四明狂客闻言，知他一语双关，脸色微愠。正待张嘴叱骂，偏又听到青莲李白，鼓起一对铜铃大眼，久久盯着李白，"尔是李白？蜀中李白？"

玉真奇了怪了，贺知章向不饶人，被李白踏屑如斯，竟然没有破口大骂，反而问他的姓名。笑着对二人说:"早来是客,晚来也是客,二位何必斗嘴?来来来,彼此认识认识。"

公主怎可爱,殊不知两个狂人,心里早已认识,哪用得着她介绍?

在李白眼里,贺知章官居三品,被尊为"贺内翰",常侍陪太子左右,足让人心生景仰。加之京师骚坛霸主名头,岂不让李白折服?当下收了傲态,冲贺知章长揖道:"蜀人青莲李白,久仰贺兄大名,还望宾客提携。"

贺知章大喜,见李白客气,急忙收了傲性,上前双手扶住,谦让道:"李白文名天下,某何敢充大兄?"

公主越发奇怪,两个猖狂的大男人,未斗个你死我活,彼此倒谦让起来了。

这也难怪她,从小生于皇宫,哪识得民间世故?但凡有才之士,大多猖狂属"疯狗",整日癫了一般,见谁不顺眼,张嘴便要咬。一旦心服某人,又必景仰随从!

二人彼此心仪,自然欢喜得像兄弟。

贺知章年长,自然为大兄。李白年轻,行个拜兄礼。

玉真一见,欢喜不已。忙吩咐下人,重煮一壶好茶。

李白毫不忸怩,待贺知章坐定后,掏出一叠诗稿来,双手恭敬承上,请太子宾客雅赏。

贺夫子性豪迈,见李白洒脱,极类年轻时的自己,心里赞赏有加。接过诗稿,认真阅览起来。

二人对了脾气,便一好百好,啥都顺了心意。

贺知章极认真,逐字逐句精读。一时红光满面,两眼泛着光辉。览至《乌栖曲》时,拍腿大叫一声好!又览至《蜀道难》,更加情不自禁,从座上站起身来,啧啧赞不绝口,连呼"神来之笔",高声朗诵起来。诵毕,犹激动不已。

贺夫子遍摸衣袋,面呈遗憾之色。公主被他感染,也知他想要干啥,笑盈盈地说道:"这紫极宫里,要酒肉?要钱物?宾客尽管招呼!"

"哪里话!"

贺知章心情难平,嘴里直嚷嚷:"老夫得识人间神品,必要亲自做东,请大郎吃一回烧酒,何劳公主破费!"一边说,一边解下袍带金龟,叫童儿拿去置办酒食,火速送到宫里来。金龟乃天子所赐,是为太子宾客"官符",贺内翰常

178

引以为豪。

公主连忙阻止："到了紫极宫，轮不到你做东哟！"

贺知章哪里肯依？牛脾气一上来，冲公主就发火："去去去！我不稀罕你有钱！"

公主知他性情，不再与之争论。

李白不识金龟，见玉真百般阻拦，知其必定金贵。心里感动不已，四明狂客不只是狂，更多真性情也！

席间，有侍女抚琴，童儿煮茗。三人饮酒斗诗，各展才学。

李白吃得口滑，谈古论今，滔滔不绝。

贺知章有大才，也一再被感染，脱口称赞道："真谪仙人也！"

李白得此嘉奖，起身斟一杯酒，双手毕恭毕敬献上："得大兄谬夸，小弟哪里敢当？"

公主大笑："贺宾客所言，直如剪刀裁柳，当得，必然当得！"

三人复大笑。

二

天宝元年，春正月。

京师长安城里，盛传两件大事，一时轰动朝野。

一事甚巨，关乎帝国。胡儿安禄山者，得玄宗皇帝宠信，迁为平卢节度使，又兼范阳节度使，再兼河东节度使。三节度区镇兵二十万，几占帝国镇兵一半。朝中众宰辅大臣，无不忧心忡忡，唯恐养鼠为虎，纷纷上书请奏削藩。

杨国忠参劾尤甚。

时，李林甫"口蜜腹剑"，窥视首相之位日久，以胡人不知书、骁勇善战、孤立无党为由，尽用胡人为节度使，美其名曰"卫边"，实乃杜绝边帅入朝为相之路，以便日后独断朝纲。

李林甫之议，甚得玄宗赏识，致使帝国产生偏重之势，天下危象乱生。

另一事微，关乎市井。骚坛主贺知章，称赞李白为"谪仙人"，让李白声誉鹊起。

有了诗仙美誉，李白在长安城里，便混得风生水起，人人以拥有太白诗稿为荣。凡茶肆酒楼、梨园乐坊，人人诵之，处处歌之。

玄宗年近六旬，安邦治国于他，早已不再新鲜。反而对于歌舞诗酒，津津乐道不已。

皇帝居深宫，闻市井哄传青莲诗，心甚痒痒。"索白诗，一览而慕之。"忙召首相相商，言于宋璟曰："此李白者，莫非苏长史曾荐乎？又或猎场献赋者耶？"

宋璟是个有心人，仔细读过《大猎赋》后，深为李白才华折服，认定此人早晚为朝廷所用，便将赋文随身携带。

今见大皇帝垂询，宋相忙执赋上前，躬身奏道："正是！"玄宗接赋详览，虽语多媚俗，却句句搔到官家痒处。一时龙颜大悦，连声赞道："大才彪炳千秋，帝国之幸哉者！"

初六日。兴庆宫，群臣早朝。

卯时正。首礼太监杜仁，头戴玄色软幞，身着红色衣袍，手持一条红色长鞭，噼里啪啦三鸣鞭。嘴里高呼："皇帝驾到！"

古之朝典鸣鞭，乃天子驾临专用，俗称"净鞭"，又或称"静鞭"，有净道静声之意。众臣听得鞭响，急忙静言躬身，拱手相迎天子临朝。

玄宗进入金銮殿，端坐在龙椅上，满脸睡而未醒的疲态，犹显得心事重重。自宠妃武惠妃薨后，大皇帝便蔫了，很长一段时间里，提不起一点精神，连早朝也懒得上了，宋璟、张说一干重臣，整日忧心忡忡。

高力士心乖巧，深知大皇帝心意，后宫佳丽虽众，却无一个称心如意者。作为近侍大总管，对于天子的喜怒哀乐，高力士不关心，谁还会关心？遂私下到外宫，四下寻觅美人。终于在寿王宫里，见到了杨玉环，一时惊为天人。

高力士大喜，悄悄禀告于玄宗。

寿王李瑁者，玄宗十八子也。杨氏为寿王妃，乃皇帝儿媳，岂可乱了人伦？

玄宗初时不肯，恐天下人耻笑。终经不住美色诱惑，加上高士力花言巧语，便悄悄接到骊山，入驻温泉宫华清池。一见果然资质丰艳，不仅丰乳肥臀，肌白如羊脂，尤善歌舞音律。二人同池共浴后，玄宗便被勾了魂，不顾他人非议，先度杨氏为坤道，做了御妹道友，依玉真公主意，赐道号"太真"。后按捺不住欲念，直接收入后宫，夜夜欢度享用。

自打有了新欢，皇帝心情大好，每日必早朝问政。可惜一班大臣愚笨，无一人知晓圣意。玄宗占媳为欢，欲册封为贵妃，又怕天下人耻笑，故欲言又不敢言。

宋璟哪能不知？私下言于张说，欲效泰山封禅之举，请封杨玉环为贵妃。

张说不依，这种丑事儿，怎说得出口？

高力士倒乖巧，瞧得玄宗帝高兴时，大胆谏言道："册封贵妃非国事，乃皇帝家事，何故看文武脸色？"

是啊，天下都是我的，天下诸事皆孤家事，为何要廷议？玄宗大喜，遂诏告天下，册封杨氏为贵妃。

今日早朝，玄宗不悦者，非为贵妃册封事，实乃杨氏太腻人，缠着要见谪仙人，说自己是"白粉"，让皇帝哪里去找？众臣不知缘由，见玄宗不悦，尽拣好听的奏，歌功颂德声不绝。

唯张说所奏，乃长安城新鲜事："臣闻市井言，有青莲李白者，独享骚坛诗仙之誉，凡茶肆酒楼闻至，必虚上位以待，且不取分文……"

玄宗闻奏，顿时来了精神，伸长脖子欲听个明白："张爱卿所奏，愿闻其详。"

张说闻言，正侃侃而谈间，突有外邦国书至。

一番使衣着怪异，满脸傲然不驯，语多轻慢。有识之者言，此渤海国使节也。该国地远万里，与朝鲜国互为邻邦。

番使面对天子，并不下跪叩拜，傲然鼻孔朝天，一副牛皮哄哄模样。玄宗不以为忤，视之为方外愚民。帝国威服四海，小小番邦蛮使，怎可和他一般见识？

时，太师杨国忠者，因从妹杨玉环的原因，命为今岁春闱主考官；太尉高力士者，命为春闱监视官。二人奉皇帝诏令，负责开科取士，为国家招揽英才。

玄宗端坐龙椅，见番使桀骜不驯，便命高力士接了蛮书，当众拆开来宣读，欲挫其倨傲之气。

高力士领命，雄赳赳移步上前，一边接过番使国书，一边怪他不知礼乐，低声叱责道："胡蛮子，又来讨赏吗？"

番使昂首向天，并不言语相对，唯应以一声冷哼！

高力士接了国书，又回到天子身边，哪知打开蛮书，竟然不识一字。顿时目瞪口呆，匍匐在金阶前，启奏大皇帝道："此书皆鸟兽之迹，臣高力士学识浅短，未识得一字！"

奏毕，汗如泉涌，津津而下。

玄宗闻奏，心里大惊异，面呈不悦之色。复口谕：太师杨国忠再读。

杨国忠接过一看，竟然两眼如盲，啥也看不清楚，惊骇尤甚高力士。急忙匍匐金阶前，浑身瑟瑟发抖。

高、杨二人，皆帝国重臣，一为当朝太尉，一为当朝太师，且是今岁春闱主考（监）官，居然识不得番书，帝国颜面何在？！

朝政议书厅里，气氛顿时紧张起来。

那番使见状，越发牛气冲天，冷哼连连不绝，满脸不屑愈浓。

玄宗见他倨傲，再宣众文武传阅，不信堂堂大唐上国，会被一番邦难倒。

文武百官领命，相互间传视一遍，竟无一人识得蛮文，更不知番书吉凶。

番使越发得意，哈哈大笑不止。

玄宗龙颜震怒，大声喝骂众臣："尔等枉食国家俸禄，却无一人与朕分忧。此蛮书识不得，徒遭番邦耻笑，侮我大唐，必兴兵犯边，奈何！敕限三日，若无人识，一概停俸；六日无人，一概停职；九日无人，一概问罪！"

圣谕一出，众臣哑然，齐伏于地。

张说一见，心中大急，忙持笏上前，躬身奏道："臣保举一人，定识得蛮书！"

玄宗闻奏，将信将疑。气冲冲言道："奏上！"

张说不慌不忙，保举一个人来，"蜀中李白，学究天人……"不待中书令奏毕，玄宗急忙打断他的话，睁大双眼说道："李白远在天边，如何得解近渴？"

张说并不答话，转身疾奔出殿。

玄宗又怒，中书令胆大包天，不回朕言倒也罢了，竟然还不辞而别，哪有一点老臣的持重？！

不怪天子着急，李白如天外蛟龙，行踪他人哪知？张说却晓得清楚，因涉及玉真公主，不敢当场奏明，因而不辞而别。

巳时，一刻。

紫极宫。

李白披发未束，正陪公主饮酒。醉眼蒙眬中，见张说慌慌张张奔来，不待他细问缘由，早被中书令拽住，拉起便往外走。张说一边急走，一边简述事因。紫极宫外，八匹御驾候着。二人匆匆登车，风驰电掣般冲向兴庆宫。

三

事有先后，文可倒叙。

话说那日，贺知章到紫极宫，得识蜀人李白，二人称兄道弟，酒喝到酉时，仍然难分难舍。索性邀李白到家中，下榻于内翰宅第，每日里谈诗饮酒，宾主二人尽欢。

时光荏苒，春闱迫近。

贺知章忽然忆起，李白天纵才华，却尚未取得功名，仍是一介布衣，便很严肃地对他说："今岁春闱在即，大郎可前往应试。"

李白闻言，心里万分惆怅，心欠欠地回答道："小弟应试，有悖国之典律。"

贺宾客不解，忙问何故。

李白无颜以对，怅叹良久，极不情愿地说道："家严商贾为业，故而小弟至今一介白丁，既为商家子，又非举子身，如何进得考场？"

贺知章闻言，心里有几分不平，却也放下心来，呵呵笑着说："我道为何？原来这般简单。"李白满脸茫然，大兄何故轻松？

贺知章见他不信，急忙解释道："大郎离蜀日久，家人音信全无。唐律，三年不见者，即销户籍，故商户子一说，早已不复存在。"

宾客侃侃而谈，李白听得既心酸，又眉开眼笑。"至于举子身份嘛，则另有规定，若得文魁相荐，可特例增补为'亚士'……"

李白一听，欣喜若狂。天下人尽知，山阴四明狂客者，天后证圣元年春闱，乙未科状元郎是也。贺知章既为文魁，又是当朝文霸，自然可荐李白入试。当即写好荐书，并名帖一道交给李白，嘱其分送太师府及太尉府。

李白接了荐书名帖，感念大兄鼎助，自己也可参与科考了，顿时喜极而涕流。

贺夫子为人仗义，有心相助李白。原想凭自己的名头，依国律做件好事。哪知事与愿违，非但没办成事，还差点毁了李白的前程。

原来杨、高二厮，虽贵为帝国重臣，却不是什么好人，实乃贪赃枉法之徒。二人接到贺知章荐书后，心领神会地拢一堆相商。

杨国忠冷笑着说："贺知章那泼皮，怎也好笑得很，自家得了李白金银，却写封空书相荐，来我这里讨人情。"

"太师所言极是！"高力士附和道，"待那日专记时，但有名李白之卷，不问好歹一概批落。"

三月三日。

春闱大开，会试天下俊才。

李白才思泉涌，一挥而就华章。左看右看，无一处不满意，兴冲冲交了卷，只等好事来临。

杨贼不识李白，见了卷上李白名，也不看文章如何，即乱笔批下："这等书生，只配与我磨墨。"

高贼立一旁，撇嘴踏屑道："磨墨抬举他了，似这等鸡爪薅烂之字、狗屎般臭哄哄之文，只配与我着袜脱靴。"

仗着监视官之威，高力士不由分说，喝令考场禁卫，拎刀拖棍将李白推搡出去。

李白受此侮辱，满腔怒气升腾，却无处发泄，恨恨地回到内翰宅。

贺知章正在煮茶，见李白满脸怒气，又这么早回来了，顿时一头雾水，莫非杨、高二人未买薄面，不让他进入考场？忙堆一脸笑，呵呵地问道："大郎怎早退场，必应得好文章？"

"死烂的鸟！"李白不理大兄，突兀地怒骂一句。

"可恼杨、高二贼，枉为帝国权贵，实为猪狗之徒！哪来的好文章！"贺知章闻言，越发莫名其妙。好言好语复问道："莫非杨、高二厮，未曾让大郎入场？"

李白骂一回，气顺了些许，见大兄十分关切，心里多有不忍。是啊，冲贺兄发什么火？关宾客啥事！李白苦笑着答道："蒙宾客关切，场倒是入了，却不知为了何事，遭杨、高二贼子看低，好一顿羞辱！"当下将考场所遇，如实告于大兄。叙毕，恨声说道："他日某若得志，定教杨贼与我磨墨，高贼为我脱靴！"

也是文人通病，凡事总往好处想。见李白愤怒不已，贺知章只得劝慰他："大郎休要烦恼，权在寒舍安歇。只需等待三年，再开试场时，或换了主考官，必然登第。"

李白不理大兄，冲进屋里收拾行装，打一包驮背上，独自回到紫极宫。

"咚咚咚"，"咚咚咚"……李白对着宫门，一阵紧似一阵猛捶。

玉真两小腿相交，盘膝打坐在地上，正意守丹田，恍兮惚兮神游八表。被敲门声一惊，猛地里一个激灵，大小周天循环之气，顿时就乱窜起来。急忙守住"神元"，将息片刻后，徐徐长吐一口气。

玉真公主收了功，开门见是李白，满脸怒气站在门外，心里有些诧异，不知他何故生气。只道"贺剪刀"嘴不饶人，二人吵架角孽所致。心里这么想，便咧嘴一笑，自是好一番安慰。

李白不理她，径直去到客房，倒床上呼呼大睡。

一觉醒来，已近黄昏。李白伸伸懒腰，早忘了考场不快，胡乱洗漱后，独自去肆中转悠。先去"魏婆婆烧腊店"，切三斤卤猪头肉包好；又到"胡大娘包子店"里，买两斤馒头拎上；再到"张二哥烧酒坊"，沽一坛剑南春抱着。急匆匆回到紫极宫，与玉真公主对饮。

李白器视远大，凡事不搁心里，不论多烦心的事，睡一觉醒来，准忘得一干二净。

二人吃着酒，彻夜欢歌。自此后，李白吟诗，公主抚琴，终日饮酒共欢，倒也十分自在。

四

话分两头，且又说回来。

适才，李白陪着公主，双双饮于紫极宫。二人正吃得高兴，被中书令拽出宫门，醉醺醺入得朝来。

金銮殿里，玄宗如坐针毡。

番使趾高气扬，视一殿人若无物，时不时张开大嘴，叽里呱啦一阵乱吼，向玄宗讨要回书。群臣束手无策，唉声叹气不绝。杨、高二贼子，依旧匍匐在金阶前，惶惶不敢动。

玄宗正焦虑，见张说领一壮汉，急匆匆冲进大殿。定眼一看，那汉子有些面熟，正是去岁秋猎西郊时，献《大猎赋》那人！天子知道救星来了，精神为之一振。如贫得宝，如暗得灯，如饥得食，如旱得雨。颁谕旨："今有番国蛮书，特宣李爱卿至，为朕朗诵。"

玄宗甚是机敏，不说中书令拽来，而说特宣李爱卿至。看官或不明白，二者大不同矣，大皇帝此说甚妙，既解了眼前之困，又不失大唐威仪。

番使下邦小吏，哪里知晓实情？见弄来一个醉汉子，顿觉十分好笑，冲大皇帝撇撇嘴，轻慢之色愈浓。

李白听得明白，一莞尔小邦国书，有何难哉？见杨、高二贼子，匍匐在金阶前，心里开心极了。乘着酒性，故作翩跹状，大咧咧奏道："草民因才疏学浅，被太师批卷不中，高太尉乱棍轰出，今既有番书，何不令试官回答，久滞番使在此，是何道理？臣是批黜秀才，尚不入试官法眼，怎敢称皇帝意？"

杨、高二贼闻奏，如铁杵直捣命门，汗流津津而下。虽恨得牙根痒痒，却不敢随意乱动，心里直骂"蜀蛮子"不迭。这厮好不可恶，真会找机会，报复这么快就来了。二贼子各怀鬼胎，似这般下贱小民，不识国家礼仪，藐视朝廷大员，若不早点撵出京城，早晚被他玩死！

玄宗不明就里，哪知三人早先过节？只道李白喝醉了酒，故意推辞不受，再传口谕给予安慰："苏长史曾举荐尔，大郎亦献《大猎赋》于朕。朕自知爱

186

卿，请勿辞！"

大皇帝开了金口，命侍臣捧着番书，赐予李白观看。

李白看了一遍，此渤海小邦蛮文也，难怪朝中文武不识。也活该李白长脸，自幼生于碎叶，迁居蜀中彰明后，又随阿爷商交各邦胡客，哪有不识之理！

李白有了底，装得醉眼惺忪，踉跄着走到番使前，极快撸一把蛮子的胡须。手法干净利落，一殿之人皆不知。

番使吃一惊，这酒鬼身手怎快？欲抢手拿他右膊，突不见了身影。

李白身形风快，突然闪到番使身后，一手拿住他肩井穴，一手弄儿般抚摸其头，嘴里轻蔑地言道："莞尔渤海番邦，怎敢如此放肆，欺我大唐无人乎？"

番使项背发凉，本想转身相搏，却左右动弹不得。心里惊骇不已，站在原地不敢动，满脸皆乞求之色。

皇帝坐殿上，见李白身如魑魅，转辗腾挪间，猫戏老鼠一般，就让番使下了"矮桩"。不由喜上眉梢，脱口赞道："果谪仙人也！"

群臣一听，齐声唱贺，恭祝圣安！

李白松了手，稍用力一推，那番使站立不稳，"扑通"一声跪地上，心里越发惶恐不安，嘴里忙不迭地口呼"天可汗"！玄宗龙颜大悦，命赐番使入座。

番使抬起头来，正欲谢主隆恩，猛见李白二目如电，利刃般逼视自己，直骇得把头一缩，哪里还敢去落座？只得箕居一旁，瑟瑟抖动不止。

李白见了，哈哈大笑。手捧蛮书，宣读如流："渤海国大可毒书达唐国官家。自尔兴兵占了高丽，与大渤海国逼近，唐兵屡屡犯我边界，想必出自官家之意。俺如今不可耐者，差官来讲，可将高丽一百七十六城，悉数让与俺，俺有好物（事）相送。大白山之芜，南海之昆布，栅城之鼓，扶件之鹿，郭颌之永，率滨之马，沃州之绵，循沦河之鲫，丸都之李，乐游之梨，你官家都有分。若还不肯，俺起兵来厮杀，且看哪家胜败！"

众大臣听罢，满脸羞愧不已，无不为李白博学折服，窃窃私语"难得"！

玄宗听了番书，却另有一番心思，小小一个渤海蛮邦，何等地猖狂无礼？竟敢妄加提议，与我大唐分享高丽！顿时龙颜不悦，口谕众臣道："今番家要兴兵抢占高丽，何策可以应敌？"

两班文武一听，个个呆如木鸡，无一人敢出班应对。

李白诧异甚，却不敢随便乱言，知道自己一介白丁，在堂堂金銮殿上，哪有他说话的份！

好在世有张说，中书令曾帅边多年，熟知帝国边情。见众僚无言以对，即遣人送番使回驿馆，以免泄漏国家军机。

番使性鲁直，被李白折了锐气，站在大殿里浑身不自在。听得送他回馆休息，回书也不讨了，急匆匆转身离去。

张说见番使已走远，持笏上前奏道："太宗帝三征高丽，涂炭生灵无数，府库为之虚耗，尚不能得胜。高宗帝兴兵百万，且有战神薛仁贵相助，历经大小百战，方得'神勇收辽东、伏高丽'。今我大唐承平日久，无将无兵，倘若干戈复动，难保必胜。兵连祸结，不知何时而止？愿吾皇圣鉴！"

众臣齐声附和："愿吾皇圣鉴！"

玄宗年迈，已不复当年神勇，又得美人承欢，每日里花天酒地，哪有心思兴兵远征？中书令之奏，正中他的下怀。谕曰："渤海莞尔小邦，何用天朝兴兵讨伐？若能不战而屈人之兵，果为上上之策。然不知如何回书，让其知难而退？"

一众朝臣闻言，无不面面相觑，又不知该如何对答。

张说瞟一眼李白，见李白气定神闲，端立一旁不语，朝事似与他无关。遂再次手捧朝笏，出班奏道："大皇帝休要烦恼，问'谪仙人'即可，他既识得蛮书，必然巧于辞命。"

唐玄宗闻奏，心想说得不错。李白学究天人，或可真有良策。便准其奏，急召李白垂询。

李白身为布衣，无资格朝堂议事，若非番使刁难，何来这个机会？听到大皇帝问策，满朝文武又无良谋，当下胸有成竹，顺张说思路启奏，认为应"以仁折腰万邦，以礼乐教化蛮夷"。

玄宗听得在理，探了探身子，向前做凝神状。李白朗声复奏："草民启吾皇万岁，此事不劳圣忧，明日重宣番使入朝，草民当面回复番书，与他字迹一般无二。回书蛮文必扬我大唐国威，百般羞辱渤海番邦。草民此番精心作为，定要番邦可毒拱手来降。"

玄宗听了欢喜，却不明何为可毒。"李白所言可毒，不知何许人也？"

李白再奏："渤海居白山黑水间，其地风俗甚怪异，称酋王曰可毒。犹回纥之王称可汗，吐蕃之王称赞普，六诏之王称诏，河陵之王称悉莫成，各从其俗也。"

李白应对不穷，玄宗圣心大悦，当堂下口谕：拜为翰林学士。

两班文武听谕，齐赞大皇帝圣明。又见李白讨了赏，纷纷庆贺恭维他。唯杨、高二贼听了，脸色阴晴不定，心里怪怪的不是滋味。

李白装作没看见，先谢过浩荡皇恩，又拱手团团作揖，答谢满朝文武百官。李白意气风发，一时难以自持。

玄宗新得翰林，又遂了美人心愿，心里万分高兴。特颁下口谕：设宴金銮殿，宣杨玉环前来，与李翰林共饮。

杨贵妃霞装霓裳，明艳逼人，百官不敢张视。李白胆忒大，乡野汉不知讳忌，两眼含春，频频与之对目。

金銮殿里，宫商迭奏，琴瑟喧和，嫔娥进酒，彩女传杯。

杨氏吃了几杯酒，顿时面如桃花。见到传闻中的李白，变得像只怀春的猫，故意褪衣半露双肩，钻入玄宗怀里撒娇。

美人欢心，玄宗大悦。御示曰："素闻李翰林酒中仙，休要拘泥礼法，尽可开怀畅饮。"

李白天性好酒，见一席玉液琼浆，闻所未闻，哪里把持得住？听皇帝发了话，顿时豪情万丈，连飞数十觥，意犹未尽。复引项狂啸，歌一曲《玉壶吟》。

歌曰："烈士击玉壶，壮心惜暮年。三杯拂剑舞秋月，忽然高咏涕泗涟。凤凰初下紫泥诏，谒帝称觞登御筵。揄扬九重万乘主，谑浪赤墀青琐贤。朝天数换飞龙马，敕赐珊瑚白玉鞭……"

李白首侍君王，尽展胸中才学。既歌自己幸登御筵，又唱玄宗万乘之圣主，心情何等高兴！他这么尽心奉承，当然希望得到天子恩宠，从此乘飞龙马，执白玉鞭，一展报国之志。

受到李白感染，金銮殿里，君臣共欢群欢。玄宗击节，贵妃旋舞，百官合唱。李白喜不自禁，直饮得酩酊大醉。

玄宗爱他率真，命内官扶于殿侧，就寝于宫中。

五

次日五鼓，天子升殿。

净鞭三响，文武列班整齐。

李白宿醉未醒，内官几番催促，才慌慌张张起了床，胡乱洗漱一番后，一步三癫入得朝来。

百官朝觐已毕。玄宗坐金殿上，见李白面带倦容，两眼迷离不清，犹醉意蒙眬未了。恐误了国家大事，忙谕示传话御厨，火速烧制醒酒鱼羹。

内侍得令，径奔御膳房。须臾，托一金盘来，上置一碗鱼羹。羹乃鲫鱼熬制，正热气腾腾。

玄宗恐他性急，不小心伤了喉咙。亲取牙箸调试良久，方赐予李翰林。

李白衣履不整，跪而食之。鱼羹入喉，顿觉神清气爽，精神为之焕发。

朝中众大臣，见天子御手调羹，百般将就李白，且惊且喜。惊者，皇帝调羹与他，自高祖开国以降，闻所未闻。喜者，李翰林人间俊杰，国家得一栋梁材也。

唯杨、高二贼，愀然不悦。

卯时，三刻。首礼太监宣：番使觐见。

番使入殿，见李白在列，犹胆战心惊。

李白已为翰林，穿着与往日不同，戴纱帽，着紫袍，登朝靴，飘然有凌云之表。

番使避而绕走，惶惶至金阶前，早已没了昨日的傲态。三呼"天可汗"后，箕身躬立于左侧。

李白手捧番书，也立左侧柱下。宏声而诵，琅琅流畅，一字不差。

番使大骇，惊为天神。

李翰林诵毕，傲然睨视番使，满脸鄙夷不屑："渤海弹丸小邦，无端失礼于天朝，吾皇宽洪如天，置之不予计较，现圣天子有诏批答，尔宜洗耳静听！"

番使怕了李白，恐他又使伎俩作弄，闻言战战兢兢，忙伏金阶下听答。

190

李白一番拿捏，令番使肝俱胆裂，众大臣莫不钦佩。见番使伏金阶前，李翰林会心一笑，向玄宗点头示意。

大皇帝会意，命设一锦榻，置于御座旁。

锦榻乃七宝床，上置于阗白玉砚一，象牙兔毫管笔一，独草龙香墨锭一，五色金花笺数页。内侍干净利落，一一排列妥当。

玄宗口谕，赐李翰林近锦榻前，坐锦墩上草诏。

李白听谕，正待走向御座前，一眼瞥见杨、高二贼，忆起春闱受辱事，眉头皱了一皱，一时计上心来，笑吟吟躬身奏道："臣靴不净，有污御前锦毯，望皇帝宽恩，赐臣脱靴结袜而登。"

玄宗笑笑，不知李白所想，准奏。命一小内侍上前，与李翰林脱靴。李白摇摇手，复躬身再奏："臣李白有一言，乞皇帝赦臣狂妄，臣方敢奏。"

玄宗又笑，李白平时爽快，此时忒啰唆？当即准允："任卿失言，朕亦不罪。"

李白喜形于色，冲杨、高二贼坏笑，肃奏道："臣前入试春闱，被杨太师批落、高太尉赶逐，今见二人御前押班，臣之神气顿时不旺，书不得吓蛮回文也。乞皇帝口谕，谕示杨国忠与臣磨墨捧砚，高力士与臣脱靴结袜，臣之意气必自豪矣。举笔草诏，口代天言，方不辱圣天子之命。"

玄宗听毕所奏，知李白作弄二人，唯恐拂他心意，坏了吓蛮大计。遂展颜一笑，开金口谕曰："宣杨国忠捧砚，高力士脱靴。"

二贼叫苦不迭，却又不敢声张，心里一时气紧。这厮一介布衣，得宠捡了个"清秘"，实不知几斤几两，他倒牛得紧，恃一时之恩宠，就来个"现时报"，当真可恨至极！

杨、高心里这么想，嘴上却不敢说，装得一脸灿烂，双双领了圣旨，来榻前为李白服务。

李白故意做派，倚大殿左柱上，让高力士脱去双靴，又让换穿一双新袜，这才趾高气扬走向锦榻，端坐在锦墩上。

杨国忠体肥，虽磨得一砚好墨，却早已汗下如雨。偏又不敢怠慢，只得乖乖捧砚侍立。

李白得了乖巧，不再走其他过场，竭力做起本分来。闭目凝神，静思片刻后，宇间黄泽陡然明润。左手将拂胸长须一捋，右手举起象牙兔毫，向五色金花笺笔走龙蛇。

龙飞凤舞间，须臾草就吓蛮书。字画齐整，浑然天成。

李白书毕，通览一遍，心里甚是满意。

复掷兔毫于案，双手端端捧了回文，献与大皇帝过目。

玄宗初及目，乃大惊。满纸蛮文，扭扭曲曲，与渤海国书一般无二，哪识得一文半字？

大皇帝识不得，却欢喜得紧，让内侍遍传百官。

众大臣一一过目，莫不茫然无措，哪知所书说的什么？

玄宗目示李白，命他当众朗诵。

李白微微一笑，领命立御座前，高声朗诵起来："大唐开元皇帝诏谕渤海可毒：自昔石卵不敌，蛇龙不斗。本朝应运开天，抚有四海，将勇卒精，甲坚兵锐。颉利背盟而被擒，弄赞铸鹅而纳誓；新罗奏织锦之颂，天竺致能言之鸟，波斯献捕鼠之蛇，拂菻进曳马之狗；白鹦鹉来自诃陵，夜光珠贡于林邑；骨利干有名马之纳，泥婆罗有良酢之献。无非畏威怀德，买静求安。高丽拒命，天讨再加，传世九百，一朝殄灭，岂非逆天之咎徵，衡大之明鉴与！况尔海外小邦，高丽附国，比之中国，不过一郡，士马刍粮，万分不及。若螳怒是逞，鹅骄不逊，天兵一下，千里流血，君同颉利之俘，国为高丽之续。方今圣度汪洋，恕尔狂悖，急宜悔祸，勤修岁事，毋取诛戮，为四夷笑。尔其三思哉！故谕。"

玄宗听罢，心花怒放。命当番使面，复诵一遍。

见皇帝高兴，李白又抻起派头，仍叫高太尉穿靴，才肯下殿诵与番使。

高力士恶心已极，却拿他毫无办法，只得忍气吞声，重新为之着靴。牙根恨得直痒痒，早晚让他滚出京师，方解心头之恨！

李白装作不知，只管催他快点。待着好朝靴，李白方才下殿，唤番使阶前听诏。番使得李白一吼，浑身打个冷战，战兢兢呆立阶前，不敢正视他。

李白气宇轩昂，故意拿腔拿调，将回文朗声复诵一遍。抑扬顿挫间，诵得气韵豪迈，铿锵有力。

番使不敢吱声，尖起一双招风大耳，一字不落听完。顿时面如土色，学唐官伏地山呼万岁，惶惶辞朝而去。

玄宗口谕，命中书令相送。张说遵旨，送番使出都门。

番使犹惊魂未定，私下相询道："敢问中书大令，适才宣诏者，何人也？"

张说不欲诳他，如实相告于他："姓李名白，官拜翰林学士。"

番使将信将疑，小声嘀咕道："翰林学士？多大的官呢？能使太师捧砚，太尉脱靴！"

张说闻言，正不知如何作答，突想起太子宾客贺知章，赞李白"谪仙人"之语，心里顿时有了答词。当下呵呵笑道："尔等蛮臣哪知，太师大臣，太尉近臣，不过人间之极贵。那李学士可了不得，乃天上大罗神仙下凡，助我大唐江山永固，人间何人可及？！"

番使一听，自然信了。胡儿识得李白手段，魑魅般不可思议，非凡人可以比拟。不谓中书令诳他，只道真是上仙，唯唯诺诺而别。

回到渤海国，番使不敢隐瞒，添油加醋禀与可毒。可毒闻报，默不作声。

番使遣唐，为可毒亲点，渤海国第一勇士，竟被吓破了胆。国人听他言李白事，人皆信服，不疑有它。"谪仙人"之名，由是远播番邦。

可毒性烈暴，不惧虎豹熊罴，看了大唐国书，却作声不得。与众酋商议，天朝有神仙相助，如何敌得过他？遂写了降书，愿年年朝贡，岁岁臣服大唐。

第十三章
李翰林义救郭子仪　安禄山独享浴儿礼

一

李白醉书退蛮文，一时声誉鹊起，"谪仙人"之名，远播五湖四海。

李白飘飘然，自我感觉良好，却不想得罪了权臣杨国忠、高力士二贼，早晚给他"小鞋"穿。

玄宗乃圣明天子，一心效古之尧、舜治国。那日朝上得识李白，不仅仪表俊朗卓尔不群，尤满腹韬略机变万端，心里便细细思量，该如何重用他。

照说帝国威伏四海，李白又是千古奇才，为李唐江山计，让他担任重要职务，乃顺理成章之事。哪知李白性情闲逸，逍遥自在惯了，自比汉时东方朔，出谋筹划则可，身居要职理政担责，确实为难了他。

玄宗高高在上，不知李翰林心思，多次言于李白，欲加官晋爵委以重任。

杨、高二贼闻讯，深感大事不妙，欲千方百计加以阻挠，不想让他留在御前，与自己争权争宠。

李白不知凶险，又无官场权谋心计，懒得搭理这些事。每日陪着贺知章，长安城喝酒吃肉听曲。不数日，倒弄出个"仙宗十友"来。

大唐长安帝都，不仅巍峨壮丽寰宇，世间大罗神仙齐聚，酒徒酒鬼一抓一大把。自高祖开国以降，依生活年代计，时人谓"仙宗十友"者，陈子昂、卢藏用、宋之问、王适、毕构、司马承祯、贺知章、王维、孟浩然、李白是也。

李白虽为翰林，却是"清秘"学士，整日无所事事，实在可惜了满腹经纶，不喝酒吃肉又能干啥？

玄宗身居宫中，也听得"仙宗十友"之名，心里甚为叹惜。特召李白于内宫，言之曰："李翰林才绝天下，智退蛮邦，功高当赏，爱卿意下如何？"

李白正花天酒地，玩得不亦乐乎，见皇帝欲封赏，忙躬身谢道："臣但得逍遥闲适，随时供奉御前，如汉之东方朔故事。"

玄宗诧异甚，不明李白心思，忆其从前所献《大猎赋》，不愿做黄鹄与玄凤，自比冲天大鹏鸟，怎么说变就变了？亲切笑言道："听爱卿所言，忘了《大猎赋》吗？"

李白闻言一愣，皇帝狡黠，拿话挤对他呢。心里默了一默，忙上前躬身应曰："黄鹄、玄凤虽为仙羽，却受驯困于池隍。唯大鹏鸟者，无拘无束，可自由翱翔。"

玄宗这才明白，李翰林性高洁，不屑与权臣为伍。心里甚是惋惜，却强求不得，当即口谕云："爱卿不愿受职，朕所有黄金白璧，奇珍异宝，唯卿所好，尽可取之！"

李白闻谕，感慨万千，长舒一口气，不喜也不忧。

玄宗见状，以为他心满意足，殊不知李白所叹者，实则大有深意。李白心高气傲，开不了口要赏。也因为清高，偏偏就意气用事，得罪了杨、高二贼。

且不说杨国忠倚仗贵妃横行朝野，单说高力士，因助玄宗剿太平公主有功，深得大皇帝恩宠，权势炙手可热，时人谓之"高猫"！

在唐人眼里，猫有九条命，整不死也抓不着，且狡诈异常。高力士生性狡诈，故有"高猫"之谓。

史载："若附会者，想望风采，以冀吹嘘，竭肝胆者多矣。"帝国朝中大员、藩镇边帅，如宇文融、李林甫、杨国忠、安禄山、高仙芝一干人，皆"因之而取相高位，其余职不可胜纪"。

别说朝中大员了，李唐宗室成员，又有谁不怕他呢？太子李亨，贵为储君，尚与之称兄道弟。其余诸王、公主，见了他莫不称"阿翁"。至于驸马、额附之辈，谁敢不叫一声"阿爷"？

李白逞一时之能，让杨国忠捧砚，使高力士脱靴，后果是什么？他当然明白。得罪了太师、大尉，自己一介草民，既无政治资本，又胸无城府，何敢与之同朝为官？又怎敢争得高官重爵，成众矢之的而致祸？李白是个明白人，便依贺知章授意，假意不问国事，整日里饮酒作乐，以待时日再为国效力。

玄宗虽然圣明，却哪知李白心事？从此以后，皇帝时时赐宴，偕同贵妃一道，与李翰林饮酒共乐。

李白装得很像，经常喝得大醉。醉了，便肆意谈笑，依旧大骂杨、高二贼。二贼得报，不怒反喜。李白不务正业，也不争权争宠，正合二贼心意。杨、高戒心日息，各自忙着弄权，慢慢忘了李白。

玄宗却离不开李白，准确地说，是杨贵妃离不开。

妇人天生媚态，娇滴滴让人骨酥。又很会娱乐，喜欢新鲜玩意，时时玩些花样，让皇帝高兴，主要是让自己快乐。

宫中每有宴乐，必召李白赴会，饮酒赋诗唱新曲。李白性豪迈，每饮必大醉。醉了，留宿金銮殿。开元间，此宫闱秘事，人多不知情，宫人也不敢外泄。不知不觉间，李白恩幸日隆。

二

唐都长安，户籍百万，大厦连云。

开元间，依前朝旧例，在外廓朱雀大街两侧，对称设置东、西两市，皆帝都繁华商区。

时人记载："市内货财二百二十行，四面立邸，四方珍奇，皆所积集……"

东、西两市内，林立着各色生产、出售同类货物的店铺，分门别类集中排列。同类者排同一区域，市井叫作行。堆放货物的客栈，唤作邸。邸既为物资仓储，又为商人宿舍兼大宗物资批发点。市内，不仅有茶肆酒楼、乐坊勾栏、梨园吹奏，笔行、铁行、肉行、典当行，比比皆是。卖花者、售胡琴者、弹箜篌者、奏琵琶者、杂戏者、货蜀锦者、赁驴者、贩骆驼者……举不胜举。

市井人家过日子，哪离得了市？家里缺了油盐柴米，或唤下人，或自去东、西二市选购。久之成俗，购物便呼为"买东西"了。

东、西两市，布局一般无二，声誉达于天下。

细观二市，却也有所不同。东市上多唐人，所售物资乃国产。西市里多胡商，所易商品乃胡品。

李白官翰林，虽是个清秘，一样享受帝国俸禄，银子分文不少。整日里无事，便呼朋唤友，时常招摇东、西两市，吃花酒，听艳曲，遛狗斗鸡为事。

在别人眼里，李白活得潇洒。李白自己清楚，心里苦闷着呢。李白潇洒是假，做给别人看的，谁大老爷们一个，不想做些有益的事？

因之故，李白行为便很怪异，常常出人意表。平时喜欢跑西市，听胡人贫嘴，心里就欢喜，说不出的亲切。别人不明委曲，他自己明白。西域碎叶乃出生地，胡地胡人胡音，自有一番情愫难以释怀。尤其那羊肉大胡饼，偷偷吃了一回后，经常想到口水长淌。

李学士之于胡饼，为何偷偷饮食？

当朝典律甚严：但凡朝廷官员，不得与小商小贩交易，若有失国家体统者，一律罢免官职。胡饼乃西域传入，胡人煎制胡饼，多于西市街沿处，又或简易食棚内。李白既为三品翰林，怎敢当街交易？

每日五鼓时分，李白上朝行于市，天色尚灰蒙蒙未亮，胡饼香味"势气腾辉"，时常让人裹脚不前，故而只得偷偷往食了。

胡饼有甚妙处，何以诱人偷食？史书记载：先制一巨大麦饼，羊肉切成片，一片片铺麦饼内，又在饼的隔层里，层层夹放胡椒和豆豉，"隔中以椒、豉"；又用酥油遍淋麦饼，"润以酥"；再入火炉中烤，待烤至五成熟，"即取食"。呵呵，麦面香，羊肉香，酥油香，胡椒香，豆豉香……食之终生难忘矣！

李白是好吃嘴，总爱往西市跑，不仅难舍美食，尤可得天下信息。

天宝二年，三月。

西市上盛传，安禄山私自募兵，反唐之心昭然若揭。

李白听说后，心里十分惊骇。继而又一想，报国的机会来了。每日潜往西市，穿梭茶肆酒楼间，尖起耳朵探听消息，倒让他得了些线索。

三月，十六日。

李白用过早点，打马游长安。刚至福安门，正转西市而去，忽听警锣急鸣，有禁军高声吼道。李白勒马一观，先有小队骑哨兵，呼啸奔驰而过。又有大队人马，计二百禁军压阵于后。另有八名刀斧手，杀气腾腾手持鬼头大刀，拥着一挂囚车，往东市辘辘驶去。

李白心大诧，八名刀斧手，两百禁军压解，囚犯何许人？享有无上规格！心里纳闷儿，花花太平世界，不知谁犯下重罪，值得这般大动刀刑？李白天生好奇，策马追上囚车，询于押车之人："何人犯事，恁大阵仗？"

青天白日，朗朗乾坤，京师重地，谁敢拦道？监斩官大怒，正待高声呵斥。猛见是李翰林大学士，便把一嘴的脏话，硬生生咽回肚里，身子也矮了三分，点头哈腰道："回大学士话，罪犯郭子仪，押赴东市处斩。"

李白为人豁达，信息广通天下，早听说了郭子仪大名，有一夫当关之勇，时为并州解到夫机将官，乃陇西节度使哥舒翰帐下偏将。

这就奇了怪了，朝廷正广揽英才，怎会无故斩他？

李白翻身下马，来到囚车前。车内，囚一青年军官，虽身陷囹圄，犹器宇轩昂，目光如炬。

李白满心欢喜，有意要救他一命。朗声问道："车内囚押者，果真二郎乎（郭仪排行老二）？"

囚者虽为边将，却识得翰林的官符。李白声誉在外，又俊逸如仙，知必是李学士无疑。当即声若洪钟，朗声应答道："劳烦李大学士下问，小可郭子仪，却不知犯了何事，被押解来京师问斩！"

李白闻言，更加诧异莫名，囚犯自己都不知何罪，竟要押去刑场问斩，岂不是乱了大唐律令？！分明奸臣当权，世道乱了嘛！

李白心恚甚，转身问监斩官："尔为国执法，可知二郎所犯何事？依大唐律令论，几条几款可斩？"

监斩官被他一凶，顿时结巴起来，好半天才陈述明白。

原来，月前哥舒翰巡并州，得知大营军粮被烧，主官郭子仪罪不容赦。哥舒翰久镇陇西，惜才不肯斩他，下令解至京城，交由天子发落，谁知落入杨国忠之手。杨贼与哥帅有隙，不问是非曲直，下令押赴东市，直接斩首示众！

李白问明缘由，听得杨贼枉法，更加要救他性命。遂走到囚车前，亲自和郭子仪攀谈。

押解者为禁军，本欲依例阻止，却碍于李白名头，有"天子为其调羹"的身份，哪敢真的拦他？

李白有心救人，问得十分详尽。

郭子仪对答如流，尤于边镇诸军事，良谋韬略多多，甚得李白的欢喜。李白转过身来，大声言于监斩官："郭壮士目光如火照人，不十年当拥节旄，成为帝国柱石。待我殿前保奏，尔等原地稍候，不得有误！"

监斩官闻言，哪敢说半个不字！

李白当即回马，直奔兴庆宫金銮殿，求见玄宗皇帝。

玄宗坐殿上，见李白气喘吁吁，不知何事慌张。待他奏过详情，半开玩笑半认真地问李白："杨太师依律斩他？有错？"

李白答道："依律当斩，无错。"

玄宗笑曰："既无错，何求情？"

李白再答道："吾皇不欲征四方乎？郭子仪万世良帅，斩之如自断手脚！"

玄宗闻言，嘴里"啊"一声，直起身子仔细听奏。

李白侃侃而谈："哥舒翰久镇陇西，乃一方雄帅，当知依律必斩。他为何不斩，反而押送至京师，交由大皇帝发落？"玄宗听得糊涂，不解地问道："却是为何？"李白应声而答："哥节镇不斩，是惜才也！交由天子发落，盼吾皇开圣恩，为国留人才也！"

玄宗终于明白，频频点头称善。唉，杨国忠只知弄权，不知体察国事，几损帝国柱石，实在可恶至极！

"李翰林忠心为国，实得朕心意。但不知郭子仪一偏将，果如卿之所言否？"

李白闻玄宗所言，已有赦免之意，着实松了一口气，便大赞郭子仪文韬武略，再三恳请大皇帝，准允其戴罪立功。

玄宗心甚感动，听他奏得诚恳，又素知李白狷直，断不会巧言令舌，犯下欺君之罪。

当即准奏，颁下赦免诏。

李白欣喜若狂，连连歌扬圣恩，口呼万岁不迭。

首礼太监杜仁，将诏书藏在袖中，随李白快骑来到东市。杜仁当众宣诏，赦免郭子仪无罪。监斩官打开囚车，放出了郭子仪。

郭二郎深受感动，雄赳赳站在李白面前，却不肯下跪拜他，唯躬身长揖谢道："异日衔环结草，不敢忘报矣。"

李白天生傲骨，见二郎一身正气，无丝毫的媚态，双双相拥好不欢喜，活像久违了的亲兄弟。

三

天宝二年，腊月。天雨雪。雪花纷飞，旬日不绝。

初八日。安禄山带领千骑，自范阳入京师，向圣天子述职，依例年末"岁贡"。

肆中坊间盛传，胡儿脑后长有反骨，早晚必反大唐。朝中也有风言，传安禄山心怀异志，百官参劾甚烈。玄宗自诩圣明，却是一点不相信，小胡儿憨态可掬，怎么可能会反呢？

唐自高祖兴国始，即立下典制律令，由朝中重臣节级边镇，边将必须三年一轮换，以免地方藩镇坐大，威胁到帝国中央政权。

安禄山为边帅，却是个大大的例外，身为三镇节度使，居然长期没人替换他。拿胡儿自己的话说，北狄不来犯边，要我安禄山何用？

国人不知所云，明白人却深谙此道，安禄山更是驾轻就熟，时常纵兵北进，无端袭扰奚族、契丹，寻致北狄素仇唐人，不断举兵来犯边境。胡儿乘机逮住机会，暗中与敌国勾结，累累"大败"来犯之敌。

朝廷不知猫腻，越发倚重于他。

安禄山节级三镇，地位稳如泰山，便大肆招兵买马，名正言顺无人猜疑。加之胡儿面带猪相，天生具有欺骗性，又极善于装莽伪饰，便很好地利用这一点，走路故意摇摇摆摆，给人十足的喜感。

杨玉环见了，曾笑岔过气。娇滴滴言于皇帝，说他一个死胖子，傻乎乎走路像只老母鸭，整日里表着忠心，怎么会反叛大唐呢。

唐玄宗听了，越发放心了。

安禄山顺势讨好，对玄宗毕恭毕敬，对贵妃大献殷勤，对朝臣则傲慢无礼。

文武百官大愤，纷纷上书参劾，直谏胡儿有反心。

安禄山大乐，要的就是这效果。

张说是个明白人，上书直斥安禄山："面有逆相。"

清源县公王忠嗣，身兼河西、陇右、朔方、河东四镇节度使，上书弹劾安禄山，称其"日后必反"。

杨国忠贵为太师，胡儿和他不对劲，"国舅爷"上奏尤为尖锐，直斥为国之大蠹。"上前，数言其悖逆之状！"

皇帝独不信，他有自己的想法，群臣们"倒安"，实为了邀宠争权。张说言"面有逆相"，大皇帝认为"一脸憨相"；王忠嗣言"日后必反"，杨国忠参"有悖逆之状"……哪有丁点真凭实据？全是想当然臆测！

在唐玄宗眼里，凡言胡儿反的人，一律出于嫉妒。如此一来，真到他反时，就算有人拿来了真凭实据，皇帝也未必信了，这就是安禄山想要的效果。

胡儿憨不？狡诈着呢！剩饭放久了，会馊臭。真话说多了，会失信。谁再说，谁触霉头。

李白不知好歹，就触了霉头。

腊月，初八。俗称"腊八节"。是日，主妇足不出户，窝家里熬制腊八粥。

考古籍得知，腊者猎也。腊八粥者，选八种豆子，和上稻米与猎物（腊肉粒），一起熬制为粥，用以缅怀祖先，祭祀神灵，逐邪避鬼，庆贺猎获。祭祀毕，一家老小拢一堆，热热闹闹喝粥，共庆年丰（猎获）。

今年冷得早，初进腊月，即大雪不歇。

初八日，雪愈烈。雪花如鹅毛，漫天纷纷扬扬，偌大一座长安城，一派银装素裹。

李白别无去处，便去西市喝酒。刚入酒楼坐定，即有内侍奉旨相召，宣火速前往金銮殿。

李白酒瘾发作，嗔杨玉环又玩花样，不想急着回宫。两手相搓，嘴里嚷嚷："待大郎吃一杯，暖暖身子骨。"内侍着急，急促相催："李学士贪杯不得，非皇帝宴乐，实贵妃义子拜年来了！"

李白咧嘴一笑，果是妇人妖精妖怪。鼓起两眼道："安禄山？"内侍见问，忙答："正是!"

李白大不爽，甩下一串铁钱，言于酒保道："酒不吃了，温酒钱照给，也不懒你劳作!"

李白嗜酒如命，长安人尽皆知。今日酒都温好了，不曾吃得一杯，为何匆匆离开?

盖因安禄山那厮，大杨玉环十多岁，却甘为妇人干儿。每次来到京师长安，干娘必做"浴儿礼"，二人共浴一个池子，通宵达旦乐于后宫，丑声达于宫外。

近日，肆中盛传，安禄山有反意，李白倒要看看，胡儿究竟何许人物，竟让杨妃着迷，天子宠信，百官弹劾。是故，内侍刚说安禄山，李白酒也不喝了，急匆匆随他而去。

金銮殿里，炉火正红，温暖如春。座中无他人，唯皇帝、杨贵妃、安禄山耳。

李白来时，三人正酣饮，早吃完一壶剑南春了。安禄山满面油光，扭着肥硕的身躯，欲开启第二壶，见了李白，微微一愣。谪仙人的大名，他早有耳闻，憨憨地咧嘴一笑，算是打了招呼。

李白被他一笑，顿觉肠胃翻涌，胡儿这般丑态，竟得杨妃欢心?见他笨手笨脚，久久开不了壶盖，面盆大一张胖脸憋得通红。

李白走上前，伸手想帮忙开壶，一眼瞧见胡儿左手腕内侧，绣着一只黑色狼头，龇牙咧嘴甚可爱。

安禄山被他一盯，将手缩了回去，望着李白嘿嘿傻笑。李白恶心欲吐，一把抢过酒壶，伸出二指轻轻一弹，那盖便打开了。安禄山大惊，好个"谪仙人"，果然名不虚传!

玄宗见状，忆起戏番使事，恐李白一时性起，使怪作弄胡儿，坏了美人的兴致。急忙赐座，赏李白一杯美酒。

贵妃满脸姹红，见李白蔑视干儿，手里擎个金杯，笑盈盈道："久不见翰林，依旧这般讨人喜欢。来来来，与奴家吃一盏。"

安禄山略显尴尬，憨态越发可爱。脑子却转得飞快，见皇帝待他甚恭，干娘又频献殷勤，始知江湖传言不假。心想千万别招惹他，免得落个磨墨脱靴的下场，忙擎一大盅酒，摇摇摆摆过来敬他。

李白鼻孔朝天，不理那妇人，也不理胡儿，遵圣意下首坐了。接了玄宗赐的酒，捧杯长揖道："大皇帝好不偏心，赏臣吃个小杯儿，胡儿倒吃个大盅！"

玄宗闻言，大笑道："确实不该，换大盅与李爱卿。"

近侍领命，果换一只大盅，较之胡儿所执，色彩同颜，高低相仿，口径犹大一寸。

李白大笑道："正合臣意！"自个儿满斟一盅，仰脖子干了，徐徐导入肠胃，大赞好酒不迭。

座中四人，各具情态。玄宗微笑如春，贵妃媚笑如花，禄山憨笑似傻，唯李白狂笑似癫！

酒酣耳热之际，杨玉环忍不住燥热，无端发起骚来。

妃衣褪，微露乳，以手扪之曰："软柔新啄鸡头肉。"禄山在旁续对云："滑腻如凝塞上酥。"帝续之曰："信是胡儿只识酥。"不怒反笑。

李白见了，心中大骇。想起肆中流言蜚语，一时难以自持，举起案上酒壶，仰头一饮而尽，佯醉曰："谬戾如此，天下安得不乱？胡儿安得不反！"

安禄山一听，忙离席伏地，却掩不住一脸喜色。好个蜀蛮子，皇帝面前也敢胡言乱语，不脱层皮才怪！

杨妃尤惊，李白之言虽出义愤，却犯了官家大忌，免不了吃些苦头。玄宗把脸一沉，叱道："酒后轻薄，有失官体！"着令内侍，将李白轰出金銮殿。

李白悲愤至极，狂呼乱号出了宫门。他这番痛苦作态，非为天子呵斥，实为后宫荒淫，深忧帝国安危！

宫外，风雪交加，天空昏黑如夜。李白身寒，心更寒。裹紧身上裘袍，双手拢袖中，踉踉跄跄行道上。

京师别无去处，又不想打扰贺宾客，只得来到紫极宫，就宿玉真公主处。

四

腊月，二十三。

城东，太师府。

正堂内，丈围一铜巨炉，燃一炉熊熊大火，让彻天透地的寒气，消失得无影无踪。

横案前，一椅甚伟。椅上，铺斑斓大虎皮。

杨国忠靠椅上，呼呼生着闷气。

巳时，三刻。

风雪突烈。

大管家莫天良，匆匆裹雪入正堂，附耳言于太师。

他适才去宫里，听贵妃娘娘讲，安禄山今岁拜年，除了给后宫礼物外，唯一到过太尉府，送去了一张大虎皮。

"娘娘说虎皮很大，比前年春节时，送给太师的这张还大。"见太师不高兴，莫天良指指太师椅，小心翼翼地说。

杨国忠听了，心中更加愤怒。抓几上黑釉茶碗，猛往地上一掼，顿时摔得稀烂。

左右二侍女，吓得大气不敢出，蹑手蹑脚捡拾干净，出府外弃于阳沟。

安禄山这狗贼，实在太可恶了！拜过皇帝，哄完贵妃娘娘，该投帖太师府吧？该岁奉"冰炭"吧？哪知等到腊月二十五，仍不见人影花花！除了皇帝和贵妃，眼里只有高太尉，把国舅爷放哪里了？好在另有消息，就是那个蜀蛮子，遭天子叱逐出宫。想到这一回，杨国忠心里稍安，决定亲往金銮殿，参劾安禄山哪狗贼。

午时，一刻。

天色放晴，风雪渐渐小了。杨国忠望了望天，吩咐吴天良，备好四辕紫呢马车，乘雪往宫里去。

后宫里，笙箫正欢。

玄宗搂着贵妃，一边吃着酒，一边欣赏歌舞。见到舅老倌裹雪而至，又满脸的闷闷不乐，急忙松开妇人，笑嘻嘻地问道："大过年的，太师为何不快？"

杨国忠真不快，嘴里大声嚷嚷道："安禄山要反，天下人谁都知道，大皇帝为何不信，又放他走了？"

玄宗闻言，脸色一沉，恨声曰："太师发甚癫？何故又出此言！"

那妇人一听，知道要坏菜，急忙端一盏美酒，滚进玄宗怀里，撒娇道："安禄山那厮，确也该骂。岁岁都去太师府，今次为何不去？偏又去了太尉府，你说恼人不恼？"

杨氏一边撒娇，一边向从兄使眼色。杨国忠装着未见，硬起一条粗脖，回言大皇帝："胡儿强梁贼子，必反我大唐！市井小儿皆知，独大皇帝不知！"

此话大胆，实忤逆犯上。天子不信胡儿反唐，直不如市井小儿乎？！

妇人骇一跳，酒也吓得醒了。从兄太过专横，早晚不得好死！手里擎盏酒，却不知如何为他开脱。

玄宗不以为忤，反倒笑了笑，适才杨妃所言，也有几分道理，安禄山恁不懂事？给太尉拜了年，居然不给太师送礼，难怪人家不乐意，打上金銮殿来评理了。见国舅硬着脖子，气咻咻不服气，玄宗连忙赐座，又赏他一杯美酒，和颜悦色地说道："言禄山必反，太师可有说辞？"

杨国忠一边吃酒，一边应答："何需说辞，皇上再召胡儿进京，他若敢复来，便不反。他若抗旨不至，必反矣！"

玄宗固执己见，始终不信胡儿会反。听他言之凿凿，笑曰："就与太师赌一赌，明年牡丹开时，朕即召之，必来！"

杨国忠听了，硬起一条粗脖，赌气回应道："必不来！"

君无戏言，臣无诳语。君臣互赌，直如街头泼皮。妇人左瞧瞧，右看看，觉得甚好玩，扑哧笑出声来，腻声道："奴家凑个热闹，赌他来不来，去不去，两边见赏钱！"

三人大笑。

唉，金銮殿里，国事如儿戏，帝国命运可想而知矣。

第十四章
沉香亭贵妃醉酒　兴庆池太白赋诗

一

天宝三年，春正月。

正月，初十八。

贺知章寿辰，岁龄八十有六。前日金殿请辞，帝准允告老还乡。

李白一早醒来，便酒瘾发作。想到贺兄大寿，必有大酒可吃，心里一阵欢喜。

久不见大兄了，李白有些许内疚。若无贺宾客举荐，偌大的长安城里，哪有自己下榻处？哪来腰间闲钱吃酒？李白虽然狂傲，却懂得感恩。

那日酒后胡言，遭逐出金殿，被玄宗有意疏远，李白郁闷至极，成天不问朝事，只顾东、西两市吃酒，时常酩酊大醉。不数日，又忝列"饮中八仙"，酒名如日中天，倒把诗名给淹没了。

时有杜子美者，作《饮中八仙歌》，慕而赞云："知章骑马似乘船，眼花落井水底眠。汝阳三斗始朝天，道逢麹车口流涎，恨不移封向酒泉。左相日兴费万钱，饮如长鲸吸百川，衔杯乐圣称世贤。宗之潇洒美少年，举觞白眼望青天，皎如玉树临风前。苏晋长斋绣佛前，醉中往往爱逃禅。李白斗酒诗百篇，长安市上酒家眠。天子呼来不上船，自称臣是酒中仙。张旭三杯草圣传，脱帽露顶王公前，挥毫落纸如云烟。焦遂五斗方卓然，高谈雄辩惊四筵。"

呵呵，"天子呼来不上船，自称臣是酒中仙"。

果然挣得好名声！

巳时，三刻。

内翰宅。

李白空一双手，也没提份礼物，大摇大摆来到宅前。见大门没有关上，便径直进了院内。

贺知章着褶袍，虽龄近九旬，却精神矍铄。一眼看见李白，起身迎入堂屋，安贵宾位坐定。

李白出银百两，以为寿礼。贺宾客不允，百般推辞。李白笑道："名为寿礼，实为酒钱。小弟量大，席间多吃多盅，恐资不抵酒矣！"

贺知章闻言，呵呵抚须一乐，大大方方受了。又有意拿眼瞄他，见李白容光焕发，不似传言般颓废，更不像失宠烂酒之人。心里宽慰许多，冲李白一笑，爽朗地笑道："明日告老还乡，今日好生饮过。"

李白一听，目瞪口呆。几日不见，大兄已交了辞呈？想起往日交往，得贺宾客诸多照顾，心里一时难过，忍不住潸然泪下："大兄走后，吃酒便寡味了。"

好暖心窝的话。贺知章听得难受，想他金殿被斥逐，心里何等委屈，也没来唠叨半句，这才是好兄弟呢。有苦独自吞，有乐大家享！贺宾客好生感动，却不知如何安慰他，便指着大宅内外说："昨日上殿请辞，愿将舍宅为观，请为道士。"

李白知大兄心意，不欲自己难为情，展颜笑道："皇上准允否？"

贺宾客拱两手，向天作揖道："蒙皇帝恩准，诏宅名'千秋观'，赐第前镜湖'剡川一曲'！"

李白闻言，大喜，拱手相贺："大兄得此隆荣，当大庆。"

玄宗诏示天下，宅为"千秋观"者，旌表贺宾客文章，千秋万世也。赐镜湖"剡川一曲"者，盖因贺知章故乡越州，有大水名剡溪也。

为人臣者，生前隆荣如斯，夫复何求！

张说护驾华清池，人不能到场庆贺，人情却早早送到，专遣老仆赠二十金。

京师"饮中八仙"，则聚于内翰宅，热热闹闹为大兄贺生。只有张旭游历吴中，没来得及回来。

一干酒徒子，人人不拘礼数，个个放荡不羁。猜拳吃酒，忘乎所以。

翌日，晨。

卯时，二刻。

贺知章登车，将欲行。太子领着百官，专程来到内翰宅，为老师送行。

玄宗碍于身份，不便前往相送，亲书《送贺知章归四明》诗，交与太子李亨，前往宣读并送别。

诗云："遗荣期入道，辞老竟抽簪。岂不惜贤达，其如高尚心。寰中得秘要，方外散幽襟。独有青门饯，群僚怅别深。"

李白遭斥出宫，身份形同"流人"，不敢去内翰宅饯行，独自驮一坛酒，早早来到寒阳驿，等候贺兄马车驶来。

巳时，一刻。

天晴如碧。

贺知章乘坐马车，来到寒阳驿前。

李白筛二十四碗酒，一溜长排在驿亭内，亲自上前开了车门，将大兄引入亭中。

待贺知章坐定，李白伤感而泪流，突下跪长拜："兄有再生之德，愿天年永享！"

贺知章大惊，忙上前，双手扶起李白。京人谁人不知，李白有傲骨，不拜天，不跪地，更不叩天子，今日竟然下跪，叩拜自己！

二人四目相对，皆泪如泉涌。

李白不再言语，将亭中二十四碗酒，分两行排好。便端立一旁，只待大兄发话。

贺宾客饱读经史，哪会不知饯行礼？十二碗酒者，代表一年十二个月，寓岁岁平安也！

贺知章不言，端起十二碗酒，一一饮尽。

李白随其后，一边流泪，一边豪饮，一边狂歌："镜湖流水漾清波，狂客归舟逸兴多。山阴道士如相见，应写黄庭换白鹅。"

歌声欢快，祝福真诚，语虽平常，意却真切！

二人相拥。无言良久，依依而别。

二

天宝三年，三月。

上巳节。

京师牡丹盛开。

那日，大皇帝金銮殿里，玄宗与国舅相赌，各持己见，互不相让。

今日，赌期已至，不知赌局走向，又会是怎样一番结果？

却说胡儿安禄山，自长安回到范阳，想起京师拜年事，犹欢喜不已。送高猫虎皮，实因这厮可恶，总是当众羞辱人。嘻嘻，得了洒家好处，总该闭嘴了吧？哈哈，偏不去太师府，气死那个"贼舅子"，谁让他下"烂药"？倒是李白那厮，一双眼睛像利锥，盯得人背心发凉。设若朝廷里，人人都像他贼精，老子营生这么多年，岂不竹篮打水了吗？哼哼，管他呢，李白再了得，怎敌爷爷千军万马？

胡儿不事收敛，越发胆大妄为，四处招兵买马，大肆扩充实力。偶与邻镇摩擦，往往痛下狠手，反赖别人挑衅。叛唐之心，已昭然若揭。

唯玄宗老迈昏聩，始终不愿相信。

四月，初三。

安禄山练兵范阳，场面十分壮阔，甲兵列营三十里。敌契丹、奚族以为来攻，遣使递降表乞降。

午后，未时。

突有诏使至，宣四月十六入宫，天子设宴沉香亭，招群臣共赏牡丹。

胡儿大帐接旨，项背一阵发凉，心里绕无数个弯弯，年前才去拜了岁，今日又来招赏花？边帅乃帝国屏藩，依例年前拜了岁，本年内不再入京，朝廷这般安排，不符合常理啊！他哪里知道，怠慢了杨国忠，这是必然的后果！

安禄山远镇边陲，不知杨国忠所为，但直觉告诉他，此是一盘赌局，有人赌他不敢去京师。

时，胡儿节制三镇，握镇兵二十万，然帝国正如日中天，雄藩大镇遍布四方，此时还反不得，反必败。但如不去京师复命，又定遭猜忌，奈何？

胡儿心思缜密，权衡再三后，即刻收兵启程赴京师。

四月，十六日。

胡儿进入长安，匆匆来到兴庆宫，向玄宗三呼万岁，叩头谢主隆恩。玄宗大喜，望杨国忠而笑。

从此以后，谁再言安禄山反，一概叱为无理取闹。轻者免官降俸，重者流放瘴毒之地。百官莫不忌惮，纷纷噤声不言。杨国忠恨愈烈，不怪玄宗昏聩，可恼胡儿狡诈，早晚为帝国疮痈！

安禄山伏地上，眼睛四处瞟着，见玄宗欢天喜地，杨国忠垂头丧气，心里明白了咋回事。暗道一声好悬，设若借故不来，此刻怕早动刀兵，被撵得四处逃窜了！

高力士立殿前，不知事情原委，更不知三人所想。见玄宗兴致勃勃，躬身奏道："兴庆池畔，沉香亭前，牡丹已盛开，只待皇帝赏光。"

玄宗闻奏，领百官出宫。大皇帝威风凛凛，乘天驹"照夜白"前往。杨贵妃着霓裳，袒肩露胸，坐步辇随其后。文武百官皆步行，一路小跑紧随。

沉香亭前，牡丹盛开，朵朵硕大如斗。

红、紫、浅红、通白……交相辉映，灼灼映人。

杨玉环见到牡丹，忍不住春情荡漾，如孔雀开屏，极尽妖艳之能事。且旋且舞，亦媚亦骚。

玄宗大喜，手之舞之，足之蹈之。当即口谕近侍，火速到皇家梨园，招梨园长李龟年，领弟子沉香亭侍乐。

李龟年有异才，歌声有如天籁，乃帝国乐坛第一名手。得皇帝口谕后，哪敢丝毫怠慢？即遴选弟子百人，携乐谱十六部，马上赶往沉香亭。

沉香亭前，花开正艳。百名梨园弟子，席地而坐。李龟年手捧檀板，立众子前指挥，正待引项而歌。

贵妃眉头一皱，似有不悦之色。

玄宗见了，心里微微一诧。揣度美人心意，不喜花前喧嚣？伊爱出风头，非也。莫非不爱歌咏？伊善解音律，更非也！猛忆起李白，久不见其侍候左右，心里甚是想念他。如此良辰美景，怎少得了绝妙新词？

玄宗猜得美人心意，笑而止曰："杨妃赏名花，焉能用旧乐耶？"当即下口谕，着梨园长李龟年，持金花笺前往翰林苑，宣翰林供奉李白，即刻进清平调助兴。

妇人听得真切，顿时心花怒放。嘻嘻哈哈的笑声，浪荡在兴庆池畔，撩人心痒。

李龟年却犯了愁，谁不知李白狂放？自那日遭斥出宫后，谁也见不到他了。莫说小小的梨园长，禁军左右卫长，也未必找得到他！找不着也得找，谁拂了贵妃的兴致？谁就是为自己找麻烦。

李龟年额头冒汗，正在为难之际，突有内侍奏道："寅时三刻，小的宫外洒水，见翰林学士骑一匹大马，往外郭西市去了。"

玄宗听罢，目示李龟年，催促道："还不快去！"

梨园长领旨，躬身退下。内侍牵来数匹御马，皆清一色"玉花"白驹。李龟年不敢耽搁，立即翻身上马，领五名弟子扬鞭而去。

三

西市，关山月大酒楼。

酒楼高三丈，立于十字街头，乃西市第一繁华处。

酒肆主乃波斯胡商，专售胡地饮食，大酒大肉大饼。又有胡姬千人，献歌献舞陪酒席间，让人饮得酣畅，吃得过瘾，玩得痛快！

京师公子哥儿，多银鞍白马奔此，散尽千金度春风。

李白性豪侈，身上又多金银，能不来此胡吃海喝吗？

李龟年心急，骑一匹禁中大马，领着五位弟子，不走三街，不过九巷，径奔西市而来。

长安城谁人不知，李白来西市吃酒，首选必是"关山月"。

快马刚到楼下，李龟年耳朵尖，就听到李白在饮酒高歌。歌曰："天若不爱酒，酒星不在天。地若不爱酒，地应无酒泉；天地既爱酒，爱酒不愧天。已闻清比圣，复道浊如贤。贤圣既已饮，何必求神仙。三杯通大道，一斗合自然。但得醉中趣，勿为醒者传。"

梨园长听罢，心里欢喜不已，吩咐众弟子楼下乖乖候着，自己则身轻如燕，大踏步奔上楼来。

三楼右侧角落处，李白独占一座头，左右拥二胡姬，吃喝得正欢。身前一案，漆黑发亮。案上，搁三五个盆钵，堆满煮熟的牛羊肉。肉坨大如拳头，热乎乎冒着香气。

邻案头，又置一方桌。桌上，一胡姬旋舞，妖娆不可名状。

李白右手里，提壶剑南春，早已去了大半。两眼蒙眬迷离，显然已经醉了。见到李龟年，"嘿嘿"一笑，抓只黑釉大碗，筛一碗递给他。"好久不见，过来吃一碗。"

李龟年哪里敢吃？急匆匆言道："大郎醉得不轻，快去冷水醒过，皇帝宣召学士，半分耽搁不得！"

邻座十余酒客，或唐人，或胡汉，听到有圣旨宣召，纷纷围过来看热闹。

李白全然不顾，睁开蒙眬醉眼，对李龟年吼道："要吃便吃，休拿皇帝诳我！"

李龟年大窘，见他犯了牛脾气，恐坏了大事，忙呈上金花五色笺，百般解释道："不敢诳大郎，此笺乃天子钦赐！"

李白摆摆手，不看。嘴里啊一声，黏糊糊满口酒涎，已直流而出。怀里相拥的二胡姬，急忙起身去里间，拿来一条湿帕子，欲帮他擦拭干净。

李白不耐烦，伸手推开二姬，嘴里嘀嘀咕咕，胡乱念一句前人诗句，"我醉欲眠君且去"，伏案呼呼大睡。

李龟年一见，顿时没了主意，忙奔到窗户处，向楼下随从大呼。

众弟子正纳闷，园长久去不回，不知是何道理？仰头张望间，听得李龟年呼唤，又见他频频招手，忙留下一人看马，余者齐齐抢上楼来。

右角临墙处，李白口吐酒涎，正酣睡如猪。四人面面相觑，不知如何是好。

人说戏上有，世上也有。李龟年身居梨园，可谓久经世故，哪管他三品学士身份，示意弟子只管弄走。

弟子得了指示，当下不由分说，上前将李白架起，七手八脚弄下楼来。

候马者见状，忙择一匹"玉花"，牵到大门阶沿前，吆喝一声站定。四人待马立住，不管李白愿不愿意，没轻没重横于马背，麻袋般软塌塌驮了。候马者身手敏捷，腾身跃上马背，将李白用腿靠住。一手扬鞭，一手抖缰，一溜烟跑出一箭之外。

李龟年乘了马，扬鞭奔驰紧随其后。六骑飞奔如梭，去势如秋风扫落叶。朱雀大街上，卷起尘土飞扬。

玄宗等得不耐烦，再遣内侍催促。特别下口谕：敕赐"走马入宫"。即事出紧急，可以不顾禁中重地，直接打马兴庆池。

大皇帝急，李龟年更急。玄宗好恶，全系杨妃一人，设若拂了美人意，谁也担待不起。

李龟年得谕，当下狠催坐骑，策马跑到沉香亭。

时，沙漏正午。

花暖龙池，酒醉贵妃。

李白横马上，犹酣睡不醒。

玄宗见了，命人拿一溲水桶，置于沉香亭侧。又命梨园弟子，扶李白下了马，斜倚亭栏上将息。

李白软如面泥，不省人事。皇帝见了，好端端一硬朗汉，何苦变得如此邋遢？心里多有不忍，想是那日言重了，伤了李白的心，这才自暴自弃，饮酒解闷所致。玄宗过意不去，亲自上前省视，见李白口流涎沫，忙以龙袖拭之。

杨妃笑颜如花，不知天子所想，上前笑吟吟禀奏："臣妾闻冷水喷面，可以醒酒解醉，不知灵也不灵？"

只要美人高兴，哪管他灵不灵？

玄宗忙命内侍，持亭侧溲水桶，去龙池汲一桶水，置于李翰林身旁。又命五名宫女，分别拿玉碗舀水，轮番含水喷他。

哈哈，溲桶装水喷李白，亏皇帝想得出来。杨、高二贼见了，皆掩嘴哂笑。活该他倒霉，傲慢看不起人，落得个溲水洗面！

李白却不知情，正巫山云雨间，猛觉乌云翻滚，大雨倾盆而下……连打五个响嚏，悠悠醒了过来。

妇人喳欢雀跃，钻玄宗怀里痴笑："果然使得，李翰林醒来了。"

玄宗见妇人高兴，顺着心意说去："爱妃这等妙方，不知何处得来，果真灵验得很！"自个儿说完，也觉得好笑，但凡醉过酒的人，谁不知这法子？

妇人得了宠，顿时花枝招展，娇滴滴言道："幼时居蜀，阿爷嗜酒，每每酩酊大醉，阿娘取井水沃其面，往往一喷而醒。臣妾常思蜀中事，故而记得。"

继而又言："此事千真万确，皇上如若不信，可问大兄！"妇人所言大兄，自然是杨国忠了。

杨贼权炽熏天，皆仗恃杨妃，但凡妇人所言，必百般顺从。听得妇人说自己，急忙应声答道："贵妃言蜀中旧闻，乃国忠亲眼所见，恰似娘娘爱吃荔枝，皆蜀中合州运来！"

李白悠悠醒来，却不知身在何处。猛听得玄宗大笑，杨玉环发嗲，酒便彻底醒了。

沉香亭外，文武百官云集。又有百十梨园弟子，席地鼓瑟吹笙。玄宗端坐于亭，贵妃偎身边。左有高力士，右有杨国忠，胡儿安禄山者，亦箕身亭内。

李白慌了神。忆起那日宫中遭斥，犹心有余悸，此番狼狈不堪，岂不要了性命？忙翻身而起，急切地禀奏道："大皇帝高高在上，臣罪该万死，窃以为身在酒肆，实不知已到禁中，更不知何事宣召，莫非又有番使讹诈？"

李白醉了？那也未必。岂不闻他所奏之言，唯番使一语最真切，余者皆应景套话吗？

李白机警万端，偏又心高气傲，那日遭斥逐出宫，脸上如何挂得住？平日里花天酒地，专做给皇帝看，也做给杨、高二贼看。总想着有朝一日，圣天子突然悔悟了，再委之以重任，仍可人前人后风光。呵呵，才过几天？便想咱家了！故躬身亭前，有了适才那番话。

李白不傻，明白告诉皇上，咱家于国有功，切莫冷落了我，非要等到急用时，才想起李翰林吗？

李白精明，许多时候，精明过了头。

玄宗不精明？皇帝当然精明，也知道李白所想。但不能惯着他，免得叫化子入豪宅——得了铜钱，又想银圆！

玄宗便道："今日宣李爱卿入宫，非为国事，更无番使讹诈！唯与杨妃赏花，不可无新词歌咏。"

话说得明了，宣尔入宫晋见，不是为了国事。国事关乎社稷，自有朝臣打理。你一个翰林供奉，只配官家娱乐时，写写行乐辞章而已！

李白那个气啊，真是没法说。躬立亭前讨好，要的岂止是尊严？皇帝倒好，连一丝尊严也不给！

转念又一想，如果不依圣意，恐怕真就没尊严了。李白心里绕一圈，明白了这个道理，忙奏道："启禀大皇帝，贵妃要听新词，恭请圣上定个调。"

玄宗闻奏，微诧。以李白之傲性，能这么说话，便是难得了。不管他真个欢喜，还是假装高兴，只求博得美人一笑，便不管他真假。遂依杨妃所好，谕曰："可作《清平调三章》，供梨园传唱！"

李龟年忙上前，展开金花五色笺，候大学士撰写新词。

李白久居宫中，深知杨玉环习性，喜豪侈又极度张扬。今日沉香亭赏花，花艳，人美，酒浓……一时有了主意，遂尽展生平所学，一挥而就三章。

目的嘛，很明显，博美人一笑，得皇帝欢心。

李白自信满满，书毕三章，交与梨园长。

李龟年接过笺，双手捧至圣前。

玄宗初及目，即大喜。书比右军，笔走龙蛇；词压宋玉，华章盖世。

其一云："云想衣裳花想容，春风拂槛露华浓。若非群玉山头见，会向瑶台月下逢。"

其二云："一枝红艳露凝香，云雨巫山枉断肠。借问汉宫谁得似，可怜飞燕倚新妆！"

其三云："名花倾国两相欢，长得君王带笑看。解释春风无限恨，沉香亭北倚栏杆。"

李白所撰三章，乃天子钦命作文，又为应景之作，难度实在太大。既要赞贵妃倾国倾城，又不能太过粉饰，免得阅者倒胃口。

玄宗览毕，赞不绝口："果'谪仙人'也，有青莲李白在，翰林院再无学士矣！"

妇人心甚痒痒，见玄宗眉开眼笑，不知李白写的啥，欲亲眼一观。便媚眼含春，如碧波荡漾，伸手向天子讨花笺。

玄宗不给，故作神秘状。命梨园长李龟年，按新词依调而歌。

李龟年得令，右手重拾檀板，立众弟子面前，一边指挥，一边引项高歌。

百名梨园弟子，鼓乐齐鸣，管弦共奏。

玄宗兴起，自吹碧玉笛，依韵而和奏。

李龟年启声，开口唱道："云想衣裳花想容，春风拂槛露华浓……"

贵妃一听，顿时媚态万端，心尖尖儿都酥了。轻抚双掌，和节而歌，欢情溢于言表！

亭前百官，见天子乐奏，贵妃欢歌，齐鼓掌和之。李白来到亭左，去酒案取一壶酒，倾壶长饮一口，抚须扬扬自得。

李龟年又唱道："一枝红艳露凝香，云雨巫山枉断肠……"

李白再倾壶，又长饮。拂胸长须上，玉液滴滴下。

杨妃受到感染，持凉州夜光杯，让侍女斟满葡萄酒，广袖掩面，一饮而尽。那酒产自西凉，乃葡萄酿制，入口甜而润喉，却也酒力十足。

贵妃面若挑花，眼里春色愈浓。踉跄步出亭外，合拍旋舞而歌。

玄宗见之，吹奏愈劲。

李龟年再唱，至"名花倾国两相欢，长得君王带笑看"，李白一壶已尽，将颔下长须向空一抛，如酒肆里面对酒保，大呼："再筛一碗！"

贵妃舞正劲，听得"名花倾国两相欢"时，早已面团般软了，扑向大皇帝怀里，撒娇般再三称谢。

玄宗搂得美人，一时心旌荡漾。俯首言曰："岂谢朕？当谢李学士也！"

贵妃扭腰回眸，正听到李白大呼："再筛一碗！"便亲持夜光杯，斟满葡萄美酒，上前旋舞旋歌："葡萄美酒夜光杯，欲饮琵琶马上催。醉卧沙场君莫笑，古来征战几人回！"

李白接了酒，一飞而尽。胸中豪情顿生，放声高歌一曲，乃古乐府《白马篇》："龙马花雪毛，金鞍五陵豪。秋霜切玉剑，落日明珠袍。斗鸡事万乘，轩盖一何高。弓摧南山虎，手接太行猱。酒后竞风采，三杯弄宝刀。杀人如剪草，剧孟同游遨。发愤去函谷，从军向临洮。叱咤经百战，匈奴尽奔逃。归来使酒气，未肯拜萧曹。羞入原宪室，荒淫隐蓬蒿。"

所歌皆新词，歌声豪迈，歌词雄浑。表达了李白心声，欲为国征战边塞，以战功报效国家。

适，李璘立亭右。

永王李璘者，十六王子也。素闻李白抱负不凡，今日一见，果然才智过人。特走上前去，敬他一杯酒。

李白一愣，永王敬我？

李璘锦袍前襟，别着六角金质胸花，那是永王的信物。李白瞧得眼馋，心想难得他抬爱，又喜李璘眉清目秀，便双手接过酒杯，笑吟吟吃了。

百官一见，皆脸露微笑，暗赞永王礼贤下士。

唯杨国忠不悦，高力士皱眉。

李白佯醉而歌，本欲借题发挥，让玄宗明白心迹，以期大展宏图。谁知事与愿违。

福兮祸之所依，沉香亭太白赋诗，表现过于出色，竟因之惹祸上身。

四

五月，初八。

夏至。

戌时，一月如钩。

朗洁的月色，发出水银般的光芒，静静照着长安城。

路上已无行人。

朱雀大街北，太尉府大门紧闭。

四名值夜军士，笔挺立宅门两侧，石雕般一动不动。偶有城防兵丁巡夜，齐步从府前走过，又极快地折回福安门。

太尉府宏阔，楼宇重重叠叠。临近皇城的后宅内，亮着一盏铜灯。灯火并不明亮，棉绳做的灯芯，时不时爆一灯花。

市井小民有谚：灯花迭爆，主人好运到。

灯下，蜷两个男人，头挨头坐着，猫般窃窃私语。

高力士啜口茶，慵懒地笑道："太师深夜造访，必有要事相商？"

杨国忠不吃茶，答道："非他，唯蜀蛮子耳！"

高力士来了兴趣，竖起耳朵聆听，却又不见杨贼下文，询问道："怎么？那蛮子可恶，又让太师捧砚了？"

"还脱靴呢！"杨国忠知他开玩笑，也回"杵"一句。

"太尉好肚量，莫非忘了沉香亭？"

高力士闻言，作声不得。脱靴之辱，没齿难忘，哪见得李白重新得宠？那日沉香亭赏花，蜀蛮子逞能，占尽了百官风流，谁心里舒服呢？

"可皇上欣赏呢。"高力士啜一口茶，慢慢咽下肚去，无可奈何地说。

杨国忠不以为然，嗤之以鼻："您道皇上真欢喜？也不见贵妃敬蛮子酒时，多扭了几下腰，天子脸色不好看吗？"

"可是……"高力士碍口饰羞，结结巴巴道，"可是贵妃娘娘欣赏呢。"

高力士性狡黠，人称他为"高猫"，少见的心狠手辣，又时时装猫吃象。

沉香亭玄宗吃醋，他当然看到了。不过仍装糊涂，想看看杨国忠这厮，葫芦里装的是啥药。

"哎哟，我的高太尉！"杨国忠一拍大腿，继曰，"某说的正是新词，让贵妃欣赏的新词！"

高力士眼里放光，已明白了几分。偏偏伸长脖子，故意问道："太师别卖关子，咋说？"

杨国忠笑了笑，俯过肥胖的身子，轻声说道："活该他倒霉！蜀蛮子自视才高，不假思索胡乱吟诗，将贵妃比拟汉时赵飞燕……"

杨国忠卖个关子，故意拖长声音，不说出下文。

高力士广闻博记，史称"千古贤宦第一人"，一听哪有不知？

赵飞燕者，昔汉成帝宠妃也。与燕赤凤相通，丑声达于宫外。

今杨玉环者，"天生丽质难自弃，一朝选在君王侧。回眸一笑百媚生，六宫粉黛无颜色……"集万千宠爱于一身，偏偏与安禄山……

嘿嘿，若能整倒蜀蛮子，出一口"脱靴"恶气，咋说都行。

高力士心思缜密，有这等得宠好事，杨国忠为何不暗起，反而说给自己听

218

呢？笑了笑说道："太师所言极是！然你与杨妃自家兄妹，何言与我？"

杨国忠脸一红，狠狠恨他一眼，可恶的高猫，附耳道："正是自家兄妹，这等难听的话，如何说得出口？"

高力士被他一恨，尴尬地笑笑，说得在理呢，便不疑有他。

两个猫一般男人，为了各自的利益，躲在黑屋子里，最终勾搭成奸。

翌日晨。卯时。

兴庆宫外，百官齐聚。久等不见玄宗身影，一时议论纷纷。

"……云鬟花颜金步摇，芙蓉帐暖度春宵。春宵苦短日高起，从此君王不早朝。"

高力士摇摇头，独自走出宫来，转悠来到龙池。

沉香亭内，独坐着杨玉环。妇人两眼迷离，正倚栏吟诵。高猫听得真切，正是《清平调三章》。怕妇女多疑，以为窃听于她。高力士耍个心眼，一面往这边走，一面高诵《阳关三叠》。

那妇女正痴迷，猛听到高力士歌声，果然停下不吟了，笑道："高太尉大早来朝，不去金銮殿站班，却跑来这里歌唱？"

高力士知她戏谑，哈腰回敬道："奴才哪敢怠政？只是天子夜夜会仙女，忘了我等愚蠢臣子了！"

妇人扑哧一笑，应道："高太尉恁也说笑，皇帝不食人间烟火？何来仙女相陪！"

"娘娘倾国倾城，不是仙女是甚？"高力士乖巧，乘机逮住机会，递上一句挠痒的话。

妇人果听得高兴，银铃般笑道："高太尉恁好口彩，说得玉环心甚痒痒。"

高力士不自在，起一身鸡皮疙瘩。心想千万别惹麻烦，闭嘴不回妇人的话。

玄宗宠幸美妇人，不理朝政久矣，满朝文武心知肚明，谁也不敢直谏。唯一干无聊文士，酒后胡言乱语，视如妲己败成汤。

杨氏一介女流，哪有乱李唐之心？无非春心荡漾，像只花孔雀，见人就想开屏。

高力士低着头，躬身不敢看她。

杨妃抿嘴一笑，见他小心翼翼，妇人心里明白，适才太过唐突，恐怕骇到他了。笑盈盈转移话题，故作轻松地言道："太尉善解音律，前日沉香亭赏花，李翰林所赋《清平调三章》，能入法眼否？"

正要说蜀蛮子呢，硬是瞌睡来登了，递上个枕头哈！

高力士两眼放光，一下来了精神。男人被称作"猫"，做人算是失败了。高猫则不同，乃政敌赞誉他。这只猫狡诈异常，知道在主子面前，什么话可以说，什么话不能说。忙凑上前去，奏曰："禀奏娘娘，李白所献新章，实乃绝妙佳词。只不过……"高猫吞吞吐吐，故意拖音拉调。

"只不过什么？"

杨玉环不悦，未待他把话说完，叱而喝断。

"奴才不敢言。"高力士诚惶诚恐，扑通一声伏地上。

妇人甚讶。这厮连皇帝都不跪，今日为何肯跪我？莫非李白所赋新词，真有辱没人之处？

"太尉何如此？快快请起。"妇人心甚疑惑，嘴上却说得喜悦，"但说无妨，某家赦你无罪。"

高力士不敢起，故作越发惶恐，伏地惴惴奏道："奴才不敢言，更不敢拂娘娘意。"

杨玉环见了，不明太尉为何古怪，心里更加着急，故意反着说道："哼哼，李翰林之词，既新且美，某家欢喜着呢！"

高力士何等人物？听得贵妃不悦，背心处骇出汗来，又恐拿捏过度，妇人心里反生不快，坏了杨太师的计谋。装着豁出去的模样，大胆奏曰："奴才初闻《清平调三章》，确为之折服。回家仔细一想，李白所献辞章，实怨恨入骨。娘娘却被蒙骗，竟早晚吟诵，视之为知音。"

"啊，有这等事？"杨玉环正色曰，"有何怨恨入骨，太尉悉数禀来。"

高力士一听，知妇人已上钩，不再遮遮掩掩，起身站在亭前，胡乱言道："'可怜飞燕倚新妆'，娘娘可知何指？"

妇人听不明白，侧头睨视之。良久，乃曰："有何不妥？"

高力士明白，妇人就一花瓶，哪知赵飞燕故事？咧嘴笑一笑，言道："飞燕者，汉成帝之后也。今画工所作《汉宫秋》，画中一武士手把金盘，盘中一女子举袖而舞，舞者腰肢细软，行步轻盈，即赵飞燕也。"

妇人听他绕舌，却未听懂半分。大急道："这个某家知晓，那又如何？"

高力士尤急，这婆娘真是蠢笨，说到这个分上了，居然还不明白。

当下不再犹豫，直杠杠言道："赵姬掌上旋舞，腰似杨柳摆尾，独得成帝专宠。然妇人不守禁规，与燕赤凤私通于复壁。成帝不意入宫，闻壁内喘息声，搜赤凤斩之。欲废赵后，赖其妹合德妃力救而止，遂终身不再入正宫。今李白大胆，以飞燕喻娘娘，实乃万恶不赦！"

妇人闻言，脸涨得通红，扭头不再顾高力士，怒冲冲奔回金銮殿！

高力士大喜，真的好效果！贵妃娘娘生气了，蜀蛮子能有好果子吃？活该李白倒霉，谁人不好惹？偏偏惹上杨、高二贼！这下完了，即使不死，也要脱层皮！

你道杨氏好人？骚臊与赵姬何异！常以"洗儿礼"为由，与安禄山共浴，丑声早达于宫内外。只瞒得玄宗一人，戴了绿头大龟帽，还傻乎乎乐不可支。高猫借赵姬说事，正刺中杨氏软肋。

妇人终归头发长，却没一点见识。不怨高猫搬弄是非，反恨李白入骨。

李白毫不知情，成天只知喝酒吃肉，逍遥快活东、西两市间。哪有闲心情，管这等事？

李白被蒙在鼓里，长安城虽大，还待得下去吗？

第十五章

四圣酒楼撒欢　李白赐金放还

一

贺知章走后，日子寡味不少。

李白郁闷月余，不论做啥事儿，都没点好心情。长安城依旧，灯红酒绿依旧。但在李白眼里，已少了许多乐趣。

唐玄宗一代明君，缔造了开元盛世，至天宝间，帝国辉煌达到极致。在这种光环笼罩下，皇帝已不思进取，整日里宴乐兴庆宫，赏梨园鼓吹，看贵妃醉酒。当初召李白入宫，高调宣为翰林学士，并非为国招纳贤才，纯粹为了自个儿好玩！

李白有才，前无古人，后无来者。可才是文才，只配吟诗作赋，只配侍酒取乐。说到安邦治国，哪用得着你？

李白眼高，眼高便气傲，气傲就不听话。

"申管晏之谈，谋帝国之术，奋其智能，愿为辅弼……不求小官，以当世之务自负。"

久而久之，李白心生厌倦，禁中"清秘"生活，直如"倡优同畜"，让他苦不堪言。平时里，除偶尔应召去金殿，做做应景文章外，绝大多数时间，或紫极宫与玉真论道，或肆中饮酒作乐。

六月，初五。

小暑。辰时。

李白酒瘾发作，悄悄离开紫极宫，径往西市"关山月"。

福安门前，突有禁军喝道。

李白甚疑惑。时令小暑，既无番使来朝，也无国事安排，京畿重地长安，为何禁军清道？正疑惑间，福安门外，两骑飞驰如箭，卷起一路尘土，冲过长安大街，径奔皇宫而去。

街道两旁，观者如堵。内有蜀音者，娇声啧啧称奇。贵妃娘娘好口福，京蜀间千山万水，尚可得一口新鲜。

李白听得含糊，不解何为新鲜，也不知贵妃贪吃什么？侧身见是女郎，飒爽不输男儿。李白有心向她讨教，却碍于礼数，自个一大老爷们，怎好去问一小娘子？

女郎倒很爽快，自言自语道："骑者所负嫩竹筒，内封合州鲜荔枝是也！"

李白吃一惊，将信将疑。合州偏居蜀南，相隔京师长安，何止三千里？荔枝乃娇气物，两三日就变了味，这么远的距离，如何保鲜送达？

唉，"杨妃媚，天下罪！"这婆娘恁可恶，为贪一时口欲，劳民伤财如斯！

李白心里有气，正待破口大骂。

旁右一老者，长髯拂胸。伸手拽住李白左臂，附耳轻言："大郎不可胡言，恐惹火烧身。"

李白一愣。长安城还有谁，可称自己大郎？扭头一看，老者长须拂胸，确有几分面熟，猛忆起当年离蜀，乘舟东出夔门，遇画圣吴道子事。老者清清爽爽，神仙一般的模样，不是画圣是谁？

李白既惊且喜，忙上前相拥，定要与他吃杯酒去。旁左一汉子，精瘦如山猴，两眼炯炯有神。见李白只顾高兴，故作不悦地说道："久不见大郎，忘了小弟吗？"

李白再扭头，一眼瞧见张旭，欢喜得像中了六合彩。上前当胸一拳，喜言道："往日想见一人都难，今日是啥黄道吉日，画圣草圣齐来！"

张旭也大喜，回敬李白一拳，应声回答他："世间天广地阔，岂止画圣草圣乎？"

李白听他话里有话，又见女郎一口蜀言，与二人稔熟如故，心里猛一激灵，回身言于女郎："雄妙公孙大娘乎？"

女郎见问，微微一笑："奴家薄技，不值诗仙一提。"

"果公孙大娘！"李白难掩激动，呵呵大笑道，"难得大好日子，接二连三撞喜。谁也别走，且去天京大酒楼，同吃一杯酒！"

李白癫了？为何去天京，那儿消费高昂，乃京师之最！

看官有所不知，李白性豪侈，但凡遇见知己，大把花银乃常事。

画圣名满天下，草圣享誉国中。这公孙大娘嘛，尤了不得也，舞技天下第一。尤善舞剑，能为《邻里曲》《裴将军满堂势》《西河剑器浑脱》等多套剑器舞，时人谓之"雄妙"！

三人各擅专长，皆一时风云人物。难得今日聚会，便应了李白之邀，一起来到天京大酒楼。

二

长安大道，天京大酒楼。

酒楼共五座楼阁，居皇城午门处。早先不是宴乐场所，也非现在这名儿。原名五凤楼，建于前隋开皇间。隋灭陈后，于开皇二年筑大兴城，即今唐都长安城。皇城正门（午门）上方，筑九间重檐正楼，两侧各有两座阙阁，共五座楼阁，行如凤翅，俗称"五凤楼"。

午门设五道门，堪舆家谓之天门，唯天子一人可出入。皇后大婚时，随天子入宫，可走唯一一次。前隋大业元年，文帝杨坚开科取士，凡殿试鼎甲（状元，榜眼，探花）者，三人结伴出宫，也可走一次。他人不论官民，只许行走侧门。五凤楼有此荣耀，历为皇家禁地。

国朝初，太宗兵变玄武门后，常以此楼为宴乐场所。后世以为不祥，五凤楼沦为鸡肋。

开元间，有神秘富商者，花重金盘下此楼，重新装潢后，成为天京大酒楼。甫一开张，因得地利之便，菜品豪侈上档，每日里人满为患。京师达官显贵、市井名流，莫不以做东天京为荣。

总之，天京之于京人，犹如帝都之于唐人，名气大得吓死人。

然而不知何故，如此一座大酒楼，却无人知晓它的主人是谁。坊间传言甚嚣，或言杨国忠者，或言高力士者。更有江湖传言，主人不是别人，乃范阳节度使安禄山！设若刨根问底，就谁也说不清了，更讲不出个子曰来。

李白善饮，名满东、西两市，却很少上天京来。一嫌排场大，不是自由吃喝处。二嫌菜值昂，不愿做冤大头。

今日重逢二圣，又得识公孙大娘，心里便想，既要做东，不可失了学士派头。一时豪情万丈，兜里银子抖得哗哗直响，兴冲冲领着三个豪客，大步流星跨进天京。

酒楼大厅甚阔，进深四丈有奇，广约三丈。四壁皆木雕，多名人字画，装饰富丽堂皇。正北墙根处，偌大一个围案，高五尺五寸。柜案漆黑，亮如镜面。胖乎乎一个酒保，头戴软搭幞头，笑容可掬立柜后。大厅左右两侧，置三十张檀木椅，用于客人入店时小憩。

李白旁若无人，直上三楼雅室，择一上房坐定。

店家得酒保禀告，心里纳闷儿，不知客人何故恁早，也不知是何来头，雄赳赳就占了上房。急忙奔上楼来，点头哈腰相询："客官止四人乎？"

李白知他心思，应声答曰："怎么？四人便不能吃酒？"

店家满脸和气，笑呵呵道："客官说笑了，只是这房间恁大……"

李白不说话，摸出十两银子，豪气地拍在桌上，嗤鼻冷哼道："可行乎？爷坐定了这厢，好酒好肉只管送来！"

店家骇一跳。乖乖个大老爷，我这酒楼虽豪侈，四人吃顿酒菜，哪要得了十两银？

张旭见他磨蹭，不耐烦叱道："不识李翰林吗？天子御手调羹，总该知道吧？"

店家再骇一跳，欢天喜地叫道："我道谁这般豪侈，原来李大学士驾临！"钱也不收了，急忙传唤后厨，火速备酒备菜！

公孙大娘见了，咧嘴笑道："大郎果好饮名！"

吴道子拈须曰："要说饮中八仙，唯有大郎名显！"

四人齐大笑，先吃一盏茶，摆些江湖闲话，等着酒肉上桌。

须臾，店家复上楼，领七个小伙计，风一样进入上房。为首那伙计，提四壶剑南春，杂耍般抛空连接。余者各托一盘，盘中盛满肉食。

座中皆名家，人人身怀绝技，自然不眼拙。七条汉子脚下生风，连一粒尘土也未扬起，暗道好功夫，果不愧天京人！

店家嘴尤甜，低头哈腰道："大学士矮身敝店，不啻凤鸣草间，特赠绝世美酒。众大官人但请畅饮，酒钱算小老儿头上！"

公孙大娘眼尖，酒壶盖乃"御封"，心里犯了疑，店主人到底是谁？

李白见了酒，只顾要吃，抓一只大盅在手，嘴里直嚷嚷："先吃一大盅，杀杀喉咙里的酒虫！"

张旭尤欢喜，亦大叫："正是！"伸手抓一壶酒，就要启封。

吴道子沉稳，望酒保一眼，惑曰："酒楼号天京，果天子所开？酒也皇家御用？"

店家一听，连连摆手："呵呵，管他天子干吗？岂不闻'天子呼来不上船，自称臣是酒中仙'吗？"

小小一店主，口气咋恁大？估摸着肆中传言，绝非空穴来风。李白心里想。

偏偏店家的话，让他很受用，哪还管得那许多！抢先开一壶酒，团团筛上四盅。

七个伙计见状，将托盘置桌上。盘中所盛肉食，皆天京名菜，计有红烧黄河鲤鱼、清炖芦花大鸡、油酥肥鹅、椒盐烤乳猪、胡椒大牛排、葱爆羊羯子……真是奇哉怪也，店家所上菜品，皆李白平时最爱！

李白喜不自胜，端起酒盅罗拜。自己早忍不住了，先咕噜一口干掉，嘴里啧啧赞道："好酒！"

三位不敢怠慢，跟着吃一盅，齐声赞道："果真好酒！"

一连吃了六盅，犹未过瘾。李白掷杯于地，冲楼下大呼："换大碗上来！"

酒保听到呼喊，吩咐大堂候客伙计，急抱一摞黑釉大碗，飞身上到三楼来。

甫入内，伙计耍个把戏，将碗往空中一抛，四只碗蝴蝶般旋转，哗啦啦一阵响，人人面前各停一只。不偏不斜，端端正好！

李白喝声彩，赏他一串铜钱。伙计得了赏，礼貌地鞠一躬，欢天喜地而去。

张旭量甚豪，不停与李白对端。

吴道子年长，不像二人轻狂。偶尔和公孙大娘碰碰碗，小口小口抿着。

酒到酣处，又嚼无数美食。公孙大娘起身，舞"斐将军破阵"，以助众兄酒兴。

大娘果真了得，身轻似飞燕，剑走如流星。李白剑技高绝，时人谓国中第二，见了大娘舞技，也为之动容，忍不住高歌一赞，唱一曲古乐府。

歌曰："一百四十年，国容何赫然。隐隐五凤楼，峨峨横三川。王侯象星月，宾客如云烟。斗鸡金宫里，蹴鞠瑶台边。举动摇白日，指挥回青天。当涂何翕忽，失路长弃捐。独有扬执戟，闭关草《太玄》。"

独自浮一大白，胸中豪情不减。

复高歌："秦王扫六合，虎视何雄哉！挥剑决浮云，诸侯尽西来。明断自天启，大略驾群才。收兵铸金人，函谷正东开。铭功会稽岭，骋望琅琊台。刑徒七十万，起土骊山隈。尚采不死药，茫然使心哀。连弩射海鱼，长鲸正崔嵬。额鼻象五岳，扬波喷云雷。鬐鬣蔽青天，何由睹蓬莱？徐市载秦女，楼船几时回？但见三泉下，金棺葬寒灰。"

张旭早听说李白郁闷，听其所歌当真不假。李白心胸宽广，却借嬴政讽玄宗，若非心中烦躁至极，怎会如此难过？

草圣为他不平，忍不住奔向柜台，向店家要了纸笔，乘兴狂草起来。一边痛饮，一边疾书。手腕抖动间，哪管软塌塌狼毫，如公孙大娘所舞之剑，肆意汪洋纵横。果真墨落惊风雨，笔舞走龙蛇。眼花缭乱间，《蜀道难》立现纸上。

"噫吁嚱！危乎高哉！蜀道之难，难于上青天……"

张旭书毕，哈哈大笑。

吴道子见了，默默饮一杯剑南春，也去柜台要来纸笔，将三人行迹草拟纸上。

公孙大娘舞剑，如羿射九日；李白吟诗高歌，似万里御风巡天；张旭挥毫狂草，犹江河倒卷……各俱情态，唯我独尊！

四人各显奇能，皆癫狂不可理喻。

五凤楼上，观者如潮。歌咏声，喝彩声，鼓掌声，踩脚声，不绝于耳，几欲掀翻楼盖。

宴将尽，店家持纸笔上前，欲索李白新词，以值换酒钱。笺为金花五色，又是皇家御品！

李白心愈奇，这厮是何来路？哪来众多皇家之物！

正待要问，张旭早已大怒，一把扭住店家右手，叱道："你这厮好没来由，说好请爷们吃酒，何故耍赖于我？"

店家遭他一扭，右胳膊吃不住痛，身子顿时矮了半截。见张旭精瘦，又识他不得，哪放在眼里？反喷之曰："我自向李学士索词，与你这泼皮何干？"

张旭被他一骂，举拳欲殴。吴道子见状，恐无端惹出是非，忙向李白示意，何不敷衍于他？

李白会意，上前止住张旭，去桌上铺了纸，略一沉思，挥毫立就。

"兰陵美酒郁金香，玉碗盛来琥珀光。但使主人能醉客，不知何处是他乡。"

店家手舞足蹈，如此溢美之词，出自李大学士之手，天底下实无二家！设若仔细裱好，悬挂于大厅上，岂不占尽帝都风流？

李白见他欢喜，复倾一碗酒入肚，睨视道："可值得酒钱？"

店家闻言，满脸堆笑，诺诺应曰："学士巨毫如椽，岂止值几壶剑南春？"言毕，便要去拿。

李白眼尖，店家一双手儿，细皮嫩肉如玉，左手腕内侧处，镌一"杨"字。

太师府的人？

李白一声冷哼，伸手压住金花笺，笑嘻嘻言于店家："想要？"店家点头，急应曰："想要！"

李白再冷哼，将笺撕个粉碎，纷纷撒落于地。复用力一掷，笔去十丈，疾如流星。

"砰"一声响。笔触座头粉壁上，墨汁溅处，立现"英雄"二字，宛然若蛟龙！

店家目瞪口呆。

四人大笑，声震梁宇。李白尤狂笑若癫，掷银一锭于案，与三友联袂下楼，翩然而去。

三

六月二十一日，大暑。

兴庆池畔，沉香亭。

亭中一几，上置朱漆木托。木托饰以花鸟，雕刻精美绝伦。朱漆木托上，托一龙凤金盏，盏内盛满新荔枝，鲜活娇艳欲滴。

贵妃袒胸露肩，斜倚杨木凭几上。四宫女绕立身后，各捧仪刀、唾壶、盥盆、锦帕侍候。旁置莲花熏香炉，袅袅飘着香烟。

玄宗傍贵妃则坐，手剥盏中荔枝。荔肉洁白如玉，粒粒滴汁。

大皇帝极耐心，每剥一颗荔枝，便喂入美人嘴里。那份闲适神情，如负日弄儿的老者，心无旁骛般专注。

杨国忠垂着眉，静立于侧。

太师适才来亭，瞧见左右无人，私下乱言于贵妃："李白那厮，昨日去天京大酒楼吃酒，非但没有索到新词，还被赖去许多酒钱！"

自高力士妙解《清平调》后，妇人已心生忌恨，今再听从兄胡言，胸中一时堵得难受，发狠要出这口恶气，让蜀蛮子滚，滚得越远越好，免得见着心烦！

杨玉环赌着气，故意马起一张脸，爱理不理老皇帝。

玄宗见了，不知美人心思，百般哄她高兴，还剥荔枝喂她，把一串红玛瑙，挂在杨玉环项上，极尽讨欢之能事。

红玛瑙极其珍贵，为安禄山孝敬，是大皇帝心爱之物。妇人嘟着嘴，这才有了笑容，猫般蜷缩亭栏上，享受大皇帝的服侍。吃下几颗荔枝后，美人心里舒气了，噘起一张小红嘴，闲不住吹起风来。"李白昨入天京，又吃得酩酊大醉，实无人臣之礼。肆中传得难听，皇帝也不管管？"

玄宗素重李白，爱其才智高绝。只因朝臣百般挤对，才有意疏远了他。一直心怀愧疚，哪会真要治他？听妇人又说李白，知道是杨国忠使怀，故意装着不理，顺着美人的话说："李学士有功于国，且生性疏狂，管他作甚？"

哼哼，妇人心甚不悦，老皇帝真是个老怪物，不理自己倒也罢了，居然还为蜀蛮子说话！

杨玉环来了气，伸手一扬，将玄宗刚剥好的荔枝，一掌拍落地上，嘴里嚷道："那蜀蛮子好生无理，吃酒不给酒钱，还撒泼弄坏酒家粉壁，没一点大学士规矩，连胡儿都不如！"

美人真生气了？

玄宗笑笑，故意逗她："杨妃也是蜀人，为何骂他蜀蛮子？"

妇人一愣，马上泪如雨下，哭得梨花带雨："他就是蜀蛮子！没想到在大皇帝心里，奴家也是蜀蛮子！"

玄宗见美人流泪，心里痛得要命，却也舍不得李白。一边安慰杨妃，一边卷起龙袖，拿出一沓请辞书来，惋惜道："李爱卿久有去意，不欲留禁中，多次请辞归里。吾念他有功，实为有用之才，独不允！"

妇人闻言，哭声愈浓，抽泣道："李白有才，天子独爱他，固留宫中。奴家无才，留宫中何益？"言毕，起身奔出亭，往宫外跑去。玄宗大急，呼声连连，急忙向前追撵。

沉香亭里，杨国忠窃笑，摇摇头欢快离去。

远处，一丛柳林间，高力士亦窃笑。

是日，午时。

京西，十里长亭。

亭畔菜地里，碧玉般的丝瓜，条条悬垂瓜棚下。小黄花星星点点，散发出浓郁的芳香，引来无数蜜蜂扑腾，嗡嗡叫个不停。渭河里的水，涨到了堤埂腰上。偶尔有远去的货船，搅翻茂密的水草，泛起无数残叶断茎，和一河臊鼻的水腥味。

公孙大娘离蜀，已两年有余，就要返回夔州去了。

李白置酒，为之送行。作陪者，画圣吴道子，草圣张旭。

酒喝了四壶，谁也没有说一句话。怀戚切切，喝着闷酒。

李白欲再启酒壶，吴道子忙止住，轻声言道："酒已尽兴，大娘该上路了。"

张旭也言："送君千里，终有一别。"

见众友沉重，公孙大娘于心不忍，故作欢快状，银铃般笑道："众兄何故如此？妾家又非赴黄泉，早晚还得相见！"言毕，翻身胯上黑骏貌，英姿飒爽坐马背上，抱拳与众兄作别，扬鞭"嘚嘚"而去！

见大娘远去，李白流泪而歌："见说蚕丛路，崎岖不易行。山从人面起，云傍马头生。芳草笼秦栈，春流绕蜀城。升沉应已定，不必问君平。"

歌声低沉，如泣如诉。

长亭外，李白长身伫立，向西南方遥望，久久不愿回首，满眼无尽的悲凉。有惜别，有担心，更多生活不易。

张旭立亭中，眼里噙满泪水。李白难展胸襟，心苦如凉瓜，他哪能不知？

吴道子坐栏上，为李白焦心不已，暗自长叹一声，亦有泪水溢出。

四

兴庆宫，金銮殿。

玄宗精神萎靡，心情特别不好。

朝臣们看得明白，大皇帝虽然老迈，却并未昏聩，他爱美人，也爱江山。然贵为天子，乃世间至尊地主，却也没有办法，拥两全其美之好事！

高力士下药，杨国忠使坏，定要撵走李白。杨妃尤可恶，撒娇耍泼，不依不饶。三晚上和衣而眠，不让大皇帝近身。

玄宗左右为难，想保大学士李白，希望再努力一回，看看能不能留下来。

很久很久了，没有上早朝。

甲戌日，卯时。

玄宗准时上殿，端坐龙椅上。

百官皆惊讶。

玄宗亲临早朝，稀罕事情呢，太阳西边出来了！

杨国忠尤惊。时，李林甫已逝，杨国忠为首相。

见玄宗临朝，杨贼哪能不惊？皇帝临朝，自己还能把持朝政吗？

玄宗所谕，出人意表。"翰林学士李白，多次上表请辞，众卿可议。"

杨国忠大喜，顾高力士一笑。皇帝上朝，原来为了这事！持笏出班奏曰："皇帝万岁！李白狂悖，不识官体礼数；肆中滥酒无度，有失帝国官仪。可放归乡里，任其自在逍遥。"

国舅既言，又为首相禀奏，百官谁敢吱声，再说半个不字？

玄宗不甘心，左右暗示各王、嗣王、郡王，曰："李白狂悖，可有屈抑？"

高力士一听，知皇帝念旧，恐节外生枝，忙持笏，出班奏曰："皇帝万岁！李白狂悖，肆中恶声泛滥，哪有屈抑！"

杨、高狼狈为奸，把持朝政日久，权炽熏天，谁不顺二贼意，早晚弄个半死！

李学士委屈，百官心知肚明，却作声不得。滥酒无度、有失官体之言，皆二贼广播所致，哪有的事？！正所谓：谎言千遍，必成真理！

惜杨贼虎视于前，高猫狼嚎于后，又有恶妇煽风点火，朝政已废，纲纪崩塌，谁敢直谏上奏，为李白鸣不平？

文武百官低着头，皆沉默不语。

玄宗甚是惋惜，心想如果姚崇、宋璟还在，必为李白鼓与呼。哪怕张说在堂，也必直谏矣！皇帝眯了眼，想着李白绝世才华，又想着粉嘟嘟美人儿，还有那樱桃般小嘴，一时难于取舍。

百官肃立殿下，见天子古怪，脸色阴晴不定，无不暗自感叹，帝国日暮西山矣！

杨国忠立首位，久不见天子发话，唯恐事情搁黄了，便想了个主意，让玄宗顺梯而下。复持笏，出班奏曰："皇帝万岁！恳请即刻口谕，宣李学士进殿，颁诏'赐金放还'。"

玄宗正迷糊，听到"赐金放还"，深以为是。

"杨首相所言，甚合朕意！"当即口谕："宣李翰林入殿听旨！"

内侍得了口谕，层层转出宫外。早有侍卫跨禁中御马，飞奔寻李白而去。

时，李白居紫极宫，正与玉真茗聚。柳下，弈谈甚欢。忽听圣旨到，以为天子回心转意，急忙整顿衣冠，来到宫外候旨。

巳时，一刻。

李白着大学士服，兴冲冲赶赴金銮殿。

百官见李白至，依旧俊朗飘逸，哪有丁点邋遢样？心里便恨杨、高二贼，信口雌黄诬陷忠良。想起适才一幕，实无脸相对李白，众僚纷纷低头不敢视。

李白满心欢喜，却遇冰冷一个场面，让他好生纳闷。

杨国忠笑笑，满是蔑视之色。高力士尤坏，呵呵笑道："祝贺李大学士，还不叩谢皇恩！"

李白不明缘由，见二贼古里古怪，一个阴一个阳，让人不可捉摸。便不管他，上前躬身奏曰："吾皇万岁万岁万万岁！臣李白奉旨上殿，请皇帝谕示。"

玄宗见了李白，心里多有不忍，几番踟蹰，欲言又止："嗯嗯，李爱卿雅志高远，久有归里之意。适才与众卿廷议，准予暂还。"

天子说得委婉，准予暂还者，似还可以再征召也！李白却听得明白，恰似五雷轰顶，惊得哑口无言。

百官一片叹惜。唯杨、高二贼大喜，同声言曰："恭贺李大学士，荣归故里逍遥，还不叩谢皇恩！"

李白虽然难过，却也硬气得紧，怎可示弱于二贼，失了自己一贯风采？

正待要叩首，谢主隆恩。玄宗坐殿上，见李白失神，心里越发不忍，复谕曰："李爱卿智退番蛮，有大功于国，岂可白手返乡？但有所需，朕自当一一赏赐。"

李白傲性大发，仰首昂然曰："臣一无所需，但得袋中有金，日沽一醉足矣！"

玄宗闻言，哈哈大笑，续谕曰："这有何难哉？天下库银皆姓李，任爱卿取之！"

钦赐金牌，以示皇恩。

遂御笔亲书："敕赐李白为天下无忧大学士，逍遥落第文林郎，逢坊吃酒，遇库支银。府给十金，州给百银，县给千贯。凡文武官员军民，有失敬者，以违诏论处。"

即命金殿近待，送往内务部，火速铸造送回。又赐黄金千两，锦袍一，玉带一，金鞍一，龙马一，从者二十。

李白心里明白，也知圣天子难处，一切皆因杨、高二贼使坏，怨不得皇帝也。

玄宗所赐，给足了李白面子，实前无古人！

李白心存感激，定要维护天子尊严。其自称项背有傲骨，从不肯伏拜于人，竟双膝着地，三拜九叩，连呼"万岁，万岁，万万岁！"

玄宗讶甚。见李白肯下跪，知他心中多有不愿，几忍不住泪流。

再次口谕，又赐金花二朵，御酒三杯。

"可禁中打马，御前飞奔。百官俱假一日，携酒送行。"

百官领命，相送于道。自兴庆宫始，连接十里长亭，沿途相送者，几达万人。

辞词声声，樽博不绝。唯杨、高二贼，怀恨不送。

戌时。

消息传到紫极宫，玉真公主大恚。

李白遭赐金放还，玉真公主情知为杨氏兄妹所诬，高力士迫害，仍将满腔怨气，发到皇兄身上！

金銮殿里。公主大发雌威，将杨玉环那妇人，骂得狗血淋头，直如淫娃荡妇，又似妲己般祸国殃民！

看官恐不明白，玉真公主纯洁乎？为何敢理直气壮，大骂杨氏荒淫无度?！

原来有唐一代，自武后朝始，"女权主义"盛行。所谓女道士者，实为修行"养性"之人也，可随意接待男宾。著名如鱼玄机，朝野尽知之。

女道士接待男宾，既得官家认可，便是天经地义。

杨氏为"国母"，与人偷情则不行，犯了皇家禁忌。玉真公主骂她，当然骂得理直气壮！

杨氏遭此恶骂，气咻咻心情难平。脸色难看至极，却不敢回应半句。平时里，仗着皇帝宠幸，任意胡作非为，谁个敢惹她？今日人家兄妹议事，哪管她这个外人！

妇人自知不敌，悄悄溜出金殿，跑到从兄家诉苦去了。

玉真气犹不顺，转向皇兄发火，大声哭闹不止，恨声曰："皇帝好没来由，只顾自己花天酒地，何曾想过小妹苦寂？"

史载：玉真公主者，睿宗、窦德妃之女也，乃玄宗、金仙公主同母妹。玉真公主幼时，窦德妃即遇害……初封崇昌县主，景云元年，睿宗复位，获封昌隆公主。景云二年五月，由昌隆公主改封玉真公主，不久出家当了道士。

玄宗乃皇兄，御妹一生苦楚，他何尝不知情？被玉真一骂，想起今日廷议，自己有心要留李白，却无一人相助，也是万般无奈啊。"但得有人上奏，朕必留李翰林！"

玉真不听则已，一听更加恼怒，冷言相讥道："皇帝自诩神武，何曾有一丝当年威风？早被那妖妇掏空了，成了个空心大萝卜！"

玄宗再次遭骂，脸色变得十分难看，恼羞成怒道："国家大事，岂容汝妄议?!"

玉真怒愈甚，更加不依不饶。赌气道："既为国家大事，我公主名号也不要了，取消所有待遇吧！"

玄宗哪里肯信？以为御妹斗气，当然不予准允。玉真态度坚决，定要散去财产，辞掉公主称号，一心修炼道行。

玄宗一默，御妹这般任性，全因李白一人。然准允李白归里，乃经过了廷议，又已正式诏告天下。设若再用李白，帝国威严何在？大皇帝权威何在？当下端起身板，威严口谕：准允去除公主名号，散财潜心修道。

玉真至情至性，对李白感情尤深。李白晚年居当涂，公主听说后，专程去敬亭山修行，以寄托一份相思。

李白亦性情中人，何尝不是如此？得知玉真徙当涂，修行敬亭山时，眼巴巴赶到山中，赋诗云："众鸟高飞尽，孤云独去闲。相看两不厌，只有敬亭山。"

时人多有不解，天下名山多多，李白为何独言："相看两不厌，只有敬亭山"？

后人不知真相，尤不解诗中所颂，谓敬亭山美不可言。哪知诗人心迹，意不在敬亭山，在玉真公主乎？

宝应元年三月，玉真七十岁时去世，葬于敬亭山。

李白闻讯，悲哀不已，曾赋诗吊之："常夸云月好，邀我敬亭山。五落洞庭叶，三江游未还。相思不可见，叹息损朱颜。"

第十六章
李白戏耍华阴令　杜甫膜拜谪仙人

一

京西，寒阳驿。

张旭立馆前，伸着瘦长的脖子，不停地张望。

吴道子坐柳下，也伸长脖子，满脸的焦虑。

二人很郁闷，两月前的今日，送公孙大娘返蜀，一直郁闷至今。哪知两个月后，又送李白归楚。更让人郁闷的是，因杨、高二贼作梗，两人不能、也没那个资格，去十里长亭与李白相别，只得悄悄跑到京西，早早在驿馆等候。

李白不郁闷？当然郁闷！

赐金放还？呸！话说得好听点，是顾你谪仙人的名头，朝廷拿几个钱，让你回家去逍遥。话说得难听点，就是逐出长安城，滚得越远越好，别在京师晃来晃去，免得涨人眼睛！

李白天性疏狂，是个没心没肺的人。自个儿很高兴，总算挣脱了羁绊，便驮着大袋的金子，屁颠屁颠离了金銮殿，连头也没回一下，毫无牵挂地走了。

京西官道。

李白身佩长剑，骑一白骏猊，肆无忌惮地狂奔。马背上驮一褡裢，沉甸甸装满两袋金。

李白离开禁中，心情果然大爽。先前进出皇宫，条条框框太多，闷得人难受。不让骑马佩剑，不许大声说话，不准东张西望……与圈畜何异？自从出了皇宫，便彻底解放了。做的第一件事，即去西市马肆，选匹大宛烈驹，雪练也似的白骏猊。

白色，干净。李白最爱白色，一辈子改不了。拿他的话说，自己是李白，必须干干净净！

身上的佩剑，吴叔专铸的呢。

想到吴大叔，李白鼻子发酸。授剑时，立志报效国家，二十五岁仗剑离蜀，何等意气风发？

二十年后，吴指南没了，报国之愿搁浅了。

世界很奇怪，谁也搞不懂。

出宫当天晚上，李白掀开床榻，专门找出长剑，欲一展身手，吐尽多年不快。几年没上手了，很有些生疏，剑舞得磕磕碰碰。

唉，剑离身太久，早已锈迹斑斑。月下，李白磨剑。磨得极细致，花了两个时辰，让剑重新锃亮！

李白自己也不清楚，为何要这么做？长剑重新上身，是要做什么呢？啥都不做，唯感觉新奇。长剑在手，烈驹狂奔，心胸豁然开朗，先前所有的不快，顿时一扫而空。呵呵呵，快马加鞭，风卷尘土，肆意高歌。

午时，一刻。

寒阳驿。

李白端坐马上，"嘚嘚"催马过驿。

驿前阶沿上，画圣与草圣并立，无限焦虑地打望。

李白眼一热，好兄弟啊！赶紧打马来到驿站前，翻身落下马来，冲二人纳头便拜！

二圣一见，慌忙扶起，热情迎入驿内。

吴道子做东，置席于驿馆。张旭银子少，卖字入不敷出。也专去东市上"陈记烧酒坊"，沽得三坛"灞桥柳"，执意赠予李白，以解旅途忧烦。

席上，酒食丰盛，却为别宴。三人本豪士，偏偏吃喝得沉闷，毫无酣畅之快。酒不到三碗，李白便醉了，望望大兄吴道子，又看看二弟张旭，竟悄然流下泪来。

吴道子年高，身为皇苑画院长，怎不知李白心苦？便不再为他添酒，专舀一碗酸鱼汤让他喝。

李白喝了醒酒汤，拖过褡裢解开，默默拿出三十金，散与张旭二十金，又与吴道子十金。张旭尴尬，推辞不愿受。

李白曰："长安虽大，知己者二三。今日一别，难说相见！"边说边泪流，数度哽咽："金钱虽少，暖心多多，贤弟岂可不受？"

吴道子听了，心里堵得紧，急忙示意张旭，让他大方收下，自己做个表率，先将金收入囊中。转念一想，李白心情糟糕，怎可醉醺醺上路？不如彻底醉了，驿馆休息一晚，明儿再走不迟。

有了这层想法，吴道子便暗示张旭，去后厨讨三只大碗，认真劝起酒来。

张旭嗜酒，人尽皆知。席桌上劝酒，更是一把好手。李白性狂放，哪用别人相劝？

自个儿连灌三碗，竟越喝越清醒，越喝越豪迈。直把两位哥兄老弟，吃得烂醉如泥。

李白开怀一笑，呼来驿馆长，出二两银子，让侍候好两人。驿馆长眼拙，识不得李白，哪里肯准允？谓之曰："驿馆乃帝国公廨，只接待往来官差，怎可护理民众？"

李白闻言，知驿吏托大，本不愿与之计较，然二人醉得不轻，他若推托不管，自己怎走得了？想起怀中那物，不知管用不管用，当下掏出一块金牌来。

李白受金牌之事，早已诏告天下，风闻村里街巷。凡帝国大小吏员，谁没听说过呢？

御赐金牌？！驿馆长骇一跳，顿时满脸乌青，一时语无伦次，双膝跪在地上，对着金牌直磕头，口称万岁不迭！李白尤为吃惊，皇权在吏员眼里，竟有这般威风？心里便想，趁早送人便罢，似这般金字招牌，搞不好会惹祸上身。岂不闻"怀璧致祸"吗？

李白哪会想到，小小一面金牌，能把驿吏吓得半死！笑了笑说道："吾二位大兄大弟，可住得驿馆乎？"

驿馆长闻言，点头如捣蒜，口里连声应答："李大学士吩咐，住得，住得，当然住得！"

李白突肃曰："二人权且与尔，但凡损了一根毫毛，便来找你麻烦。"

驿馆长一脸媚笑，点头哈腰道："大学士放心，小的自当尽力！"

李白冷哼一声，跨马扬长而去。

时，张旭已醒。

听得一阵歌声，自驿外传来。细听，是李白在唱，唱的《行路难》。

歌声苍凉，充满失意和悲愤，听得人揪心地痛。

歌词三叠。

歌曰：

〈一〉

金樽清酒斗十千，玉盘珍馐直万钱。停杯投箸不能食，拔剑四顾心茫然。欲渡黄河冰塞川，将登太行雪满山。闲来垂钓碧溪上，忽复乘舟梦日边。行路难！行路难！多歧路，今安在？长风破浪会有时，直挂云帆济沧海。

〈二〉

大道如青天，我独不得出。羞逐长安社中儿，赤鸡白狗赌梨栗。弹剑作歌奏苦声，曳裾王门不称情。淮阴市井笑韩信，汉朝公卿忌贾生。君不见，昔时燕家重郭隗，拥彗折节无嫌猜；剧辛乐毅感恩分，输肝剖胆效英才。昭王白骨萦蔓草，谁人更扫黄金台？行路难，归去来？

〈三〉

有耳莫洗颍川水，有口莫食首阳蕨。含光混世贵无名，何用孤高比云月？吾观自古贤达人，功成不退皆殒身。子胥既弃吴江上，屈原终投湘水滨。陆机雄才岂自保？李斯税驾苦不早。华亭鹤唳讵可闻？

上蔡苍鹰何足道。君不见，吴中张翰称达生，秋风忽忆江东行。且乐生前一杯酒，何须身后千载名？

张旭生性癫狂，时人谓之"张癫"，自称一生无泪。听罢李白所歌《行路难》，早已泪流满面。

心，一阵阵绞痛。唏嘘着走上前，扶起大兄吴道子，缓缓驮在背上，踉跄走出驿馆……

二

荆州，白兆山。

李白回来了！

消息像一阵轻风，吹遍了十里八乡。

李白回到家里，一切都亲切。小院还是那个小院，水井还是那个水井，玉儿虽较之前苍老些，心地还是那么善良。

左右邻舍，却有了变化。

啧啧，不是长安当大官吗？婆姨们挤眉弄眼，拢一堆窃窃私语。

呵呵，被天子逐出京城了！男人们看李白的眼神，有些不怀好意。

窃窃私语的婆姨们，如烂泥里蠕动的蚂蟥，让许大嫂毛骨悚然。

男人在外有出息，自己在家里再苦再累，说起来也脸上有光。现在回来了，有些不明不白，玉儿整日埋着头，贼一样不敢示人。

眼神异样的男人，尤令李白不自在。禁中为翰林学士，时间虽然短暂，但李白特别在意。被放还归里后，总戴着一种光环，想甩也甩不掉，多次言于大众，自己乃翰林待诏，是天子的书记官。

口气颇为嘚瑟，很有一种自豪感。这种自豪感，在特定的时间段里，会让人极度自卑。

李白回白兆山，即在此时间节点上。邻人们指指点点，或不经意的一句话，都会让他生疑，视为不怀好意。

只有在酒后，李白才狂放依旧。乡民们知道啥，不就锄一亩三分地嘛，何必与他一般见识。

孟浩然有见识，偏偏走了，走得毫无牵挂。听玉儿说，孟夫子咽气时，仍牵挂着李白，赞他人好有出息，在天子身边供职，何等荣耀！

逸人活得尚好，却不知去了哪里。家里人告诉说，他和马正公外出云游，两年没回过家了。

李皓早已外任，升迁为宿州通判。

李白好生无趣，夜深人静时，总忆起京城诸般好来。长安城东西两市，灯红酒绿妖艳满街；皇宫内外，巍峨气派富丽堂皇；朝中文武，衣冠楚楚笑逐颜开……

唉，现在倒好，啥都没了。怪不得别人，只能怪自己哟。

李白是个诗人，不懂权谋纷争，偏偏胆大包天！选了杨国忠、高力士做对手，当成赌注来提升声誉，倒也符合他一贯风格。是啊，要弄，就弄两条大鱼。让别人看看，李白是何等手段！

可惜他不懂宫斗，更不知进退。按一条小泥鳅，尚且毫无办法，哪有能力同时按两条大乌棒？

二贼是谁？一为太师，一为太尉，权炽熏天！这是两条鳄鱼，龇牙咧嘴要吃人！结果鱼没有逮住，反而被拱翻在地，那是他活该！

李白归里后，找不到人相与，村外官道旁的茶棚，便成了唯一的消遣处。

每日卯时正，准点前去"点卯"，问茶倌要壶茶，一边独自喝着，一边尖起两只耳朵，听南来北往的新鲜事。偶尔有京城的消息，便无比地激动。近段时间里，李白有了收获，听到最多的人和事，莫过于范阳的安禄山。

嘻嘻，言说者故作神秘，生怕旁人听见了，又生怕旁人听不见。李白听得明白，天子赐婚安庆绪，召安禄山入宫，胡儿居然没来！

李白大骇，安禄山要反！

安庆绪者，初名安仁执，安禄山次子是也。玄宗赐名庆绪，时驻防范阳，为都知兵马使。谁也没有想到，大皇帝赐子大婚，当阿爷的安禄山，居然胆敢抗旨，借故不到京城！

别人没想到，李白早想到了！李白眼睛尖，看得清清楚楚，他曾向玄宗进言，安禄山必反！杨国忠也看得准，胡儿早晚会反，偏不附和李白，只因磨墨捧砚事。

高力士撇嘴一笑，极尽造谣之能事，言李白诽谤胡儿，全因为争风吃醋，以此中伤排挤他。

老皇帝糊涂，笑他诗人气太盛，神经质胡思乱想。认定安禄山憨厚，从不相信胡儿要反。李白一"清秘"，所奏事无根无据，唐玄宗哪会放在心上？这下好了，安禄山抗旨不进京朝见，不是要反是什么！

李白确非凡人，虽不善权谋，却天生政治敏锐，具有超强的洞察力。便茶也不吃了，留下一串铁钱，算作所吃茶资，急匆匆回到家里。

玉儿不在。小儿子颇黎说，娘带着明月奴，到城里沽酒去了。

李白心里一热，难得玉儿知冷暖，晓得男人不舒气，隔三岔五打壶酒，做几个可口的菜品，让他排遣胸中块垒！

平阳已成人，水灵灵讨人喜欢，后厨里斩着猪草。灶头上，煮一锅猪潲，咕噜噜开着。满屋子里，弥漫着潲食味儿。

李白心情复杂，立小院良久，几不知所措。见水缸已空，脱下长袍外套，挑上水桶去水井，来来回回挑满一缸水。又拿竹枝扫帚，去到房前屋后，仔细打扫干净。

平阳站在厨门旁，表情很古怪。阿爷一向懒惰，几时这般勤快过？心里已有些明白，阿爷又要外出了。忍不住眼眶发红，偷偷流出泪来。

李白没看见，忙完房前屋后，独自回到寝室，轻轻关上了木门。掀开床头柜，拿出御赐金囊，数出两百金来，另用布袋仔细装了。又将金囊系好，重新放回床头柜里。

李白怦怦心跳，从怀里摸出金牌，拿在手里看一会儿，冲着后厨叫道："平阳，平阳，过来。"

平阳听到呼唤，急忙擦去泪水，小跑来到西厢。

李白手拿金牌，正要递给她。见平阳眼角有泪痕，心里甚是难过，伸手摸摸她的头，轻声安抚道："哭啥呢？"

平阳鼻子一酸，低头忍住不哭，轻声应曰："回阿爷话，儿未哭，适才煮猪潲，被烟熏着了。"

知子莫若其父，平阳说的谎话，怎骗得了阿爷？

李白越发不忍，嗔曰："还撒谎呢，我都看见了。"

平阳终于大哭，放声号啕道："阿爷别走了！"

李白大愕，平阳懂事了呢，知阿爷又要外出了。

平阳垂着头，一时泪流满面，复低声抽泣道："阿娘好可怜哟，自阿爷走后，娘夜夜流泪，每日望着朝门口，痴一般低唱，'望矮了山，望断了水，奴家夜夜盼郎归……'"

李白差点泪流，几欲不再远游。偏又想起京城事，受杨、高二贼那口恶气，如何咽得下去？

"阿囡莫哭，阿爷出去会友，过几天就回来。"

李白硬起一副心肠，把金牌递给她，肃曰："此乃阿爷命根子，交由你娘保管，切不可弄甩了！"

言毕，佩上长剑，走出寝室，快步来到马厩，牵出大宛白驹，跨马扬鞭而去。

平阳手牵颇黎，立院外柳树下，姐弟俩可怜巴巴，望着阿爷离去。

李白骑马上，频频勒马回首，始终不见玉儿的身影。娘俩恁磨蹭，怎么还不回来？

朝门口前，过了小溪，上了山冈……李白狠狠心，策马飞奔而去。

身后，突传来一声喊："大——郎！"

玉儿披头散发，撕心裂肺哭喊着，疯一般奔上冈来……

三

华阴，居华山北而名。

是地乃三秦要道，素有"八省通衢"之谓。土著言之豪迈，往往炫耀于外乡人，得意曰："山川形胜，甲于关中。"

李白打马过山下，正口干舌燥间，见官道旁一老柳下，胡乱搭一茶棚。茶棚顶上铺着草盖，显得极为简陋。道上，行人不多。

茶棚里，三五茶客正吃茶。茶倌倚柴炉前，有气无力地打着哈欠。

李白翻身下马，牵缰入棚内。茶倌见有客至，立马打起精神，笑呵呵上前问候。

　　李白把缰绳一甩，言道："用精细豆料喂了，再沏壶蒙顶玉露来！"

　　茶倌接缰在手，听客人口气甚豪，嘴巴张成了大洞，好半晌才回应道："山野小店简陋，既无精料喂马，更无蒙顶上茶侍爷。"

　　李白闻言，心大异。此去京师不远，又处京洛官道上，为何说得这般吝啬，连马食也没精料呢？

　　李白不耐烦，气鼓鼓地说道："那店家，好没得来由，无非要银子嘛？"

　　茶倌拴了马，胡乱喂些草料。见客人不高兴，忙煮一壶老茶，双手捧给他，脸上堆着笑，小心赔个不是："客官莫怪，将就润润喉咙。"

　　李白性随意，天上雁鹅吃得，地下蛤蟆也吃得。见茶倌说得可怜，便不再理会，筛一碗茶汤，咕咕饮了一口。黑汤入口，既苦且涩，刚进口腔，李白"扑哧"一声，全吐了出来，高声大叫道："狗屎一般老叶汤，欲谋财害命吗？"

　　茶倌被他一嚷，骇了一大跳。听他一副外乡口音，便少了许多的顾忌，压低声音说道："难怪客官外乡人，不知此间的故事。"

　　听他说得古怪，李白顿时来了兴趣，把茶碗搁木桌上，伸长脖子看着他，笑眯眯地言道："此间有何故事，只管道来。"

　　茶倌见他好奇，几番欲言又止，好在李白仪表堂堂，不像是奸佞小人，吞吞吐吐地说："客官听过茶引乎？"

　　李白闻言，笑曰："店家所说茶引，不就是朝廷购茶、贩茶的凭条吗？"

　　茶倌听得真切，立即警觉起来，他既知茶引，莫非官府探子乎？当下不再言语，转身走入里间。

　　李白越发奇怪，这汉子怎不爽快？忙跟了过去，自怀里出示一物，让他把故事说完。

　　茶倌一见那物，惊骇得两眼发直，半晌说不出话来。

　　李白手拿之物，乃贺知章换酒金龟。被李白赎回后，贺宾客便不要了，送他作个留念。李白一直带在身边，从不肯轻易示人。

　　店家久经世故，长年煮茶道旁，迎送八方客人，自是见多识广，当然知道金龟为何物了！

果真是官府探子！

茶倌紧闭了嘴，笑容变得更加灿烂，拱手道："失敬，失敬！"

李白正待追问，突店外一阵喧哗。有十余蜀商，押一马队至。马队计有三十六骑，每骑驮两捆精装茶包，皆蜀地蒙山玉露。

为首一汉，身材魁梧，相貌威猛。从马上取一小袋蒙茶，声若洪钟般叫道："店家且先煮壶茶吃，再备些酒菜候着。"

茶倌见到此人，似甚忌惮。忙点头哈腰接过茶，诺诺退里间煮去。

李白见到家乡物，倍感亲切。上前左右观看，越看越喜，忆起那清冽之香，口水忍不住流了出来。

茶倌煮好茶，恭敬置桌上。虬髯汉坐棚下，心满意足啜一口。茶汤清冽回甘，满脸陶醉色。

李白用鼻嗡嗡，清香直入心脾，喉咙里馋得直痒痒。

虬髯汉见他贪婪，又围着马队左看右看，似不怀好意。猛可里一声大喝："那白衣汉子，瞧什么呢?!"

李白正陶醉间，被虬髯汉一喝，笑呵呵回过神来，上前拱手道："正要请教呢，朝廷明令告示天下，禁止茶叶私下交易，非有茶引不可为！客官恁大神通，何处弄来许多蒙顶玉露?"

虬髯汉见问，神情十分得意，哈哈大笑道："非在下吹牛，若无官府茶引，某怎敢行走秦蜀间?"

李白闻言，骇了一跳。故作不知，讪笑道："客官吹牛，茶引乃官府定控，哪能随便得之?"

虬髯客见他不信，似有轻蔑之意，从怀里掏出一把茶引，往桌上一拍，大叫道："非某托大，这劳什子有甚了得？某要多少有多少！"

李白吃一惊，这汉子有些来头，却是个没头脑的憨货。便故意激他，询曰："茶引也可倒卖？难道没人管吗?"

茶倌站在里间，不停向虬髯汉摇手，示意不可胡言。

虬髯汉没有看见，继续牛皮哄哄，大言炎炎地说道："华阴地界，谁敢管我？一县官府茶引，皆某囊中物！"

李白暗骂一句，难怪茶棚无好茶，全被官商勾结，高价倒买倒卖了！

张勋素有名望，宰华阴十年，政声达于朝野，看来也是浪得虚名，定不是个好东西！

李白满肚皮闷气，正无处释放，决定去修理他。

巳时，三刻。

李白入华阴，将烈驹寄客栈，租一匹瘦驴倒骑着，一边喝着酒，一边拍打驴腚，三过县衙门前。

衙门乃权重地，代表着朝廷威严。历代典律皆有明规，过此必"文官落轿，武将下马"！

华阴县衙内，张勋端坐大堂上，抻起身板抖官威。十年华阴为令，利用手中职权谋利，早赚得盆满钵满。且一手翻云覆雨，整个华阴县辖内，谁敢说半个不字？

今天很怪，竟然有人倒骑毛驴，三过往返县衙大门前。这不是藐视王法，挑战本令的权威吗！

张勋闻讯，大怒。传令衙役，将骑驴者捕之于公堂！

李白微醉，睨视着张勋，满脸鄙夷之色。

张勋端坐案后，见来人桀骜不驯，猛一拍惊堂木，大声呵斥道："大胆狂徒，胆敢藐视王法，可知罪乎？"

两班衙役差狗，正东倒西歪眯着眼，无精打采昏瞌睡。听得县主一声断喝，急忙屁股一撅，全伸直了腰杆。手中的"烧火棍"齐杵，戳得地面咚咚直响。嘴里长声吼班，齐声大喝道："威——武！"

李白嘻嘻一笑，金銮殿上过朝呢，啥阵仗没见过？一声狗屁"威武"，能吓得了李翰林？！连问不理不睬，依旧呼呼佯醉，口角酒涎长流。

张勋审一酒鬼，已觉十分掉价，没想到酒鬼装怪，竟连问不答。一时鬼火冒，右手高高举起，复猛拍惊堂木。不意碰落案上镇纸，坠下砸中自家左脚。

镇纸乃石制，沉重如铁。顿时血流如注。

张勋龇牙咧嘴，"啊啊"一阵乱号，抱着伤脚直跳，全然不顾官仪，倒似伤了蹄的跛驴。一衙差吏，皆低头窃笑。

骑驴犯人倒好，依旧口角流涎，昏昏做沉睡状。

有书吏王庚者，堂上作录述。眼见冷了堂子，忙上前对县主耳语："犯人宿醉未醒，且先押入牢中，俟酒醒后再审。"

张勋正没抓拿，经王庚一提醒，虽然觉得无趣，丢了大老爷的威风，却也没得其他法子，只好吩咐衙役，将酒鬼押入大牢。嘴里却讨着乖，恶狠狠地说道："待这厮酒醒后，着令好生招供，以待明日决断！"

李白闻言，顿时醒了酒。眯着眼想了一想，既然有心要修理他，巴不得送入牢房。

衙役不辨真伪，以为李白醉得不轻，推推搡搡送到牢里。

狱吏长侯勇，精瘦。身长像根竹竿，背弓如煮蜷的虾米。

时，正午眠。

侯勇倚案上，呼呼大睡。长长的瘦颈项上，泛满红红的困晕。

李白喜戏谑，见他形象滑稽，忍不住抚须长笑。笑声清越，嗡嗡直震屋宇，尘埃纷纷坠下。

"哈哈哈，好一只蒸熟的大虾！"

侯勇午睡正酣，猛听得一声长笑，惊骇得醒了过来。不停地摇头晃脑，眨眨眼四处张望。

牢门前，立一酒癫子，醉醺醺仰天大笑。

疯汉相貌雄伟，却被二衙役押着。只道县主逞能，又捉一"要饭（犯）"。暗笑张县令瓜皮，抖威风抖过了头。

侯勇问明缘由后，怪李白扰了清梦，便拿李白开涮，笑道："为何疯癫？莫非跑了婆娘？"

李白闻言，恨他无礼。不恼也不躁，应声曰："既不疯，也不癫，更没跑了婆娘。"

说到此处，便盯着侯勇不放，拖声拖气地说："只是没注意，遭癫狗咬一口，人虽然没癫，却他娘成了大虾子！"

侯勇被他一呛，顿时睡意全无，知此人并非真醉，似有意捉弄县主。便板起一张马脸，装模作样扮正神，公事公办地询问："尔是何人，既不疯癫，也未醉酒，为何倒骑毛驴，三过县衙前？藐视王法，唐突县令！"

李白摇摇头，说啥呢！小小一狱吏长，既无官品位，也不入官流，竟嘚瑟要官威！真如百姓所骂：堂堂大唐国，果真头顶生疮脚底流脓——烂透了吗？

侯勇伸长细脖，板起巴掌大一张脸，恶狠狠盯着李白，神情十分滑稽，本是田间小虾米，瞬间变作海龙虾，丑态令人作呕。

李白突大笑，正色曰："取我口供？欲治'过官衙不下驴'之罪？很好，很好，快快取纸笔来！"

侯勇见他肯招，很有些得意。不就一酒癫子嘛，还能唬不住他！令狱卒拿来纸笔，置案上搁好待用。续伸出两只细腿，挡住李白去路，示意从身后绕过去。"下民犯事，不可过吏前！"

侯勇继续作孽，抖着"吏威"！

李白闻言，勃然大怒。狱吏长算啥东西，竟如此作威作福！华阴县衙里，还能有好人吗？

李白发了狠，一把推开侯勇，大咧咧说道："好狗不挡道，且滚一边去！待我细细写来。"

侯勇一个趔趄，暗自吃一惊，这厮好大的力气！顿时收敛几分，怕他突发酒疯，冷不丁揎上一拳，自己嶙峋的瘦排，不断几根才怪。嘴里讪笑道："且看酒癫子，究竟如何写来！"

李白白他一眼，径直到了案前，略一思索，早一挥而就。书曰：

供状绵州人，姓李单名白。弱冠广文章，挥毫神鬼泣。长安列八仙，竹溪称六逸，曾草吓蛮书，声名播绝域，玉辇每趋陪，金銮为寝室。吸羹御手调，流涎御袍拭，高太尉脱靴，杨太师磨墨。天子殿前尚容乘马行，华阴县里不许我骑驴人？

书毕，掷与瘦虾米。笺去如疾矢，至侯勇面前，突然坠地上。

狱吏长吓一跳，这厮恁好手段！拾起地上稿笺，初及目，骇得魂飞魂散。急忙匍匐于地，磕头不止："翰林学士在上，小子有眼无珠，受县主遣发，索要口供……"

李白冷哼一声，挥手制止曰："不干尔事，只需转告张勋那厮，白奉金牌圣旨过华阴，何罪拘我于此？"

侯勇松一口气，弓起虾公背，再三拜谢而出。

未时，一刻。

张勋正午休，得狱吏长报，吓得两股战战，浑身哆嗦如筛糠！李翰林之名，如雷贯耳，连杨太师、高太尉二人，都吃过他的亏，自己哪惹得起？真是倒了血霉，惹上这尊瘟神！

县主恼归恼，却也无可奈何，只得跟随狱吏长，一同来到牢房。

甫入牢。张勋扑通跪地上，对李白叩三响头，哀告曰："小令张勋，有眼不识泰山，冒犯了大学士，乞赐怜悯！"

李白一见，甚觉滑稽。

张勋人模人样，着一身红袍官服，却像条癞皮狗，伏地上乞悯。

李白见他尿样，这才真正醉了。醉眼惺忪，不辨东西，口里狂言乱吐："曾令御手调羹，龙巾拭吐，太师磨墨，贵妃捧砚，力士脱靴。天子门前，尚容走马，华阴县里，不得骑驴？"

张勋七品县令，横行县里是老虎，走出华阴变老鼠。听他大言炎炎，吹得天花乱坠，怎辨得宫事真伪？少不了折断腰杆，赔千百个不是。

……

李翰林过华阴，严惩县令张勋一事，一经传入市井，好事者有了噱头，大肆添油加醋，百般予以渲染。一传十，十传百，诗仙"不事权贵"之名，不日遍传国中。

李白声誉复振，欲与之结交者，似春日过江之鲫。请吃请喝，送钱送物，络绎不绝。甚至抛家舍子，跑来追随者，也大有人在。

李白满心欢喜，继续打马北行。所过州县，地方官畏惧如虎，莫不衔杯相迎。

四

东都，洛阳。

龙门山前，伊水静静东流。

李白着白袍，蹬千层底布鞋，沿着千级石梯，独自攀登龙门山。

夏日午后，蝉鸣声声。阳光漏树缝而下，斑斑驳驳，洒在长长石梯上。

山脚下，一川伊水，黄浪翻滚，向东南奔流。

河风习习。香客们汗流涔涔，解衣迎风而立，顿时有了无限惬意。

山腰处，奉先寺。

巨大的石窟，刻凿精湛绝伦。立伊水南岸香山上，相距十余里，犹清晰可见。

奉先寺名儿怪，市井多有不知。原本不叫这名，旧名"大卢舍那像龛"。因隶属皇家寺院，民间尊天为"先"，故俗呼为"奉先寺"。

高宗咸亨三年，武后已临政，捐胭脂钱二万贯，力助开凿卢舍那像龛。

像龛规模宏大，左右进深各百丈。龛窟中佛像众多，皆面庞丰腴、两耳下垂，形态圆润、安详、温和、亲切，极为动人，栩栩如生。主佛莲座北侧，有开凿题记，勒铭其顶端，称为"大卢舍那像龛"。

龛窟共九躯大像。

主像庄严巍峨，为卢舍那大佛，乃释迦牟尼报身佛。

佛经言：卢舍那者，光明普照之意也。

市井盛传，帝国爪牙为讨圣欢，所凿卢舍那大佛像，以武后真身为范，通高五丈七尺，头高一丈三尺三寸，耳长六尺三寸。

细想确也有理，武氏自名"曌"，正是光明普照意！

李白学究天人，识得其中奥妙。昔日禁中为翰林，见过武后画像。对照主像卢那舍，确也有几分相似。

龛窟九像，卢那舍居中央，绝壁凌空开凿，面容丰满圆润。头顶上，饰波状形发纹。双眉纤细，如一弯新月。眉下，附一双顾盼秀目。两目微启，凝视正前下方。耸直的鼻梁，小巧的嘴巴，笑容祥和温暖。双耳阔而长，略微向下垂着；下颏浑圆而厚，稍稍向前突起。通身所着，乃通肩式红黄彩色袈裟，衣纹简朴无华，一圈圈同心圆式衣纹，把头像烘托得端庄而神圣。

整尊主佛像，圆融和谐，安详自在。宛若至尊无上的贵妇，令人敬而不惧。

观像龛四壁，拱卫释迦牟尼者，唯迦叶、阿南两弟子，托塔、广目二天王，普贤、文殊两菩萨。另有两尊大力士，天神般怒目金刚，望之者头昏目眩。

李白伫立龛前，极目仰望间，顿生无限景仰。卢舍那者，蜀之利州武氏也，敢先天下称女帝，奉她坐了此间一号，又有何不可?!

李白伫立良久，望山下伊水东流，心又茫然无措。

突忆初游洛城，已是三年前的事了。

那日过洛城，目的地很明确，径奔京师长安。故而心情颇佳，又意气风发，匆匆住了一晚，写有《春夜洛城闻笛》，自觉词句尚好。

李白想着往事，不觉轻声吟诵："谁家玉笛暗飞声，散入春风满洛城。此夜曲中闻《折柳》，何人不起故园情。"诵毕，心里越发茫然。

想武氏一妇人，尚可为地主，一统大唐江山。自己赳赳一丈夫，岁龄四十有三，竟不知前途几何？不觉悲从中来，潸然洒下英雄泪。

李白心怀戚戚，昂首立石梯上，慨然向天而歌："少年落魄楚汉间，风尘萧瑟多苦颜。自言管葛竟谁许，长吁莫错还闭关。一朝君王垂拂拭，剖心输丹雪胸臆。忽蒙白日回景光，直上青云生羽翼。幸陪鸾辇出鸿都，身骑飞龙天马驹。王公大人借颜色，金璋紫绶来相趋。当时结交何纷纷，片言道合唯有君。待吾尽节报明主，然后相携卧白云。"

歌毕，心胸豁然开朗，仰天大笑而去。

"哈哈，'待吾尽节报明主，然后相携卧白云。'果然好抱负！"

李白正急行，身后不远处，突传来一声赞叹，继而又听得一声欢喜："大郎文采飞扬，莫非青莲李白乎？"

李白好生纳闷，洛城无亲无故，谁会识得自己？回首向上仰望，千级石梯上，匆匆走来一条汉子。

汉子面白无须，年三十许。虽然清清瘦瘦，却又精神无比。

李白满心欢喜，既得他人欣赏，便是人生知己。忙停了脚步，笑吟吟双手抱拳，回应道："小哥甚好眼力，某正是蜀人李白！"

那汉子一听，欢喜得像只泼猴，冲李白纳头便拜："适才随大郎身后，听得吟《春夜洛城闻笛》，便猜想李学士乎？一问果真不差！"

李白性爽朗，听他快言快语，又欢喜得不行。忙上前，将汉子扶起，询之曰："小哥何方人士，为何识得某家？"

汉子一脸激动，连声应答："大郎帝国骚主，天下人皆识得！小弟杜甫，无名之辈……"

杜甫？

李白一愣，未待他把话说完，拊掌大笑道："'会当凌绝顶，一览众山小'！

哈哈哈，我道是谁呢，原来杜子美!"

杜甫一惊，继而一喜，随之一癫!

自己一介白丁，还是个穷书生，既无权势，也无名气，甚至连生计都难。诗仙太白何许人?居然知道自己，能不让人激动吗?

杜甫出生晚，小李白十一岁，却是"性豪业嗜酒"的主。自称"脱略小时辈，结交皆老苍。饮酣视八极，俗物都茫茫。"

今日一见李白，果真神情俊朗，气质超凡脱俗，难怪人称谪仙人了!

杜甫心里欢喜得紧，就想请李白饮酒。偏偏囊中羞涩，乐癫癫昏了头，硬拉上李白，来到龙门镇上。择一鸡毛小店，要坛伊川老酒，菜也没得一个。二人蹲在凳上，用大碗对端，豪迈地喝着寡酒。

鸡毛店名不错，叫个"龙门客栈"，威风凛凛很有些唬人。可惜地方逼仄，实在太过简陋。好在二人性豪，哪管得许多?虽无下酒菜，下酒的话却不少。

李白感杜甫一片真心，又知他一介白丁，腰无半文钱，自然要当大哥。先放下骚主的架子，大碗喝起酒来。这举动看似很随意，却让杜甫心热，感到无比的亲切。

伊川酒质劣，不比蜀酿醇厚，入口生而涩，反倒多了一份野趣，更多了十分人情。

两人初识，也不拘谨。似老友重逢，频频举碗相邀，饮得酣畅淋漓。吃到情浓处，二人越靠越近，竟称兄道弟起来。

李白年长，自然成了大哥。

既然是大哥，能让小弟破费吗?笑话!何况自己囊中，真金白银多得是。嘿嘿，哪怕囊中无银，就凭谪仙人的名头，也该自己做东!

李白豪迈一生，兜里的银钱都是朋友的，遇到杜甫这样的知己，恨不得脱下裤儿让他穿!便伸手招呼店家，让他过来说话。

店家年约五旬，身穿一袭青布长衫，外套对襟黑褂。一对贼亮的大眼，时时充满着警惕，看那神色，就知没见过世面。见到客人招呼，笑呵呵上前，候一旁等着发话。

伊川老酒劲大，李白有了二分酒意，晕乎乎感觉正好。冲着店家直言道:"不知贵客栈里，有无唱曲的姑娘?"

店家一听，立即警觉起来。眨巴着一对大眼，将二人打量一番，顺手取下左肩白抹布，很随意地抖了三抖。

李白见了，眉毛皱一堆，满脸不悦之色。

看官有所不知，此乃旧时客栈规矩。设若有住店客人，提出非分要求，店家又无力办到时，便取下肩搭的抹布，当着客人的面抖三下，礼貌地予以拒绝。

客人大多走州过县，懂得江湖规矩，自然不会无理取闹。也有不谙此道者，又或蛮不讲理者，与店家发生纠角，生拉活扯闹别扭，弄得彼此不愉快。

店家见李白不悦，又见他并未发作，知道他懂规矩。忙堆了一副笑脸，耐心地解释道："客官休要见笑，敝店简陋，实无此营生。但凡酒食菜肴，只管吩咐则个！"

笑呵呵说得明了，却并非出自真心。

二人菜都不要，胡乱喝着寡酒，哪像有钱的主？白衣汉眼似利锥，又身佩长剑，设若傲性起来，如何打发于他？故而委婉推托。

李白久行江湖，怎不懂他心思？

时，帝国繁荣昌盛，百业兴旺发达。茶肆酒楼里，哪少得了优伶歌伎？

店家不肯相与，李白好生没趣。只道在小弟面前，拿个脸撑个面子，偏遇到个无趣的主。

李白心里不爽，手却很大方。嘴里哼一声，掏出一锭银来，财大气粗拍桌上。嘴里叫道："添两壶剑南春，切五斤青州卤牛肉，煮两条黄河公鲤，外搭二十个驴肉馒头！"

天，口气恁豪？

又见那银，足足十两！

杜甫没钱，却不眼气。只要有酒喝，有肉吃，哪管他谁支账！

店家则不同，态度立马变了。一对鸽卵般大眼，顿时贼亮放光。

银子搁桌中央，想伸手去拿，又怕够不着。犹犹豫豫，像个贪吃的孩童，守嘴又不好意思开口！

李白性豪侈，哪见得这等人？眼浅皮薄，见利忘义！用剑尖一挑，那银子像长了眼睛，准确落入店家手里。

"愣着干啥？赶紧去捉弄噻，速将酒菜送来！"

店家得了银子，屁颠屁颠直乐，风一般跑入后厨。

须臾，李白所要酒菜，已送上桌来。

好酒好肉，果然滋润肚肠。干涸已久的喉咙，也滑溜了起来。

杜甫没银子，却懂江湖规矩。

让店家拿摞碗来，一溜铺排十二只。六只放在李白面前，六只搁自己面前。

杜甫开一壶剑南春，筛满十二只碗。再选一只空碗，用尖刀挑馒头一个，拈鲤鱼肉三箸，夹青州牛肉九片，一一放空碗里。

看官休要疑惑，这里有个名堂，江湖兄弟结拜仪程，叫作"斩蛮（馒）头，立（鲤）三公九卿（青）！"

李白肃然，端坐案首。

杜甫礼甚恭，奉上所择菜肴，请大兄先吃，祝早日飞黄腾达，官拜三公九卿。

李白喜得小弟，笑呵呵端起肉食，不慌不忙吃完。

杜甫不磕头，也不伏地跪拜，以示兄弟平等。唯大兄吃一口菜，就饮一碗酒。

连饮十二碗，二人就成了兄弟。

李白鱼肉吃完，卤牛肉也吃完，剩下一个馒头，用尖刀切成两半。兄弟俩一人吃一半，寓同斩蛮（馒）头，共建功勋伟业。

正式成了兄弟，彼此更加随便。

李白嗜酒，瘾来登了，一时酒虫乱蹿。

杜甫是小弟，倒饮得痛快，吃了十二碗酒。自己是大哥，只吃些肉食，虽然作古正经，却哪里真正安逸？

仪程毕，即推开那碗，独自低下头，也吃它十二碗。这才抬起头来，望杜甫嘿嘿一笑，畅快地打着酒嗝。

杜甫大乐，哥哥有趣得紧。便没有再闲着，乘李白缓气的当儿，一边吃些肉食，一边又偷吃三碗。

李白爱酒，不输天下人，哪肯吃半点亏？忙又低下头去，咕咕咕再吃三碗。肚胀如围鼓，那酒虫便老实了，也不再乱蹿。

酉时，月初上。

伊水突起狂风，一川咆哮轰鸣。

那风奇怪得紧，明明晴空万里，咋说来就来？直吹得黄浪排空，铺天盖地卷岸而流。

刹那间，墙倾楫摧，树木倾折。

李白临窗而立，见伊水汹汹，狂风大作不止。随口占曰："日落沙明天倒开，波撼石动水萦回。轻舟泛月寻溪转，疑是山阴雪后来。"

李白口吐莲花，杜甫暗赞不已，但也不肯落后，遂尽展生平所学，为哥哥高唱一曲。

歌曰："昔年有狂客，号尔谪仙人。笔落惊风雨，诗成泣鬼神。声名从此大，汨没一朝伸。文彩承殊渥，流传必绝伦。龙舟移棹晚，兽锦夺袍新。白日来深殿，青云满后尘。乞归优诏许，遇我宿心亲。未负幽栖志，兼全宠辱身。剧谈怜野逸，嗜酒见天真。醉舞梁园夜，行歌泗水春。才高心不展，道屈善无邻。处士祢衡俊，诸生原宪贫。稻粱求未足，薏苡谤何频。五岭炎蒸地，三危放逐臣。几年遭鵩鸟，独泣向麒麟。苏武先还汉，黄公岂事秦。楚筵辞醴日，梁狱上书辰。已用当时法，谁将此义陈。老吟秋月下，病起暮江滨。莫怪恩波隔，乘槎与问津。"

杜甫所歌，才情天纵，尤道尽李白心愿。

李白心一热，几欲泪流。真心赞曰："子美才华横溢，当为万世诗圣！"

杜甫闻言，大愕。

李白乃帝国骚坛主，自是一言九鼎。诗圣之誉，当惊天下矣！

一时心花怒放，再筛两碗酒，双手敬与哥哥。

二人各执一碗，立窗对月长饮！

李白和杜甫，帝国骚坛的双子星，不经意相识洛城，恰似日月经天，照耀着大唐的天空。

二人豪纵，彻夜畅饮。时而相拥，时而狂歌，时而号啕……

翌日。

洛阳城盛传，有酒疯子二人，饮于龙门客栈，花百金闹一通宵。

龙门客栈？花百金吃酒？

市人闻之，不辨真假，皆以为癫。

第十七章
风雪曹州识高才　连天阴雨哭亡妻

一

昔日入长安，李白走马过洛城。今冶游东都，李白幸得小弟，又有了醉卧长安的感觉。整日带着杜甫，玩尽洛城教坊乐坛，醉遍东都茶肆酒楼。大把花着银子，甚是逍遥快活。

李白神情飘逸，仪表俊朗，脑子里一派天真。银子多时，大块吃肉，饮剑南春。银子少时，啃干馒头，吃伊川老酒。

有钱无钱，照样欢颜。

杜甫年轻，性情温良醇厚，恂恂然一长者。反正身无分文，过不过年都一样，难得欢畅一回。唯李白请吃大酒时，才有几分癫狂。

兄弟俩行街头，一个天真，一个老派。市井不知底细，哪知谁是兄，谁又是弟？

话得说回来，但凡成功人士，无不从容自信。这份从容自信，更多洒脱和轻松，他人学不了，也模仿不了。

杜甫小有名声，算不得成功人士，身上没这种风范。李白诗达天下，名动朝野，所显示的轻松和洒脱，让他倍儿神采飞扬。杜甫全然着迷，非李白花钱如流水，实为其诗化人格感染。

李白目无余子，初识杜子美，也是眼睛一亮。以李白性格论，哪懂得识人？官场险恶，江湖诡谲，让他吃尽了苦头。若甄别诗人，则肯定不会错。只要交谈几句，便可做出正确判断。

杜甫之才，值得赞誉。接触才一日，就成了兄弟，也成了朋友。小弟没肉吃，朋友没酒喝，李白能不管吗？

惜洛阳城不大，周遭才五十里，远不及京师十之二三。

玩来玩去，就没了新意。

李白喜新鲜，渐感无趣。

杜甫聪慧，知李白习性。玩归玩，心里那团火，始终未灭，仍在熊熊燃烧。

报国，报国，报国！

终一日，杜甫言于李白："曹州东去三百里，境内有大泽广百里，号震泽者，草丰鱼肥，最宜渔猎！"

李白闻言，心大喜。决计与之前往，到震泽去猎狩，以畅郁闷胸怀。

二人皆性急，不愿意耽搁，当下说走就走。匆匆到市上，准备旅途用品，即日登程东游。

时值岁末，天阴寒。

冬月二十四，大雪。

二人骑马上，无故平添几分豪情。学伶人所扮英雄样，顶风冒雪而驰。

申时，雪愈烈。

二骑奔至陈留，此去离曹州不远。

天空中，纷纷扬扬的雪花，一阵紧似一阵地飘。二人无语，心中落寞甚。

道旁有酒肆，挑个布帘儿，名曰"胖子店"。

兄弟俩不解，为何取个胖子店？下马入店内，饮于酒馆中。

李白坐首位，顺手将裹金褡裢，抛至案头上。所携银钱，显露无遗。

店家体肥胖，大腹便便。

兄弟俩见了，皆掩嘴窃笑，始知店名由来。

胖店家忠厚，见客人大大咧咧，只道不谙江湖险恶，便好言提醒相告："曹州道上，颇多豪客。客官所携之物，切不可露白，谨防被盗掠去。"

李白向来喜欢热闹，长时间里无所事事，心里正空空荡荡，听了店家的话，很有些不了然。乘了三分酒兴，掷杯砍案上，嘴里大声嚷嚷："吾恨晚生九百年，不能与楚霸王角力，一较举鼎之雄，实为憾事！"

杜甫性静默，听大兄所言，知他故意癫狂，却一时想不明白，只得随之大叫："朗朗乾坤，天下太平，哪来强盗打劫？兀那店主，休要诳我！"

胖店家闻言，哭笑不得。见是两个酒癫子，不便与之理会，摇摇头退去。

李白筛一碗酒，正待要吃。见店家有轻慢意，恨声曰："吾纵横江湖数十年，从未遇到过强盗抢人。今日来到贵地，如有能取吾腰间物者，自当叩首以降！"

时，有诸少年，锦衣裘袍，饮于大厅左席。听得李白癫叫，尽皆惊愕。

居首一少年，白衣白袍白巾，面容甚是俊朗。灯火暗淡处，轻声询于大郎，姓甚名谁，家居何处。

见有人搭话，李白来了精神，哈哈大笑道："江湖不传吾名，吾家即是江湖！"

众少年闻言，哄堂一阵大笑。讪讪再询曰："兄台能几人敌？"

李白朗声曰："千人敌，万人亦敌！"

众少年闻言，愈讶异。

杜甫坐案前，始终不言不语。

诸少年龄十四五，人人淡定从容，虽也喝酒吃肉，言语却很谨慎。有一搭没一搭与大兄言，偏又没半点正经，似故意寻他开心。

心里起了疑惑，风雪曹州道上，何来诸多贵公子？

李白故作狂傲，然心细如发。适才进店时，已警觉发现，白衣少年左腕处，文一只黑色狼头。

狼头龇牙咧嘴，与安禄山左腕所文，图案一般无二。

江湖流言甚广，安禄山久欲叛唐，曾亲训三千少年为卫队。卫队分为五百小队，各小队轮番外出，除打探帝国军情外，兼作招揽豪杰事。

李白天生警敏，哪能不起疑心？故而再三狂言，欲引诸子露出马脚。

众少年言语嘻哈，却无任何破绽，尤让人生疑。

杜甫不知缘由，猜不透李白心思，唯疑他有意为之。

李白吃完壶中酒，没有再要之意。他要保持相对清醒，以应突变事故。

店外，风雪正烈。

饮毕。

李白出银一锭，掷于桌。束装上马，离店欲行。

右席，坐一黑衣汉子。

汉子年约四旬，低头饮着闷酒，目送二人出店门。

胖店家大讶。一边找补差值，一边止曰："如此风雪天气，客官怎可夜行？"

李白心存感激，谢店主一片好意。推开所找碎银，示意算作"小费"。扫一眼黑衣汉子，豪气干云道："曹州自古多豪客，不知今日有否？正欲与他一会！"

二人不听劝阻，坚持离店出走，任马蹄踏踏而去。

行三四里，雪止。

月色皎然，道旁林木晃荡，疏影乱眼。

正行间，突有一骑甚疾，自身后呼啸赶来。

李白兜缰勒马，手按腰间长剑，作警戒状。

店家所言豪客乎？

杜甫勒转马头，斜立大兄左侧，成掎角之势。

待骑所至，乃左席白衣少年。

李白暗自好笑，也有些失望。

遂不介意。指少年笑曰："尔乃曹州豪客，前来打劫乎？"

"何来豪客？与君同旅尔！"

少年马上拱手，恭谦曰："阿伯非本地人氏，为何冒雪夜行？"

李白不答，故意逗他。言郎舅家住陈留，有急事相招于己，因故冒雪夜行。

白衣少年便言，自己亦陈留人，阿爷病危需赶回家，但夜黑不辨路径，请求与之同行。

正问答间，又一黑骏突至。奔马飞蹄过处，卷起团团积雪。

李白长年习艺，耳力异于常人，听来骏势劲，知驭者骑技高绝，身手不凡！

当下凝神戒备，以防不测。

雪光映月，四野昭昭。

来者不是别人，右席黑衣汉也。

黑骏奔至，汉子兜缰勒住。见李白手按长剑，咧嘴笑一笑，松缰驰往少年。

少年满脸诧色，警觉地催马避开，欲躲到李白身后去。

黑衣汉紧追不放，见少年身佩弓弦，脱口询曰："公子善射乎？"

少年浅笑道："曾习过，未见精纯。"

黑衣汉示意，请求弓弦一试。

少年大恐。

见黑衣汉威猛，哪敢拒绝他？忙解下腰间弓弦，战战兢兢递给他。

黑衣汉哼一声，接弓弦在手，欲显其孔武，哪知倾力开弓，那弓并未如愿张开。

李白一见，甚惊骇。

黑衣汉体格雄健，掌大如蒲扇，两臂当有百石之劲，如何开不得弓？

少年咧嘴一笑，装着没看见。

黑衣汉微窘，撇撇嘴言道："如此弹雀之物，佩之何益？"

言毕，满脸不屑，将弓还与少年。

时，有夜枭唳空。

少年端坐鞍上，引弓一发中的。

夜枭哀鸣，扑棱棱坠马前，羽染血红。

杜甫吃一惊，少年忒了得！

黑衣汉并不惊讶，依旧一脸不屑。笑嘻嘻言道："呵呵，公子所佩弓弦，原来还可射鸟！"

李白冷眼旁观，心中疑惑更甚。黑衣汉刻意伪饰，当真江湖豪客乎？

少年露了一手，原想镇住黑衣汉，哪知他不知好歹，仍旧揶揄自己。斜眼见他腰别钢刀，反诘道："君佩腰刀，必善击刺？"

黑衣汉昂首应曰："果如公子所言，善击刺。"

遂解下佩刀，双手递与少年。续言道："公子可瞧好了，难得一把好钢刀。"

少年接刀在手，轻抚刀背，悬空甩一甩。鼻里一声冷哼，发出轻蔑嗤笑来。

"杀鸡宰鸭物，佩之何用？"

复以两手一折，刀曲如钩。再以两手伸之，刀直如故。

杜甫大惊失色，几坠马下。

少年若为强盗，如何是好？岂不害了三人性命！

李白端坐鞍上，笑吟吟言道："公子恁好身手，早晚为国之栋梁！"

少年不答，两眼瞅住李白，盯视良久。

自言自语道："阿伯神情俊朗，青莲李白乎？果如是，安帅必延为上宾！"

安帅？北镇安禄山！

李白既惊且喜，果不出所料！

适，月隐云间，风雪又至。

黑衣汉突大喝，声似霹雳！

"果胡儿爪牙！"

复起一掌，拍少年坐骑。

掌大如蒲扇，那马怎经得一拍？顷间倒毙于地。

少年大愕，倏地腾空掠起，白鹤般飘进林间，瞬息没了踪影。

杜甫躲一旁，见少年遁去，大喜。忙上前相谢，拱手曰："多谢壮士，果真好身手，打跑了强盗！"

黑衣汉爽直，抱拳应声曰："何来的强盗？安禄山知道乎？诸少年皆那厮豢养，所谓八千白羽郎是也！"

杜甫不谙世故，听不懂他在说啥。白衣少年武艺高超，与安禄山何干？

扭头看着大兄，满眼疑惑色。

李白忧国忧民，于边镇事了如指掌，当然知道白羽郎！

胡儿安禄山者，得大皇帝宠幸，久为北部三镇节度使，反叛之心天下人皆知。曾密招八千八百义子，豢养成敢死队——"曳落河"。

"曳落河"极神秘，人人武功高强，个个弓马娴熟。行走江湖间，皆白衣白袍，神出鬼没飘忽不定，心狠手辣杀人如麻。市井传言甚广，俗呼为白羽郎。

李白性爽直，见黑衣汉了得，有心与之交往。马上抱拳谢道："多谢，多谢。某不才，入酒店时，已知诸子非凡，必白羽郎也！"

黑衣汉"啊"一声，并未抱拳还礼。自嘲道："适才尔大言骇世，怕吃了胡儿暗亏，故赶来解围。呵呵，尔既早知委曲，是某多虑了！"

言毕，策马而去。

李白一愣，本欲与之交，哪知道是个怪物！

杜甫大诧。

黑衣汉是谁，为何言语吞吞吐吐，说半截留半截？尤可疑者，啥叫白羽郎？安禄山为边帅，身兼北部三节镇，豢养忒多的白羽郎，用来干什么呢？

时，风雪已止。

夜空阴沉。

一月甚暗，昏如毛团。

极目四野，雪光朦胧。近视道旁，林木悚然。

李白在前，杜甫在后。

两骑不紧不慢，缓行风雪中。

二

鲁东，震泽。

大泽辽阔，浩渺百里，荡荡水天一色。

雪初霁，一湖静寂。

湖面没有风，也没有声响，甚至连湖水声，也听不见。

李、杜来时，正值午时。

天，惨惨地白。午后的阳光，像冬日的石头，也惨惨地白。

湖岸长长，清冷一线。

苇叶早已枯败，苇秆胡乱立水中，摇曳无限寒意。

偶有几只苍鹭，觅食苇叶间。望鹭足纤纤，孱弱不胜风寒，背心便阵阵发冷。

山凹避风处，有五株大柏树，虬枝如乱戟。

二人牵马柏下，决意在此驻扎。

李白分工极细，自己负责生火，以利烧烤食物，夜里驱寒避兽。

杜甫搭建窝棚，用作遮风避雨，让人有“家”的温暖。

李白先去林中，寻一干爽老树蔸，将树蔸上的枯绒须，仔细地撕扯下来，使劲揉搓成团，以备作引火物。再拾一堆枯树枝、干树蔸、腐树干，一一码在驻扎处。

然后解开行囊，拿出火石纸媒，用火镰敲打火石。镰石反复碰撞中，火星闪电般四溅。

良久，火星点着纸媒。

李白忙捧住，不停轻轻吹拂，生怕用力过猛，将那点媒火吹没了。

纸媒那点红，在李白徐徐吹拂下，慢慢变大，继儿变红，再次变亮，最终燃起了明火。

李白满脸喜色，尤胜吟诗一首。忙用那点纸煤火，点燃干绒须团，再将枯树枝、干树蔸、腐树干，架在绒火上。

须臾，火苗腾空，烧出一团红火。

两个"野人"大喜，顿时笑声朗朗。

杜甫年轻，有一把力气，搭窝速度超乎想象。

一把锋利弯刀，在他手里翻飞，很快砍下十余株树，一一剔去枝丫备用。又去林木深处，寻来大堆干草，和韧劲十足的葛藤。

篝火始明，杜甫已正式开工，动手修"房"建"屋"了。

目测五柏间距，依地形树势，竖起"房子"主骨架——四梁（柂）八柱。复用去枝树干，搭成棚顶椽骨，使葛藤一一系牢。棚顶椽骨扎牢后，覆以干草既可。

一间茅屋，便搭成了。

李白生完火，也没有闲着，去马背卸下行囊，将十壶剑南春、两麻袋卤肥鹅、六十个馅饼……锅碗瓢盆一应生活用具，搬到茅屋搁好。

杜甫刚忙完，呼呼喘着粗气，坐石头上休息。

李白不愿忧他，说声把火照看好，莫让它熄了。

"我去寻些野物，好烧来下酒！"

李白将长剑佩腰间，拿上弓弦箭囊，入林寻猎去了。

篝火熊熊，让人温馨。

阳光不再惨白，变成了红红的火焰。适才死寂的湖面，也有了生气。

野鸭，鱼凫，湖鸥……三三两两绕湖竞飞。时而低旋，掠过湖面；时而高飞，呀呀盘空。

杜甫歇顺了气，闲着也是闲着，又将余下的树棒，斩成六尺长短的节，全部铺在室内地上。再将剩余的干草，柔柔地铺在树节上。脱掉长筒皮靴，光着一双大脚，干草上不停旋踩，泡酥酥做成两窝，算是过夜的大床了。

篝火势微，柴火将尽。

杜甫忙上前，添些枯枝、腐柴。

火复旺。

正拨弄间，李白喜滋滋归来。

见茅屋轩敞，堪比山间农户。又见大床泡泡酥酥，大赞小弟心灵手巧。

"若不弄文，可作一盖匠耳！"

李白一边夸，一边解下腰间物，得意地抛地上。

杜甫一见，欢呼雀跃。

"大兄了不得，果然好身手！"

如此大冷的天，虽未猎获虎豹熊罴，却被他捕（射）得两只野兔，三只野雉，四只野鸭。

尤让人称奇者，居然射中一尾鲤鱼，金灿灿二尺长短，犹摆着尾巴，啪啪叽叽挣扎着。

兄弟俩欢天喜地，将一众猎物，拿去湖边剥皮、褪毛、去鳞，一一开腔破肚，肠肠肚肚洗个干净。

再返回火堆旁，架火上烧烤。

时，夕阳将尽。

夜光临湖，长岸月影澄明。

李白酒瘾发作，抱壶剑南春来，先开启一壶，满满筛上两碗，二人各执一碗，正待要饮。

酒肉香飘间，突闻湖心深处，传来一阵歌声。

歌声豪迈，英雄气概盖世。

歌曰："汉家烟尘在东北，汉将辞家破残贼。男儿本自重横行，天子非常赐颜色。……大漠穷秋塞草腓，孤城落日斗兵稀。身当恩遇常轻敌，力尽关山未解围。铁衣远戍辛勤久，玉箸应啼别离后。少妇城南欲断肠，征人蓟北空回首。边庭飘飘那可度，绝域苍茫更何有。杀气三时作阵云，寒声一夜传刁斗。相看白刃血纷纷，死节从来岂顾勋。君不见沙场征战苦，至今犹忆李将军。"

高适？

"莫愁前路无知己，天下谁人不识君"?!

李白大喜，停住酒碗，不饮。

杜甫也停了碗，不饮。

他知大兄傲性，从不肯折服于人，偏被湖上歌声吸引，痴一般入了迷。

也知高适傲性，与大兄一般人物。所吟《蓟门行》："黯黯长城外，日没更烟尘。胡骑虽凭陵，汉兵不顾身。古树满空塞，黄云愁杀人。"名动齐鲁，远播京洛，谁人不知，哪个不晓？

高适才高，颇有雄气。时人谓其诗：不习而能，虽乏小巧，终是大才。

江湖传言，高适年逾四十，犹不得朝廷征召，隐于震泽湖心岛，"混迹渔樵"，"狂歌草泽"。

莫非苍天有眼，让三人相识?!

李白立湖畔，远眺湖上，高声诵曰："行子对飞蓬，金鞭指铁骢。功名万里外，心事一杯中。虏障燕支北，秦城太白东。离魂莫惆怅，看取宝刀雄。"

所诵之章，乃高适名篇——《送李侍御赴安西》。

杜甫亦起身，立大兄侧。

湖面浩渺无垠，一叶箬篷小舟，如离弦利箭，疾速"射"到岸边。

舟上，撑篙操楫者，一身黑衣玄裤，雄赳赳一大汉。

未待小舟靠岸，黑衣汉将手中长篙，插岸边坚土中，撑成一张巨弓，借弹力飞身跃起，大鸟般落于岸上。嘴里大叫道："兀那白衣汉子，为何吟我诗句？"

果然高适！

"噫，怎会是你!"

李白眼尖，来者乃熟人。

杜甫亦大诧。

眼前黑衣汉子，你道是谁？正是那晚雪夜退贼者！

高适尤惊。谔曰："呵呵，二位仁兄，没被胡儿拿了去？"

李白闻言，哈哈大笑，抚须长啸道："高达夫小瞧人了，一毛头小屁孩，真拿得了我俩？"

言毕，出腰间佩剑，反手一挥，剑去十丈，疾如飞矢。将一棵碗口粗细大柳，齐展展斫断。

黑衣汉一愣，猛然忆起一人。拱手揖曰："兄恁好手段，青莲李白乎？"

李白仰天狂笑："虚名值几何？烦高达夫提及！"

原来真是李白！

高适喜出望外，纳头便拜。

"大兄神采飞扬，果谪仙人也！"

李白忙上前，双手扶起黑衣汉，随口吟高适《营州歌》："营州少年爱原野，狐裘蒙茸猎城下。虏酒千钟不醉人，胡儿十岁能骑马。"

吟毕，高声赞曰："高达夫有雄才，又识得白羽郎，早晚为边帅！"

高适被他一夸，有些自鸣得意。炫耀道："某素喜边事，所吟亦多边塞诗，故于胡儿甚知之！"

李白大他三岁，又混过京师长安，理所当然为兄长。

招呼杜甫过来，以哥哥的做派，让二位互拜相识。

三人只顾高兴，火堆所烤肉食，早已散出焦煳味。

高适见了，大叫可惜。嘴里直怪二人吝惜，不早拿酒来吃，白白糟蹋恁多好肉。

李白哈哈大笑，见他心急如焚，喜欢得手舞足蹈，又得一爽快兄弟。

杜甫更欢喜，兀自抛开大兄，亲手拉上高适，端坐在火堆旁，满满筛一碗酒，双手递给他。

好在肉食尚可，并未全部烤煳，只是稍微烤过了些，依旧香气扑鼻，焦脆化渣。

三人皆豪士，并不进到"屋"里，席雪地而坐，大碗喝起酒来。

所谈皆国事，语多豪迈。

酒到酣畅处，三人每喝一碗，必歌一曲助兴。

李白为长，定下个规矩：时值隆冬，又夜宿荒郊，且新识高达夫，就依二弟边塞诗为韵，依次而歌。

杜甫年龄最小，李白让他先来。

子美不敢托大，岂肯占二兄之先？推迟半天，始终不愿先吟。

见杜甫多礼，高适咧嘴一笑，调侃他实在迂腐。

"喝酒吃肉让得，这事让不得！"

杜甫闻言，喜他直率，又诙谐有趣。举酒碗大吃一口，张口就来一曲。

歌曰："高标跨苍天，烈风无时休。自非旷士怀，登兹翻百忧。方知象教力，足可追冥搜。仰穿龙蛇窟，始出枝撑幽。七星在北户，河汉声西流。羲和鞭白日，少昊行清秋。秦山忽破碎，泾渭不可求。俯视但一气，焉能辨皇州。回首叫虞舜，苍梧云正愁。惜哉瑶池饮，日晏昆仑丘。黄鹄去不息，哀鸣何所投。君看随阳雁，各有稻粱谋。"

"好！"

李白赞一个，鼓起掌来。

高适尤大赞。时人论边塞诗，唯"高岑"而已！不想杜子美者，心怀才情绝高，丝毫不输自己与岑参，脱口赞曰："羲和鞭白日，少昊行清秋！子美所歌吟者，可列边塞诗阵矣。"

不待大兄发话，高适仰头灌一碗酒，掷碗砍地而高歌。

歌曰："遥传副丞相，昨日破西番。作气群山动，扬军大旆翻。奇兵邀转战，连弩绝归奔。泉喷诸戎血，风驱死虏魂。头飞攒万戟，面缚聚辕门。鬼哭黄埃暮，天愁白日昏。石城与岩险，铁骑若云屯。长策一言决，高踪百代存。威棱慑沙漠，忠义感乾坤。老将黯无色，儒生安敢论。解围凭庙算，止杀报君恩。唯有关河渺，苍茫空树墩。"

"好！好！好！"

杜子美高声叫道，重筛一碗酒，躬身敬与二哥。

李白频频颔首，拊掌赞之曰："鬼哭黄埃暮，天愁白日昏。真真好词句！果不愧高岑！"

李白赞毕，右手执酒碗，左手抚长须，临大湖而高歌。

歌曰："明月出天山，苍茫云海间。长风几万里，吹度玉门关。汉下白登道，胡窥青海湾。由来征战地，不见有人还。戍客望边邑，思归多苦颜。高楼当此夜，叹息未应闲。"

李白甚豪迈，气宇轩昂，白袍飘飞。伫立震泽畔，望天而歌咏。

二小弟哑然，望之若仙。

李白所吟《关山月》，天生一股浩然正气，凌千万里云天，越千万里山河，可与九霄比高低，誓与时间拼轮回。

高适痴，杜甫迷，二者皆高才，亦叹为观止！

二人手捧酒碗，恭敬揖于前，请大兄痛饮一碗。

李白一挥手，倾碗而尽。

一时豪情荡胸，复高声狂歌："五月天山雪，无花只有寒。笛中闻折柳，春色未曾看。晓战随金鼓，宵眠抱玉鞍。愿将腰下剑，直为斩楼兰……"

歌声裂湖，万顷汹涌。

歌毕，长湖风止，水平如镜。

一轮满月照空，圆圆映入湖心。白玉盘静影沉璧，满湖银光闪闪。

三

天宝四年，早春。

二月，初九日。

春雨绵绵，无声无息，经夜不绝。

宣州城，紫东街十字路口。杏花村大酒楼，二楼雅室内，一灯如豆。

灯下，李白一脸忧戚，独自酌酒窗前。

高达夫走了，他告诉李白，欲返宋州家中，隐居耕读著述，俟时机成熟，才出山报效朝廷。后高适果然发达，官至淮南、剑南节度使，此是后话不表。

杜甫也走了，自鲁西入长安，欲步大兄后尘，去叩开功名大门。几经磨难，终忧郁不得志。后避乱走三川，筑草堂成都浣花溪。此是后话，亦按下不表。

留下李白一人，孤零零独酌。

没有兄弟相伴，也无大鱼大肉，甚至连油酥花生，也没有要一碟。

唯一坛剑南春，成了倾诉对象。一杯又一杯，不停喝着寡酒。

江淮二月，春寒尤烈。

老辈人说，天寒血脉不畅，喝寡酒伤身子。尤其心情大坏时，喝寡酒伤身又伤心！

戌时，天色昏黄。

檐上，一窝待哺雏燕，呀呀叫乱一天愁云，也叫乱了李白无助的愁绪。

冷雨揪心，淅淅沥沥地下。像农妇团的罗筛，不停地"筛"下来。

毕毕剥剥，毕毕剥剥，浇在半掩的窗户上。偶尔溅进一滴两滴，如闪烁的泪花，苦楚而又伤心。

冷风如刀，带着丝丝寒意，吹破窗户而入，让人凉透背心。

李白双眼失神，手里的家书，翻开又合上，合上又翻开。

笺为苎麻素笺，被酒和泪水湿透，沉甸甸重似千钧，无力再举起半分。

千百遍看过，千百遍不相信，这怎么会是真的？

玉儿殁了！

李白的心，也跟着死了。

泪水长流，扑扑簌簌，流进酒碗里，让平时甘饴的酒，多了几分苦涩。

窗外，风雨渐烈。

屋面上的积雨，沿着细长的瓦道，顺檐下瓦当尖角，断线珠子般滴下。

水滴石穿，石阶上的水窝，一个个溜圆。

屋檐水，点点滴，点点滴进原窝里。

玉儿长淌的泪，如眼前的屋檐水，点点滴进李白的心窝。

李白心乱如麻，摇着个空酒坛，愣是倒不出一滴酒来。

咬牙转过头去，冲着跑堂的小二，恶暴暴直吼："兀那鬼小二，再搬坛酒来！"

店家不吱声，站在围柜里，一直观察着客人。见李白饮着寡酒，暗自伤心流泪，既虑其身子受损，又恐他酒后滋事，便不愿再卖酒了。

小二不懂事，见客人又要酒喝，只道为东家多挣几个银子，屁颠屁颠跑向后厨，遵嘱抱来一坛酒。

店家一见，心大急。连连干咳，意欲制止。

李白居二楼，心里正烦躁。听店家无故干咳，张口来句粗话，鄙俗不堪入耳。

店家哪敢回话？依旧十分着急，冲着店小二，不停地使眼色。

小二不解，往二楼望望，又回过头来，向店主人张视。

店家大急，暗骂蠢货不迭。又怕客人看见，引起不快事来，右手故作握笔状，胡乱写些字儿，左手藏身后，鱼摆尾般摇手，示意傻瓜小二，不得再上酒了。

小二一愣，随即会意。放下酒坛子，乖巧跑上二楼，笑眯眯知会客人，后厨存酒已告罄。

店主人滑头，店小二鬼精灵，李白岂是夯货？见店家装怪，不肯卖给他吃，难得忍住未发脾气。

独自拾起行囊，登登登下了楼，冒雨行肆中。

李白心情极坏，专捡小街窄巷，东倒西拐穿梭，终在一灯红酒绿处，寻得一僻静曲栏。忆起适才之事，怕再遇尴尬，故作器宇轩昂状，阔步进入曲栏，拍出二两银子，大声叫着上酒。

常言道，姐儿爱俏，老鸨爱钞。

见客人豪爽，老鸨满心欢喜，两眉笑如豌豆角。

唐时风俗，但凡成年男人，夜里单身入曲栏，美其名曰吃酒，少不了上个姐姐，唱个曲儿陪着。

龟公年约五旬，颇知老鸨心意，择一间上房，来安顿李白。

上房甚宽敞，内置茶几酒桌。另单劈一雅间，专门设为"暖房"，铺笼罩被一应俱全。

另有小龟奴，着青衣裤褂，导李白入曲内。曲廊七弯八拐，暗道隐如迷宫，好一番曲折，才来到上房里。

李白刚坐定，正待饮茶。突闻人至，敲门声毕剥。指节轻磕处，舒缓而适度，让人陶然自醉。

李白忙起身，上前开了房门。

门外，又一小龟奴，提两坛剑南春，托一大食盘。盘上摆一碟干果，一碟甜脯，一碟卤猪头肉。

身后，随六位曲娘。

曲娘各携乐器，专为客人献曲助兴。

李白性倜傥，懂曲栏风情。时，正值心苦无处倾诉，听听艳曲放松放松，有何不好？

便将曲娘让入内，随手拿一串铜钱，赏给小龟奴。

六伎鱼贯而入，依序团团罗坐。

曲娘皆妖娆，个个风情万种，吹拉弹唱技无不精。

内有一伎，黑衣玄裤。神情怪异，与诸伎不同。伎头披黑纱巾，朦胧中不识容颜，也不知芳龄几何。

李白几次张视，欲仔细看她，皆未能如愿。

黑衣伎既无乐器，也不打情骂俏。唯一双大眼，冷冷地令人生畏。

李白目光敏锐，且心细如发。

曲娘个个妖娆万端，或起或坐，或歌或舞，皆目示黑衣伎而行。

李白久走江湖，顿时明白几分。黑衣伎非常人，必诸伎领袖也。

然任其百般审视，黑衣伎神采举止，无一丝脂粉气，更无一般伎者让人恶心的"嗲"气。

李白一惊，盗扮伎乎？

有了这层想法，却不当众说破，他倒要看看，黑衣伎意欲何为。借故与诸伎猜拳，欲作进一步试探。

众伎听得猜拳，又有酒儿可吃，皆嬉笑依从。

唯黑衣伎不饮，始终端坐如故。

李白装作不见，抱坛罗筛一圈，将诸伎面前酒杯，一一满上。低头转换间，一双眼睁得溜圆，从未离开她半分。

黑衣伎很警觉，见客人专注于己，抿嘴浅浅一笑。原本一张冰冷的脸，刹那间百妍顿生。

李白一愣，心跳突然加速。他从伎这一眉目顾盼间，感到了非常人的从容和镇定。

心里暗忖："此盗盯上自己，虽不知所图，终归惹上了麻烦！若能动之以情，或可免了此劫。"

李白打定主意，故意朗声说笑，欲与之独处，他伎休要"吃醋"。

好个李大郎，忒不知羞耻！竟把如此害臊事，说得溜圆顺滑，一点也不忸怩。

黑衣伎闻言，眉头一蹙。瞬息间，又恢复如初。

她没有料到，客人会留下自己，且当着众姐姐的面，毫无顾忌地说了出来。心里略诧异，但很快释然。脸上依旧带着笑，委婉地加以拒绝。

李白被她婉拒，越发坚定所想。

再次思忖，你不是伎吗？我就出金一锭，留你下来过夜，看你如何推托！

你若是伎，自然依我。你若是盗，定当场翻脸！

想到此处，李白起了身，笑吟吟踱着方步，到黑衣伎面前，出大金一锭，轻轻搁桌上。双眼含情脉脉，柔和地看着她。

黑衣伎很淡然，毫不慌张，她一直在揣摩客人的真正意图。见他置金于桌，装得十分欢喜。眼神贪婪，充满欲望，与俗女子何异？

黑衣伎扭着腰，轻言细语道："蒙君抬爱，妾身依了便是。"

李白一听，略感失望，却又大为赞叹。

此伎果真了得，应承十分自然，丝毫不着表演痕迹。

李白也不差，一张俊脸上，伪饰得欢喜异常。

匆匆催他伎离去，上前牵了黑衣伎，亲热地偎一起。

待众曲娘离去，李白举止突大变，一改先前嬉笑之态，与伎捉襟相对，正襟危坐茶桌旁。

初时，二人皆拘谨，话语生涩，不知所措。

茶过二开时，李白顺溜起来，大胆而直白，表达了对伎的欣赏。

黑衣伎听罢，俏脸微红。见李白一脸诚恳，没了适才的纨绔气，亦渐渐放松下来。

轻声叙述家事，言从小家境贫寒，迫不得已入了曲栏，忍辱偷生至今。

伎说得极轻，也极缓慢。娓娓道来，毫不忸怩作态，仿佛面对兄长，显得那么从容不迫。

李白作凝神状，心里却敬佩万分。

黑衣伎表演才能，实无与伦比。明知她在说谎，偏偏听得十分舒服。

未待伎说完，李白一双眼里，早已噙满泪水。

黑衣女子见了，心里若有所思，眼里也多了一丝柔情。

李白唏嘘不已，乘机借题发挥，历述各代名伎事，以此劝慰于她。

说到动情处，更是泪流满面。借以推波助澜，激发伎之柔情。

黑衣伎听罢，果悲歌慷慨，泣而泪下。

李白暗喜，自己想要的，正是这种效果。忙去怀襟中，掏出一方丝巾，温情脉脉递与伎。

趁着这种气氛，李白尽展口才，将自己生平种种遭遇，竹筒倒豆子一般，滔滔不绝讲了出来。

虽多伪语，却也大致不差，个中艰难险阻，竟说得栩栩如生。好像这些故事，就发生在眼前，真实而可信。

伎为之感动，泪眼相望。

"大郎好狠心，果不识妾家了吗？"

这蜀音好熟！

李白一时懵懂，不知伎者是谁。

黑衣伎不再言，伸手摘去头上纱巾，露出真面目来。

刘十娘？

居然是刘十娘！

李白骇绝，满脸惊愕色。

猛然忆起，那年自吴返楚，曾驻足襄阳城。在襄城北里弄间，匆匆遇一女郎，即疑是她。

哪曾想到，此地和她相遇。李白心里发紧，隐隐作痛。良久，长长一声叹息。

十娘勾着头，双手十指相绞。听得李白叹息，又见他满脸憔悴，早没了先前的风采，心中无限悲凉。

轻声泣曰："蒙大郎相助，阿爷得以昭雪。然地方官府，岂容妾家安身？闻君远走吴中，十娘随之往，辗转不得相见。盘缠告罄欲返蜀，到襄阳城时，已身无分文，不得已入曲栏营生。然妾虽入道数载，却一直守身如玉，有起意乱吾身者，妾必立刃之。时至今日，妾仍为处子身。蒙君坐怀不乱，特此告君。"

刘十娘述毕，嘤嘤而泣。

李白听罢，暗道好险。设若适才孟浪，早成了刀下鬼！想到她种种伪装，原来早认出自己，旨在拿他试利刃锋芒！

李白一脸苦笑，却又百感交集。难得她真心待我，自己也无过失处，倒也心安理得起来。

想起已逝玉儿，再想眼前十娘，女人何命苦如斯？

戌时。

窗外飒飒，雨声渐大。

十娘衣着单薄，双手抱膊蜷一团，尤瑟瑟发抖。

李白见之，心生爱怜。忙从行囊里，拣一件狐皮小袄，柔情为她披上。轻声曰："江淮二月，夜雨犹寒，小心着凉。"

十娘略一迟疑，俊俏脸庞上，有了红红的羞色。忙低下头去，轻言一声"谢谢"。

李白悯她可怜，顿起恻隐之心。又想玉儿已逝，何不多关心于她？便张开双臂，轻轻搂十娘入怀。

十娘孤苦伶仃，离蜀千里入吴，百般寻访李白。

苍天不负，终得他疼爱。

一时心慌意乱，嘴里吹气如兰，"咛嘤"一声呻吟，酥软倒入李白怀里。

李白离家年余，久不得女人滋润，勃然一阵冲动。

适，灯盏桐油将尽，灯芯毕剥乱抖。

李白吃了不少酒，加之心情苦闷，也需得到慰藉。顺势把十娘抱起，急匆匆拥入帐中。

帐外，油灯倏灭。

黑暗中，木床吱嘎作响，经久不绝……

四

李白有了新家，寓居宣州城。家置州城南。

一条小巷，歪歪扭扭，名儿有些怪，叫作镗钯巷。镗钯巷的尽头，便是青弋水，又或曰泾溪。

泾水绕廊而流。

弯弯一条小溪，溪水清清亮亮，静静流向东南。

镗钯巷有四倒拐，从西往东数，第三倒拐处，有一个古码头，土著俗呼青堤渡。

高高的码头旁，青瓦粉壁三间房，乃李白花五金购置。自己取个贱名，曰"白屋"。

在李白心里，十娘替阿爷昭雪，"鬼"般生活十余年，难得一孝烈女子，有心和她厮守。然玉儿新逝，此时带回白兆山，确有诸多不便，便打算寓居宣城，暂住个一年半载，再迁回荆州不迟。

白屋朝门前，临水一棵黄葛树，撑开亩许丫枝，大伞般遮阴蔽日。

四围环境殊佳，极类儿时青莲乡。虽算不得豪侈，甚至有些简陋，却正是李白所想，心里那个安逸的"家"。

十娘得李白赎身，不再去曲栏营生。整日里窝在家里，很满足眼前的生活。

李白却不满足，时常坐在大树下，看白帆往来如梭，或东入钱塘，或西进长安。心儿慌慌，如猫抓一般，无片刻安宁。

小院内，遍置不少花草，红红绿绿，惹人喜爱。

李白极爱花，偶尔还会伤感。人若像花儿就好了，一茬花期虽短，却无限风光，鲜艳亮丽夺目。

花们很神奇。有的盛开一季，皆同一花色，唯前后期浓淡略异，本色并不变。有的则不同，五颜六色妖艳，遇天晴落雨变，随日月星辰变。甚至同日内，不同时辰也在变。

李白就不曾变，虽和十娘住在一起，生活无忧无虑，吃喝拉撒一如既往。但他狂野的心，依旧在远方。

十娘却变了很多，没了先前的单纯，更别说孝烈了。整个人浑身上下，透着曲栏习气，贪杯，婪财，恶俗，水性杨花。

唯一没变者，从小养成的横蛮，改不了官家大小姐脾气。每每贪杯醉了酒，动辄颐指气使，撒野骂街，形似泼妇。

李白没有功名，又无正经事干，整日喝酒吃肉，闲荡里弄间。妇人眼见心烦，便视其为自家奴婢，想叱就叱，想骂就骂，人前人后指手画脚，不给一点面子。

相处数月，二人对骂三五回，彼此间渐生隔阂。

惊蛰节。

李白酒瘾发作，瘪肠寡肚好不难受！又不想和妇人吃酒，免得无端讨她气受。趁刘十娘外出，独自拿些银钱，偷偷溜出家门。

李白着一双木屐，呱哒呱哒行巷道，慢悠悠来到盐市口，钻进魏婆婆烧腊店里，要一壶"淮南烧"，又切斩一只烧鸡，再捡十个驴肉馒头，欲大快朵颐。

店小二利索，须臾，酒肉就上了桌。

李白闻到酒香，喉咙阵阵发痒，忍不住满腮生津，清口水汪汪直流。

举杯正待要吃，突听街上一阵骚乱。李白扭头一看，脸上即呈惊骇色。

刘十娘手提菜刀，正撩裙大步奔来。一街市井人物，纷纷拥立街边，嘻嘻哈哈看热闹。

妇人一边奔跑，一边唠叨有声。刚到店门前，举刀指夫君大骂："天杀的李大郎，竟敢偷家里银钱，背着老娘独自吃酒！"

李白被她一闹，哪还有一点酒兴？又怕街邻笑话，忙起身上前，好言哄住妇人。小声曰："何故大喊大叫？有话回家说去。"

妇人越发嚣张，叱曰："哼哼，猪狗不如的东西，若非老娘辛苦，前几年挣得几个钱，你拿啥来下酒！"

围观者数十人，闻言皆哄笑。

有好事者流气，趁机起哄道："大郎恁好福气，家里有个银罐罐，难怪天天喝酒吃肉！"

李白无地自容。

好事者口无遮拦，暗指妇人不学好，曾经曲栏营生。

李白恨极，只怪妇人嘴贱，她自家不说，别人哪里知道？

李白且怒且羞，两眼鬼火直冒，又不便与他人争执。见妇人越发离谱，恐一时撒野耍泼，再做出啥恶心之举来。上前强拽住十娘，劝她马上离开，别再丢人现眼！

妇人哪里听劝？好个李大郎，自家婆娘受辱，不帮着撑腰，反倒和众辱我！

心里气愤难平，一掌掴李白脸上，气咻咻吼道："你也是个龟孙，不帮老娘倒也罢了，反而辱没于我！"

李白被她一掴，顿觉颜面扫尽。跺一跺脚，恨声曰："你不走，我走！"

妇人怒愈甚，应声道："滚，滚得越远越好！待老娘吃些酒食，再与龟孙们理论！"

言毕，也不管李白，大咧咧坐桌前，只顾吃喝酒食。偏又故意张开双腿，门户洞开朝着大街，全无一点赧色！

李白怒发冲冠，仰天狂吼一声，拔腿飞奔而逃！

妇人不以为意，故作轻松状，冲李白高声叫道："滚，滚，滚，永远不回来好！"

李白没有听见，飞也似的往外逃。一口气跑出城去，瞬间不见了踪影。

诚如妇人所咒，李白这一逃跑，真就再也没回来过。

李白跑哪里去了呢？

第十八章

白云观入道授箓　谢家坡重逢杏儿

一

济州，峄山白云观。

李白紧赶慢赶，一路风尘仆仆，心力交瘁来到鲁中，已是小满时节。

小满小满，杜鹃声懒。

果然，田间地头，秧苗青青，唯白鹭闲飞。

四声鹃已绝，早没了"早点苞谷"。偶尔有三声鹃，叫着"咽咽阳"，急吼吼无一丝欢快。更多的是二声鹃，慵懒地叫着"苞谷，苞谷"，声音有气无力，让人心情郁闷。

山腰小径上，身负香囊的居士，各怀重重心事，少有展颜一笑者。

李白身子疲乏，心情尤复杂。一如慵懒的"苞谷"声，无聊而不可名状。两脚沉如铅石，脚步却很坚定，不停往上爬，一步一步，迈向白云观。

李白出身底层，却心系高远，天生一股高贵气。偏偏时不济我，京师那般好的机会，却混得"赐金放还"，已是灰头灰脑，丢尽了颜面。谁知苟且刘十娘，本想疼她一辈子，妇人又舍物般恶心，让他心死如枯槁。

宣城不可留，京师不再去。一颗滴血的心，哪里去疗伤？

李白捏捏怀中，那物硬硬的还在。心里便很踏实，烦躁的心境，也变得宁静起来。

硬硬的那物，是一枚铁钱。时时摸摩的铁钱，油光般锃亮。铁钱阳面，篆镌"紫气东来"。铁钱阴面，则镌一条鲤鱼，鲜活欲蹦，栩栩如生。

铁钱看似普通，却金贵无比，乃正一道茅山宗最高信物，道友谓之"阴阳鱼"，又或称为"道鱼"。

那年游姑苏，与岑夫子、元丹丘畅饮苏台。席间，丹丘生爱慕李白，特拟荐书与道鱼赠之。

想到元丹丘，李白好生感动，心里顿觉无限温暖。

元丹丘乃隐士，名头大得很，乃正一道天师级别人物，与羽士玉真公主、乾道司马承祯交厚。

李白素来仰慕，对元丹丘恭敬有加，"畴昔在嵩阳，同衾卧羲皇"。

元丹丘独具慧眼，视李白为国士，特以铁钱相赠，欲使之结识玉真公主，以助他早登庙堂。李白怀宝至京，幸遇宾客贺知章，哪用道鱼引路？与玉真公主一见如故，二人酽糯如老相好。

京师遇玉真，没用上道鱼，今日却用得着了。

李白逃离宣城，早想好了疗伤地，皈依道家，做个清静无为的人。

峄山白云观，乃京东第一观。

观主高如贵，司马承祯师弟，二人同出一门，乃正一道八大天师者。

司马承祯升天后，高天师混出了头，牛皮烘烘得很，自诩茅山宗第一人，若无同道中人引荐，道外居士休想见他一面。有时牛脾气发作，任有其他天师引荐，也会拒之不理。

李白持有道鱼，又为元丹丘引荐，本想顺理成章，当个逍遥"逸人"，哪知递上"引呈"后，却吃了"闭门羹"。

高天师牛气，就是不见他！

李白素慕仙道，早有皈依之心。自京师受挫、宣城含羞后，慕道之心愈坚，既来峄山白云观，岂肯轻易放弃？

遂立观前，任太阳暴晒，始终不稍动。

皈依之心，坚如磐石。

自午至昏，几欲晕厥。

入观居士众多，见李白自找苦吃，纷纷上前相劝。言家中也可修道，何必非要"授箓"。

李白心诚，不予理会。依旧立观前，任太阳曝头。

高天师接了"引呈"，乃好友元丹丘所荐。知李白名头响亮，又胸罗万象，素与东岩子、司马承祯交好，本该和他一叙，又虑其心高气傲，不知是一时冲动，还是真心入道，哪敢随便接纳？

故不理他，独自丹房打坐。

众道徒规规矩矩，不得观主吩咐，不敢轻易打扰，任李白一傻子，观外苦苦等候。

申时，功毕。

高天师步出丹房，听说李白还没走，仍站在观前静候，心里甚是诧异。

临窗一观，果见李白立观前，虽汗流如注，仍纹丝不动。

高如贵看得仔细，此子伤心过度，又怜他颇有道缘，决意授他道箓。

嘱近侍小道童，前去观外传唤，引去客房休息。

李白身心交瘁，早已脚炘手软，全凭着一口气，死死硬撑到现在。

正昏昏欲倒，突听道童传呼，一时松了那口气，轰然倒在地上。

观中大乱。

高天师不慌，嘱众徒抬入观内。又掐人中，又热巾敷头，又灌薄荷水。

良久，李白乃醒。

诚恳言于高天师：白一生慕道，望天师大张旗鼓授箓，以晓天下人。

李白的心思，高如贵哪里懂得？大张旗鼓告示天下，诗仙从此遁入法（道）门，不再过问尘世事，惹不起躲得起哈！

高天师虽为道师，却也有想法。既授李白道箓，便欲借此机会，一展自己本领。更有借诗仙名头，来抬升自己声誉的想法。

遂依《道书授神契》，举行隆重授箓仪式。

《道书授神契》言："……箓者，戒性情，止塞愆非，制断恶根，发生道业……自凡入圣，自始至终，先授戒箓，然后登真。"

又言曰："古者祭皆有坛，后世州郡有社稷坛。记曰，坛而不屋，古醮坛在野。今于屋下，从简也。"

古代醮坛，原本为露天，后来才改在殿内。

斋醮形式不同，仪程也繁复多样。各依时势所需，搭建规模不等的坛。

大型斋醮活动，通常筑若干坛，中央大者为主坛，名儿叫作"都坛"，其余一众小坛，皆叫作"分坛"。

白云观名头响，为京东第一观，观主高如贵者，又为国中第一天师，若借李白授箓之机，演绎为"罗天大醮"，则须供奉一千二百诸神牌位，设"都坛"一座，设分坛皇坛、度人坛、三官坛、报恩坛、救苦坛、济幽坛、青玄坛七座。

茅山宗源于上清派，上清派为正一派分支。正一派道士授受经箓法坛，称之为"箓坛"，又名"万法宗坛"。

主持箓坛者，用天师之印，为"阳平治都功"印。

授受经箓仪式上，依正一派法典，须有三位天师级人物出席，即箓坛监度师、传度师、保举师。

传度师又称高功，授箓仪式主持者。

监度师又称监斋，由世袭天师担任，监督授箓按仪规进行。

保举师又称都讲，即主管唱赞导引，为高功副手。

另据《金箓大斋补职说成仪》载，授箓仪式中，共设有箓坛十五执事，负责授箓各项事宜。

诸执事曰高功，曰监斋，曰都讲，曰侍经，曰侍香，曰侍灯，曰知磬（知钟），曰炼师，曰摄科，曰正仪，曰监坛，曰清道，曰知炉，曰词忏，曰表白。

高如贵道法高深，却也是人间凡人，哪能没有点杂念？箓典制式甚严，若破格授箓，必遭天下耻笑。

箓坛所需执事好办，凡观内第三次加箓、获得正三品以上职衔的道士，皆可为初次加箓道士授箓仪式的执事。自己作仪式主持，为箓坛传度师，他人也没得话说。

唯有监度、保举二师，非天师职级者不可。设若马上举行授箓仪式，一时到哪里去找？

李白喝着茶汤，心境渐渐平复。只道授个道箓，高如贵一代宗师，想怎着就怎么着，哪知道界如尘世，条条款款多得烦人。

高天师坐一旁，见李白已复常态，略一沉思，便有了主意。先定十五执事，让众徒即刻动起来，筑箓坛，备供品，整理法器。

再飞鸽传书，遍告正一派各道观，见到"飞鸽传书"后，力邀胡紫阳、元丹丘二位天师，务于午（五）月十八日前，赶赴峄山白云观，参加李白授箓仪式。

高天师癫了吗？

五月十八日，仅余十六天，时间来得及吗？正一道天师众多，为何独邀胡、元二人？

五月十八日，乃正一派祖天师张道陵诞辰，也是一年一度道士授箓日。独邀胡、元二位天师，因为二人是李白挚友，一旦得到信息，必定赶来白云观。其他天师虽众，却未必能够应邀准时前来。

高如贵打得好主意，却不告诉李白。只让他逗留观内，每日好酒好菜款待，耐心等着授箓日到来。

二

五月，十八日。

时令芒种正节，又为祖天师诞辰。

峄山白云观内，一派喜气洋洋。

观前广场上，正中设一座都坛，宝塔状三层，高三丈三尺，底部周遭九丈九尺。

都坛顶端，立一百尺高竿。高竿周身遍裹金箔，又悬挂五色彩幡。竿顶置一斗大玉珠，识者谓之"承天仙人引"。

主坛两侧，各置一副坛，建制略小于都坛。左为皇坛，右为度人坛。

二副坛一般大小，高二丈四尺，周遭七丈二尺。

二副坛之前，再筑五座分坛，呈五角星状，布于东西南北中，分别为三官坛、报恩坛、救苦坛、济幽坛、青玄坛。

五分坛依制而筑，略小于皇坛和度人坛，高二丈二尺，周遭六丈六尺。

遵从《天皇至道太清玉册》，八坛所置器物无异样，陈色品种皆一致。

唯有都坛最大，皇坛和度人坛次之，其余五坛再次之。

卯时，三刻。

高天师、胡天师、元天师着道袍，皆右手摇铜手炉，左手拇指掐中指中节，盘结捏掐成"玉清诀"，代表道家最高尊神元始天尊。

双脚行进间，踏罡步斗。口中念念有词，隐约可闻"急急如律令"。

三天师神情肃穆，庄严入箓坛阵中。

高如贵登都坛，胡紫阳登皇坛，元丹丘登度人坛。

三法师登坛毕，其余十五执事鱼贯而入，依次各立所事箓位上。

辰时正。

阳光漏云洒金而下，直射都坛高竿玉珠。刹那间，玉珠金光灿烂，十里可睹。

高天师右手摇手炉，左手依旧掐"玉清诀"，高声宣布道："时辰已到，侍香，侍灯，知磬！"

众执事得令，指挥各部道众，按事先演练好的程序，燃香烛，明油灯，奏迎仙曲。

霎时间，香烛同烧，灯火共燃，笙箫齐鸣！

胡紫阳极认真，肃立皇坛上。

左手拇指频动，掐着"巡逻诀"：先为拇指掐食指三纹；再回环至中指，掐中指三纹；又回环至无名指，掐无名指三纹。

掐三指三纹毕，又反复捏掐二、三、四指十二宫，是为"巡逻诀"。

双眼则四下张望，紧张监督着各个分坛，生怕发生半点差池，乱了授箓的规矩。

钟磬声里，四个垂髫道童，抬着祖天师张道陵像，在清道、炼师、摄科、知炉四执事护卫下，由正仪执事导引，来到都坛上。

传度师高如贵，早已用净水净过手。在众执事帮助下，双手接过祖天师像，恭置于主神位上。

这里有个说法，叫作迎圣接驾。

迎圣接驾毕。

高天师再用净水净手，左、右手大拇指掐食指第一节，捏掐成"天师诀"，表示祖天师已降临。两眼直视主神位，察看祖天师像是否摆正，随之左右轻微移动，使像端正无误。安座、焚香、上祭、开光、点像……一道道程序，忙而不乱。

此为安圣。

安圣毕。

高天师右手高举手炉，向度人坛不停摇动。

元丹丘得了指令，亦右手举炉摇之，以示知晓。

摇炉毕，将炉收回，递与词忏执事。侍童忙递上净水，让他净了双手。

净手毕。

元丹丘肃穆，左手竖立胸前，小指曲藏中指、无名指下，拇指屈曲掐定中指、无名指，食指伸直，掐成"斗诀"。

右手执祝文，高声开唱。

祝文曰：恭惟天地，神清太虚。上圣高真，诸座恩师。今有弟子，敕化授箓，虔诚伏请，灵光护持。

唱毕祝文，元丹丘再举手炉，向救苦坛而摇。救苦坛者，意即道化居士、救苦救难于凡夫俗子也。

表白执事见元天师摇炉，知道该主角上场了。

李白着新道袍，肃立救苦坛前，心情万般复杂。其心苦甚，实该入道度化了。然而思绪万千，隐然有泪水溢出。

李白傲视天地，纵横千里万里，不曾有过伤感。时至今日，仅流过三次泪。一次为离家出蜀，一次得知玉儿去世，再次即今日入道授箓。

细想三次流泪，皆李白人生节点，能不伤感吗？

表白执事很奇怪，授箓即将开始，主角为何呆若木鸡？急忙小步上前，低声催促李白。

李白展颜一笑，随之步入坛阵，来到都坛前。

李白举止反常，胡紫阳看到了，元丹丘也看到了。二人乃李白至交，怎不知他心境？仗剑离蜀，雄赳赳行走天涯，哪知空怀济世之才，却始终报国无门，现而今反倒遁入法（道）门！

高如贵入道早，又少与外界交往，先前不识李白，自然不懂李白感受。见表白执事引着李白，已到了都坛前。即手掐"上清诀"，启动下一仪程。

初入道者，须先学礼拜，称之为"过叩头关"——稽首、作礼、遵作和心礼。

高如贵立都坛上，为李白作示范。身前的表白执事，则领着李白，依样完成动作。

礼拜毕。

高天师转过身来，高声诵曰："抬头看青天，祖天师在身边，天地人合一，弟子显神力。"

表白执事领着李白，将高天师所诵，一字不差地重复诵一遍。

高如贵微微一笑，点头表示赞许。复高声颂曰："天灵灵，地灵灵，拜请祖天师到坛前，急调通灵兵，通灵将，速速为吾来通耳，通灵，通天神。耳通，心通，未来通，过去通，现在通，链心通，链耳通。吾来静，静心通。吾来启灵，启灵通。吾奉祖天师通敕令，令行神通。"

高天师语速极快，念得摇头晃脑。此环节甚难，须由受箓者独立复诵，不得由表白执事领诵。能一字不差复诵者，方可授三五都功经箓。

李白天生异禀，有过耳不忘之功。高天师刚诵毕，即高声复诵一遍，语速尤疾于高如贵，字字清晰入耳，且只字不差。

箓坛广场上，道众齐声喝彩。

高天师、胡天师、元天师尤大喜，各立己坛上。皆左手捏掐，作"开印诀"状，用拇指甲挑中指甲，向外挑弹；继而又捏掐作"入庙诀"，食指尖掐住大指根，表示诚心皈依祖天师！

表白执事见状，轻声言于李白："庆贺居士初授箓成功。"

李白大喜，向胡逸人、元丹丘拱手，遥谢二兄相助。

胡、元毫无反应，竟然视而不见，端立己坛纹丝不动。

李白很是奇怪，脸上一片茫然。

表白执事见状，突然沉下脸来，轻声叱责道："初授箓，何欢喜？待取得职牒后，才算正式入道！"

原来入道甚严，初授箓后，尚须口念《道德经》，绕道观疾行七天七夜。中间不得停顿，更不得休息，称作"磨心智"。

挨过了此关，方可取得职牒，由准道士正式升格为道士。

《正一法文天师教戒科经》载，初授箓的准道士，经过"磨心智"后，由传度师颁发职券牒文，以证其所得之法职，名所录之神界，以通达神灵。

这种牒文，简称为职牒。

取得职牒三年后，若无违背道规的行为，才有资格升授正一盟威箓，加受上清五雷经箓。又三年后，再升上清大洞经箓。

李白听罢，大窘。心里叫苦不迭，当个道士恁麻烦，要等到何年何月，才算有个正式名分？

唉，原本想初授箓后，与胡、元二兄吃台酒，好好庆贺一番。这下没得乐了，七天七夜绕行白云观，又不得吃喝，何等的了无情趣！

李白入道心意早决，只得百般忍了。在表白执事授意下，真个就头戴纯阳巾，身着灰道袍，不停围观疾走，愣是转了七天七夜，终得以名箓紫府，自是喜出望外，仿佛脱胎换骨，又重新获得了新生。

是夜，明月悬空，李白独立观前，引项高歌，吟出一曲《梦游天姥吟留别》来。

"海客谈瀛洲，烟涛微茫信难求；越人语天姥，云霞明灭或可睹……半壁见海日，空中闻天鸡。千岩万转路不定，迷花倚石忽已暝。熊咆龙吟殷岩泉，栗深林兮惊层巅。云青青兮欲雨，水澹澹兮生烟。列缺霹雳，丘峦崩摧。洞天石扉，訇然中开。青冥浩荡不见底，日月照耀金银台。霓为衣兮风为马，云之君兮纷纷而来下……"

政治失意，家庭变故，授箓入道……

李白所歌，心境澄明，无限向往神仙生活，既挣脱了精神羁绊，又一吐心中苦闷。

白云观，白云缭绕。人居其间，身心俱仙。

"身将客星隐，心与浮云闲。长揖万乘君，还归富春山。"

李白性情大变，诗风也随之大变。

三

李白也要走了，他想离开白云观，再次前往淮南，去故地重游。

李白既为道士，当答谢授箓人，特置酒席相谢。

高如贵与之饮。

常言说得好，一日为师，终身为父。

李白性情奔放，在高天师面前，却丝毫不敢放肆。一直小心翼翼，吃喝得极克制。

高如贵不知李白所思，以为是个无趣之人，枉自负了谪仙人之名。

二人话不投机，宴饮略显尴尬。默默吃了几杯酒后，高天师便不饮了，从怀里贴身处，掏出两封书信来。

一为胡紫阳所留，言许大嫂去世后，明月奴姐弟艰苦度日。今年春上，荆楚大地闹春荒，大姊领两个弟弟逃荒，远走东鲁兖州一带，具体去向不明。

一封为元丹丘所书，言其长居嵩山，设若假道大梁，可登山一晤。

二书喜忧参半，一爽心一揪心。

爽心者，元丹丘又回嵩山，好友有了准信，想会晤只管去便可。

揪心者，三崽逃荒东鲁，天地茫茫，哪里去寻他们？

本已舒畅之心，再次郁结难过。

李白低着头，只顾不停喝闷酒，不知不觉间，早已烂醉如泥。

高天师见他醉了，暗自摇头不已，吩咐近侍小道，扶去客房里歇息。

翌日，丑时。

李白醒来。

四周一片漆黑，口干舌燥难忍，独自跑去斋房，寻到水缸处，满满舀一瓢凉水，咕咕一口喝下去，燥热之气顿消，人也清爽如常。李白不愿再打扰观众，置五两金在床头柜上，算作食宿费。悄悄去到马厩，牵上心爱的白龙驹，纵身跨上马背，扬鞭奔任城而去。

路上狂奔一日，来到任城地界，此去离兖州还远。

酉时。

眼见天色向晚，道上已少有行人。

李白勒马慢行，四下里极目张望，欲找人家住宿，以待明儿继续赶路。

道旁多古柏，森森十里不绝。

有猫头鹰夜归，呱呱呱聒噪其间，听得人背心发麻。

李白胆大，兜马缓行。

行二三里，来到一山冈前。

正踌躇间，见金刚般一胖汉，敞披着白布衫，肩挑一对酒桶儿，风快从道左穿出。

胖汉正疾行，陡见一人勒马道中，以为遇了贼，吃惊地望着李白。

李白抿嘴一笑，欲借问夜宿处。

胖汉虽然吃惊，却并不慌张。见李白神情俊朗，不似歹徒匪类。亦咧嘴一笑，算是作了回应。

李白尚未开言，先闻到了酒香，哪按捺得住？一时腿也软了，脚也炧了，骨头也酥了。噏噏鼻，馋涎直流道："兀那汉子，桶中那劳什子，舀来吃一碗。"

胖汉低头欲行，听到李白吆喝，停下一双大脚，咧嘴憨憨笑道："这酒不零售，客官真要吃酒，去前面丁字路口，那儿有家大酒肆，好酒好肉管够。"

说完，兀自挑着酒担儿，呼啦啦钻入林间，瞬间不见了踪影。

李白没吃着酒，心里甚是不爽，坐马背上痴痴发呆。

胖汉恁生硬，不像个活泛的人，见他匆匆离去，便不再放心上。听到前面有酒肉可吃，遂放马奔上冈来。

夕阳西下，冈前立一巨碑，碑刻"谢家坡"。

谢家坡？

奇了怪了。

李白有些激动，觉得谢家坡这名儿，甚是亲切无比。自己也莫名其妙，不知为何有这种感觉？

李白心存怪念，打马下得冈来，到了丁字路口，果见七八株大柏间，矗峙大一座酒楼。

酒楼规模甚阔，不下城里酒家。

四周围墙高大，一色青石砌成。内围一栋木楼，楼高三层，计二丈八尺。

楼前檐上，横一根望竿。望竿上，挑面酒望子，六尺长三尺宽，歪歪扭扭写四个大字——"柳溪风月"。

柳溪风月？

李白甚讶，心里再次激动。

山间无溪无柳，为何取这个名儿？

再看酒楼大门，两侧门垛上，各插一面销金红旗。右旗书"醉里乾坤大"，左旗书"壶中日月长"。

李白笑了，如此荒郊野外，能有酒有肉吃喝，便口福不浅了，竟还有这般豪华的排场，当真难得！

李白翻身下马，呼店里小二上前，牵去马厩喂些草料。

店小二乖巧，冲客人笑笑，言道："是纯草料，还是掺和豆料？"

呵呵，你要精料时，他没有；你没说要时，他偏又有。

李白素豪侈，即使在下人面前，也不肯失了身价。掏出一串铜钱，赏他作了小费。

豪言道："只管择精料喂了，明儿一并算银子给你！"

"好嘞！"

小二一声欢喜，笑眯眯接了赏钱，牵着李白坐骑，入马厩拴住。

李白便不管他，独自进入院内，四下张望一番。

大楼西边，为厨房。厨前拴一黑犬，状若斑斓大猫。

厨房右壁处，置肉案一，砧头二。两个操刀伙计，正剁着肉馅儿，乒乒乓乓一阵乱响。

厨房左壁处，偌大一石砌灶头，上面置竹编蒸笼。灶腔内，柴火熊熊燃烧，蒸笼热气腾腾。

楼东为茅厕，清洁无异味，几疑为官家驿站。

大楼底层，一厅甚敞。

厅的正前方，置一柏木围柜，漆得油光发亮。柜高三尺三寸，乃店家日常收银处。

厅四围及中央，搁十二张方桌，每桌各配四条长凳。

大方桌上，各置一箸筒，筒内插干净竹箸。又置碟儿瓶儿，装些酱、醋、盐巴、辣粉各色调料。

大楼后边，另有一小院，阔约亩许。柴房、杂货间、长工睡觉间，一应俱全。

李白趋步上前，扫一眼杂货间，品字形摆三只大酒缸，半截埋在地里。

适才所遇胖汉，正提起所挑酒桶，神情专注往缸里注酒。

李白鼻子灵，闻得酒曲子甚香，知是鲁东名酿——"济水春"。

嘴里赞一个："果然好烧刀子，鲁东'济水春'！"

胖汉见到李白，初时微微发愣，继而憨憨一笑，呵呵言道："客官来了？"

李白阅历丰富，知他是个老实人，点点头算作应答。

胖汉专心注酒，生怕抛洒半点。见客人不吱声，续曰："客官好没见识，说啥'济水春'哩？此乃'广陵春'是也！"

李白越发奇怪，明明是"济水春"，胖汉忒没道理，偏要叫个"广陵春"？

心里虽然奇怪，却不愿刨根问底，免得人家不爽快。

李白退回前厅，择临窗处坐定。待要招呼酒菜，围柜里却空无一人。心里又纳闷儿，咋没得店家呢？

适，胖汉卸完酒，从后院入厅。

李白见到他，忍不住大叫道："馋杀某也！"

张口要两壶"广陵春"，又炖一只肥猪蹄髈，再斩一只烧鹅，顺带来十个驴肉馒头。

胖汉一听，瞠目结舌。要恁多酒菜？一人怎吃得了！

慢腾腾不吱声。

李白嫌他磨蹭，鼓一对大眼，急吼吼叫道："兀那大胖汉子，只管依我意思，快快上将过来，不会少你半文钱。"

胖汉听到催促，见他两眼鼓如铜铃，哪敢说半个不字？

冲着后厨间，嗡嗡一阵大叫。

"两壶'广陵春'，原封！一只肥猪蹄髈，炖烂。一只卤肥鹅，斩坨。外搭十个驴肉馒头，要快。"

李白听得有趣，笑呵呵赞一个。翘拇指专道："胖兄果好肥膘，却不曾想到，恁好的口才!"

胖汉嘿嘿一笑，并不回应他，转身入围柜里。

原来是店家？

李白憨笑，将信将疑。

正疑惑间，后厨已出菜。

跑堂腿脚利索，肩搭白色抹布，往返厅厨间，将李白所要酒食，一一端上桌来。

李白大喜，伸手抓过酒壶，启封先筛一碗，咕咕咕吃了，暂时润润冒烟的喉咙。

甫一入口，眉头立皱。

李白不解，胖汉为何说谎？明明鲁东烧刀子，哪来淮南"广陵春"？

"济水春"亦名酿，虽不及"广陵春"爽口，酒劲却大许多。

李白吃得口滑，一连吃掉五碗。

顺手将桌上酱油、米醋、葱花、胡椒粉和一块，细细搅拌均匀，倒进一个乌钵。复将炖妑的猪蹄髈，放进钵里滚几滚。再用两手拿住，"滋"地咬一大口。

肥髈蘸满佐料，调汁和着肥髈油汁，顺李白嘴角流下，看得人馋涎直流。

李白咧开大嘴，津津有味猛嚼。

李白率性惯了，只顾着自己痛快，哪管别人眼神？瞧那乡下人德性，穷瘘饿虾搞刨了，恐怕半年没见荤腥了!

胖汉立柜内，见客人清爽俊朗，却没半点斯文样，忍住没笑出声来。

嘟哝冒句吴语，让人好生奇怪。

"侬饿屄屄豸样，恁没半点吃相。"

李白耳尖。

胖汉不是土著，倒说得一口吴语。心里奇了怪了，夯货不是本地人？

独自一人吃喝，正寡味得紧。心想胖子多贪食，何不邀来同饮？

有了这层想法，嘴里停了咀嚼。冲围柜招招手，愉快言道："老兄不是本地人？何不来吃杯酒，一起叙叙？"

胖子果然好吃，听得客人邀吃酒，连忙走出柜台，来到李白跟前，恭维道：

"客官真好听力，小老儿姓谢，单名一个冕，吴中扬州人氏。"

李白听得亲切，真是奇了怪了，心里又是一阵激动。见胖汉子客气，招手让他坐下，筛一碗酒递过去。

但凡爱酒之徒，无论多么憨笨，只要黄汤子灌肠，必生几分豪气。

谢冕也不例外，呵呵咧嘴一笑，接过那碗烧刀子，仰头一口干了。

李白大喜，没想他一憨憨胖汉，喝酒倒很爽快。两下对了脾气，嘴里直嚷嚷："天下朋友，唯有吃酒，谢兄休要客气，坐下，坐下，陪某吃个痛快！"

胖哥遵言，大咧咧坐副头。

李白复筛一碗，双手再捧给他。

谢冕也不推辞，接过又一饮而尽。

李白这才吃惊，死胖子好酒量！

一时豪情陡起，冲后厨大叫："再炖只母鸡，重上两壶'广陵春'！"

后厨听得分明，应声答曰："好嘞，'广陵春'两壶，再炖只母鸡！"

二人对饮，无拘无束。虽无文人雅聚风流，却难得乡野痛快。

李白性起，吃得满面红光。数言生平事迹，语颇多自豪。

谢冕亦性起，吃得嘴滑舌结，无意抖落身世。自言扬州柳溪人，十五年前，随主人来此，经营酒肆为业。

扬州柳溪？

李白听了，心里怦然一动。停下手中酒碗，询之曰："敢问谢兄，为何取个店名'柳溪风月'，又叫个酒名'广陵春'？"

谢冕吃了酒，话也多了起来。见客人相询，乐呵呵地说道："小老儿哪知？主人固执得紧，说做人不忘根本，非要这么取名儿！冈就叫了谢家坡，店就叫个'柳溪风月'，连'济水春'也非要叫个'广陵春'！"

原来如此！

李白虽不明缘由，却知店主心思，必定大有深意。忆起扬州柳溪旧事，心里有了无限的感慨。不知杏儿现在何处，一切安好如故乎？

想到杏儿，李白鼻头发酸。

杏儿和他拜过堂，算是结发夫妻哟。当年数返柳溪，百般相寻于她，却不得点滴消息。

弹指一挥间，二十年过去了，叹人海茫茫，天涯无际，却不知哪里去寻找？

李白不胜感慨，独自吃一碗酒，向谢冕要了笔墨，摇晃着去到大厅，伫立粉壁前良久，龙飞凤舞题下一诗。

诗云：汉帝重阿娇，贮之黄金屋。咳唾落九天，随风生珠玉。宠极爱还歇，妒深情却疏。长门一步地，不肯暂回车。雨落不上天，水覆难再收。君情与妾意，各自东西流。昔日芙蓉花，今成断根草。以色事他人，能得几时好。

书毕，复唱一回。歌声哀怨，寄托千般深情，万般相思。

杏儿，杏儿，你在哪里？

唱到伤心处，李白泪流满脸。连飞四碗"广陵春"，轰然醉倒于地。

四

夜里，亥时。

月明如昼。

李白卧榻上，突闻门前犬吠。又听得三五人声，扑哧扑哧入店内。

李白心甚异，忙直起身子，隔窗向外观看。

窗外，竹影横斜，疏疏漏月光，院中空明如水。

一白犬，甚雄伟，昂然入庭内。项系一副金铃，叮叮当当作响，绕庭一周而去。

俄而，细语窃窃。

又见六侍女，彩衣彩裙。左右各三，手挑梅花灯笼，循石阶而上。

继而四男子，皆玄衣玄裤，一身夜行劲装。各自腰佩长剑，极类禁中侍卫。

殿后一美姬，年三十五六，面覆一层轻纱，让人看不清面容。唯瑶冠凤履，身着蜀锦纱袍，袖广二尺许，极类图画中人。

美姬婀娜移步，肌肤玉莹皎洁，与月光交相辉映，望之如仙女下凡。

李白大惊愕，如此荒村野店，竟有这般人物出入！

突又听一声门响，谢冕披衣惶惶出。上前恭敬曰："主人回来了？"

美姬娇声道："总管辛苦，又去酒坊挑酒了？何不叫人送来。"

谢冕低声言："老奴骨头尚硬，能省一文是一文。"

美姬不再作声，移步入楼中。

刚及厅，见粉壁题诗，神情甚讶。停步询曰："何人所题?"

谢冕不敢撒谎，生怕主人心细，觉察到自己好吃，与客人同饮过。急忙应答道："黄昏来一客，狂饮数壶，强索笔所题。"

美姬眉头微蹙，见他吞吞吐吐，知其又与客人赌酒了。

笑曰："客哪里人氏，姓甚名谁，为何题诗壁上?"

听主人连环相问，谢冕心头一慌，竟语无伦次。

小心应曰："老……老奴实在该死，只顾着贪杯，实不知客姓甚名谁。唯知年四十四五，胯下一匹纯白色烈驹，又着一袭白袍，容貌俊朗若仙。口音说不太准，似蜀音又似楚音。"

谢冕诺诺说完，低头立一旁，不敢张视主人脸色。

美姬听完陈述，神情似呆了一呆。不再问谢冕话，独自去粉壁前，仔细阅李白题诗。

初及目，即惊叫有声。

阅至"君情与妾意，各自东西流"时，声渐大。

复阅至"昔日芙蓉花，今成断根草"时，已哽咽。

再阅至"以色事他人，能得几时好"时，已泣不成声。

隔空念一句："两岸晓烟杨柳绿……"

李白卧床上，不自觉跟曰："一园春雨杏花红。"

美姬噫一声，复念："燕草如碧丝，秦桑低绿枝。"

李白复接："当君怀归日，是妾断肠时。"

美姬突大哭，号啕曰："我的大郎呀!"

杏儿?

是杏儿!

想到谢家坡、柳溪风月、广陵春……皆杏儿深情所为哟!

李白一跃而起，冲出房间大叫道："杏儿! 杏儿! 杏儿! 大郎在此!"

语急似连珠，情切如当年!

二人各自奔向对方，紧紧相拥入雅室。

一店杂工厨子，皆惊讶。纷纷相询，却谁也不知委曲。

雅室内，一灯红焰，明艳如洞房。

杏儿喜极，泪流满面，双拳相捣如擂鼓。一拳又一拳，拳拳擂在李白胸脯上。

李白亦泪奔，搂杏儿入怀，紧紧抱住不放。像当年一样，不停地吻她，吻小脸，小鼻，小嘴，还有长淌的泪水。

杏儿仰起脸，双手环抱李白颈脖，任李白百般爱怜。

李白柔情万种，捧着杏儿的脸，仔细端详着。没变，一点没变，还像二十年前，那般乖巧俊俏！

想起病卧淮南，自己无亲无故，若非杏儿吸痰相救，哪得后来京师受宠、骚坛著名？

李白情难自禁，原来胸中那份真爱，自柳丝儿始发，全系于杏儿身上！以致许多年来，面对其他女人时，始终有一份内疚、羞愧和不安。

这份特殊情感，外人肯定不知，李白哪能不明了？

与玉儿结合，乃男大当婚；苟且于玉真公主，利用多于情爱；野合于刘十娘，实为肉欲驱使……唯有杏儿，乃至真至性，两人情投意合，又多共同语言，爱在骨子里，情植心肝间。

杏儿不再流泪，将头钻入李白怀中，百般拱来拱去，毫无生分地撒着娇。

那份幸福，岂能装得出来？

夜风爽爽，月色朗朗。

杏儿枕李白怀里，轻叙离别之苦。种种艰难曲折，如述晋魏传奇。

每到伤心处，哽咽叹喟不止。

那年遵阿爷所嘱，杏儿狠下心，不让李白新婚圆房，硬逼他去奔前程。哪知李白走后，才晓得相思痛入骨髓，整日里泪水洗面。后听人传言，李白已入赘许家，杏儿更是痛不欲生，几次上吊自绝，都为阿爷所救。

开元二十三年，秋。阿爷染疾去世，杏儿没了亲人，又听得李白别许氏，离荆州东游齐鲁。遂变卖偌大一座谢庄，偕总管谢冕来东鲁，择此要道通衢，经营酒肆为业。心想李白既入齐鲁，南下北上西进，必然经过此地，便想方设法多留痕迹，谢家坡、柳溪风月、广陵春……旨在引李白注意。

杏儿一边述说，一边抽泣泪流。此时所流之泪，却与往日不同，全是幸福的泪水。

李白听得心酸，怜杏儿不易，两臂越发抱得紧了，生怕又离他而去。

杏儿被他一抱，胸中似小鹿乱蹦，整个身子便软了，炣糯如揉熟的面团。虽不曾经历人事，却也向往男欢女爱。

顿时颊红如脂，嘴里娇喘连连，一双眼儿扑朔迷离。干渴已久的黑土地，只待雨露滋润。

李白将杏儿抱起，转身入罗帐中……

第十九章
太白居别杏儿　桃花潭遇汪伦

一

兖州。

城南里许，有太白居。

女主人貌美，年三十五六，端庄而娴静。时常独自一人，浇花小院中。偌大一座四合院，营生得花团锦簇。

男主人雄伟，岁龄四十五六，俊朗而勤快。闲暇时，一人去后院开阔处，耘两三畦菜地，种些瓜果菜蔬，四季里果蔬累累。

夫妻俩皆雅洁，尤喜杏儿李儿。宅子四周的空地上，遍种百十株杏李。每年春上二三月间，杏花李花竞相怒放，光华辉映粉壁。

邻人满眼羡慕，视为一对神仙人儿。只是见了男主人，心里就犯了疑猜，雄赳赳一伟丈夫，却不见有正当营生，整日里游手好闲，骑匹高头大白马，优游于周邻城乡间。

莫非江洋大盗，拐了个小媳妇，隐于此间过日子？

乡党窃窃私语，不知夫妻二人姓名，也不知从何而来。

记得前年腊月，男子找到里正，花重金盘下五亩地，筑起这座太白居，自立门户过起日子来。

夫妻俩为人和善，谁家婚丧嫁娶、生张满十，都乐意备一份礼，上门凑个热闹。

日子久了，村人们接纳了二人，男的呼为李大郎，女的唤作谢大嫂。

中秋节。

秋雨淅淅沥沥，已下了半个月。蛛网般的雨丝，没日没夜地下，让人憋闷得慌。院门前，通往州城的官道，早已泥泞不堪，很少见到行人路过了。

李白站在阶沿上，望屋檐下的雨瀑，呆呆地发愣。

天空乱云飞渡，依旧阴阴沉沉，丝毫不见晴的迹象。

旬日未出家门了，李白焦躁不安。

杏儿心疼夫婿，定居兖州的目的，不就是要寻仨孩子吗？

想想自家的身世，杏儿时常叹气，平阳带着两个弟弟，没爷管没娘疼，不知活成了啥模样？！

儿是爷娘心头肉，有谁不会心疼？李白要去寻找，天经地义的事。惜耗时年余，终一无所获。

前日，李白去村肆吃茶，有好事者窃窃私语，言及歙州桃花潭汪伦处，收留着仨流浪儿，名儿特别地稀奇古怪。

李白听了，心里很激动，不知平阳姊弟否？既然有了一丝线索，无论如何都要去看看。唉，偏又连绵不绝的阴雨，让人心烦意乱如麻。

李白坐卧不安，愁眉紧锁。

杏儿见了，不知该如何宽慰他。只把一个娇小的身子，紧紧地偎住李白。

李白很感动，杏儿善解人意，百般体贴照顾自己，又默默支持寻找孩子，一颗母爱的心，堪称伟大。便转过身来，搂住她的纤腰，吻她的头发。

杏儿才洗过头，黑油油一头发丝，散发出皂角的清香，让人心里宁静。

李白相拥良久，才慢慢松开双手。忆起儿时旧事，蜀中秋日多雨，农人们有"吊擂浆棒"之俗，以祈求天晴。

杏儿满脸疑惑，不知擂浆棒为何物，笑他"傻帽"，说话土得掉渣。

李白笑笑，知她戏谑自己，丝毫不以为忤，耐心地解释道："擂浆棒者，石碓窝之舂棒也。"

蜀俗甚怪异，久雨不晴时，将舂棒擦拭干净，裹以妇人花衣，高悬于朝门口，令小儿女用竹竿敲打。

小儿女拿根竹竿，一边认真戏打，一边欢快而歌："擂浆神，擂浆神，今天吊起明天晴！"

李白记忆犹新，蜀人吊舂棒于朝门，祈求天晴颇多灵验。可惜夫妻二人不事农活，既不舂米，也不擂谷，自家院落里哪有擂浆棒嘛。

朝门外，秋雨如注，淅沥不歇。

李白依稀记得，前隋人方侗者，记帝京景物时言："雨久，以白纸作妇人首，剪红绿纸衣之，以笤帚苗缚小帚，令携之，竿悬檐际，曰'扫晴娘'。"

李白心里一喜，牵着杏儿到了书房。找出各色纸张，依方侗的叙述，做出一个"扫晴娘"来。

李白心灵手巧，扫晴娘活灵活现。

杏儿见了扫晴娘，欢喜得像只云雀，拿去悬挂在院门上，合拍着一双乖巧的手，嘴里欢快地呼道："扫晴娘，扫晴娘，今儿挂檐上，明儿天光光！"

李白见她像个孩子，展颜忍俊不禁，上前一把抱起，数度抛于空中，仿佛觅到了仨孩子一般，高兴得手舞足蹈。

杏儿满脸绯红，幸福得像只小猫，心里早溢出蜜来。今儿是中秋节，是该让李白高兴高兴，便扭身去到厨房，精心烹制一桌好菜，一来庆贺月圆，二来为李白送行。

李白满脸幸福，笑得合不拢嘴。他深知杏儿心意，便去后院地窖里，取出一壶剑南春，准备与贤妻吃杯酒，共度中秋月圆。

席间，夫妻对饮，相敬如宾。

李白端起酒盏，先敬杏儿吃一盏。心里许了一个愿，以期找到仨孩子，一家人共圆天伦。

杏儿接过酒盏，笑吟吟饮下。又回敬李白一盏，双眼含情脉脉，充满无限的爱意。

二

歙州。

城西十里许，有座巍峨的大山，名儿叫着桃花山。桃花山半山腰处，又有一座广通驿，驿站官道四通八达，是淮南数一数二的大驿。

李白自东鲁来，转辗往复数月间，已是惊蛰时节。

天气时阴时晴，难得有个艳阳天。春寒料峭中，李白披一袭白色大氅，内着紧身紫貂皮袄，骑一匹高头大白马，雄赳赳威风凛凛。

李白英姿勃发，全得益于杏儿经佑，仿佛时光倒流，又回到了二十年前，还是那个神采飞扬的李白，还是那个光鲜照人的李白。

别人不知缘由，李白当然知道，他与杏儿的结合，才是真正的相知相爱！啥叫幸福？这就叫幸福，婚姻不是牢笼，贵在彼此相知。

李白想去哪里，杏儿从不过问，总是默默地收拾行囊，说些注意安全的话。没有丝毫的埋怨，也从不唠唠叨叨，让李白舒心舒气舒畅。

二月，初五。时令惊蛰，俗称九九。民谚有云："九九八十一，庄稼老汉田中立。"

田间地头，农人犁地耙田，忙得不亦乐乎。

广通驿，车来人往，人声鼎沸。

李白南下歙州，所携银两颇丰，每每进入酒楼里，免不了心痒眼馋，却不愿像往日那般大吃大喝，花钱时手捏得梆紧。

临行前，杏儿打理包裹，悄悄塞进大把的银子，细声细气地说穷家富路，多带点钱免得旅途窘迫，见到久别的孩子们时，也好有个爷的派头。

杏儿告诉他说："一文钱虽少，难死英雄汉哩。"

李白天生傲性，不论啥样的人物，一概视为废柴。偏偏弱小的杏儿，让他打心眼里服气，服帖得像只羊羔。

娘子这么叮嘱，李白很是受用，果然乖乖地听话。离家一路南行，除了正常的开销外，没有乱花过一文钱。

午时，一刻。

天空放晴，太阳虽然露了脸，却像个昏昏欲睡的老人，发出苍白无力的光，让人依然提不起精神。

距驿馆百十步，李白就下了马，牵着白驹进入馆内。来到厩间，把马系在桩上，从腰间掏出十文钱，递给守马棚的厩儿，让他细心帮着照料。

"余资不找补，留着买饼儿吃。"

厩儿得了钱，笑眯眯谢过。

李白不理他，转身来到餐厅。厅内皆二人座，早已人满为患。

厅右侧角落里，尚有一个空位，虽有些逼仄，倒也还算清静。

跑堂的小厮很勤快，李白刚刚落座，便到了座位前，躬身询问道："客官，要甚吃喝？"

对座乃文士，白面长身，衣着光鲜。看那身打头，很有些家资，点得有酒有肉，正起劲吃喝着。

李白见了，肚里馋虫涌动，用舌头舔了舔唇，咽下一汪清口水。强忍住馋念，回应道："仨驴肉馒头。"

堂倌立座侧，见没了下文，盯着李白直瞅，看了好一会，好像在看山中野物。

忒光鲜一丈夫，只要仨馒头？

李白心气高，仨馒头咋啦？也没觉得丢人。见堂倌发愣，补充道："啊，对了，再上一瓯菜羹。"

堂倌没了兴趣，悻悻而去，连菜名也没有报。

文士抬起头来，瞟了李白一眼，神色很有些瞧不起，瘪瘪嘴表示鄙视。

李白视而不见，泰然处之。心里直觉得好笑，李白既为骚坛主，哪有不知文士的德行？生怕被别人轻视了，总喜欢装大爷，唬一唬村夫俗妇。

唉，实可怜矣！

李白自信满满，端坐在座位上，耐心等着馒头上来。

白面文士见了，越发不自在。便故意恶心人，将桌上的酒肉，往自己一侧拢了拢。

那意思很明白，讨厌的长须汉子，何不知趣离开？

李白遍历国中，啥人没见过？偏要惹他一惹，逗着乐呵一盘。

"看兄台打头，也是个读书人，为何这般生分？"

文士闻言，越发愠怒。冷哼一声，不屑地回曰："呵呵，莫非你也是读书人？既知书识礼，当知先入为主。"

李白笑笑，答曰："兄台所言极是，是某不对了，打扰主人清静，实在罪不可恕。"

文士再哼一声，满脸傲色曰："既知打扰，何不离开？"

李白听罢，仍不以为忤，反而笑逐颜开，对曰："听兄台口音，乃歙州土著，某就再打扰一回。敢问此去桃花潭，路程几何？又如何可达？"

李白所问，半真半谑。

真者，实不知桃花潭去处，若能得他指引，那再好不过。

谑者，不就"再打扰一回"嘛，故意逗他玩玩，看要咋的？!

文士被他一逗，果然沉不住气了。倏地拍案而起，勃然大怒道："好不识相的外乡佬，唠唠叨叨败我食欲！"

愤然甩下一两银，气冲冲离座而去。

李白愕然，啥舅子人物，恁地牛皮哄哄？

邻座一人，年三旬许，脸庞红亮而广额，虽穿一身粗布棉袄，却精气神十足。那人见到李白尴尬，手里托个乌钵，内装六个无馅馒头，过来坐在李白对面，满脸笑容可掬地说道："客官初来敝乡？莫怪乡党无理。"

李白见他友善，心里着实喜欢，拱手还礼道："不关事，不关事。只是不知文士何许人？脾气恁大！"

红脸汉子一听，哄然大笑道："吓，你说胡传亮吗？县衙里一书吏耳。因写得几句诗文，便四下里吹嘘，好像青莲李白似的！"

李白闻言，哑然失笑。

时下权臣当政，侈靡之风盛行。国中文人趋炎附势，如蛆般追逐腐臭，实乃帝国之大不幸也！

李白心里想着，嘴上故作轻松，撇撇嘴揶揄道："青莲李白？不一文人吗？有甚了不起！听说西入长安，遭天子逐出京师，还不知哪里混饭吃呢。"

红脸汉一听，大急。看那神色，李白好似他的亲戚，容不得别人踏屑！"客官休要大言，岂不闻贺宾客誉为'谪仙人'？又曾令龙巾拭吐，御手调羹，贵妃捧砚，国忠磨墨，力士脱靴……"

李白听罢，哈哈大笑。

红脸汉又一愣，不解地望着他。

"难道说错了？"

"哪里，哪里，正是如此！"

李白十分得意，忙不迭地应道。

"既是如此，客官为何又要发笑？"

李白止了笑，肃曰："非笑小哥，实笑李白那厮，竟有如此虚名！"

汉子咧嘴一笑，赞他说得有理。

李白眼尖，汉子双手贼干净，却粗糙硕大，又吃的无馅馒头，家境必不宽余，当是附近的庄稼汉，淳朴值得人信赖。

复言道："小哥既是本地人，必知桃花潭去处？"

红脸汉见询，一张脸笑得灿烂，挥手一指驿外，朗声应道："早问我不就得了，何必受那鸟人的气？沿官道西去三里，右侧有棵黄葛树，树旁有一条入山小径，沿小径再行里许，就到了桃花潭。"

汉子十分热情，将途径说得极详细，生怕李白听不明白。

李白听得仔细，哪里还待得住？此次南下歙州，只想找着三个孩子，久等不见馒头端来，想是店家欺他外乡人，故意不先上给他吃，便站起身来双手抱拳，冲汉子作个告别礼，阔步迈出餐厅大门。

李白一时心急，跑步奔到马棚子里，解缰牵上白龙驹，纵身跨上马背，望西飞奔而去。

三

广通驿西三里，山梁状如马鞍。地名马鞍山，又呼为黄葛垭。

山垭口上，黄葛树冠大盈亩，浓荫似擎天华盖。黄葛树靠近山脚处，一条山径宽不盈尺，长虫般弯弯扭扭，蜿蜒没入丛林中。

山径为土路，又荆棘蓬道，白龙驹膘肥体壮，蹄滑不易行。

李白翻身下马，索性牵着大白龙，小心翼翼朝林间走去。行千二百步，道旁林木愈密，阴森森不见天光。隔篁竹，闻山涧流水潺潺，叮叮咚咚，如鸣佩环。

竹林尽头，临近山崖，果见一潭。

潭广阔百亩，围岸野桃灼灼，灿烂宛若红霞。潭水尤清冽，明亮可见潭底。底为一整块大石，平展如农人晒坝。

平潭如镜，波光粼洵。

游鱼粒粒可数，时而静浮水中，一动不动如镜里；时而排排行行竞游，蚁拥蜂攒般争先恐后；时而受惊仓皇逃窜，闪入潭水深处，倏地不见了踪影。

四围水岸边，乱石嶙峋，如岛屿，如悬岩，如绝壁。犬牙交错，不可名状。

李白看得痴了，侧身往西南望去，湖水自潭口出，形成一条急湍小溪，哗哗流向山外。

小溪宛然如画，夹岸长林密布。溪水去数百丈后，钻入密林间，不见了踪影，唯余一涧空响。

李白伫立潭畔，欣欣然喜不自胜。此陶靖节桃花溪乎？惜不见了避乱秦人，连个人影儿都没有。

谁说没有人影？李白正痴迷间，突闻潭北桃林中，有劳作歌声飘出。

歌声质朴，带有山野的泥土味，更带着劳工的体汗香。

歌曰："天上星星朗朗稀，地下人人分高低。十个指头有长短，莫笑穷人穿破衣。只要勤劳肯出力，哪会长久穷到底！"

李白牵着马，觅歌声而去。来到潭的北岸，隐约见三间茅屋，掩映在竹林中。

篱笆围一院坝，进深六丈许，宽四丈余。地面铺以青石，打扫得干干净净，清爽无杂物。

院落左侧，为一果园。园内，三五株百年老桃，花开得正欢。

右侧临篱墙，搭有简易茅棚，柏木枋作架，麦秸为顶覆盖。棚内筑一大灶，灶里柴火熊熊。

灶头上，置一铁锅，径三尺有奇。

锅上又置蒸桶，桶为柏木箍就，沿口下大上小。

蒸桶底口，径三尺，几与锅沿齐。二者紧紧相扣，合丝严缝。

四围，蒸汽弥漫。

临近大桶底部，插着一根细竹筒。竹筒长约一尺三寸，清冽无比的蒸馏水，正顺着竹筒溢出，嘀嘀嗒嗒滴入下面的小桶。

大蒸桶旁边，跕着一条汉子，右手拿个木瓢儿，专心地接流出来的蒸馏水，不时送入嘴里啧啧品尝。

汉子神情专注，咂巴着一边品，一边微微点头，满脸陶醉之色。

李白鼻子灵，早闻得是酒香，香得人骨头酥软，不是美酒是什么？

呵呵，古法酿酒？

李白满心欢喜，急忙趋身上前，想要探个究竟。

汉子听到有人来，回头打个照面。两人一对眼，彼此皆惊讶。

"是你？"

"是你！"

汉子不是别人，正是广通驿指路的红脸汉！

红脸汉子呵呵笑着，用手中的柳木小瓢，去小桶里舀一瓢酒，热情地递与李白吃。

"尝尝，新蒭的酒。"

李白不知厉害，接过一饮而尽。哪知酒性甚烈，刚入肚肠内，丹田处陡然鼓胀，腾升起一股热气，汹汹地直冲脑门。

少顷，酒劲四散，李白浑身燥热，唯唇齿留香，绵长醇厚无比。

李白满脸通红，尤赞不绝口："果然好酒，入肠火烧火燎，甚对某的脾气！"

红脸汉微微一笑，见大朗也红了脸，却并未醉倒，伸出大拇指赞道："好酒量！"

李白被他一赞，倒有些不好意思，差点儿就醉趴下了，还好酒量？心有不甘，复言道："敢问小哥，酒性何烈？"

红脸汉子见询，看他一口吃了那酒，依然头脑清醒，很是佩服他，十分认真地回答道："客官识货，是个行家。此为头酒，又未勾兑，故而劲大！"

李白听他一说，更加不好意思，猛一拍头道："只顾吃你好酒，却不知兄台大名？"

汉子见李白可爱，笑道："汪某就一烤酒匠，何来的大名？贱名一个伦字。"

烤酒匠？

汪伦？

真是好运气，踏破铁鞋无觅处，得来全不费功夫。

李白双手抱拳，冲汉子长揖道："原来是汪兄弟，请受李白一拜。"

汪伦大讶。

李白？

青莲李白！

汪伦喜不自胜，上前一把扶住，慌忙还礼道："大兄年长为尊，小弟怎敢受拜！"

李白激动不已，竟然语无伦次。连连说到平阳姊弟事，终因太过激动，无法说清来龙去脉。

汪伦知他心意，慰之曰："大兄尽管放心，令爱及二郎平安，已有了上好去处！"

李白闻言，身犹颤抖不止。顿时两眼潮湿，有了泪花儿。

汪伦一见，知李白情不自禁，忙拽着进入"桃花居"。高声呼唤自家婆娘，赶快做些饮食来，二人对饮于堂。

数碗酒下肚，李白心情渐渐平复，又询平阳姊弟事，神情焦躁不安。

汪伦不忍相看，独自吃一碗酒，娓娓向他道来。

前年冬月间，平阳领着两个弟弟，辗转来到东鲁，千里寻何爷未果。去岁春上，逃荒到了歙州，恰遇汪伦州城卖酒，见三人面黄肌瘦，面呈菜色，又想自己无儿无女，便领回家中收养……

李白听得专注，满脸的关切神色。亲筛一碗酒，双手捧与大弟。

汪伦接过酒，仰头一饮而尽。续曰："此去十里，有个魏家庄。庄主魏员外，膝下独子魏泰安，村人呼作魏大郎，品行端庄受乡党称赞。年前来寒舍沽酒，见了令爱颇为心仪，专令媒婆上门提亲。大兄不在身边，小弟便作了主，二月十六过的门，作了魏大郎正室，二令郎随之住进魏家庄。"

李白闻讯，心中恻然，又喜仨孩儿，有了好的归宿。感念汪伦古道热肠，双手再擎一碗酒，长揖谢曰："兄台大恩，白何以为报？"

汪伦忙起身，还礼道："不怪小弟擅作主张，便让某心宽了，何敢再三领谢？"

言毕，举起碗来，看着李白。

李白真心感动，也举起碗来。

二人对吃一碗，情义都在酒中。彼此间心有灵犀，也不劝酒，想要吃时，一人端起吃了，另一人跟着饮尽。

汪伦是主人，怕李白伤感，坏了这么好的气氛。不许再议孩儿事，说择日领李白去魏家庄。

李白依了他，却又提个要求，欲知古法烤酒技艺。

"白不情之请，愿老弟允诺。"

汪伦很爽快，欣然答应。

四

简易茅棚内，另有一大灶，与烤酒房配置一般无二。只是冷秋火蔫，桶内空空无物。

酉时，三刻。

汪伦领着李白，来到冷灶前。

李白立灶畔，心里很是好奇，不知如何操作。

汪伦先去工具间，脱掉长衣长裤，换一身短工打头。

九九时节，天气犹寒。

汪伦摇身一变，成了烤酒匠。身穿粗布白褂，腰系一条麻布兜裆裤，脚蹬一对多耳麻搭鞋。

李白看着都冷，背心直起鸡皮疙瘩。

汪伦若无其事，跨步爬上灶台，将锅上的蒸桶掀开，置灶头空闲处。再去到蓄水的石缸边，舀一瓢水倒进锅里，拿只二尺长的大竹刷把，沿着铁锅四壁洗刷，待锅洗得干净了，便倒掉锅里的脏水，复用清水洁净一遍，才满满注入一大锅水。

李白帮不上忙，只在旁边看他劳作。

汪伦复爬上灶台，用力搬动大蒸桶，重新稳稳置铁锅上。

灶头诸活忙毕，汪伦又去灶膛生火。柴火多杂木劈成，耐烧火力又猛，熊熊一灶大火，将他的脸庞映得通红。

李白嗜酒，却不知烤酒之法，便想探得个中秘密。遂立一旁仔细观察，生怕漏了哪个环节。

汪老弟恁了得，身板并不强健，却力大无比。蒸桶壁厚两寸，少说也有百十斤，他却能轻松搬离、复位。既感慨他的蛮性，又悯之劳作不易。

汪伦将一块块木柴，有序地叠架在炉膛内。添足柴火后，直起身来咧嘴一笑。

炉火映红夜空，也映红他一脸汗珠。

李白上前，取下晾竿所搭汗帕，默默递给他。

汪伦一边擦汗，一边领着李白，来到工具间。临近工具间，置一柏木拌桶。拌桶呈长方形，高约三尺许，长六尺有奇，宽四尺八寸，里面装满发酵物，散发出浓烈的酸味。

李白满脸疑惑，不知拌桶所装何物。

汪伦却很神圣，指着拌桶说道："此为酒曲子，乃制酒之关键，已发酵旬日，正好派上用场。"

李白听说后，睁着一双大眼，想瞧个明白。一边瞧，一边细数："有稷粒，有麦粒，还有黍粒……"

汪伦赞他眼尖，笑言道："对，还有大稻米，糯稻米。"

常言说得好，隔行如隔山，李白一门外汉，不知曲子做法，请求详解。

汪伦也不隐瞒，大大方方解释道："曲子以稷为主，五粮比例为：稷占六成，麦、黍、大稻、糯稻各占一成。曲子发酵前，五粮淘洗干净，盛大铁锅内，慢火煮上两天，沥尽水分后晾干，再装入拌桶发酵。"

李白专心致志，听得十分认真。

汪伦讲得仔细，声言发酵过程很慢，特别是初春、深秋、冬季时节，往往得十天半个月。冬天气温低，尤需要保温，拌桶上下四周，须用棉絮厚厚包裹。

"曲子若冷着，发酵便不充分，烤出的酒涩而燥辣。"

汪伦很淳朴，见李白很上心，就用心教他："杀猪杀屁眼，各有各的杀法。古法烤酒烤匠皆知，为何所酿之酒，又良莠不齐呢？"

李白摇摇头，不知其中奥妙。

汪伦不卖关子，见四下无人，说出一个秘密来。

"关键之关键，在于发酵！"

发酵物很特别，需用嫩黍米打浆，放置一天一夜后，黍浆自然就发酵了。黍浆发酵后，酸味儿十足。只有用那酸味作曲子，才能酿制出美酒来。

"这是制曲秘技，汪某没有子嗣，早晚传与令郎，故不相瞒。"

李白很感动，难得汪老弟信任，便一一记在心上。

锅中之水已沸，汪伦不再说话，急忙奔到拌桶前，将二百来斤曲子，用木锨一一抛入蒸桶。

炉火红红，照着汪伦。古铜色精赤的上身，肌肉块块隆起，雄健之美，无与伦比。

汪伦挥汗如雨，将拌桶所装曲子，全部掀进蒸桶。

蒸桶上，覆置一天锅，天锅里注满冷水。

李白细看，方知灶上所置，实为三接头——大烧（底）锅、大蒸桶、大天锅。

蒸桶与底锅间，隔一个草圈。草圈竹条为骨，外缠以稻草。功能有二：一为捂热保温，防止热气外泄。一为利于注水，设若烧锅水少时，可通过草圈注水，以免底锅烧坏。

曲子受热后，散发出酒蒸汽，遇到天锅冷锅底，快速凝结成液状的酒，顺着细长的竹筒流出来，即所谓原浆酒了。

原浆酒性烈，尤其是"头酒"，酒精度极高，需细心勾兑后，方能出售或饮用。

李白看得仔细，炉火越猛，出酒越快。

汪伦凭着经验，控制着火势，偶尔拉几下风箱。他告诉李白，一般不用猛火，中火即可，慢烧慢出酒最多。设若火力太猛，底锅水易翻腾，导致底部曲子受潮，板结凝成一块，无法正常蒸出酒蒸汽。

李白频频点头，鼻里全是酒香，刚酿出来的酒，热乎乎让人嘴馋。

汪伦低头接酒，小瓢舀起品咂，以测试酒的纯度。一边品着新酒，一边哼着小调儿。

李白没得酒吃，只有干瞪眼。听他哼的调儿有趣，也醉得一塌糊涂了。

灶膛里烈焰熊熊，将汪伦品酒的身影，弯弓般投射在篱墙上，佝偻而又沉重。

李白感触良多，他一个烤酒匠，难得心地善良，又这般豁达。整日里劳作，生活实属不易，心里却这么多快乐，想朝中一众肉食者，尸禄素餐，却怨这怨那，难怪古贤们说：劳心者鄙，劳力者尊！

李白心有所动，禁不住为他高歌："炉火照天地，红星乱紫烟。赧郎明月夜，歌曲动寒川。"

是夜，宿于桃花居。

李白枕床头，望窗外月朗星稀，又闻潭中蛴蟆鸣唱，一时思绪万千。

想杏儿，思三子，又念汪伦情义……辗转反侧，直到月落西山，仍无法入眠。

嘴里喃喃自语，兀自轻声诵曰："夜到清溪宿，主人碧岩里。檐楹挂星斗，枕席响风水。月落西山时，啾啾夜猿起。"

夜深不知几许，唯有山风入梦。

第二十章

盘龙湾汪伦访亲　魏家庄李白认婿

一

古猷州地，处青溪中游。春秋两季多雾，素有"雾猷州"之称。

民谚云："天上大月亮，地上白头霜。夜里蛴蟆叫，明晨大雾罩。"

老辈人都知道，设若秋冬季节，但凡夜月照空，明日必有霜冻。若是初春天气，夜里蛴蟆鸣唱，明日免不了一场大雾。

翌日，晨。

浓雾滚天裹地，将偌大一个桃花潭，包裹得没了踪影。

李白依旧早起。

昨夜很惆怅，乱七八糟的梦，一直迷糊到天明，醒来却啥也记不得了。今儿要去魏家庄，心情仍不平静。

李白来到潭畔，闭目静息良久，先习一遍"五禽戏"，又舞一趟岷山剑法。动作舒缓，似行云流水。

平潭上，浓雾团团翻涌，带着一丝丝的薄寒。露珠滴滴湿衣，雾气丝丝袭人，让人身心俱宁。

李白喜欢这种天气，自己看不见别人，别人也看不见自己。

舞完剑，收势往回走，刚入围院内，有歌声夭夭，从简棚里传出。歌曰："春季里来百花香，牡丹仙子我为王。勤快蜂儿把蜜酿，妖艳蝴蝶绕彩堂……"

汪伦起得也早，点燃一盏桐油灯，正在简棚里忙活。一蒸桶废弃的酒糟，已被他铲进了木榨机，一一榨成了枯饼。

李白上前，问候一声："早上好。"

汪伦应曰："早上好！"

李白不解，烤完酒的曲子，为何压榨成枯饼？好奇地问道："制成枯饼，尚可食否？"

汪伦抿嘴窃笑，李白乃文士，不知乡间农禾事，当然不知枯饼用途了。"酒糟乃舍物，岂可食用？制成枯饼者，售与农人肥地也。"

李白闻言，咧嘴傻笑。

汪家嫂嫂立厨间，隔空向简棚喊道："大郎，朝饔好了，过来用食。"

"晓得！"汪伦应一声，让李白把剑搁了，一同去到厨间。

洗脸，漱口，净手。

汪嫂端一钵菜粥，分两大碗凉着。又上一笼蒸馍，麦香热气腾腾。朝饔简单，也无太多礼节。汪伦坐案首，李白坐横头。各吃三个蒸馍，又将凉粥喝了，摸摸鼓胀的腹，满意地打着饱嗝。

卯时。

山间风起，浙浙飒飒。

雾依旧很浓，被山风一吹，潮水般往山外涌去。似波涛翻滚，迷茫茫无边无际。

汪伦居山间日久，熟识桃花潭气候。潭雾浓如白乳，看似包裹得严密，只要卯时动风，不出一个时辰，必吹得干干净净。午时左右，天定大晴。

李白久居平坝，不知山里的天气，见雾依旧很浓，浓得风吹不散。一对眉毛便皱一堆，不停地搓着双手，急得双脚直跳。

汪伦见了，知大兄心急，抚曰："哥哥休要烦躁，今儿天气不赖，早晚一个火烧天。"

李白哪里肯信？嘟哝道："老弟休要诓我，这般大雾封山，何来的火烧天？"

汪嫂立一旁，帮腔道："我家大郎所言极是，哥哥只管信他，放心去走人户。"

李白闻言，心里稍宽，只顾催促要走。

"既如此，老弟何不早行？"

汪嫂听催得急，转身进入耳房。

汪伦被他一催，有些不好意思，先去简棚工具间，挑出一对竹箩，搁在阶沿上。再去简棚储酒间，提两坛所烤新酒，小心翼翼放箩里。

李白嫌他啰唆，催促着快走。

汪嫂自耳房出，笑盈盈说道："哥哥莫慌，还需带上些礼信，免得亲家翁笑话。"

李白憨憨一笑，走亲戚带份礼信，这礼节他当然懂。可今儿看自家孩子，未必还要带礼物？李白洒脱惯了，忘记大姑娘已为人妇，早不是李家的人了，头一回去拜会亲家翁，当然得准备礼物。

"亲家翁，亲家翁，见面赠个大红封。"

汪嫂啥都懂，一边说话，一边手脚不停地忙活。左手提一个扎包，裹十只饴饼，用红纸条封一圈，细麻绳绑扎精致。右手提两块烟熏腊肉，外搭三只烟熏山鸡。胸前，又抱一布口袋，袋内装满各色干果，板栗、核桃、落花生……胀鼓鼓一大包。

汪伦接过来，用另一空竹箩，一一叠放码好。

李白讲究，欲乘马去。

汪伦不允，言此去魏家庄，十里崎岖山路，骑马不易行，哪有步行利索？

汪嫂讪笑道："哥哥怎娇气？"捡起楠竹扁担，递与自家汪伦。

汪伦接过扁担，将箩绳系两端头，复用小膊托扁担中间，上下掂一掂，以测试两箩所置物什，轻重是否一致。测试毕。汪伦甚觉称心，矮身蹲下去，将扁担置肩头，闪悠悠挑起箩儿，直往山间走去。

李白空脚甩手，一步一趋紧随其后。

大雾弥漫，不辨路径。

二人行山间，看不见山景。唯闻林间野雉声声，"咕咕咕"地叫个不停。

斑鸠泣雨，雉鸡鸣阳。

野雉声中，雾似行云流水，汹涌澎湃往山外涌。

行里许，隐约已见阳光。

二

盘龙山，盘龙湾。

盘龙山不算高，在歙州境内，也没有黟山的名头响。然山势雄奇陡峭，孤峰兀立青溪畔。

千里青溪水，浩浩荡荡，自徽州奔腾而来。到了歙州地界，向西南绕一个大湾，百二十里水路后，遇盘龙山阻拦，形成巨大的"几"形地貌。

突兀的盘龙山，坐落在几字顶部，宛如巨龙翘首欲飞。

清晨，每当太阳升起，累累磊磊一山白石，熠熠闪烁着银光，白灿灿似片片龙鳞，炫目不可名状。

土著迷信，以为神焉，俗呼为盘龙湾。

地方文士少见识，于故里景致颇多自豪。山崖绝壁间，题咏甚众，不外乎"势拔五岳""独尊淮南""雄峙江左"，又或曰"人间无双景，天下第一山"……

盘龙山山势雄奇，状如巨龙盘蜷。

山湾里，一坝如盆。青溪蜿蜒似练，绕坝静静东流。

小盆地成扇形，向东南铺排开去。扇柄处稍高，紧邻盘龙山山脚，处二台地正中央。

堪舆一学，古已有之。

自魏晋以降，郭景纯始作俑后，至大唐发扬光大。国朝设司天监，又有李淳风、袁天罡者，术数风靡朝野，世人惊以为神。

堪舆家知天文，晓地理，推撰选择屋基地时，讲究"靠山稳，明堂亮"。但凡状如椅形山势，又怀抱小盆地者，必视为旺家宝地。

盘龙湾依山抱坝，形似巨龙蜷卧。靠山孤峰突兀，安如磐石；明堂广阳大坝，开阔敞亮。又有青溪曲绕，难得一块风水宝地。

魏员外闻名遐迩，富甲歙州一境。魏家庄声威赫赫，就构筑在盘龙湾里。

午时，二刻。

果如汪伦所料，太阳伸出脚脚爪爪，努力地破雾而出。几经挣扎，终于云开雾散。

刹那间，金光万道，明艳艳的春阳，照在盘龙山上，满山遍野的白石头，发出熠熠闪耀的银光。

浓雾不再顽固，早已四下散去，变成缕缕白纱，萦绕在山腰间。继而盘旋山顶，渐渐虚无缥缈。

汪伦挑着礼信，脚步轻快如风。山路不易行，上坡下坎过涧，七弯八拐十来里，也没见他换过肩，更无停担歇息之意。

李白脚步趔趄，早已汗出如浆，已有了歇息之意。

汪伦一对小腿，像涂抹了桐油，古铜色鼓筋爆绽。那双撮箕一般的大脚，尤显得劲霸十足，上下翻飞，丝毫不显疲态。

李白暗叹不止，农人劳作辛苦，却得一副好身板。想想真是无比汗颜，枉自习得御剑如风，又自诩趔趄伟丈夫，却不敌一庄稼汉子。心里有了这层想法，哪有脸面呼他停下？人家没歇息之意，只得舍命紧跟。

二人紧赶慢行，终于爬上山巅。丽日巡空，视野豁然开阔。

汪伦临巅顶，用手一指山下，向大兄言道："哥哥请看，山下那座大宅，就是魏家庄了。"

李白闻言，顺他手指方向望去，果见山脚二台地上，建一座巨型宅院。

明晃晃阳光下，果然巍峨壮丽。

李白走南闯北，住过王公大宅，待过天子皇宫，算得见多识广了。见到眼前大宅院的规模，还是暗自吃一惊。

魏家庄规模之大，超乎常人的想象。楼宇重重叠叠，虽不及天子皇宫，却不输任何王府。

大宅院坐北朝南，依八卦易象布局，按左青龙右白虎、前朱雀后玄武构筑。背依盘龙山，怀抱广阳坝，脚踏青溪水。宅院四围方方正正，工整如大斗，又四平八稳，恰似雄狮伏地。中轴一线，长约六百丈，界分阴阳，宅院的最高楼，就雄踞在阳"鱼眼"上。

李白素慕仙道，于堪舆术多有心得，见了山下的大宅，不由敬佩起宅主来。

我的好亲家翁，究竟是谁呢？竟有如此的气象，择得恁好一处宅基，布局堪称完美无缺。不仅好眼力，更是好襟怀！

汪伦不懂堪舆，也不知大兄所思，只道他头回来盘龙湾，惊异于大宅子的规模，一时间痴呆了。便一边往下走，一边对李白说道："魏员外世居于此，富甲周邻诸邑，豪爽有气节，哥哥必定喜欢。"

汪伦这么说，实为了炫耀。对于"员外亲家翁"，他也知之甚少，真要讲个子丑寅卯来，却也未必知道。

邻里间盛传，员外姓魏名平，祖上赫赫有名，乃蜀汉大将军魏延。蜀汉亡国时，先人避魏晋乱，迁居隐于此间。翻来覆去就这么说，设若多问个为什么，便没有人知道了。

当然，四邻乡党还知道，魏员外为人豪迈直爽，平生最喜仗义疏财，专爱结识英雄豪杰。凡有江湖好汉投奔，必热情留住在魏家庄上，每日里好酒好肉款待。若要离庄而去时，又多有不菲银两相赠，江湖上就挣得好名声，呼他唤作"及时雨"。

李白初莅魏家庄，尚未得识亲家翁，哪知道他的好处？看到偌大一座宅院，心里难免忍不住异想，我这个亲家翁哟，真是不简单哩，了不起的人物！

想到亲家翁，李白心里直痒痒，癫般急不可耐，想早点见上一面。

三

盘龙山下。

一条青石官道，沿着青溪右岸北行，直达魏家庄前。

庄院四周，林木掩映，多参天古柏。院墙长里许，皆巨型青石垒砌，高达六尺有奇。若非身手敏捷的练家子，纵有云梯软索相助，也轻易不得攀爬。

庄前，大门雄阔。

宅门两端，各踞一尊石狮。狮头昂扬向上，阔口雄视着前方。沉沉两扇大门，皆鸭脚木做就，厚达六寸余，坚固不可摧。木门上箍四道铁皮，每一道铁皮的空隙处，都布满碗大的铜包钉。

院大门正前方，有一个大广场。广场约莫四亩地，比许多州城的较场都大。广场的西北角上，矗立一根大桅杆，桅杆高达十丈余，杆顶上挂一面六尺杏黄旗，呼啦啦威风凛凛，高高飘扬在半空中。

院大门正上方，横悬着一块巨匾，材质为罕见的金丝楠木，匾上书着"魏家庄"三个字，字大如斗，流光溢彩，灿烂炫目。

四位护院门丁，身佩镔铁腰刀，昂首挺胸目视前方，分立大门的两侧。

汪伦挑着担儿，闪悠悠前面领路。李白亦步亦趋，紧随在他身后。

二人轻车熟路，快步来到庄前。

领班门丁一见，是岳丈李白上门，忙入庄内通报。

"太公，太公，有贵客莅庄！"

大宅院深处，传来一阵笑声，爽朗而豪迈。

"呵呵，早上喜鹊叫，必有贵客到。好日子，好日子！不知贵客是谁？"

汪伦高声应答："太公闲赋于庄，果然过得好日子！"

院里听得明白，随即欢喜道："原来是亲家翁，当真稀客哟！"

汪伦听他欢喜，再次高声答道："某哪是稀客？太公莫要惊慌，真正亲家翁来了！"

大院深处，传来一声惊呼："汪老弟何言？莫非青莲李白乎！"

汪伦欢喜不止，复高声应答："正是！"

院内不再言语，只听见一阵脚步声，啪嗒啪嗒跑了出来。

魏太公奔出大门，红光满面一老汉，虽年近六旬，却风风火火得紧。

汪伦挑着担儿，尚未落肩卸下。

太公一见，冲门丁骂一句："忒这般不懂事？为何不接了礼信！"

护院被骂，吓得唯唯诺诺。一门丁甚机灵，上前接过礼担，笑嘻嘻挑进院去。

汪伦卸了担，抱拳冲员外施礼。

太公咧嘴一笑，亦抱拳回礼。见旁立一汉子，着白色广袖大袍，三绺长须拂胸，神色俊美而朗逸，知道是李白无疑。

汪伦努努嘴，正准备介绍。

魏太公摆手止住，上前一个熊抱，嘴里大叫道："好亲家翁，想煞某家了！"

李白见他爽直，亦欢喜不已，双手搂住魏太公，噼里啪啦乱拍，嘴里呵呵大笑："太公是个爽快人，某好生欢喜！"

魏员外闻言，假意嗔曰："亲家翁见外了，称甚太公？"

李白大笑："魏兄所言甚是，一会酒肉吃喝时，自当罚一杯！"

这话说得直白，哪有客人上门，要酒要肉吃喝？

魏平听了，却欢喜异常，亲家翁这般爽快，正对了脾气。挽了李白的手，一边往院内走去，一边吩咐护院领班，速去镇上寻回魏泰安。

大宅院内，构筑宏大，仅中轴一线，房屋就多达六重。每重大门，都紧闭着，使人感到庄严而神秘。

魏平挽着李白，阔步行走院中，每到一重大门前，门都会自动打开。一切那么机巧，又那么不可思议。

李白心细如发，用脚步暗自丈量，至九百二十步时，来到最后一重屋前。明显感到这重房屋地基，高出其他屋基许多。

十余级缓步阶梯，乃白玉石垒砌，磅礴大气，又精致无比。梯栏饰以精美图案，多为花鸟鱼虫，无不栩栩如生。

登梯拾级而上，三人来到客厅前，厅门徐徐打开。

客厅正中央，摆一矩形紫檀茶几，长丈二，宽七尺。

茶几四围，置十二张高靠背木椅，一律黑檀精工制作，光鉴照人。

旁有黄杨木隔断，围出一间雅室。雅室内又置一方几，约三尺见方。方几四围，各置一椅，材质皆黄杨木，做工尤其精细。

雅室窗明几净，不用主人介绍，就知有人经常拂拭，必为接待贵宾的场所。

魏平领着两亲家翁，果然直接进入雅室。自去主位坐了，李白坐在客位，汪伦自然坐个横头。

主客刚坐定，早有两位绿裙丫鬟，款步盈盈入内，乖巧地站立两侧。

魏太公满面春风，吩咐近侍丫鬟，先煮一壶蒙顶好茶，又铺四碟果脯，以待二位稀客。

李白静坐片刻，收了身上的热汗，四下里一张望，触目处物皆精美，才惊叹起魏庄的豪侈来。

魏平笑容可掬，亲斟一盏茶汤，双手递了过来。

李白忙起身，笑吟吟双手接住。猛然一晃眼，见他绸袍的前襟上，缀枚六角金质胸花，亮闪闪甚为眼熟。却一时想不起来，在哪里见过？

太公纳闷儿，亲家翁神情古怪，一双眼专注自己襟前，莫非他喜欢金花？笑呵呵摘下来，双手递过去："亲家翁喜欢，拿去把玩便是。"

李白好不尴尬，知亲家翁会错了意，赶紧摇了摇头，却又忍不住好奇，如此精美的金质胸花，常人哪能佩戴得起？便礼貌地接过来，极认真地瞧瞧。

初及目，即大骇。

永王佩章?!

天宝三年，上巳节。玄宗偕杨妃，召群臣赏花沉香亭，李白献《清平调三章》，得天子赐饮御酒，永王曾执杯相贺，别的就是这款胸章！

亲家翁是谁？怎会拥有永王佩章！

太公见他疑惑，展颜一笑道："难怪老弟好奇，此金花果然罕见，实为皇家信物。"

言罢，侃侃而谈，细说来龙去脉。

原来，永王屏藩四镇，素有澄清宇宙之志，好结交天下英豪。魏平为魏延后，颇有胆识谋略，得人激赏荐与李璘。李璘慧眼识才，视魏平为姜尚、子房一类人物，特以金花相赠，以期为己所用。

李白明白了缘由，更不敢夺人所爱，双手恭恭敬敬奉还，双手抱拳揖曰："既为永王信物，太公当悉心保管，切莫弄丢了！"

魏平哈哈一笑，应曰："何珍贵？直如妇人簪花耳，哪值得夸耀?!"

汪伦不识文墨，不知二人捣什么鬼，正疑惑间，猛听庄外喧哗。

不多时，奔进一条汉子，直杠杠闯入雅室。

汉子年约三旬，精壮如牯牛。头扎簇新兰巾，脚蹬鹿皮软靴，一袭紫色锦服甚是鲜妍。甫入雅间，翻身伏地上，望李白纳头便拜！

"大郎！"

"魏泰安！"

"魏万！"

三人齐呼。

李白尤大惊，魏大郎者，魏万是也！泰安是其字，汪伦不识文墨，将名、字混为一谈，呼为魏泰安了！

看官有所不知，李白见了魏万，为何这般惊讶？原来，魏万未第时，慕谪仙人的名头，"自嵩历兖，游梁入吴"。旅行三千多里，追随李白左右年余。李白很喜欢他，赞其"爱文好古"，"必著大名于天下"。

哪知今日相见，昔日的铁杆粉丝，却成了自己的乘龙快婿！

李白异常欢喜，脸上堆满了笑，这岳丈当来安逸。

魏万尤惊喜，站起身放声高歌，诵岳丈所赠《送王屋山人魏万还王屋》句。

歌曰："仙人东方生，浩荡弄云海。沛然乘天游，独往失所在。魏侯继大名，本家聊摄城……东浮汴河水，访我三千里。逸兴满吴云，飘飘浙江汜。挥手杭越间，樟亭望潮还……至今天坛人，当笑尔归迟。我苦惜远别，茫然使心悲。黄河若不断，白首长相思。"

歌毕，魏万再拜。

李白双手扶起，暗自惊叹不已。此子恁好记性，竟将自己所赠之作，洋洋洒洒数百言，复诵得一字不差！要知此乃旧辞章，为十年前所作，今日尚能复诵，真是难得了！

有婿如此，夫复何求？

李白大笑，魏万也大笑。翁婿二人只顾高兴，却忘了另一人物，惹得汪伦不高兴了。

果然，汪伦故作不满，对太公笑道："大郎忒不仗义，有了新岳丈，忘了旧岳丈。"

魏万一听，哪里受得了？复拜于汪伦面前，嘴里连连道歉："非喜新厌旧，实高兴过了头，望阿爷恕罪则个！"

魏万不称岳丈，改称汪伦为阿爷，只因李白来了。依古之礼俗论，亲岳丈在场，哪还会称他人为泰山！

魏万熟读经史，自然懂得这理，自然不会乱称呼。

时，大管事来报，前厅已备好酒席。

魏太公大喜，笑呵呵走上前，右手挽了李白，左手挽了汪伦，一同去到前厅。

众人团团坐定，欢天喜地吃起酒来。

四

夜里，戌时。

魏家庄。

西厢上客房里，一盏盆大猪油灯，红烺烺燃烧如炬。

床沿上，李白正襟危坐，满脸端肃。

平阳已为人妻，虽说是自家阿爷，心里仍然不自在，脸上略带羞色。听到阿爷在屋里传唤，急忙领着明月奴、颇黎二弟，匆匆来到上房，规规矩矩环立床前，悉心聆听教诲。

李白微醺，见三子衣着光鲜，皆上等锦丝缎面，心里颇感疑惑。

平阳为新妇，穿戴整齐漂亮，自然不在话下。明月奴和颇黎俩崽子，是跟着上门的外戚，为何也穿得这般鲜亮？

亲家翁故意摆阔？还是做给人看？又或汪伦所言锦衣玉食？

李白心存疑惑，待要问个明白，若有半点不如意，必携之返回东鲁。

久不见阿爷了，三子虽然恭谨，仍免不了真情流露，眼巴巴盯着不放。

叙过离别情，说完相思苦。李白似漫不经心，实则有意试探，他问平阳："既为魏郎子妻，初入魏家庄，孝敬公婆勤乎？"

平阳初为人妻，尚有些许腼腆，见阿爷相询，神情难免拘谨。小声应曰："回阿爷话，孩儿幼时，常受教于阿娘，自然省得上敬公婆，下顺夫婿。"

李白闻言，心甚宽慰，点头暗许。续曰："每日晨起，亲治朝食乎？去公婆处请安、问食乎？"

平阳闻询，顿时额眉舒展，两眼儿笑成了豆角。喜而复应曰："回阿爷的话，孩儿每日晨起，必向公婆请安、问候朝食。至于制治朝食事，因庄上佣仆众多，实无须孩儿操劳。”

李白听得仔细，当下甚为宽心。

魏家庄礼仪重，平阳入庄数月，早享受少夫人的待遇，哪里还会亲持家务？便不再理她，又询明月奴、颇黎二子：“汝二人年幼，居姊夫庄上，起居习惯否？”

二子初入室，见阿爷一脸端肃，加之久未谋面，心里难免畏惧。今见阿爷欢颜，又相询于己，关切之情溢于言表，争先恐后应答道：“回阿爷的话，孩儿得阿公阿婆关照，姊夫又百般疼爱，每日里锦衣玉食，快乐无忧无虑也。”

李白听毕，将信将疑。

二子快言快语，似事先为人教唆。故而并不理会，转而注视平阳，让她说实话。

平阳瞧得仔细，也知阿爷心意，连忙点头称是：“禀阿爷得知，两位阿弟所言，句句皆凿实。”

常言说得好，知子莫若爷娘。李白久历江湖，见平阳一脸真诚，知她所言不假，得了这般准信儿，哪能不欢喜若狂？

三子衣食无忧，又能快乐成长，天下做爷娘的，谁都会宽心！

复转过头来，言于二子：“既有恁好家境，汝可知珍惜否？每日里庄上勤快些！”

明月奴听了，知阿爷不晓实情，急忙禀告道：“阿爷有所不知，阿公忒慈祥，待孩儿如己出，专送三弟与我去学堂，故而散学以后才姗姗来迟，随姊姊拜见阿爷。”

李白听他一说，顿时目瞪口呆。

平阳肃立一旁，见阿爷神色诧异，以为不信二弟之言，急忙解释道：“二弟所言庠学事，绝无半分诳语！”

李白不是不信，实乃感动不已！二子上学堂念书，乃李门千秋大事，自己早有此想法。终因长年四处游历，一直有心无力，今得亲家翁助力，竟了却了夙愿，如何不心存感动？

心里想了一想，复言于二子：“汝二人有这般好结果，是愿随阿爷回家，还是留在姊姊身边，继续去学堂念书？”

家？

哪还有家！

颇黎年幼无知，尚未真正懂事，歪着一个小脑袋，不解地望着阿爷，嘴里嘟哝道："魏家庄这么好，为何跟阿爷回家？当然跟着姊姊了。"

明月奴不吱声，极不情愿地低着头，用双手搓着衣摆。神情很是古怪，似焦虑又似不安。

李白看在眼里，知俩孩子的心思，都不愿跟自己走。心里顿时难过异常，眼眶潮湿起来，急忙扭过身去，不让孩子们看见。

平阳见阿爷落泪，心情万般复杂，一时难以自持，心痛如刀割。一痛阿爷，年事渐高，身边没得个小棉袄，暖脚暖手暖心，亲生骨肉却要分离。二痛两个阿弟，年幼无人照顾，设若跟着阿爷回去，以阿爷的生活习性论，如何管得了他俩？

思前想后，平阳下定决心，要把兄弟俩留在魏家庄，彼此间好有个照应。跪阿爷面前，低声泣曰："阿公阿婆人仁慈，大郎尤善良，两阿弟留在魏家庄，不怕没人疼他俩。阿爷尽管去，切莫虑之甚。"

李白闻听此言，忍不住泪奔如雨，失声痛哭道："阿爷一生豪雄，却让尔等寄宿于外，实愧对列祖列宗！"

三子大惊愕，在他们心眼中，阿爷那么伟大，可上天揽月，可下洋捉鳖，何曾流过泪？一时心痛难忍，齐上前拥住阿爷，放声大哭起来。

李白张开巨臂，揽三子入怀。百般抚爱间，一一遍摸其头。

上客房内，李白爷儿四人，呜呜抱哭一团。

第二十一章
汪伦情深桃花潭　李白祝寿嵩岳山

一

李白客居魏家庄，没有丝毫陌生感，更无半点不适。饮食起居，概如往常。

明月奴懂事，颇黎乖巧，二子谨遵阿姊叮嘱，一切围着阿爷转。时常绕膝前后，嘘寒问暖左右，难得的天伦之乐。

平阳尤恭顺，勤谨倍于娘家。早起问朝食，夜息道晚安，日常稍有空闲，又送汤递水，待阿爷等同公婆。

亲家翁特仁义，百般殷勤款待。每日里悉心安排，大碗吃酒，大块吃肉。又得众仆前呼后拥，侍候如太上皇。

李白得此待遇，好不逍遥快活，心花怒放直乐，都快忘了太白居，忘了太白居的杏儿了。闲暇无事时，常领着仨孩子，沿庄前的青溪溜达，讲些为人妇、为人夫、为人子、为人爷的处世道理。他心里明白得很，世事无常，三日后，一旦离魏庄而去，爷儿们要想再聚首，实在没得个定期。

看官有所不知，李白初到魏家庄，何不住上十天半月，偏偏又要匆匆离去？

原来楚接蜀壤，民俗多有相似处，亲戚家相邻不远，有事上门拜访时，一般应当天来回，设若主人殷勤挽留，客人顶多住上两日，从无待三日以上者。

考古之礼仪，汉时典籍《仪礼》记载颇为详尽：凡走亲访戚者，设若为岳丈去郎婿家，盘桓不超过四宿。

市井说得明了，一日二日新鲜，三日四日泼烦，五日六日脸涎（音玄）。

读书人死读书，多不解民谚俚语，听了市井之言，莫不瞪大眼睛，呆头呆脑不知所云。

啥意思呢？

写成书面语言，即客宿一两天，主客皆新鲜；客住三四天，主人心里烦；客住五六天，意为赖着不走，被人视为脸涎（脸皮厚）了。

李白知书识礼，从小听爷娘教诲：出门看天色，进门看脸色。哪会那么不知趣，非要主人拿脸拿色，自己难堪了再走？

三日后。

卯时，一刻。

李白告别魏平，与魏万叙过，又与三子挥泪拥别，欲随汪伦回桃花潭。他心爱的白龙驹，还在桃花居哩。

太公心宅仁厚，所赠银钱甚丰，俩亲家翁一视同仁，各赠三十金。

连回的常规礼信，也是相同两等份，山货、肉干、饴饼、禽、蛋……应有尽有。

唯魏万偏心，私下藏了二十金，裹在岳丈剑囊中。裹金乃平阳所缝，制作得十分精巧，不易被人瞧破。

魏家庄前，青石官道边，大柳树下。

平阳身着盛装，穿戴如大婚之期，隆重而端庄。唯那双美丽的大眼，流露出些许无奈。今儿起得特早，不待阿爷起床，便早早领俩阿弟，默默相候于上客房前。

卯时，二刻。

众人至柳亭。

李白万分不舍，见平阳领着二弟，痛哭流涕于道左，数度上前相拥，千般苦楚齐涌心头。

柳亭前。

魏太公止了步，高高拱双手，与两亲家翁道别。再三再四言道，但得日后有空，多来魏家庄走走，以叙亲家翁情谊。

李、汪二人忙还礼，齐声答曰："多谢魏兄厚谊，好吃好喝几日，又得恁多钱财。"

魏太公大笑，呵呵应曰："亲家翁见外了不是？难得自家兄弟，何须分你我！"

二人复拱手，再次相谢于太公。深深唱个肥喏，一步三回头别去。

魏万着轻装，显得英姿蓬勃，肩扛裹金剑囊，执意要送岳丈。

李白不让送，伸手接过剑囊，沉重如铁杵，知郎婿另有所赠。本待不予接纳，又恐拂他心意，设若汪伦见了，也怪难为情。便装着不知情，将剑囊扛在肩上，向魏万微微点头，表示已经知晓"秘密"。

汪伦挑一对箩，不紧不慢往前走，望盘龙山而去。

李白扛着剑囊，一步一回头。身后，一湾清溪，静静东流。

大柳树下，平阳默默流着泪，领着两个弟弟，不停地挥着手。

颇黎年龄小，不停地哭喊："阿爷，阿爷，阿爷……阿爷不要我们了！"

稚嫩的哭喊声，山湾里久久回荡。

二

桃花潭，桃叶渡。

码头缆桩上，拴一条蚱蜢舟，上面堆满各色山货。

汪伦心眼实，犹觉情意不够，还在不停往上搬酒。一坛一坛的原浆头酒，是他拿得出手的最佳礼物。

李白牵着马，在舟子帮助下，拴在船的后舱枋上，又转身上岸，与汪老弟告别。

汪伦告诉他，此去歙州不远，若乘马原路返回，山路崎岖不易行，不如改乘木船顺流而下，一日可达州城，既快捷又方便。

李白走上前，紧紧握住汪伦双手，频频点头称善。

汪伦所言方便，实因礼信太多，仅原浆头酒就有六坛，乘马如何携带？便背着李白悄悄去邻村，找到渔人周伯镛，花钱雇条蚱蜢舟，专门来送大兄。

一船礼信，满满情义。

李白十分感动，未说道别，眼圈已红了起来。

汪伦眼圈也红，不忍李白离去。亲启一坛头酒，满满筛上两碗，递一碗给李白，自己擎一碗在手。

二人再三相拥，持碗对饮桃下，依依不忍惜别。

舟子很厚道，也不催促二人。见他们吃过送别酒，去缆桩上解了缆绳，挥篙撑船欲行。

李白饱含热泪，长身伫立船头。突闻潭岸上，汪伦手舞足蹈，翩翩踢踏而歌。歌曰："上耶。恨潭水悠悠扁舟发。离魂黯、隐隐阳关彻。更风愁雨细添凄切。痛结。叹大兄小弟轻离诀。一年价、把酒狂风月。便山遥水远分南北。书倩雁，梦借蝶。重相见、且把归期说。只愁到他日，彼此萍踪别。总难如、前会时节。"

李白闻歌，泣而哽咽。

李白恃才傲物，从不肯轻易赞人。此情此景，让他异常感动，忍不住泪奔，高声为汪伦而歌。歌曰："李白乘舟将欲行，忽闻岸上踏歌声。桃花潭水深千尺，不及汪伦送我情。"

岸上岸下，哭声一片。

蚱蜢舟启航，载着兄弟情深，缓缓向山外驶去。

行一日，船至歙州城，泊青溪南津。

李白打马城南，去车行雇一挂大车，又雇三五个脚力，将满船的货物卸下，一一装载车上。

李白抬头望了望天，眼见天色尚早，不愿路上耽搁，催促车把式挥鞭，往东鲁兖州驰去……

三月，初六日。

未时，三刻。

太白居外，一挂大车卷土飞尘，嘎然骤停门前。

李白乘大白驹，像得胜班师的将军，兜缰勒马车侧。

院内人声鼎沸，管家谢冕早已奔出，三五仆人紧随其后。

李白神采飞扬，方落马下鞍。

谢冕见到李白，一声爽朗欢呼："果然是阿郎。"扭头冲院子里，发一声大喊："快快有请阿娘，阿郎回来了。"

杏儿哪用人请？早来到大门外。小嘴儿含着笑，静静站在檐下，默默注视着李白。

神情欲语还羞，让人心生怜爱。

李白快步上前，顾不得一身风尘，也不管众多仆人，紧紧揽杏儿入怀。

杏儿小鸟依人，将一张俏脸儿，幸福地贴在李白胸前。

谢冕谨守职责，领着一众仆工，小心翼翼卸下礼物，又一一搬进院内，存放在储藏间码好。

屋檐下，暮燕成群，飞进飞出。

李白拥着玉儿，搂愈紧。杏儿倚着李白，偎愈贴。

二人无声无息，片刻不愿分开。

良久。

李白松了手，轻声嘱咐杏儿，让厨子们准备大餐，欲宴请一大家子人，好好生生庆贺一番！

车把式口渴，匆匆讨碗茶吃。饮毕，冲李白唱个喏，不顾主人家挽留，执意即刻回程。

李白生性仁义，本待留宿车把式，又想人家赶车营生，挣钱养家不易，只得依从了他。招手呼来谢冕，低声交代于他，多付了一半工钱。

车把式领了酬金，再三称谢而去。

戌时，一刻。

偌大的餐厅里，悬四盏桐油大灯，明晃晃如炬。

九尺大餐桌上，巨碗大碟硕盆，累累摞摞，计有大菜十六道，鸡鸭鹅三禽，猪牛羊三牲，河鲫塘鲤山珍，各色时令鲜蔬，烹蒸炒炸，焖炖煮烩，烧腊卤品，应有尽有。

一桌佳肴，尽皆李白所爱。

围桌八人。

男主子坐首席，女主子坐次席，管家坐右侧首，其余五护院，皆庄上得力好手，按照年龄长幼，依序一一坐定。

李白回到家里，心情放松到极致，亲取三坛原浆头酒，准备与众人吃个痛快。

杏儿知李白心意，并不予以阻拦。时时拈些好菜，放入他碗中。

谢冕为仆头，领着五位护院，轮番向主人敬酒。

每次敬酒，以三杯为准数。李白定的规矩，"三杯通大道"嘛。

杏儿浅酌两盏，已两颊生绯，红红如两朵桃花。便不让人敬她，自个儿吃些菜蔬。

李白很高兴，自是来者不拒，连饮了十五杯。一时吃得兴起，大呼换碗上来。

吃到第三坛时，五护院不胜酒力，偏偏倒倒各自离去。

唯有谢冕量豪，频频与之对饮，双双斗酒正酣。

二人颇有缘分，相识得那般巧妙……谢家坡，柳溪风月，哈哈！

李白喜欢他，不是谢冕能喝酒，而在于他早先的身世，谢庄大管家哩。便从不拿他当仆人，直视为大兄。

谢冕也不生分，既尊李白为主人，又把他当朋友。在李白面前，愣是放得开，没半点儿压力。

既有这番默契，两人心有灵犀，索性拿来两只乌钵，将剩下那坛头酒，爽快地一分为二，各执一钵长倾而尽。

李白吃得兴奋，有了六分酒意，执意再取酒来。

谢冕不允。

张视一眼女主人，又向阿郎努努嘴，示意哪能只顾自己，忘了久别的阿娘？

杏儿红着脸，见管家古怪，含羞离席入内室。

李白知胖兄心意，展颜呵呵一笑："大兄所言极是，改日再行饮过。"

二人醉醺醺，话又十分投机，再摆一阵近日见闻，便各自回房休息。

李白入内室。

室内，红炀炀一枝大烛，将四围照得通明，几疑为花烛洞房。

杏儿早已沐浴，换了睡衣倚在床头。

李白见床前地上，置一大木盆热水，盆里放根白汗帕，正蒸腾般冒着热气。

呵呵，杏儿心思，他哪会不晓？

笑吟吟解衣去裤，一屁股坐进盆中，将浑身上下，擦洗得干干净净。又赤条条爬上床，像只性急的泼猴，一把搂杏儿入怀。

正亲热间，杏儿猛一阵抽搐，下面随之一紧，嘴里痛苦叫道："大郎，好痛！"

李白被她一呼，以为用力过猛，动作顿时缓下来，爱怜地望着她。

烛光映照下，杏儿两眼紧闭，有泪从眼角溢出。

李白忙俯下头，咬着她的耳朵，柔声说道："怪我性急，弄痛了娘子。"

杏儿气喘不止，忍痛应曰："非大郎之过，实妾身心口剧痛，一时胸闷难忍，故而惊叫。"

李白一听，骇得不轻。翻身从她身上下来，抱着一阵轻揉，嘴里不停地问道："好些了吗？还疼得厉害吗？"

李白体贴如斯，杏儿幸福如蜜，便强忍住心痛，软软地笑而应曰："不碍事，被大郎一揉，妾身好了许多。"

李白不敢大意，仍然放心不下。他有许多杏林朋友，知道胸口剧痛，又或者胸口发闷，恐是消渴症之兆。如果症发突然，万万无药可治啊。

杏儿不知凶险，躺在李白怀里，慢慢恢复了平静。胸口也不再痛了，又露出杏花般美丽笑容。

李白这才放心，将杏儿搂入怀中，静静地入眠。

三

乡村四月无闲人，农活日渐繁忙。

山湾里，平坝上，乡邻忙忙碌碌，耘田耙地刨垄埂，车水捣浆育小秧。

唯太白居里，依旧一贯的悠闲。

太白居名头很响，确也是个好去处，每日里酒香肉香，在邻里乡党眼中，就是个神仙乐园。

二十来亩田地，雇四个精壮长年，也没见他们多辛劳，就打理得妥妥当当，何需主人烦劳半分？

房前屋后，又辟出一畦畦菜地，种些瓜果菜蔬，长势茂盛喜人。一蓬蓬黄瓜，一壤壤豇豆，一株株紫茄，一团团南瓜，早开满各色花儿，红的白的，黄的紫的……花花绿绿一大片。

昨晚下了一场雨，早晨起来的时候，尚有些许凉意，丝丝沁人心脾。

李白是个闲人，闲人多有逸兴，很喜欢这种薄凉。

寅时，一刻。

李白独自去后花园，将白色长袍脱下来，搭在一株老梅上，只着一身短打头，开始活动筋骨。先抡胳膊踢脚，嘿嘿嗨嗨一阵发声，吐出一夜的宿闷气。又习一套古法五禽戏，神情专注无杂念，动作一丝不苟。

五禽戏动作古怪，常人闻所未闻。考究戏法出处，实则大有来头。汉末，沛国谯人华佗，效山中虎、鹿、熊、猿、鸟而创，时而腾越，时而滚跌，时而纵飞……如虎之威猛、鹿之安舒、熊之沉稳、猿之灵巧、鸟之轻捷。习者"任力为之，以汗出为度，有汗以粉涂身，消谷食，益气力，除百病，能存行之者，必得延年"。

李白少入青城，无意中得而习之，几十年习练不辍，自觉身轻如燕。

寅时，三刻。

李白习完五禽戏，再舞一套岷山剑，飒爽犹似当年。身手矫健敏捷，看不出已逾不惑。

舞剑毕，浑身汗出。

李白放下剑，挪步到老梅旁，闭目静息站定。两脚尖内扣，两膝微微弯曲，间距宽与肩齐。少顷，仰天深吸一口气，又双肩头缓缓下沉，双手抱元于小腹，双眼虚闭，眼观鼻，鼻观心，意守丹田。轻缓呼吸，周天真气循环。初时，丹田气跳如潜鱼吐泡，继而发热，再发烫，气涌如沸……至此，神清气爽，身轻心明。

李白晨练毕，披上白色长袍，来到菜园溜达。

一畦畦菜蔬，碧绿如玉。埂壕里，犹有不少积水。

积水浑浊，东一洼西一洼，有无数的蝌蚪崽，拇指般大小，密密麻麻游水中。咯咯呱呱，叫个不停。

藤儿蔓儿上，犹挂着雨水珠儿，在青菜叶映衬下，莹莹闪着洁净的光。

一园菜景，无限惬意。

时，霞光蒸腾，旭日缓缓东升。远远近近，雄鸡声声啼鸣。

卯时，一刻。

突有鸽哨唳空，自西北方而来。

哨声"嘘嘘"，掠过山峦田野，由无限遥遥的天际，渐渐飞临头顶。

一只"飞奴"，头圆睛宽腿壮，低空盘旋三匝后，径往太白居冲下。

李白手搭凉棚，喜滋滋望向天空。心里愉快地想，不知哪位好哥哥，又来相招吃酒了。

果然，那鸽落下不久，胖管家就到了菜园。拿一支寸长竹管，急吼吼呼唤道："阿郎在哪？阿郎在哪？有远方飞鸽传书。"

李白背负双手，站在瓜棚下。

谢冕见了，三步并着两步跑，很快到了跟前，双手将一只竹管呈上。

李白接过竹管，拧开取出一笺，乃丹丘生飞书相招。

笺上寥寥数语：五月初九日，某六十寿诞。嵩山紫云峰·元丹丘。

李白一愣，有些疑惑。

丹丘生退隐嵩山，李白早就知道了，唯感到奇怪的是，信上说的紫云峰，让人有些不明白。道友谁不知，丹丘生所置别业，在嵩山脚下颖水畔？

莫非……弃了颖水茅屋，搬到紫云峰了？

管它呢，大兄六十寿辰，且飞鸽传书相邀，为何不前去祝寿，讨他一杯寿酒喝！

李白拿定主意，与杏儿相商，准备前往嵩山祝寿。

杏儿听罢，心里十分理解，爱他有情有义，当下吩咐管家谢冕，多多准备寿礼，切莫失了李白面子。

古人崇尚自然，视"寿"为"五福"之首。龄逾五十岁后，每每满十大寿辰，家人必用心操办，以期老者颐养天年。

民谚云："五福临门，胜似仙人。"

何为五福？

《尚书·洪苑》载："五福，一曰寿，二曰福，三曰康宁，四曰攸好德，五曰考终命。"

"寿"为"五福"首，那是先人的人生观，人人希望得到长寿。

《诗经·豳风·七月》又载："九月肃霜，十月涤场。朋酒斯飨，曰杀羔羊。跻彼公堂，称彼兕觥，万寿无疆。"

《诗经·小雅·天保》再载："如月之恒，如日之升，如南山之寿，不骞不崩，如松柏之茂，无不尔或承。"

唐时，风俗宛然，接到寿函后，受邀者须准备寿礼，以表示对寿星的祝福。最常见的寿礼有：寿糕、寿烛、寿面、寿桃、寿词、寿幛、五瑞图、"寿"字吉祥物。也有洒脱的人，或送鸡鸭鱼肉，或送银钱相贺。

李白天性洒脱，想得也简单，带上两壶"寿"酒，封上十两"寿"银，既体面又携带方便。

李白这么想，也是心有所虑，此去嵩山路途遥远，恐面、糕生霉变坏，便不欲让仆人准备。

杏儿知书识礼，哪会依了他？嗔曰："大郎怎不晓事？此祝寿必备礼信，何敢省去不作?!"亲自去到磨坊，动手磨起麦来。

李白呵呵一笑，也不管娘子作甚，任她磨坊劳作。

杏儿耗时一夜，磨出一大盆面粉。先用大罗筛筛去麸皮，又用一把细罗筛，筛出精细的白粉，然后倒入乌钵，掺上适量的井水后，反复抓匀搅拌，称之为"和粉"。

待面和好后，还得"醒面"，须不停揉搓、碾压，直到面泥滑溜成团，可捏成各种形状不再变形时，劲道就达到了要求，面也揉得"熟"了。

再依寿礼标制，取分量不等的面泥，做成寿糕、寿桃、寿面，装入竹蒸格里，上蒸笼慢火蒸熟，出笼置放阴凉处。待其慢慢阴干，寿面就成了"长寿面"，即便炎炎夏日里，想要存个十天半月，也不会变质坏掉。

杏儿凭着一双巧手，做出了无数的寿面，精致而花样繁多。又用一把剪子，在大红的麻纸上，镂空剪出"寿"字和"福"字。再将这些"寿"和"福"，小心翼翼地裁剪下来，仔细地粘贴在扎包上，寓意老寿星长寿幸福。

女主人忙了两天，花花绿绿的寿面，就准备齐了。杏儿看看自己的杰作，得意地向李白撒娇。

李白满心欢喜，抱起杏儿甩在床上，小儿女般打滚一堆。

谢冕也没闲着，得女主人吩咐，几番去到城里，置办寿烛、寿幢、五瑞图等物。件件做得精心，不敢有半点马虎。

诸事准备妥当，只待择日上路，李白便会西去嵩山，为元丹丘祝寿了。

四

中岳嵩山，国中名头很响。但凡说到中岳，土著津津乐道者，莫过于少林寺。

嵩山有少室峰，少林寺因之名焉。少林寺颇多故事，坊间传说纷纭。

魏末孝昌间，有僧达摩自身毒来，"一苇渡江"后，泛游洛、嵩，后落锡少室峰面壁九年，影入石壁而成禅宗祖师，少林寺禅宗祖庭名分，由此而奠定。

隋末国初间，有十三棍僧者，救唐王李世民有功，少林寺成为皇家禅林。受太宗封赏，赐田千顷，水碾一具，册封少林僧为僧兵，少林寺由此名扬天下。

李白素慕仙道，既然已授道箓，对于禅宗的事，便不再感兴趣，也没有游少林寺的想法。在他的心目中，嵩山之所以崇高，实因元丹丘的缘故。

元丹丘游吴越，历三年后归嵩山，拆了颖水的茅屋，在紫云峰搭建山居，隐此间潜心修行。到过山居的人，莫不叹为观止，诚心佩服元丹丘，果然好眼光。

山居临峰而建，背倚擎天峰峦，前临万顷林海，北望大河滔滔，自天际奔腾而来……

李白来时，早有十余道友，先他到了山居。有相识的逸友，如大名鼎鼎的岑勋、胡紫阳、马正公，都一一在座。

哟，还有杜二。

杜甫也来了，见到李白后，便围着打转转，形影不离。

李白很高兴，这才是兄弟呢，臭味相投没得法！

更多不相识者，不管授未授箓，彼此间见了面，都相互行稽首礼。

元丹丘性闲适，闲云野鹤一般人物，哪想到要办甚寿宴？全因家人捣鼓，早早做了打算，欲大张旗鼓"做生"，令他一时手脚无措，也心烦得要死。特别定下规矩，所邀之人皆同道，由他亲自审定，所有的贺寿仪程，全部删减不用……设若不依他，必外出云游四方，撂下"摊子"不管。

家人拿他没法，只得依了他，内亲外戚不请，也无一邻居到场。寿宴却不含糊，依客十六人为限，精心烹制两桌酒席，花样繁多，丰盛而精美。

依常理推论，家中尊者"满十"，宴席需置于堂屋，方是"正堂正寿"。

元丹丘啥人物？偏偏不依那个教！嘱咐将两桌酒席，摆在堂屋前的露天院坝里。拿他的话说，临万壑大啖佳肴，驭长风痛饮琼浆。

家人拗不过他，又恐惹他发猫疯，只得将席桌摆在院坝里，敞敞亮亮过"大生"。

元丹丘大喜，这才作了寿星，乐呵呵穿上大红寿装，招呼众友入席，定要大碗吃个痛快。

为首一席，为寿宴主席。

主席正上方右位，是今日"寿头"，当然元丹丘坐了。

"寿头"左位，原为宴桌"次席"，今日却有个名堂，叫作"陪寿"。

看官或不明白，为何这个"次席"，又叫作了"陪寿"？想想不难理解，所谓"陪寿"，倒很像婚礼上的伴郎，需由来客之最年长者，方可坐得。

坐者既是"陪寿"，又是寿宴司仪，这么重要的位置，自然胡紫阳坐了。

呵呵，为何让胡紫阳坐，岑夫子就坐不得？胡紫阳是谁啊，元丹丘授箓之师哒，又最为年长，他当然坐得，岑夫子就坐不得。

李白曾官禁中，又是骚坛雄主，安排在"寿头"侧首位。此位原本为客首，今日却有个名堂，叫作"副陪寿"。

岑勋闲云野鹤，乃元丹丘莫逆，二人相交近四十年，便安去"陪寿"侧首位。此位也有个名堂，今日叫了"客头"。

真是奇哉怪也，考上古礼仪典籍，席位并无"客头"。盖因李白所坐之位，礼籍上记载为"客首"，岑勋今日所坐之位，只能叫个"客头"了。此民间的称呼，全为抬高客人身价，不值得大惊小怪哈。

马正公性诙谐，做事没个正经，虽与元丹丘同龄，又是胡紫阳毛根儿朋友，屈尊去李白下首坐了。他坐的那个位置，今日仍有个名堂，叫作"亚宾"。

岑夫子旁边，尚余一"末座"。杜甫文名日显，如旭日东升，正该他去坐。

列位看官，不要诧异，这里所谓的"末座"，并非整个宴席之末，实乃上席八座之"上八位"末座也。

君见否？弯酸文士总说："某不才，忝列末座。"表面上看似谦虚，骨子里却十分得意，忝列于上八位，哪能不嘚瑟呢？

重要席位安定，其余人等便好办了，只需依年龄长幼，依序入席则可。

众友刚坐定，元丹丘一挥手，早有四个健仆，各抱一壶披红的"伊川烧"，团团为众宾客筛上一碗。

不待司仪发言，元丹丘便高擎一碗，招呼众友开饮。

胡紫阳一见，慌忙制止道："且慢，还有话说"。

元丹丘眉头一皱，胡道师不让吃酒，要搞什么鬼？愠曰："早已有言在先，不搞那些假把式，为何不让吃酒？"

胡紫阳笑了笑，肃曰："假把式不搞，寿词总要说的！"

元丹丘撇撇嘴，不快地说道："吃酒就吃酒，谁要说寿词？"

"当然是我哟，还有副陪寿、客头、亚宾和末座了。"

胡紫阳回了话，端起自家酒碗，对众友高声说道："众逸友见证，人生只得一个六十大寿，是这等紧要事，寿词该说呢，还是不该说？"

一院宾客轰然，齐声大叫道："元君六十大寿，其他仪程可免，寿词当然该说！"

元丹丘眉头一皱，搞得烦了不是？胡紫阳虽为授箓恩师，却只大自己四岁，二人处亦师亦友间。见他婆婆妈妈话多，很有些不耐烦，嘴里嘀咕道："能不能快点，众友都等着吃酒呢！"

胡紫阳一听，知道他同意了，嘴里大叫一声好。高举手中酒碗，喜滋滋言道："我说一句祝词，众宾客切莫闲着，就敬元大郎一碗酒！"

平时当司仪惯了，胡紫阳口才又好，寿词张口就来："天增岁月人增寿，福满乾坤喜盈门。欢庆六十寿诞日，艳阳高照满堂春！"

"好，吃四碗！"

众宾齐大叫，纷纷持碗向前，恭祝元丹丘大寿无疆。

元丹丘也不推辞，笑呵呵连吃四碗。

岑夫子性急，不待胡紫阳指使，持碗献寿词曰："福如东海，寿比南山！"

"好！好！又吃两碗！"

众友复大叫，一边向元丹丘敬酒，一边自己吃两碗。

马正公性率直，又岂是慢性之人？见岑夫子抢了头彩，哪里还忍得住？亦持满满一碗酒，对元丹丘祝曰："日月同辉，春秋不老！"

"好！好！好！再吃两碗！"

众友已有些癫了，一边狂热敬酒，一边胡乱自饮。

杜甫性阴柔，不事张扬狂放。本待要说几句寿词，见众友已乱成一团，早没人注意自己了。落得自个儿清闲，便不去凑那个热闹，独自闷声吃着酒。

唯有"副陪寿"李白，不仅按捺不住寂寞，所献寿词尤与众不同，乃《题嵩山逸人元丹丘山居》。

祝曰："家本紫云山，道风未沦落。沉怀丹丘志，冲赏归寂寞。揭来游闽荒，扪涉穷禹凿。夤缘泛潮海，偃蹇陟庐霍。凭雷蹋天窗，弄景憩霞阁。且欣登眺美，颇惬隐沦诺。三山旷幽期，四岳聊所托。故人契嵩颍，高义炳丹腾。灭迹遗纷嚣，终言本峰壑。自矜林湍好，不羡朝市乐。偶与真意并，顿觉世情薄。尔能折芳桂，吾亦采兰若。拙妻好乘鸾，娇女爱飞鹤。提携访神仙，从此炼金药。"

李白手捋长须，一路吟诵下来，抑扬顿挫间，好不逍遥洒脱。

众宾客听了祝词，直喜得手舞足蹈，却不知该如何表示。恁长的祝词，当吃几碗酒？纷纷大叫道："大郎献得好祝词，却叫人如何敬酒？"

李白情绪高涨，近来喜事不断，家有贤妻把持，又得快婿魏万，更喜三子康宁，心情哪能不好？听得众人鼓噪，朗声曰："这有何难？且看我的！"

众宾客停下杯筷，一齐望向李白，看他如何动作。

李白阔步离席，去到酒案边，提一壶"伊川烧"，来到元丹丘面前，抱壶长揖道："今日元君六十大寿，白感兄之大恩，特祝日月昌明，松鹤长春，寿比天齐！"

言毕，仰天长啸。

顷，启壶，长饮而尽！

众逸友一见，惊而骇而喜。俄而，掌声雷动！

元丹丘尤动情，上前挽了李白，又招胡紫阳、岑夫子、马正公过来，五人手挽手连成一圈，团团踢踏而歌。

歌声始而小，继而高，终为澎湃！

众宾客见了，皆纷纷离席，手挽手围成更大一圈，嘴里高声狂歌。手之舞之，足之蹈之。

歌曰："元丹丘，爱神仙，朝饮颍川之清流，暮还嵩岑之紫烟，三十六峰长周旋。长周旋，蹑星虹，身骑飞龙耳生风，横河跨海与天通，我知尔游心无穷。"

众道友所歌，不是新词儿，实乃李白早年游洛、嵩时，视元丹丘为不死神仙，专门为他所作之歌也。

今日适逢其会，唱来甚为贴切。

李白早已疯癫，睁一双迷离大眼，望远山近壑，莽莽苍苍，排浪般铺向天际；遥想大河从天而降，浩浩汤汤奔腾入海……忍不住诗潮狂涌，如黄河绝堤洪波，咆哮着滚天裹地而出：

"君不见，黄河之水天上来，奔流到海不复回。君不见，高堂明镜悲白发，朝如青丝暮成雪。人生得意须尽欢，莫使金樽空对月。天生我材必有用，千金散尽还复来。烹羊宰牛且为乐，会须一饮三百杯。岑夫子，丹丘生，将进酒，杯莫停。与君歌一曲，请君为我倾耳听。钟鼓馔玉不足贵，但愿长醉不复醒。古来圣贤皆寂寞，惟有饮者留其名。陈王昔时宴平乐，斗酒十千恣欢谑。主人何为言少钱，径须沽取对君酌。五花马，千金裘，呼儿将出换美酒，与尔同销万古愁。"

李白歌毕，一口气续不上来，轰然倒于地上！

众道友皆惊，惶惶大恐不安，纷纷上前探视。

唯有杜甫痴了，呆立一旁。两眼迷茫若癫，满脑子浑浑噩噩，耳畔反复响起李白所歌。

李白所吟诗作，气势惊涛拍岸，磅礴不可名状。天生一股浩然之气，一股荡涤天地的五行刚气。

其气奇，奇在超凡的创造力，奇在丰富的想象力。李白之气奇，世无第二者，无人可及，无人能学。

其气逸，逸在李白热爱自由，诗风飘逸不群，行动放荡不羁，思想纵横天地。源于自由，渴望自由，追求自由，使李白诗作气象万千，变幻莫测，常常出人意表。

其气壮，壮在李白极度自信，波澜壮阔的自信，源于帝国傲视天下的强大，源于国民昂扬向上的高贵……咆哮愤怒、一泻千里的江河，奇险挺拔、高耸入云的峰峦，长风万里、云舒云卷的天际，正是这种"壮"的自信表现。

杜甫天纵奇才，与李白双峰雄峙，屹立于大唐诗坛。他心里明白，适才一曲《将进酒》，已耗尽李白之"气"，以致力脱而"假寐"。

众宾惊恐，杜甫独醒。李白喷薄而出的《将进酒》，势必成千古绝唱，万世流芳！

第二十二章
李太白情殇贤妻　崔甫成智赚大郎

一

兖州，城南。

太白居内，遍布白幡黑仗。吹鼓手所奏哀乐声，彻夜哽泣。

前来吊丧的人，络绎不绝。

三日后。

后山二台土上，垒起一座新坟。

坟堆圆圆，像个巨大的土馒头，寂寞卧在林间凹处。

坟头尖尖，上插一根三尺竹竿，挂一串纸剪白幡。

白幡无声无息，一绺连着一绺，如布满白蝴蝶的花串，清清冷冷地悬垂着。

大坟包前，青石砌一矩形祭台，上面摆着一碟供果，两束新鲜野花，三瓦钵三牲"刀头"。

石祭台下端，搁一个三足香炉。里面散乱着无数香、烛的残签，还有尚未燃尽的纸钱。这些残签和纸钱，闪着点点火星，冒出缕缕青烟，被风轻轻一吹，蝴蝶般飘飞空中。

坟茔前端底部，石块嵌成的龛窟里，燃一盏"长明灯"。灯盏里注满清油，燃烧出浓烈的油腻味，让人嗅着"死"的气息，恶心到反胃欲吐。

天空一直阴着，晦暗如暮色。淅淅沥沥的雨，延绵不断地下着。如哽如咽，如哭如泣。

那雨不急不缓，似罗筛筛下的面粉，天和地之间，一片迷迷茫茫。

李白坐在坟前，雕塑般一动不动，任无声无息的雨水，湿透一身白袍。

李白没有哭泣，也没有哽咽，唯有一双空洞的眼，无神，忧伤，迷茫，无奈而又无助。

一天一夜里，他没有离开过，也没有合过眼。就这样静静地坐着，用心"聆听"杏儿的"呼吸"。每隔一个时辰，他就用洁净如玉的手，艰难抓起一把新土，咬牙切齿砸在坟堆上。

葱管般的十指，血淋淋滴着血。指甲盖早已磨秃，裸露出森森白骨。

李白万般无奈，也不知该如何宣泄，只有这样作贱自己，心里才好受一些。每每抓一把土，狠狠砸向坟堆时，他的心里便似刀割，痛不欲生。

杏儿哟，杏儿，何故太过狠心？你这么一走，谁来知冷知暖，谁来讨李白欢乐，谁来照料日常起居?!

西去嵩山，为元丹丘祝寿，你不好端端相送吗？还偷偷香过嘴呢，怎么说没就没了？

李白懊恼不已，悔青了肠肠肚肚。只顾自个儿四处撒欢，要是留在家里多好？或许救治及时，就不会出此意外！

那日吃酒紫云峰，真是放开了胆子，大醉后不省人事。

翌日醒来，自己倒没啥，只不过头昏目眩、四肢酸软罢了。偏偏传来晴天霹雳，家中杏儿突发急症，已不治身亡！

李白闻讯，肝胆俱裂，仿佛塌了天，陷了地，两眼直冒金星。不顾醉后孱弱，也不管众友相劝，飞马奔回鲁东。

一路上，马不停蹄，人不离鞍。狂奔三个昼夜，李白几近虚脱。当跌倒灵前时，早已口不能言，双眼翻白，不省人事了。

谢冕阅历丰富，知李白急火攻心，又疲于长途奔驰，铁打的身板，也累得垮了！

大管家忙嘱咐众仆，将主人放到凉榻上，置于通风处。先用凉水帕敷头，复用手掐人中，再灌一碗姜饴开水。好一阵手忙脚乱，李白悠悠醒过来，放声一阵大哭。

见主人大恸，谢冕忙上前请安，说些节哀顺变的话。

李白不理他，越发哭得狠了。

谢冕无奈，陪着跪灵前，悲痛欲绝地细说缘由。

自打主子离家后，女主人时时唠叨，李白几日几时回来。有事无事去院外，立青石官道旁，望车水马龙发呆。

第四日，未时。

女主人午休后，突感胸闷不适。继而又感胸口痛，似闪电一般，放射到了背部，牵扯背心剧烈疼痛。未待郎中到家，已鼻歪口斜不能言，似呼吸不畅而窒息。

李白闻言，痛彻心脾。

春上自魏庄归，夜里与杏儿欢喜，她不是胸口痛吗？好糊涂的阿郎哥哟，未曾想小小巧巧的娘子，竟然真是得了消渴症！

李白两眼空洞，心死如枯槁。

乖巧懂事的杏儿，没了；梦里小巧倩兮的"柳丝儿"，也没了！自己活着还有啥意思呢？倒不如随之同穴，岂不更好吗？

太白居里，乱成了一锅粥，人人都指望男主人拿主意。

李白强忍着悲伤，反复叮嘱胖管家，必须依蜀地风俗，操持办理杏儿的丧事。

谢冕领了主人旨意，悉心张罗起来。先派人去东溪村，请来掌墨师卢伦，连夜赶制楠木棺椁，盛装将女主人敛了。又派人砍些竹木，搭建一座灵堂，将棺木置放其间。再派人去州城司天馆，花重金疏通关节，请来两位堪舆术士，"撵地相穴"选择墓地。

李白乃道中人，言于二术士说，所撵择的墓穴，宜近不宜远。

二术士国家公干，牛皮烘烘了不得。然素知李白能耐，不敢糊弄骗人钱财，尤不敢违了他意愿，只得尽心尽力撵地。最终撵至宅后山上，定二台土一凹处。

墓地撵定后，谢冕复遣一健仆，专程去到崂山，请来道长玄机子，为女主人做法事。

玄机子仙风道骨，穿戴一丝不苟，青衣青裤青布鞋，领着六个小道童，来到太白居做道场。

道长果有仙术，来到棺木前，摆下师刀令牌，口含一支野雉翎子，手执长柄松木宝剑，一通疾速比画后，灵堂四围悬挂的黑纱帐幔，竟然无风自动，掀起一道拱形门来。

随从六个小道，手里各执法器，自拱门鱼贯而入，列坐在棺木两旁。

玄机子手挥宝剑，把一雄鸡头斩下，将鲜红的鸡血，绕棺木淋一圈。复将所衔野雉翎，从口中取下来，择翎上细绒毛若干，粘在棺木翘头上。

诸般前奏工序，作得小心翼翼，业内有个名堂，叫作"退煞"。鸡血画地为牢，凶神恶煞便出不了"牢笼"，又取雉绒毛粘"翘头"上，旨在糊住"鬼"眼，让它看不清道路，便不会出来害人，更不会"尸变"骇人了。

诸事准备妥当，玄机子手执宝剑，左三圈右三圈，绕棺木作起法来。一边挥剑疾速行走，一边念念有词："天灵灵，地灵灵，鸿钧老祖快显灵！"

六位青衣道童，随着师尊的口令，雨点般敲打钹儿、磬儿、鼓儿。

刹那间，灵堂内法器齐鸣，经声朗朗不绝。百十个挽郎挽娘，齐声大唱孝歌，声嘶力竭地哀鸣。

玄机子遵主人意，做道场七七四十九天，葬于庄后阴坡处。

李白流干了泪水，自棺木入土后，不论阴晴寒暑，皆卧墓前。嘴里反复吟诵"两岸晓烟杨柳绿，一园春雨杏花红。"

相伴年余，李白常用二赤手，为坟茔培新土，神情专注而仔细。

突一日，坟四周，长出大片杏林，计有百十株。

春上，花开时节，杏林灿烂若霞。

村人过墓前，必见一疯汉，不论天晴下雨，皆卧杏林间。

邻人深为感动，呼为"花痴"。

又三年，杏儿坟墓前，突不见了李白身影。唯墓旁岩壁上，新书数十行诗句。

右石壁上，诗云："三百六十日，日日醉如泥。虽为李白妇，何异太常妻。"

左石壁上，诗云："鲁缟如玉霜，笔题月氏书。寄书白鹦鹉，西海慰离居。

行数虽不多，字字有委曲。天末如见之，开缄泪相续。泪尽恨转深，千里同此心。相思千万里，一书值千金。"

谢冕着了慌，李白去了哪里？偌大一座太白居，没了女主人，已无往日和美，今又走了男主人，越发乱成一团。

胖管家没得法，便自己作了主，派出所有男仆，四下打探主人下落。

然百般找寻，终不知李白行踪。

二

兖州，中都邑。

邑城南津，乃南北漕运分水岭。壮阔无比的码头上，泊着一艘大船。

大船高桅杆上，飘一面丈二杏黄旗。

杏黄旗中央，红布条绣一大圈。圈径四尺三寸，内绣一个"漕"字。"漕"字黄底黑体，约三尺见方，四周又饰以龙神图案。

偌大一面船旗，呼啦啦五彩斑斓，显示出帝国的神圣威严。那是朝廷"舟楫署"的官船，长年往返京洛、吴越间。

漕船雄阔无朋，通高四丈八尺，长十二丈，宽八丈六尺，分为上中下三层。

底层为货舱，规模倍于二三层，主装稻麦二粮和花盐，载重达二百五十石。

二三层为客舱，各设座位六十个，卧榻十铺，供行商客旅之用。

卯时。

一漕卒手持铜锣，立于码头上，敲一声锣响，示意检票开始。

码头通道打开，漕卒开始验票。等候多时的旅人，听到验票锣响，各自持票过检票口，背包驮袋陆续登船。

卯时，二刻。

持锣漕卒，又敲二声锣，大声告知商贾客旅，购有船票尚未上船者，抓紧时间检票上船。

检验船票完毕，漕卒闭了通道，不再让人进入码头。

卯时，三刻。

漕卒长敲三声锣，这是启航锣声。漕船启动，掉正航向，缓缓向南驶去。

一河顺水，两岸青山。

船行运河间，岸柳丝丝闲垂，荡起无限凉意。河风徐来，水波闲荡，一圈一圈浪向远方。清清爽爽一河惬意，让原本嘈杂的船舱，慢慢安静下来。

三层客舱里，临窗头等座上，李白闭眼沉思。

李白心里苦甚，情绪低落到极致。他没有丝毫闲情，浏览运河的景致。也无任何心情，与同船共渡者唠嗑，甚至连点头的礼貌，也不愿多做一下。

每当有风入舱，李白的一双手，总会按一按胸襟，自觉不自觉摸摸，怀里的东西还在无？

邻座乃少年，一袭白衣飘飘。神情俊朗，笑容奕奕。

少年见他落寞，哪敢轻易招惹？兀自闭了眼睛，假装着休眠。

李白怀中，二物件至关重要。一缕杏儿青丝，一封元丹丘书函。

杏儿那缕青丝，是他特意剪下来，要带到扬州谢家庄，让她入故土为安。元丹丘书函，则是前日收到。言他又到了吴中，知李白心情不佳，特邀去会稽一晤。

李白本要去扬州，让杏儿魂归故土。接元丹丘书函后，连胖管家也未告知，庚即从兖州出发，跑到中都邑南津码头，搭上了南行的漕船。

傍晚，酉时。

船至扬州城，缓缓驶进广陵渡，泊下关码头一号位。

扬州天下名郡，旅客自然不少，陆陆续续下了船，连邻座的那位少年，也不知啥时离去了。

李白未下船，找到船上漕卒，请求补票去姑苏。

漕卒告诉他，座票已经售罄，唯余一张卧榻票了。

李白毫不犹豫，立即拿出银子，改签了"卧铺票"。

这就怪了，此次南行吴中，不是专程到谢庄吗？

李白心苦至极，恐自己一人到谢庄，触景生情失去理智，无端生出是非来，哪该如何收场？不如先去会稽，与元丹丘相晤为宜。故而临时动议，向漕卒提出要求，改签卧铺去姑苏，假道直接去会稽。

李白领了新票，拿上房间的钥匙，去到后舱雅室就寝。

进入房间后，摸黑点上油灯。不明不暗的灯光，将他长长的身影，无限夸张地投射到舱壁上，魑魅一般晃荡。

李白没有食欲，也没有酒意。偏偏解开随身行囊，拿出一壶剑南春来，启封先筛上大半碗，又去怀里取出青丝，泪流满面数度亲吻，难舍难分似永别。

复又拿出两张素笺，笺厚而粗糙，为常见的竹麻纸，极具柔韧性和张力。一张铺几上，作为底纸。另一张搓成条，拿去灯上引燃，与青丝一同烧了，细细燃成灰烬。纸灰和着发丝灰，点点落在底纸上，轻飘飘一堆灰白。

李白神态安详，动作小心翼翼，将底纸四角收拢，拿到酒碗上打开，将灰烬一一抖入碗中。再拿一双新竹箸，将碗里的灰烬搅匀，使之完全溶于酒中。

李白这才号啕，呜呜咽咽有声，双手捧着酒碗，单膝跪下。哽咽着轻唤杏儿，泣声曰："杏儿，不忙；杏儿，莫慌。大郎再陪陪你，就送你归故乡。"

言毕，以头抢地，鲜血破额而出。

"恕大郎不才，未能护柩回桑梓。唯愿化作连理枝，与尔同穴共眠。"

李白泪血满面，举碗一倾而尽，将杏儿永留心间！

三

会稽山，兰亭。

兰亭原本平常，就一六角木亭耳。较之越中诸多亭台楼阁，并无任何特别处。

东晋永和年间，王逸少莅越中，就职会稽内史，领右将军衔。公务繁忙之余，常与好友谢安、孙绰酒聚，纵论天下大事，笑谈人间风月。

永和九年，春三月三。文友四十一人雅聚，汇于兰亭修禊。修禊事毕，众人饮酒赋诗成集。右军即兴挥毫作序，书成传世神品《兰亭集序》。

亭因右军书而显达，一时声名鹊起，成为越中一大名胜处。

元丹丘为逸人，是授箓道士，天性却喜文雅事。知李白心里苦闷，专于山阴兰亭设宴，相招密友与之聚，欲畅李白郁闷胸怀。

李白知好友情义，心里大为感动，直接到了会稽。偏又未至兰亭，而是先去了剡溪箬婆桥，凭吊已逝的贺宾客，感怀他的知遇之恩。

八月初八，是日白露。

卯时。

李白立贺知章墓前，怀戚斯人已逝，心里涌起无限感慨。眼前景物萧条，让人唏嘘不已。

一抔冷清清黄土，几缕蔫搭搭枯草。野狐眠冢上，山枭鸣坟头，白蚁游穴中……以四明狂客之雄才，太子宾客之荣尊，逝后才得一堆黄土，世间芸芸众生，岂不为苟且偷生辈乎？

李白愁绪万千，怆然而涕下。忆起贺大兄，想到儿时柳丝儿、广陵杏儿、白兆山玉儿，还有毛根儿吴指南……一时怀戚甚，悲悯甚，忧郁甚。

李白心中伤感，独自流一会儿泪，默默去坟前，上了三香三蜡，又烧一盒纸钱，再敬上一碗薄酒。

一边默哀作揖，一边喃喃而歌。歌曰："四明有狂客，风流贺季真。长安一相见，呼我谪仙人。昔好杯中物，翻为松下尘。金龟换酒处，却忆泪沾巾。"

续歌曰："狂客归四明，山阴道士迎。敕赐镜湖水，为君台沼荣。人亡余故宅，空有荷花生。念此杳如梦，凄然伤我情。"

再歌曰："欲向江东去，定将谁举杯。稽山无贺老，却棹酒船回。"

李白歌毕，又默哀一会儿，才心欠欠转身离去。径直来到剡溪畔，寻一小舟登上，加倍给了舟子资费，嘱尽快驶往兰亭。

午时，一刻。

阳光洒进兰亭，一桌热乎乎的酒席，正袅袅冒着香气。

亭内坐四人，主席为元丹丘，客首为李白。另位两客位上，坐着孔巢父和崔成甫。

孔巢父乃世家子，为孔夫子三十六世孙，曾隐于东鲁徂徕山，与李白、韩准、张叔明、陶沔、裴政并称"竹溪六逸"。

崔成甫素有才名，曾官职校书郎，再尉关辅。为侍御时，受权贵排斥，贬湘阴。著有《泽畔吟》，李白为之序。

李白初为翰林，即遭杨国忠、高力士打压，被皇帝"赐金放还"。崔成甫感同身受，有赠诗云："我是潇湘放逐臣，君辞明主汉江滨。天外常求太白老，金陵捉得酒仙人。"

二人皆李白挚友，彼此间情深谊厚，多有酬诗相赠。

名于天下者，如《送韩准、裴政、孔巢父还山》云："猎客张兔罝，不能挂龙虎。所以青云人，高歌在岩户。韩生信英彦，裴子含清真。孔侯复秀出，俱与云霞亲。峻节凌远松，同衾卧盘石。……雪崖滑去马，萝径迷归人。相思若烟草，历乱无冬春。"

又或《寄崔侍御》，诗云："宛溪霜夜听猿愁，去国长为不系舟。独怜一雁飞南海，却羡双溪解北流。高人屡解陈藩榻，过客难登谢朓楼。此处别离同落叶，朝朝分散敬亭秋。"

元丹丘熟知李白，又晓三人情深，特意飞鸽相招，设宴于山阴兰亭，欲解李白心中愁结。

孔巢父德才兼备，被举荐长安为官，时身居京师。崔成甫辞官后，远走北镇幽、燕间，传为河东节度使王忠嗣掌书记。

若非至交之友，二人怎肯千里入越？

席间，气氛甚沉，少有久别的欢愉。

李白暗自神伤，一脸愁苦不畅。任三友百般劝慰，始终无一点欢颜，也提不起半分精神。

元丹丘身为主人，心里哪能不急？又是好言好语相劝，又是好酒好肉请吃，嘻嘻哈哈说笑，故意热闹气氛。

李白毫无兴致，始终停杯不举。

崔成甫唏嘘不已，数度欲与之饮，见李白皆摇头推杯，只得停杯作罢。

二人曾官京师，命运大抵相似，故崔氏深知李白心景，在这个节骨眼上，李白需要的不是酒，也不是好言相劝，而是默默无语的相随相伴。

崔成甫推了杯，当下站起身来，拱手与元丹丘、孔巢父相别，带着李白下山，一同前往金陵游玩。

谁也没有注意，在他们身后林间，有两个着白衣的少年，不远不近地跟着。

四

金陵城南，有一条曲曲扭扭的小巷，上了年纪的老人，依稀记得叫乌衣巷。

乌衣巷尽头，是柳叶渡口。

"秦淮河，柳叶渡。十里游人醉，十里烟花路。"

柳叶渡头，耸立一棵黄葛树。远远望去，树冠浓荫似盖，掩映一座古宅第。

大宅子斑斑驳驳，早已不知先前的模样了，也不知啥年代所建。

巷里最年长者，是八旬的魏婆婆。

魏婆婆嗜辛香，经营烧腊为业。所开"魏记烧腊店"，毗邻着桃叶渡头。

听魏婆婆说，大宅子阴气很重，至少二十年无人住了。

平时里，偌大一座老宅子，只有一个看门的老头，又聋又哑又驼，孤独地住在里面。

乌衣巷阴森，幽长而落寞。

夏日里，不论日头有多毒，小巷地面青石板的夹缝里，苔藓总是湿漉漉地鲜活。连巷子两边砖壁底部，都长满一尺来长的野草，偶尔还能见到一两只野兔，风一般奔突其间。

秦淮河的风，总会从巷口吹来，摇曳一巷荒凉和神秘。

小巷里的人家，大都世居于此，各自有一间店铺，小本营生着杂货，彼此间十分熟悉。

然而邻人却很奇怪，谁也说不清楚，大宅看门的驼背老头，是什么时间、从什么地方迁来。

魏婆婆耳背，倒难得好记性。呵呵笑言于人，前年鬼节夜里，怪老头来的大宅，莫名其妙就住了进去。

一巷百十人家，平时难免碰面，彼此打个招呼，再正常不过了。可是大宅子那怪老头，很难得见上一面，只有每年开春时，设若天气晴好，他才会搬个凳儿，坐在大宅门阶沿上，没忧没事地晒太阳。

今年春上，吴中闹春荒，拥到城里的灾民，多如过江之鲫。个别胆大的灾民，见偌大一座空宅，就一孤老头住着，便拖儿带女住了进来。

聋哑人不闻不问，见灾民面黄肌瘦，任由他们栖身。

过了清明节，小巷里的人们，突然发现了异样，隔三岔五间，有不少外乡少年，身着雪白衣衫，到乌衣巷东瞧西望。

每当这个时候，大宅子的聋哑老头，准会早早关了宅门，任谁叫唤也不肯开。

魏婆婆记性好，眼睛也尖得很，把一切都看到了。她不仅做烧腊，也兼做驴肉大烧饼，守了四十年的烧饼摊，啥怪事没见过？

外乡仔行为古怪，既不购买货物，也不入店住宿，只是甩手甩脚闲逛，四处溜达张望。心里隐约有了担心，乌衣巷要出怪事儿了！

天宝六年，中秋节。

李白跟着崔成甫，来到金陵城时，去到"魏记烧腊店"，买驴肉烧饼充饥。

魏婆婆人老话多，唠叨了近日所见，也讲了聋哑人的故事。

崔成甫听了，笑她年纪大了，喜欢疑神疑鬼。多给她一串铜钱，叫安心自个的小本生意，莫要无事想些怪事，自己吓自己。

李白心情不好，听她言语古里古怪，只当老糊涂了，不就一守门老人嘛，有啥好说的呢？

今儿是李白生日，一门心思想些故旧事，丝毫没有注意到，魏婆婆一双眼睛，贼亮得有些骇人，一直盯着崔成甫看。

崔成甫更加粗心，竟丝毫未觉察到。与李白走得饿了，各自吃掉三个烧饼，就去到乌衣巷里，下榻"十里杏花"客栈。

"十里杏花"？

名儿真好听，让李白想到杏儿。

崔成甫是谁？李白的知己，当然带他来"十里杏花"了，说他有意为之也行，说他工于心计也可。

"十里杏花"东邻王、谢两家豪宅，西距大宅子十丈。登上客栈二楼的雅室，聋哑老头住的老屋一览无余。

李白出走匆忙，所带银钱早已告罄，一应旅途花销，全仗崔成甫开支。

崔成甫厚道，视李白为患难知己，事事肯为他着想。连写的两个客房，也是一个雅室，一个普通单间。雅室自然给了李白，自己则住那个普通间。

想着今儿中秋，天下人都在团聚，又是李白"母难之期"，崔成甫不敢吝啬，请李白去"秦淮人家"，吃金陵名肴盐水鸭。

秦淮风月的好，时人多有赞誉。

"烟笼寒水月笼沙，夜泊秦淮近酒家。商女不知亡国恨，隔江犹唱后庭花。"

秦淮河的香艳，让李白心情稍宽，暂时忘却了心头苦楚。

崔成甫瞧在眼里，喜在心头。特意要了两壶"金陵春"，斩一只盐水鸭，切两斤卤猪头肉，外搭十个驴肉馒头。

李白心里一热，感好友良苦用心，脸上总算有了欢颜，吃喝得也较为畅快。

戌时，吃喝毕。

崔成甫会了账，二人出得店来，一巷月色甚明。明晃晃月光里，崔成甫搀扶着李白，踉踉跄跄回到客栈，各自回房休息。

子夜时分。

李白酣睡醒来，一时口渴难忍。起身来到案前，想找只碗舀水喝。

突闻窗下小巷里，有人大声喧哗，声音急促如遇火灾。

李白大异，如此夜深人静，何人高声喧嚣？启窗往外一望，明晃晃月光下，大宅子后花园里，一黑衣蒙面汉子，领着四个白衣少年，将聋哑人团团围住。

黑衣汉持长剑，沉声曰："安大帅念尔一身异能，特遣某千里入吴，恭迎牛副使返燕！"

聋哑人突悲怆，高声言曰："安禄山悖逆无道，致使我大唐江山风雨飘摇，牛元广深受皇恩，岂能助纣为逆！"

聋哑人？

哪里是聋哑人！

声音低沉而锐，相距百丈开外，犹震得双耳嗡嗡作响！

李白听得真切，心中骇异甚！

牛元广？

范阳节镇副使牛元广！

真是怪事儿，安禄山那厮，不是早报朝廷，牛副使叛逃契丹了吗？

怎会藏在这里!

黑衣汉并不惊讶,和颜悦色道:"牛副使人间豪杰,当知安大帅兵多将广,早晚得了李唐天下!岂不闻识时务者为俊杰吗?"

牛元广听罢,哈哈大笑。戟指而言:"没想到啊没想到,当初崔侍御一身傲骨,今日却成了胡儿走狗!"

黑衣人一愣,索性扯下遮脸黑巾,拱手言曰:"既被汝识破,何须遮遮藏藏?但愿牛副使听某一言,随某一同回燕地,共助安大师成就千秋伟业!"

牛元广怒甚,恨声大叫道:"果然是你这厮,快闭了那鸟嘴,切莫污了某的一双耳朵!牛元广身为朝廷命官,岂如鼠辈再事二主?!"

李白看得明白,哪里敢相信半分?黑衣人竟是崔成甫!

设身处地一想,却又甚合事理。既然朝廷容他不下,另攀高枝投了安禄山,倒也说得过去。

崔成甫摆明了身份,相劝于牛元广。那么阵中四个少年,定是"曳落河"无疑了。

李白突然忆起,前日漕船上,邻座之白衣少年,神出鬼没突失踪影,设若不是"曳落河",谁会哪般神神秘秘?

牛元广傲然而立,崔成甫躬身相劝。

李白大眼锐利,阵中四白衣少年,个个看得仔细。居首者,赫然就是漕船邻座,其余三个白衣人,乃兖州道旁酒家所遇少年。

牛元广性烈,骂得甚是难听,拒意尤坚决。

崔成甫本性傲,因不满奸佞当道,才投了安禄山。被牛元广百般辱骂,一时听得火起,知其不可能劝回,便闭嘴不再言语。嘴里轻哼一声,示意众"曳落河"动手,千万不可放走了他!

明亮亮月光下,牛元广身似苍鹰,突跃起丈余,疾速扑向五人。

肉掌翻飞间,砰砰搏击有声。

牛元广飘然落地,负手稳稳傲立。

顷,四少年扑地,七窍流血而亡。

俄而,牛元广也扑地,身中五剑,剑剑穿透背心。

崔成甫得了手,仰天一声长啸,飞身向客栈掠来。

李白大惊，崔成甫千里入越，莫非来赚自己？

李白这么一想，此处不宜久留，决定躲为上策，正待悄悄退回房间，想拿走自己的包裹，再往魏家庄亲家翁处避祸。哪知身子刚动，头上即猛遭棍击，顿时眼冒金星，仆身向前便倒。

月光下，魏婆婆站在身后，满脸慈祥地笑着，笑吟吟伸手将他扶住。

崔成甫掠至，见李白已昏厥，与魏婆婆相视一笑。两个人一起动手，将李白抬下楼去。

楼下，停着一挂大车，黑布覆盖顶棚。

二人齐心协力，又十分小心翼翼，将李白横放在车上。李白悄无声息，仰躺在车厢里，看来一时半会不会醒。

崔成甫驾车，魏婆婆坐辕上，匆匆向城外驶去。

第二十三章
大郎醉书梁园吟　宗氏千金买诗壁

一

幽州，节度使牙门。

牙门外，偌大一个广场，计有百五十亩之阔。

广场西北角上，青石砌一旗台，台基高三尺，周遭一丈二尺。

旗台上，矗一枝六丈高杆，杆顶上悬着杏黄牙旗，牙旗建制八尺六寸，威风凛凛地飘扬着。

牙旗者，镇兵军旗也，有别于地方州兵的四方旗。镇兵驻防边陲藩镇，负责帝国的边境安危，归节度使节制，正规的名儿叫着牙军。牙军军旗呼为牙旗，尤显得凶猛，边上饰以红色锯齿状布条，源于猛兽利牙图案，是古人彰显荣耀和威猛的象征。

唐沿隋制，节度使受命时，天子赐双旌双节，授以军事专杀特权。"行则建节，府树六纛"，威仪极盛。

安禄山时镇幽州，兼制平卢、范阳、河东三镇，拥雄兵达二十万，几近帝国镇兵的一半。时人谓之"长安天子，幽州牙军"。

广场东西南北中，依七星北斗之阵，布列着七座大军帐。大军帐各占地亩许，皇皇如天子大驾行宫。中间一座尤为阔大，比其他军帐大了一倍，那是牙帅安禄山的中军帐。

在京中人氏眼里，安禄山是个怪物，放着好好的牙署不住，偏偏心血来潮，非要在牙门外广场上，一溜烟列置七座军帐，不论寒暑雨晴，都吃住在军帐里。

胡儿精明着哩，七座大军帐里，住着他的心腹爪牙，有牙队两千劲卒，日夜巡逻警卫。每日卯时，像禁中早朝一样，安禄山坐在中军大帐里，接受爪牙们的牙参，长此以往，自生"帝威"。

李白天生机警，哪能不知缘由？安禄山此番举动，旨在长期保持警惕，可随时闻风而动。

李白机警归机警，却容易轻信人，偏偏忽略了魏婆婆。老妖婆般的魏氏，出其不意一记闷棍，就把他"请"到了幽州牙门，成了安禄山的阶下囚。

十月，初八日。

寅时，三刻。

李白衣履不整，由崔成甫带着，前往中军大帐行参。

谁知到了帐前，却被牙队拦下，只让崔成甫入帐，李白留在帐外候着。

卯时，正。

安禄山腆着肚，扭着肥硕的身躯，肉山般"塌"在虎皮交椅上，依例接受众牙将牙参。

李白站在帐外，正置大帐门帘处，眼角余光一扫，帐内情形一览无余。

崔成甫在列，自是不必说了。魏婆婆拄着拐杖，也赫然在列，倒有些让人惊讶。

李白满脸疑惑，老妖婆何许人？怎也入帐牙参！

卯时，一刻。

众爪牙依朝礼，一一牙参毕。汇报简明扼要，不似禁中早朝拉杂。多镇兵日常训练事，也有军需筹划事，又或契丹、奚族情报互通事。

李白尖起双耳，听得甚是真切，众爪牙虽未明言，仅从所参事宜分析，胡儿悖逆叛唐，已经迫在眉睫了！

魏婆婆瘪着嘴，拄一榆木拐杖，颤巍巍上前参拜。

"禀告安大帅，妾家谨遵钧旨，已将魏婆婆烧腊分店，开遍了国中十五道，'察事厅子'已逾万人。"

安禄山闻言，大加赞许，咧嘴誉曰："但得他日功成，魏大娘可为'察事长'！"

魏婆婆一听，满脸欢喜之色，笑眯眯持杖退下。

李白骇一跳，老妖婆年逾八旬，竟是胡儿的心腹，负责组建伪"察事"！唉，自己着她的道儿，就一点也不奇怪了。

俄而，崔成甫亦上前，躬身参曰："禀告安节镇大帅，某敬遵钧旨，亲率'曳落河'众儿郎，遍寻国中各州县，访得贤能异士百人。尤可喜可贺者，大帅心仪的李翰林，也已请到了幽州！"

李白再骇一跳，好你个崔成甫，俺还把你当知己呢！你辞了帝国官职，尚且情有可原，哪知狗东西不学好，竟成了胡儿"曳落河"头子？！

安禄山闻言，却是一脸惊喜，伸长脖子问道："莫非青莲李白？书蛮书吓番使的李大学士吗？"

崔成甫面有得色，抬起头来应答道："正是李翰林，李大学士！"

胡儿一代枭雄，早有野心图谋天下。心想李白捉弄番使，如戏黄口小儿，不仅文采飞扬，武技尤深不可测。似这等了得的英雄人物，据为己有则罢，设若不为所用，必除之以绝后患！

安禄山善诈，心里想得歹毒，脸上仍一副憨憨的笑容。大嘴巴一咧，冲着崔成甫叫道："快快有请李学士！"

崔成甫双手打拱，应声曰："安节镇急不得也，岂不闻刘皇叔'三顾茅庐'乎？李翰林就在帐外，烦请大帅移尊前去礼见！"

安禄山为胡人，不知书也不识礼，偏偏听说过三国事。见崔成甫言之有理，又想诗仙李太白，乃心高气傲之人，帐外亲迎又有何妨？

胡儿上了心，当下站起身来，离开虎皮大椅，扭着硕壮的身躯，慢腾腾出了大帐。

李白素恶胡儿，又遭魏婆婆、崔成甫二贼使计赚来，本就恼怒异常，见他扭一堆肥肉出来，欲延自己为座上宾，哪能不鬼火冒？！便昂起头，只顾四下张望。

安禄山走上前，见李白傲然四顾，正眼不瞧自己，心里略有不快。想到高力士、杨国忠辈，都遭他呵斥，便耐着性子，堆起一脸憨笑，冲李白唱个肥喏，大笑道："某家粗豪不才，却喜大学士高才，愿与生俱结忘年交。"

李白一听，扑哧笑出声来，胡儿假装斯文，话说得怪模怪样，故意戏曰："安节镇尊大帅，某一介布衣草民，只配与猪狗为伍，何敢与尔为忘年！"

安禄山不识文辞，哪知李白在骂他？哈哈大笑道："李翰林学富五车，实在太过谦了！"

李白嘴一撇，正待又要驳斥他。

崔成甫一见，怕他再出秽言，坏了自家的好事，急忙止曰："大帅雄镇三藩，素有澄清宇宙之志，对大郎心仪已久。若得安节镇提携，早晚荣华富贵，望大郎三思。"

李白聪明绝顶，不敢明骂安禄山，怕他动怒伤害自己，心里早憋得难受，崔成甫送来一张脸嘴，哪能不给他一耳刮子?!

鼻里冷哼一声，手指着崔成甫，傲然斥之曰："白虽不才，不配与猪狗为伍，总骂得你这卑鄙走狗！"

安禄山闻言，总算听明白了，李白这厮可恶，骂崔成甫走狗时，还在骂自己猪狗不如！

胡儿久镇三藩，势如土皇帝！手下千万爪牙，谁个见了他，不唯唯诺诺？偏偏一弯酸文士，敢于藐视自己。当下怒吼一声，望天空放一枚火箭。

"咝"，一声长啸，火箭升于半空。

"嘭"，一声炸裂，火箭花开五彩，光焰漏云而下。

崔成甫一见，大骇。

安禄山生性残暴，每当耍威风时，总喜欢大开杀戒。

李白哪里知道，依然负手傲立。

崔成甫却着了慌，恐祸及于己，便想拉李白一同下跪，求胡儿手下留情。

李白鼻孔朝天，傲然不跪。

崔成甫愈惶恐，两股战战兢兢，自个儿双膝跪地，叩头如捣蒜。

胡儿冷哼一声，大手往帐前一挥。那枚火箭响后，帐前牙队忽然分开，让出一条通道来。

广场大门外，突涌进两千军士，旌旗猎猎，甲光映日，吼声震天。

队前十名甲士，各推一辆囚车，车内载着"死囚"，风一般到了帐前。

李白眼尖，见众囚身着官服，皆三藩内朝廷命官。不知犯了何罪？竟被胡儿下了死牢！

安禄山腆着大肚皮，一副趾高气扬模样。脸上皮笑肉不笑，轻蔑言于李白："尔可瞧好了，这些人才是猪狗，胆敢诬我反叛朝廷。哼，皇帝圣明，偏嘉奖我忠心，特将一众猪狗，交由我发落。"

胡儿言毕，胖乎乎右手伸向空中，略微一停顿，再猛力一挥。

崔成甫见了，放下心来。胡儿嗜杀，这是他特有的杀人动作，难得他今日开恩，只杀"死囚"树威，自己狗命算保住了。

果不出所料，阵前一排弓弩手，见了安禄山手势，一时箭发如雨，将众"囚"全部射死。

李白见了，惊得目瞪口呆。安禄山肆意胡作非为，哪里还讲王法？哪里还有王法？！唉，这么多朝廷命官，想杀就杀，如此藐视朝廷，帝国危矣！

胡儿立帐前，虚眼睨视李白，见他一脸惊愕，只道怕了自己。复哈哈大笑，高声令曰："众儿郎尽展所学，献于李大学士！"

两千甲兵听令，齐齐以矛击盾，齐声大呼："风！风！风！"

倏地，两千甲兵四下里散开，成八个小方队，向右侧的箭阵冲过去。

箭阵成矩形，弩手持弦以待。一百二十名弩手，立跪各六十，弩发如蝗虫。

两千甲士劲卒，冒着满天箭雨，发起集体冲锋。前排中箭，纷纷倒毙地下，后排视死如归，复蚁拥般冲锋。无一人退缩，无一人畏死！

胡儿满脸得色，再一声厉啸，冲李白得意狂笑："某之甲兵，骁勇善战否？帝国之禁卫军，挡之披靡乎？！"

李白默不作声，这厮口气忒大，明言以禁卫军为靶子，锋芒直指大皇帝。他若不反唐，老天瞎了眼！

李白心骇然，静观安禄山治军，步调一致，号令严明，强弓劲卒，战力恐怖，实骇人听闻。此贼果不简单，难怪辖内镇兵，皆尊其为"圣人"！

夜里，戌时。

崔成甫奉胡儿命，专门来到李白下榻处，百般相劝于他。

358

李白不言，想起白天之事，情知凶险至极。不愿意答应，又不敢推脱，只得挖空心思，小心与之周旋。

戌时，三刻。

突起狂风，雨下如注。

李白心念一动，手已按住长剑。

帐外，猛一声箭啸。

黑暗中，突射来一箭，直击崔成甫面门。

崔成甫何许人？"曳落河"的头子！自是身手不凡，反身向后极度一仰，避过飞来之箭。右手拔剑在手，身子又一个旋扭，飞身直扑帐外。

崔成甫快，快如飞鹰。

李白更快，快似闪电。

李白那柄铁剑，早点了他哑穴。

崔成甫张大嘴巴，就是发不出声来。

李白念及友情，不愿伤他性命。伸手点了左右曲尺、跳环二穴，使其动弹不得。正待要潜逃，大帐前巡视牙队，已觉察这边有异，四面包抄过来。

李白大急，思谋着如何脱身。突闻帐前马鸣，见一赳赳魁梧大汉，领着两个黑衣人，悄悄牵四匹马至。

魁梧汉轻声疾呼："阿爷，阿爷，快上马先遁，小婿断后！"

李白听得真切，不是魏万是谁？又见二黑衣者，襟上配有"金花"，知是永王府上卫士。

李白放下心来，翻身跨上马背，打马冲出帐营。

身后，马蹄声乱响，喊声一阵紧似一阵："切莫走了李白！"

俄而，刀剑相击，杀声震天。

黑暗中，魏万与二黑衣人，摆脱牙队纠缠，也冲出了帐营。

李白只顾奔逃，远远听见魏万大叫："阿爷，阿爷，阿爷，速回猷州魏庄，永王等着你……"

夜色朦胧，李白扬鞭如飞。

二

汴州，城东南三里许，有一座梁园，名头甚是响亮。

梁园历史悠久，始于春秋战国，盛于南北朝梁时。帝国初，梁园规模达到极盛，逐渐形成吹台大庙会。每逢三六九日，古吹台前人山人海。

腊月，初九。

李白来时，正值大庙会。

游人挨肩接踵，贫的、富的、俊的、丑的都来赶会。别的不说，单是穿红戴绿妇人家，也有几百上千，妖冶活闪，袅袅穿行其间。

偌大梁园内，酒楼、茶肆、乐坛、教坊林立，各色店铺生意兴旺，整绫碎缎，新桌旧椅，各样农禾器具，修房建屋构件，应有尽有。其余小儿耍货，小锣鼓，小刀枪，鬼脸壳，响棒槌……惹得童儿拍手叫好。

李白由南门入园，一路向东走去，不紧不慢来到古吹台。早望见吹台前，黑压压一大片人影，周遭也有一二里，这便是庙会的中心了。

古吹台上，三五个梨园班子，轮流唱着大戏，或春秋，或三国，或魏晋。台上台下喧嚣，好不欢快热烈。

古吹台右侧，酒帘儿飘飞，绘个吕洞宾醉扶柳树精，偏写道"现沽不赊"。古吹台左侧，又有药幌儿挑檐下，画个孙真人针刺带病虎，却说是"贫不计利"。

李白咧嘴一哂，店家打得好广告，说得心口不一哈。管它"现沽不赊"呢，鼻里闻到美酒香，腹中便酒虫翻涌。

李白想吃酒，因为不舒气，酒虫涌上来的，全是一肚子委屈。那日得魏万相助，一路狂奔至汴梁，本想西进长安面圣，将幽州所见禀告，又虑自己已"赐金放还"，恐皇帝不待见，遂亲题《幽州胡马客歌》，寄予金吾长史张旭，期望传入禁中，得到圣天子明鉴。

歌曰："幽州胡马客，绿眼虎皮冠。笑拂两只箭，万人不可干。弯弓若转月，白雁落云端。双双掉鞭行，游猎向楼兰。……白刃洒赤血，流沙为之丹。

名将古是谁，疲兵良可叹。何时天狼灭？父子得安闲。"

李白心苦啊，本待以亲身经历，力证自己当年判断准确，欲再得朝廷征召，以圆报国之梦，哪知泥牛入海，苦等二月余，至今渺无音讯。

现而今，妻没了，家没了，连兜里的银子，也没了。唉，年龄已知天命，却落得"无家可归，有国难投"。

李白无精打采，来回徘徊不定。

古吹台前，突观者涌动。冬阳下，一美妇着裘袍，携两侍儿姗姗至。所行处，游人纷纷避让。

美妇年约三十，明眸皓齿樱唇，举手投脚间，尽显贵妇高绝气质。

李白站在台前，见她着装华美，"攘袖见素手，皓腕约金环，头上金爵钗，腰佩翠琅玕"。

美妇目不斜视，满头钗簪步摇间，多出一支玉簪来，那是授过箓的道簪。

原来是坤道。

李白是乾道，本该上前打个招呼，却不曾想杏儿走后，李白心也死了，哪提得起丝毫兴趣？

美妇款款莲步，不知有人专注于己，高傲地走过古吹台。

时值晌午。

吹台上歌舞正欢，台下观者如堵，热情丝毫不减，依旧大呼小叫。

李白饥肠辘辘，伸手摸摸腰间，羞涩的衣袋里，尚有可怜巴巴一锭银。千般忍了又忍，实在没有忍住，便拐进一家酒楼。

楼名"汴水人家"，装饰得富丽堂皇。

李白虽然落魄，却不失豪迈气概，气宇轩昂地进入大厅，端坐厅中央首座上。"砰"地拍银于案，招呼店小二，只管打酒切肉送来。

店小二肩搭抹巾，风快地跑了过来，正待上前收银。突见门帘掀动，裘装美妇袅袅入内，又有妖娆二侍女，款款相随左右。

"兀那店小二，择一间上房雅室，候座。"

店小二听到呼唤，便不再理会李白，摇头摆尾迎上去，对美妇点头哈腰，百般献殷勤。

"不知宗大娘驾到，恕罪，恕罪。"

店小二一边说，一边迎入雅室。

李白一愣，哪来的蛮婆娘，这般横不讲理？小二不先侍候爷，倒去舔贵妇肥臀，还有没有规矩？

李白终究好面子，被美妇抢了风头，又怪小二狗眼看人低，正要冒火发作。

店主人精灵，眼观六路，耳听八方。虽然站在围柜内，却见白袍客不悦，恐节外生枝弄出事端。急忙走出围柜，笑眯眯地迎上来，好言好语安慰道："客官休要恼怒，都是店小二不对，要吃要喝尽管吩咐，小老儿侍候着呢。"

李白天生傲性，却是个明事理的人。听店家说得客气，反倒红了一张脸，自个儿不好意思起来。呵呵笑曰："非某要争个高低，兀那婆娘是谁？恁也霸道了些。我既已招呼了堂倌，她就不该抢去，让人心里不爽。"

店家听他一说，眼里有了敬畏，倒对白袍客刮目相看了。忙俯身上前，压低声音言道："看客官旅人打扮，是个外乡客吧？难怪识不得她了。汴梁城谁人不知？宗大娘者，武朝宰相宗楚客囡女是也！"

李白吃一惊，原来宗宰相之后，难怪一身高贵气，傲得来两只鼻孔朝天。当下便不多言，只把银子拿起，爽快甩给店家。嘴里言道："某饿瘆得慌，只顾要吃些好酒好肉。有劳老哥费心，沽两坛烧酒，再弄些可口肉食，某便可安静得下来。"

店家笑眯了眼，听客人言语有趣，伸手拿了那锭银，冲后厨大声叫道："两坛伊川烧酒，再切二斤卤猪头肉，外搭十个驴肉馒头。"

后厨得令，依样复述一遍："好嘞，两坛伊川烧酒，二斤猪头烧腊，十个驴肉馒头！"

话音未了，厨间转出一胖厨师，手托簸箕大小一木盘，上置各色酒食。来到李白座前，一一铺在桌上。

胖厨笑道："客官一人？甚好肚量！"

李白不答，反诘道："一人吃不得？烦劳胖哥同饮！"

胖厨被他一呛，知趣地摇摇头，连声诺诺退去。

三

未时，一刻。

李白晕乎乎，喝完最后一滴酒，胡乱打着饱嗝，酩酊大醉出了店门。

古吹台上，三班梨园已收场，冷清清空一个戏台。

广场上，游人也少了，大都待在茶肆酒楼里，三三两两拢一堆，或吃茶闲聊，或吃酒神侃。只待天黑，好看社戏焰火。

李白步履踉跄，偏偏倒倒登上吹台。临台前一站，冷风拂面吹过，冷丁里摇头打个寒战，一泡尿便憋得难受。

瞧见四下无人，择墙角逼仄处，酣畅淋漓撒一泡骚尿。冲起昏黄一团尿沫，骚哄哄泛着酒臭，四下里飘散开去。

李白尿毕，搂腰扎好裤带，转身又到吹台中央。见三面粉壁上，前人题咏甚众，多古贤怀才不遇之句。

为首一阙，乃阮步兵《吟怀》，尤为后世称颂。

阮籍为三国魏人，与嵇康、刘伶等七人为友，常聚集于竹林间，肆意饮酒酣醉。世称竹林七贤，所作多感时之章。

前人论及阮步兵，多评其《吟怀》八十二首，谓之"软旨遥深"。

在李白眼里，阮籍诗作"志气宏放，傲然独得"，尤以游梁园所吟最佳。

吹台粉壁上，首题之《吟怀》诗，正是阮籍梁园怀古。

诗云："徘徊蓬池上，还顾望大梁。绿水扬洪波，旷野莽茫茫。走兽交横驰，飞鸟相随翔。是时鹑火中，日月正相望。朔风厉严寒，阴气下微霜。羁旅无俦匹，俛仰怀哀伤。小人计其功，君子道其常。岂惜终憔悴，咏言着斯章。"

李白打着酒嗝，读一回感叹一回。阮籍生逢乱世，曾官步兵校尉，后辞官隐于山野林泉间，行为放荡不羁，或闭门读书，或登山临水，或酣醉不醒……二人身世何其相似，李白读其诗，难免感触良多。想当年离蜀远游，何等意气风发？二十五岁韶龄，正是一腔热血喷涌，两眼天高地阔。自己"抱四方志，仗剑去国"，欲效管仲、乐毅，建功立业于沙疆，执笏班奏在朝堂……

可惜大志丰满，现实却很骨感。人生不如人意者，往往十之八九矣。

李白明白乎？好像很明白，又好像很不明白，这种不明不白，就是稀里糊涂，说白了就是自我多情。

李白立壁前，一时感慨良多。倏地，心中燥热难忍，万千思绪涌上来，有了要释放的冲动。匆匆解开行囊，拿出笔墨来，亲去粉壁空置处，书下一首《梁园吟》，以畅胸中郁结块垒。

诗云："我浮黄河去京阙，挂席欲进波连山。天长水阔厌远涉，访古始及平台间。平台为客忧思多，对酒遂作梁园歌……玉盘杨梅为君设，吴盐如花皎白雪。持盐把酒但饮之，莫学夷齐事高洁……梁王宫阙今安在？枚马先归不相待。舞影歌声散渌池，空余汴水东流海。沈吟此事泪满衣，黄金买醉未能归。连呼五白行六博，分曹赌酒酣驰晖。"

李白吟一句，书一句，又哭一句。吟到动情处，已泣声嗡嗡。

台前游人三五，视之为酒癫。

李白挥毫毕，原本想一展郁闷胸怀，哪知道酒力上涌，腹中翻腾欲吐，越发痛苦难受。急忙扶住壁头，"哇哇"一阵大吐，呕出一堆秽物来。

秽物臭气熏天，衣襟裤脚上，密密溅满麻点，连洁白的粉壁上，也污迹了一大片。

李白这么一吐，身子骨软成了泥，当即迈出梁园，趔趔趄趄奔回客栈，天旋地转倒在床上。

李白迷迷糊糊，早已不辨东西。鼾声呼呼，酒涎长流，将一床铺被，污得一塌糊涂。

四

未时，三刻。

宗大娘吃完酒，俊脸儿烧得通红，羞答答出了"汴水人家"。偕二侍女至吹台，欲观瞻古人壁题。

陡见吹台粉壁下，一堆秽物摊地上，正热乎乎冒着酒臭。顿觉恶心欲吐，忙用手绢捂住口鼻，皱皱眉转身就走。那一双丹凤眼儿，无意间往壁上一瞟，脚下便生了根，立在那里不动了。

李白所题《梁园吟》，虽酒后醉书，架构却妙不可言，如右军书《兰亭序》，风姿跌宕跳跃，气韵飘逸豪迈，势如天马行空。

墨迹新可鉴人，犹鲜妍欲滴。

青莲李白？

宗大娘停了步，细观《梁园吟》，宏阔高远的意境，奔腾不息的气象，紧紧抓住了她的眼球。面对一壁新词，便痴了醉了，哪管他秽物熏鼻？

宗氏敬立壁前，逐字逐句吟哦，慢慢品鉴个中味道。那份癫痴神态，仿佛与李翰林梦里相交。反复吟哦下，两眼儿迷离，至"玉盘杨梅为君设，吴盐如花皎白雪。持盐把酒但饮之，莫学夷齐事高洁"时，宗大娘不禁心旌摇荡，忍不住且歌且舞。

二侍女者，一名荷花，一名青杏，皆宗氏贴身使女。

二女久随主人，知大娘每遇佳句，必定情之所至，疯癫不辨东西。哪承想到，她一个大家闺秀，又极爱雅洁之人，面对一堆秽物，不仅不嫌恶臭，反而百般歌唱不已。且不顾女子矜持，当众翩翩起舞，似这般无节制癫狂，却也是头一回见到。

二女见她发了癫，不敢催主人离去，只是掩嘴偷笑不已。

适，园工三五人，提帚拖筐而至。为首一老者，年近六旬，见壁下一堆恶物，臭烘烘不可闻，壁上又多一片新"涂鸦"，夹杂着斑斑点点污迹，嘴里便恨声不绝，骂骂咧咧道："直娘贼的猪狗辈，随处拉屎拉尿！"

众园工也大骂，哪知谪仙人金贵？只道壁上《梁园吟》，乃游人随手涂鸦，纷纷拿出刀铲，欲剔除太白题诗及呕吐物污渍。

宗氏如痴如醉，猛见三五工人，提铲握刀上前，要铲去《梁园吟》。一时大急，连忙护住粉壁，忍不住大声呵斥，语疾如矢发连珠，凛然不可犯！

众园工一见，心里奇了怪了。她一个裘装美妇人，无端阻止自己作业，不知是何道理？

老园工精于世故，见她衣着华美，客气地说道："娘子快快让开，莫耽搁了小的们洒扫，以免误了时辰，坏了晚上社戏焰火！"

宗大娘久仰李白，平时爱极了太白诗文，哪管他说话中不中听？只是由着自己性子来，挺身护着一面粉壁，愣是不让铲除清理。

众园工一见，只道美妇是个癞子，哪里还有丁点耐性？纷纷挤上前来，欲强行铲除之。口里不干不净，秽言秽语迸出："哪来的疯婆子，以为自家院里吗？咱一家老小要吃要喝，全靠打扫梁园营生，你不让哥几个铲除，拿钱来养着便罢！"

二侍女闻言，大恚。见主人受辱，当下杏眼圆睁，直叱"扫地老二"俗鄙。

荷花胆小，噘一张小嘴，嘟哝道："乡间野物吗？这般胡言乱语？"

青杏泼辣，大声叱责道："无知猪狗辈，小心被人打断腿！"

宗氏听到钱，心里却是一喜，忙止住二侍女，不让她俩骂人。笑吟吟道："任由他说去，何苦学他骂人，坏了我的兴致？"

二侍女住了嘴，一左一右护着宗氏。想想也是哈，园工靠此营生，他若不清除"垃圾"，便拿不到工钱，还会被上司"清除"。

宗大娘知书识礼，犹善解人意，不愿为难众园工，一时又想不出他法，只得亮明自家身份，承诺由宗府花费千金，买下太白题壁。

千金买壁？

众园工一听，哑口无言，惊以为癞。

宗氏不理他，让荷花留下陪着，让青杏速回府上禀报。

宗府大管家卢二，哪敢丝毫怠慢？急调千金，火速送到梁园，交由宗大娘买壁。

市井闻之，哄传汴城。

宗氏买壁成功，护住了太白墨宝，却不知他人去了哪里。怏怏不乐回到府上，长吁短叹间，暗自神伤不已。

卢二见了，知主人心意。遂派人四处侦缉，定要找到李白。

酉时，三刻。

卢二至郡南，在一僻巷里，找到李白所住客栈——"易居"。

"易居"客栈逼仄，条件十分简陋，下榻者多苦力。

卢二捏着鼻，上前与店家交涉。

店主戴个瓜皮帽，直立围柜里。听明卢二来意，一张脸笑得稀烂。

他正在发愁呢，住店客人烂醉如泥，又许久未交店资了。见卢二衣着光鲜，把他当成了财神爷，不露声色地东拉西扯，不仅结完了所有店资，还多敲到两个铜板。

卢二不理他，找到了李白，心里很是高兴。花钱雇两个"抬脚棒"，将李白置一竹榻上，肥猪一般抬上肩，急匆匆回到宗府。

李白浓睡犹酣，梦涎流满两腮。

宗大娘见了，以团绢掩面，抿嘴窃笑不止。

卢二善解主意，急忙吩咐下人，将李白抬进浴室，烧水将他洗干净。

夜里，亥时。

李白入西厢，与大娘同榻共眠……

翌日晨。

李白醒来，才知事情缘由，向宗氏百般道歉。

宗氏自己喜欢，慕其才，不惜"千金买壁"，让李白风雨飘摇的心，又得到了家的温暖。

李白不愿入赘，直言于宗大娘。

宗氏知书识礼，理解李白心意，便依从了他。花钱购一宅子，筑巢汴梁城北，又取个宅名儿，叫作"清风居"。

李白风流，宗氏华美，彼此倾慕，相敬如宾。

邻人慕其恩爱，誉为神仙眷侣。

第二十四章
安禄山兵叛范阳城　杨贵妃命丧马嵬坡

一

天宝十四年，冬。

安禄山矫诏诈旨，假皇帝李隆基旨意，以讨伐逆贼杨国忠为名，高举"清君侧"大旗，悍然起兵范阳。

初，伪军十五万，皆安禄山死士。尊奉胡儿为"圣人"，无不以一当十，个个骁勇善战。旬日内，前锋直逼河朔。

时，帝国花团锦簇，天下承平日久。

国中军民闻警，茫然不知所措。既不晓战争为何物，也不懂刀兵之无情。唐军久疏战阵，与敌一触即溃，河北各郡县及军事要塞，纷纷失于敌手。

胡儿蓄谋已久，伪军号令严明，军纪整肃。天黑入睡，夜半行军，黎明造饭（备好一日干粮）。日行六十里，如脱牢恶虎，直扑河南各郡县。

汴梁城中，街谈巷议。茶肆酒楼，众说纷纭。

梁园，"汴水人家"。

李白进入大厅，去首席之位坐了，那是他的专座，经常要去的地方。因为古吹台题诗，因为"千金买壁"，更因为得识了宗大娘。

店家心里明白，李翰林坐在那儿，就是全厅的"主席"。一大厅里的客人，不论土著还是外乡人，都会以他为中心，闹麻麻听他卖弄见识，或江湖，或庙堂。

客人皆识趣，又乖巧得紧，无人有那个肥胆，敢去坐首席位。果真不懂事坐了，弄不好酒没吃着，被店小二轰出店门，还算是好的了。设若被食客打个半死，那才怪自己不长眼睛，活该挨打！

但凡嗜酒的人，谁喜欢冷冷清清？呼朋唤友是常事，图的就是个热闹。

李白天性爱热闹，所以不喜欢雅间。拿他的话说，一个人待在里面，连个搭白的人都没有，还吃什么酒？直如狱里吃牢饭，还有什么兴趣？

大厅却不同了，认识或不认识的人，只要入得厅来，就是酒中神仙。彼此间打个招呼，大呼小叫吃肉喝酒，道听途说摆天谈地，这才是吃酒的乐子。

堂客们弄不明白，自己男人怪得很，从不在家里吃酒，总喜欢外出晃荡，哪怕找个小酒馆，也吃得津津有味。

她们哪里知道？男人就这副德性，即便只有几粒花生米，也要和别人论个国大家小，不惜争得脸红脖子粗。或曰：男人们都犯贱，宁肯去外面吃溺水，也不愿家里喝鸡汤。又或曰：家花不如野花香，家厨不如野厨油汪汪。

哪有的事？不是堂客做菜不行，也非小儿沽酒不醇。男人们吃酒，要的是个气氛。

你放眼看看，太白有多惬意？此时大厅里，就他一人哩，也是优哉游哉的神仙。脚搭在邻座凳上，背靠在座后壁上，满脸都是陶醉之色。

呵呵，李白硬是安逸，吃着火辣辣的"伊川烧"，有了三分酒意，更有了七分得意。

先前跟皇帝说，安禄山要谋反，不仅不听谏言，还被"赐金放还"。胡儿现今真反了，僭越作了"大燕皇帝"，与你大唐天子一样，平起平坐一般高，奈何？

哈哈，事实胜于雄辩，事实是什么？是胡儿真反了！某厉害吧，有眼水吧！

皇帝老倌也，宰相、长史、刺史某也不想当了，给一万兵马吧，封个正三品云麾将军即可。实在没有职缺，给个正四品忠武将军也行，让某为国杀贼吧！

李白闭着眼，美滋滋地想。吃完最后一滴烧酒，起身会了账，晕乎乎回到清风居。

清风居大门紧闭，只有看门的黄狗，围着他打转转。

李白纳了闷儿，心里怪怪的，感觉特别异样。

大娘哪里去了？

李白睁一双醉眼，四下张望打量，确信宗氏不在时，背心处一阵发凉。

随着年岁增长，李白改变了很多，早有了好习惯，特享受家的温柔。每次在外面吃酒，设若回到家时，没有大娘嘘寒问暖，心里就会发慌，整夜整夜睡不踏实。

李白不见了宗氏，心里哪能不急？忙呼来卢二相询。

"大娘……哪去了？"

李白舌头打结，含混地问道。

卢二发愣，一头雾水。奇了怪了，早上你俩前后脚出门，全庄人都知道。莫非吃醉酒弄丢了大娘，倒来问我吗？

"禀大郎，小的确也不知。"

卢二惶惶不安，低头不敢张视，怕李白酒后骂人。

李白脾气倒好，并没有骂他，只是心里越发慌了。以前宗氏外出，都会告诉管家一声。今儿很是蹊跷，无缘无故离家出走了。

李白不再啰唆，急忙跑到内室。见花架木床上，铺笼罩被摆放整齐，与往日并无二样。唯有妆匣里的钱，足足少了二百金！

再翻看衣橱里，满当当的花花绿绿，全是大娘的衣物。宗氏乃豪门之后，所置四季衣裳量多，竟也各自少了两套。

李白这才骇绝，情投意合的宗氏，已经离家出走了！

她会去哪里呢？莫非闻听叛军逼近，独自逃难去了？

想想不可能啊。

二人在一起生活，从未拌过嘴，甚至没红过脸。彼此关爱有加，怎会不辞而别？

李白抱着头，跬在内室的地上，使劲扯着头发。脑子里昏昏沉沉，一遍一遍映出的图像，全是大娘的笑脸。

邝山？

对，邙山！

大娘乃坤道，近来潜心修行，常提及邙山，说那是个好去处！

李白心念一动，顿时明白了缘由。当下顾不得酒醉，风一样冲向马厩，解马蹬鞍扬鞭，径奔邙山而去。

戌时，三刻。

汴梁城东十里，邙山迎晖峰。

玉京观中，一灯如豆。

李白汗流如注，气喘吁吁爬到观前。见观门紧闭，不由分说抡一对拳头，轮番捶打着观门。

门板咚咚作响，急如出征战鼓。

倏地，观中灯火齐灭，人声渺寂，万籁俱寂。

日在初二，夜空无月，唯有几颗稀疏寒星，不怀好意地眨着眼。

邙山玉京观，不见了灯火，也听不见人声，四周漆黑一片。

李白傻了眼，不知如何是好。

他心里很明白，宗氏就在玉京观内，却不知犯了何"煞"，竟然闭门不愿相见。自从"千金买壁"后，李白成天乐乐呵呵，享受着家的温暖，沐浴着爱的甜蜜。哪知宗氏突然发癫，独自跑来邙山，就为了"道"的信仰吗?!

唉，信仰这怪东西，真是不可理喻。不仅超越爱情，也超越亲情，更超越生命。

李白与宗氏的结合，是人之将老的寄托，没有了这种寄托，人活着还有什么意义？

李白心如死灰，失了魂儿一般，向山下蹒跚走去。

天黑不辨路径，脚下猛绊一石，李白一个趔趄，顿时跌入万丈深涧……

二

渭南，潼关。

《水经注》载："河在关内南流潼激关山，因谓之潼关。"始建于东汉建安元年，关隘地形险要，是长安的东大门。

关外，伪军先锋崔乾祐，得胡儿安禄山死令，统领雄兵十二万，欲破关直取长安。

燕军蚁拥蜂攒，扎营十里团团围攻。屯兵七月余，始终无力破关。

关内，唐军大将哥舒翰，率帝国精锐之师二十万，重兵擭关拒守。

哥舒翰一代名将，镇边十余年，深知崔乾祐凶悍狡诈。故秉承死守不出之策，让不可一世的燕军，望潼关兴叹。

京师长安，城内多富户豪门，平时享受惯了，又不知前方实情，闻得潼关警紧，惶惶不可终日。

哥舒翰为安民心，让守军日巡敌情，夜报平安。

关、京二地间，相距二百六十里，玄宗皇帝深忧敌警，诏令军民修筑烽火台，每五里一筑，共计五十二台，以便哥舒翰传报平安。

哥舒翰谨遵圣谕，下令守关兵士，夜发报警烽火。每更燃一次，作为平安信号，次第传入长安，以安京师民心。

唐军英勇抗敌，潼关巍然屹立。

然帝国自高祖始，迨至安禄山造反，国祚百四十年，早已垂垂老矣。如同一座老宅子，破败腐朽日久，啥妖魔鬼怪事，都可能发生。

时，哥舒翰守潼关，主张坚拒不出，以待时机反攻，初期成效十分明显。

郭子仪深谙兵道，对哥帅之议大加赞赏，拟就文表上奏唐玄宗准允，欲实施"围魏救赵"之策，让哥舒翰死守潼关，自己亲统三万河北镇兵，直捣燕军老巢范阳，以解潼关之围。

李光弼也大赞哥舒翰，称赞其"深谙兵道，雄韬伟略"，已亲统四万河西镇兵，奉命南下勤王，即日便可抵达潼关。

郭、李二帅国之柱石，皆言守关唐军不可轻出，以免中了崔乾祐诡计，设若不慎丢了潼关，京师长城必危如累卵。

杨国忠身为首相，却心怀鬼胎。他比谁都明白，能爬到首相位上，皆得力于族妹杨玉环，朝中没有人服气他。故深虑哥舒翰手握重兵，一旦取得平叛胜利，必定会回京师高就，到时自己相位定然不保。遂不顾国家大义，跑到玄宗面前，百般搬弄是非。言伪军不堪一击，哥舒翰按兵不动，旨在保存实力，必然另有所图。

"哥帅志大，尤胜禄山！"

玄宗老迈昏庸，精力大不如前，已非"神武天子"了。想起十数年前，太师曾言胡儿必反，今日果真反了。心里难免愧疚，深信他识人精准，便接二连三颁下圣旨，频频遣使赴潼关，催逼哥舒翰出关退敌。

郭子仪闻讯，大惊失色。遣哨火速飞报京师，欲阻止唐军出关。

李光弼孤军勤王，深虑丢失潼关，不仅京师难保，尤恐手下四万精兵，招致全军覆灭。也冒着抗旨的死罪，飞报哥舒翰，阻其出关迎敌。

哥舒翰久经战阵，哪会不知凶险？千般虚与委蛇后，迫于圣旨难违，中军帐里大哭一场，亲率大军出关退敌。

关外，伪军中军帐内。

崔乾祐拥二胡姬，一边饮着美酒，一边听副将王惊雷汇报。得知唐军出关时，兴奋得将酒杯一摔，"啪"地砸得粉碎，哈哈大笑道："人谓哥舒翰为战神，在某眼里不过尔尔，今必擒之！"

急令王惊雷，领精兵五万，去灵宝西面山谷埋伏。

千叮万嘱道："不可暴露行踪，待唐军追至，与某合力围剿之！"

王惊雷领了军令，帐前高唱一声喏，雄赳赳大步而去。

崔乾祐披挂上马，在众参将陪同下，亲领七万燕军精锐，前去潼关迎敌。

两军甫一交战，崔乾祐即诈溃。燕军丢盔卸甲，往灵宝而逃。

哥舒翰大喜，挥兵掩杀过去。

燕军丢盔卸甲，逃愈甚。

唐军不知是计，追愈急。刚进入山谷中，燕军忽不见了踪影。

哥舒翰猛然警觉，崔乾祐诈败！忙喝令大军后撤，哪里还来得及？

谷中，突闻一声炮响，两边崖壁上，滚木礌石俱下，先阻断唐军退路。继而号角长鸣，两万弓弩齐放，箭疾如暴雨，满天蝗虫般射向唐军。

赓即，崔乾祐回兵掩杀，王惊雷伏兵四起，灵宝山谷血流成河。可怜二十万唐军，刹那间被歼灭殆尽。

哥舒翰逃进潼关，欲组织八千残兵殊死抵抗。怎奈人心惶惶，谁也不听他指挥了。

燕军随之破关，唐军残兵招致全歼，哥舒翰被崔乾祐生擒。

是夜，大雨倾盆。

两百六十里外，百万京师民众，始终不见平安烽火。情知大事不妙，纷纷弃家外逃。

兴庆宫内，乱成一团。

玄宗深感势危，急召百官议于廷，让杨国忠、高力士二贼子，尽快拿定主意。

杨、高二贼，知大势已去，留在京城断无生路。怂恿文武百官谏言，纷纷劝天子狩于西蜀。

玄宗一代英主，四夷皆呼天可汗，没想到老不中用了，竟落得这般下场。猎狩西蜀？说得天花乱坠，实际上就是逃跑啊！

然事已至此，除了逃之夭夭，哪有更好的办法？

皇帝要逃跑，不能让市人知道。市人知道了，势必人心惶惶。人心惶惶不安，必引起国家动荡。

翌日，早朝。

百官上朝者，不及平时十之一二。

玄宗故作镇静，特登临勤政楼，下制书诏告天下，言必亲统帝国大军，征讨逆贼安禄山。

"京人闻之，犹窃笑不已。"

天子就是了不起，哪在乎市井议论？依旧装模作样，行使着皇权。

任命：京兆尹魏方进，为御史大夫兼置顿使。

任命：京兆少尹灵昌人崔光远，为京兆尹兼西京留守。

任命：宦官边令诚，为监门将军至陕州监军，掌管宫殿钥匙。

玄宗为掩人耳目，假称颖王李璬为剑南节度大使，将要赴镇成都，令沿途各州县作好"东门之迎"。

当日午后，天子从杨国忠议，移居大明宫中。

戌时，三刻。

玄宗再颁诏令：让左龙武大将军陈玄礼集合禁军六军，重赏以金钱布帛，又择骏马九百匹，以备随时之需。

准备工作细致，做得人不知鬼不觉。

深夜，子时。

玄宗轻装简服，与杨氏姊妹、皇子、皇妃、公主、皇孙、杨国忠、高力士、魏方进、韦见素及亲信宦官、宫人从延秋门出发，在左龙武大将军陈玄礼及禁军护卫下，匆匆逃出长安城。

"……凡宫外皇妃、公主及皇孙，皆弃之。"

子时，二刻。

玄宗过左藏库。

杨国忠趋附上前，奏请焚之。言："左藏库钱丰，岂可留与贼子？"

玄宗不允，心情恻然。谓之曰："叛军破京师，若无银钱资军饷，当重课于民。弗如留之，以轻民难。"

是日，寅时。

天未明，燕军兵临城下。

朝中文武百官，尚不知实情，依例前往早朝。

寅时，三刻。

百官三三两两，来到宫门口前，尚能听见漏壶的滴水声。禁中仪仗卫队，依然队列整齐，甲胄鲜明地站在那里。

待到宫门打开，宫人乱哄哄奔出，纷纷逃出城外。

刹那间，宫里宫外，人仰马翻。城里城外，豕突狗奔。

山野刁民闻讯，成群结队混入京城，出入各豪宅大第，肆意盗抢金银财宝。更有凶悍不法者，骑驴跑到皇宫大殿，放火焚烧了左藏库。

西京留崔光远得报，和监门将军边令诚一道，领着禁军前往弹压，斩杀十余名暴民后，局势才算稳定下来。

崔光远作为留守，深恐有负皇恩，特遣长子到燕军中，拜见伪酋安禄山，恳请勿伤无辜百姓。

边令诚知大势已去，即将所掌管的宫殿各门钥匙，亲献于安禄山……

巳时，一刻。

唐玄宗一行，过渭水便桥。

杨国忠断后，害怕伪军尾随追杀，令人放火烧桥。

皇帝不忍，令高力士留下，扑灭大火后再来。凄然曰："吏民欲偷生，为何断他活路？"

高力士不敢有违，留下五十名卫兵，取渭水扑灭大火。

玄宗情似丧家犬，却不失天子派头，一路旌旗凛冽，仪仗纹丝不乱。

高力士灭火后，奔到玄宗面前护驾，奏请天子准允，遣宦官王洛卿打前站，让沿途州县官员接驾，准备皇帝一应生活起居。

谁知兵荒马乱，时局不比往常。天子仪仗才到咸阳，辗转驻跸望贤宫，先遣宦官王洛卿、咸阳令张伯奢，竟然逃之夭夭。沿途百姓闻讯，以为胡儿叛军将至，也逃得十室九空。

玄宗一行人，空腹走了大半天，早已腹响如鼓。好不容易来到望贤宫，本指望热菜热饭侍候，哪知连口水都没得喝。

高力士忠心耿耿，心疼皇帝年迈，亲自到乡间觅食。

行二里，得一老翁，甚年迈。自诩年逾八旬，并不惧叛军前来，独居村里未逃。

老翁姓郭名从谨，邑郊郭家庄人，家里赤贫如洗。惊闻天子驾到，跟斗扑爬前往面圣。惜他一孤寡老者，能够提供的食物，唯有半筲箕黑黍饽饽。

一众皇子皇孙，平日里锦衣玉食，见饽饽粗黑，不是人食之物，初时不肯吃。实在耐不住饥肠辘辘，便顾不得体面不体面，纷纷伸手抓饽，一下子吞食精光。

四围禁军数千，见众皇子、皇孙狼吞虎咽，忍不住清口水长淌，哪得一口可食？

皇帝见了，默默流着泪，始终未吃一口饽。

老翁坐小凳上，见天子花白头发，一大把年纪了，实在可怜兮兮。摇摇头，又像自言自语，又像兄长责怪小弟，轻声曰："安禄山久有悖逆之意，那么多人告发，反而被关押诛杀。圣上身边的文武百官，只会溜须拍马，民间呼声你可听得到？唉，老汉一乡间农人，都知道早晚有这么一天。"

玄宗闻言，怄得不发一言，只顾伤心流泪。

三

始平县，马嵬驿。

天子车辇至此，玄宗驻跸驿内。

护驾禁军众将士，又饥又渴又乏，纷纷怪罪杨国忠，若无奸贼谗言，潼关怎会失守？

陈玄礼尤恨此贼，往日没少受这鸟人的气。一个不学无术的家伙，仗着妇人之势得宠，祸乱朝政十余年，谁敢惹他？帝国今日蒙难，皆受此贼所赐。

将士多有怨言，陈玄礼心生恨意，仗着大将军的身份，又领着数千禁军卫兵，便欲为国除此蠹贼。遂暗中命令近身卫士，团团把住辕门，不让外人靠近中军帐。另派心腹小校石昌凯，秘密相招宦官李辅国，前来中军帐一叙。

李辅国事奉东宫，与太子李亨交厚。得到陈玄宗密召后，二人相商于帐。

陈玄礼居首，李辅国坐横头。

陈将军煮一壶茶，双手奉于李辅国。直言心中所想，有除去杨国忠之意。

李辅国听得明白，毫无一丝诧色。其素慕陈大将军，为人坦荡，刚毅、果敢有担当。

杨贼把持禁中，骄横不可一世。不仅随意践踏百官，连太子也不放在眼里，唯恐李亨继承皇位，断了自己手里权势。便想尽千方百计，陷害阻挠太子李亨。

李辅国事奉东宫，长期跟随太子，没少受杨贼窝囊气！听陈玄礼一说，大将军有意除贼，哪能不喜出望外？连连称赞不绝，答应转告太子知晓。

李辅国走后，陈玄礼招心腹入帐，嘱咐可见机行事。

马嵬驿，"东宫"内。

李亨坐榻上。

李辅国立于侧，轻言中军帐密会事。

太子闻言，忌惮杨国忠威势，心里犹豫不决。

李辅国一见，知李亨太过懦弱，优柔寡断少果敢，恐误了国家大事，急忙出了"东宫"，迅速告知陈玄礼。

陈将军得讯，沉默良久不语。低头思想一会，嘱其万万不可走漏消息，暂回"东宫"等候消息。

李辅国点点头，迅速回到"东宫"。

陈玄礼心急如焚，太子李亨不表态，唯恐消息败露，决定先下手为强。等到李辅国一走，急令心腹寻机闹事。

众人得令，唯大将军马首是瞻，跑到营中四处鼓噪。数千禁军卫士，正在气头上，又无食物果腹，顿时跟着大声鼓噪。

适，杨国忠觅食归。

有吐蕃使者二十人，上前拦住坐骑，向他索要食物。

杨国忠不明真相，被众番使缠住，心情烦躁不堪，正待张嘴呵斥。

馆前一队禁军，突然高声大喊："杨国忠乃燕军奸细，要反叛！"

一面大声嚷嚷，一面放起箭来。

杨国忠情知不妙，一下子着了慌，拍马直奔驿馆。

众禁军哪肯饶他？纷纷提刀拎枪，大踏步赶上前去，将奸贼乱刀斩于马下。

陈玄礼得报，索性一不做二不休，指挥众禁军卫士，肢解了杨贼的尸体，将一颗肥头挂在矛上，悬于军中辕门示众。又令手下四下里搜索，寻找杨贼之子——户部侍郎杨暄，很快也捕获斩杀。再将一颗头颅，依旧用长矛挑了，一并悬于辕门。

杀了杨贼父子，陈将军犹不解恨，乘机率领心腹卫士，大呼小叫杀入"后宫"，接连杀死韩国夫人、秦国夫人。

御史大夫魏方进，听得驿馆外喧哗，情知禁军有变，急忙走出驿馆查看。陡见血淋淋两颗人头，惊骇得目瞪口呆。大声叱曰："尔等胆大妄为，何敢斩杀了首相？"

魏御史性狷直，对皇帝忠心耿耿，朝野上下有直声。

陈玄礼素慕仰，本不愿为难魏方进，却听得他口气不善，又对杨贼甚恭谦，心想留他不得，示意心腹杀了。

众卫士得令，齐齐上前乱砍，将魏方进剁成肉泥。

兵部尚书、同平章事韦见素，听到馆外大乱，忙跑出驿门察看。

众卒久居底层，深恨"肉食者"，见他头戴一品乌纱，必为朝中重臣。当下不由分说，举鞭抽得头破血流。

时人谓韦见素，"有周、孔之才"。史载："禄山狂悖已显，玄宗宠任无疑，见素知国危，陈庙算，直言极谏，而君不从，独正犯难，而人不咎，出生入死，善始令终者鲜矣。"

陈玄礼为禁军长，与韦相公交好，众卒不分青红皂白，见到着朝服者就打，成何体统？急忙止之曰："不可伤了韦相公。"

众卒听将军一喝，忙住了手。韦见素大难不死，抱头鼠窜入馆内。

众兵士犹不解气，蜂拥围了驿站。

玄宗正午寝，听得馆外人声鼎沸，询左右侍从曰："馆外何事喧哗？"

左右不敢答。

高力士上前，言禁军哗变，说杨国忠谋反，已被乱兵斩杀。

玄宗闻奏，暗吃一惊。却不动声色，径出驿门劳军，自责曰："朕罪孽深重，待平叛复国后，必下罪己诏，以谢天下。"

口谕毕，退回馆内，坐榻上歇息。

众兵卒汹汹，仍不肯离去。

玄宗不知缘由，急令太尉高力士，前去问个明白。

陈玄礼直言道："杨国忠谋逆被戮，杨妃祸乱朝纲，亦当诛！"

众兵士闻言，以戟杵地助威，齐声大呼道："杨玉环当诛！杨玉环当诛！杨玉环当诛！"

高力士面如土色，眼见群情激愤不可犯，哪敢滞留片刻？转身入内禀报："军士汹汹，不诛杨贵妃，恐裹兵不前。愿圣天子割爱！"

玄宗听得泪流，悲戚而恻然曰："国忠谋逆，罪在寡人。杨妃无辜，朕何忍诛之？"

拄杖而立，面朝窗外，龙钟而泣。

陈玄礼在驿外，久不见圣谕至，目示众心腹手下，再次鼓噪呐喊。

众手下得到暗示，大声拥至驿门前，欲破门而入。

有韦谔者，时为京兆司录参军，眼见情势紧急，一边指挥近侍把住驿门，一边跑步入内。跪地奏曰："禀皇帝，众怒难犯，安危须臾间，恳请圣天子立断！"

奏毕，伏地叩首不止，以至血流满面。

玄宗闻奏，惑曰："杨妃久居内宫，常随寡人左右，怎知外戚国忠谋反？"

高力士听罢，大惊失色。深感情势危急万端，已到了火烧眉毛的时候。唯恐皇帝心慈手软，念及杨妃旧情，而误了千百人的性命。遂急忙上前，躬身奏曰："诚如圣天子所言，贵妃实无罪矣。然怀璧致祸，若再留她侍于寝宫，众将士如何心安？"

玄宗闻言，摇摇欲坠，泣而不语。

高力士大急，复奏曰："圣天子英明神武，自当明鉴天下，将士宁则陛下安！"

玄宗心里明白，到了这步田地，不赐死杨妃，必不平众怒。便抬起头来，面示高太尉，泣泪相召于前。

高力士俯身，近榻听谕。

玄宗怕他人耳尖，无意中听了去，附耳轻声言之。

高太尉领谕，将杨妃引至佛堂，狠心白绫缢死。

可怜一代艳妃，专宠于帝国皇帝，却落得野外抛尸，命丧马嵬坡。

杨妃既死，近侍用白绫裹了，抬入驿站庭中。

玄宗不忍视，口谕陈玄礼入觐。

陈玄礼卸去甲胄，近前叩头谢罪。

数千禁军见了，齐齐单膝跪于地，高呼："万岁！万岁！万万岁！"

兵谏风波遂平。

杨玉环缢死马嵬，玄宗甚为伤感，亲撰二诗悼之。

诗云："及死方知离别苦，挂念心牵当何如？真心祷告求再见，嫣然一笑心意足。"

又诗云："半卧孤床帝运颓，悲哀无助宫人催。艰辛乱世不曾愁，血染白绫哭无泪。"

翌日，晨。

陈玄礼领禁军，护驾玄宗南行，往西蜀成都进发。

刚出驿门，数千民众阻于道，泣血请留天子。

玄宗失杨妃，心情大坏，不从。

时，李亨为太子。

高力士恐再生变故，谏议太子留下，领兵抗击叛军。

玄宗从其议，任命李亨为天下兵马大元帅，领朔方、河东、平卢三镇节度使，领导帝国平叛大业。

李亨身负重托，得建宁王李倓、广平王李豫支持，竭力抗击叛军，艰难支撑帝国危局。

天宝十五年，正月。

李亨率征讨大军，向朔方挺进，一路收编溃逃唐军，很快聚集十万人马。

帝国名将郭子仪，奉大元帅李亨令，转战河北，骚扰叛军大本营。

大将军李光弼，领令征讨河西，牵制伪军右翼。

天宝十五年，七月。

李亨领兵北进，抵达灵武。

随从文武百官，同朔方军政长官，合力上表劝进，拥戴李亨登上皇位，是为唐肃宗，尊玄宗为太上皇。

新帝一即位，各地勤王之师，皆望有所归，战有所为，一下子找到了旗帜，纷纷向肃宗靠拢。

四

邙山山道，四骑如飞。

马背上皆白衣人，年十七八，个个神情俊朗。

午夜时分，突起怪风，山间竹木哗哗作响，乱影幢幢如魑魅。

四骑正奔驰间，突闻山巅一声大响，又听得有人"啊也"尖叫，随即骨碌碌滚下一个人来。

为首一骑，头扎兰巾，甚劲疾。马背上腾空掠起，轻展猿臂，将下滚之人接住。

黑夜里，兰巾骑者一声欢呼："大学士李白！"

呵呵，踏破铁鞋无觅处，得来全不费功夫。滚落山崖者，原来是李白。

四少年不明就里，团团将李白围住，轻声呼唤良久，不见李白醒来。

为首者稍长，略一沉思，伸食指往李白鼻前一探，鼻中气息尚存，知道并无大碍。便放下心来，小声说道："圣人已得长安，早晚坐了天下。方今正是用人之际，切不可坏了李翰林性命。"

三小郎闻言，齐声赞曰："哥哥所言极是，只待护送回去领赏。"

说话间，山风猛紧，天光愈加昏暗，隐隐有雷声。

正北方不远处，一丛荆棘甚密。乱棘杂木中，又伏有五位黑衣人，彼此相语若蚊蝇。

"听少年言语，必曳落河也！"

"正是白羽郎！"

"江湖盛传，安禄山已破京师，皇帝西狩成都了。"

"永王志在平叛，广罗天下英才。大学士被掠了去，奈何？"

为首一汉，甚雄健，独不语。两睛熠熠如星，死死盯着白衣人。

突电光裂空，闪耀大地如白昼。一时看得分明，众黑衣人的襟前，皆佩有一枚六角金花，原来是永王的武士。

为首那条壮汉，不是魏万是谁？

魏万比谁都急，阿爷被白羽郎掠去，不仅难复命永王李璘，就是家里娘子那里，又该如何交代？！

众武士伏草间，不知头儿心思，犹窃窃私语不止。

魏万有了对策，右手按住佩刀，伸左手摆一摆，止住了众武士私语，示意耐心蜷伏不要动，待机收拾四个白羽郎。

又一声霹雳，声震天地。刹那间，豪雨如注，势如疾箭乱空。

为首的白衣少年，举头望了望天，又摇了摇头。

天空电闪雷鸣，风狂雨骤。满头满脸的雨水，浇得人睁不开眼睛。

白羽郎蹲在道中，早淋成了落汤鸡。然无一人慌乱，也没有避雨之意。为首者尤沉稳，轻轻提起李白，横放在马鞍前，然后纵身跨上马背，向乱棘丛疾驶而来。

黑衣人伏地上，任乱雨鞭背，磐石般不稍动。山间风雨交集，浓浓的血腥杀气，已弥漫谷渊。

四骑马蹄嘚嘚，刚奔至乱棘丛，魏万一声长啸，身子早腾空而起，左手向空一扬，撒一把"七步断魂散"，右手紧握短柄砍刀，直取首骑上的白羽郎。其余四黑衣武士，随之弓弹腾空，一时刀剑环进，径取众少年。

　　如此夜深人静，山间又风雨交加，白羽郎哪有防备？猝不及防之下，连佩刀都没有拔出来，瞬间便成了刀下鬼。

　　魏万一击得逞，哪能不欢欣鼓舞？借着朦胧雨光，见阿爷昏迷不醒，心里又焦急万分。伸手一探气息，尚有气若游丝，知其气郁结于胸，又山间滚落震昏所致。急忙纵身上马，扬鞭策马飞驰，径奔江陵而去。

　　大雨滂沱，经夜不息。

　　亥时，有土民夜起小解，掌灯行于厕。

　　电闪雷鸣中，陡见邙山脚下，一骏冒雨飞驰，瞬息没了踪影。

　　黑骏如风，形如鬼影。

　　土民不识武技，惊以为怪。或曰天外飞仙，或曰剑仙侠客，或曰大盗巨贼。

　　消息胫走，哄传京、洛间。

第二十五章
永王误国误己　诗仙捉月升天

一

天宝十五年，八月，中秋节。

江陵，大都督府，高朋满座。

永王璘特设专宴，为李白接风洗尘，又为他做"生"。

李璘居首席主位，李白坐首席客位，宾主把酒言欢。一席陪同者，皆江南名士，多为李白好友，萧颖士、孔巢文、刘晏、魏平和魏万父子，一一在列。

席间，李璘特设一局，为李白授金质胸花，引百十人轰然叫好，掌声、喝彩声此起彼伏。

江淮道上，谁人不知哪个不晓，永王胸花金贵无比，象征着某种权力和地位，若非李璘心腹死士，平常人哪能得佩？

李白一介文士，且为幕宾身份，能得到永王的垂青，实在厚爱无以复加。

李璘满面春风，亲执一杯美酒，先敬参宴嘉宾，再满满斟一大觥，专门来敬大学士李白。

李白忙起身，接过永王敬酒，毕恭毕敬饮了，脸上甚有得色。

永王素慕李白，见他肯来投靠，暗道天助我也。李翰林学究天人，连父皇都礼待有加，何况我李璘乎？当即出六角金花，亲手别在李白左襟上。

白袍似雪，金花灿烂，李白神采奕奕。

魏平毗邻李白而坐，两亲家翁都胸佩金花，众来宾谁不眼红？一时贺声满厅，恭祝永王早成伟业，仙诗太白青春永寿。

邻桌有李傷者，时为襄城王，是永王李璘的长子。李傷孔武有勇力，喜好行兵布阵打仗，曾于辕门射戟，二百步开外，一箭射落戟缨。时人称赞其勇，谓之"小李广"。

马嵬坡兵变后，唐玄宗左思右想，为李唐江山计，将诸王子委以重任，以期尽快收复京、洛二都，光复大唐江山社稷。特委十六子李璘，领山南东路、岭南、黔中、江南西路（四道）节度使，兼江陵大都督，坐镇江陵以控江、淮。

江陵郡历为江、淮重镇，帝国受"安史之乱"祸害，中原早已赤地千里，唯有南方所征赋税累以亿兆计，大多囤积在江陵一郡。

李璘赴任后，仗着永王的名头，很快招募数万兵马，在江陵竖起平叛大旗，稳定住了江南半壁，与唐肃宗李亨并雄天下。

李傷有了心思，见江南形势大好，欲乘乱建立伟业。在他眼里，当今天下大乱，唯江南各道富庶，父王手握四道重兵，疆土数千里，理应占据金陵，保有江东各郡，以效东晋的司马氏。遂处心积虑，私下招募奇能异士，豢养在府上待用。

听说李白来投，父王又是设专宴，又是赐金花，李傷当然大喜，已知父王心迹，早晚兴兵"东巡"。与之同桌者，为襄城王所募谋士，计有薛镠、李台卿、韦子春、刘巨鳞、蔡驷，皆国中一时之才。

酒过三巡，李傷领手下诸士，前来首席敬酒。先敬父王李璘，再敬大学士李白，又与诸公共饮。

李白初到江陵，与众人都不熟悉，倒听过襄城王的名头。便依照江湖规矩，先敬了李傷一杯，又与他的谋士共吃一杯。

李白奇了怪了，襄城王过来敬酒，好友萧颖士、孔巢文、刘晏三人，不仅不起身回敬，反而显得闷闷不乐，轻易不发一言。

是夜，戌时。

永王府，一灯如豆。

李璘坐榻上，榻前一木凳上，坐着襄城王。

二人低首，窃窃私语。

李偒曰："禀父王，刘晏、萧颖士、孔巢文果不识时务，乘夜逃跑了。"

李璘不语，沉吟良久，乃曰："随他三人去吧，只不知李白肯否？"

李偒应曰："李学士得了金花，自觉高人一筹，哪舍得离去？"

语多轻慢，颇多不屑。

李璘正色曰："李白国家栋梁才，为父识得他的手段，尔须小心待他。"

听父王责怪，李偒忙低头认错，诺诺而言："孩儿省得，自当谨守教诲，奉他为上宾。"

李璘听了，展颜一笑。复曰："即日东巡，必委他以重任，使之妙笔生花，颂扬江陵平叛伟绩丰功，不让西京李亨专美。"

二人私语，细若蚊蝇，若有若无。

适，李白内急。小解过窗下，闻听得明白，心下感激，永王真心待我，自当鼎力相助。国家多事之秋，若能"齐心戴朝恩，不惜微躯捐"，果真助得李璘，"南风一扫胡尘静，西入长安到日边"，也不负了一腔热血和久有的报国雄心。

李白下了决心，一心辅佐永王，实不知幼稚可笑，哪懂国家大政方略！

李璘起兵江陵，名为平叛实属投机，欲战后"分羹"。李亨既为天子，天下便是自己的了，岂容他人染指？哪怕是亲兄弟！

翌日，巳时。

肃宗圣旨到，宣李璘前往蜀地，朝见太上皇李隆基，欲借机罢其军政大权。

永王大骇，急召李白，商讨对策。

李白立功心切，当场献上一计，以李亨不仁不义，罔顾君臣义、父子情，擅自僭越皇位为由，将其圣旨斥之为伪诏。

李璘点头称善，遂抗旨不从。同时布告郡中军民，称西京为"伪政府"，公开与朝廷决裂。

江陵长史李岘，闻讯后大愕。恐祸及于己，以身疾为由，辞别永王李璘，投奔李亨而去。

唐肃宗端坐殿上，听了李岘的呈报，恨李白入骨。又恐永王李璘坐大，威胁到自己的金銮宝座，急召高适、杜甫相商。

时，高适、杜甫皆入朝，均官左拾遗。

高适有雄才，陈说江南形势，言李璘必败。

杜甫有韬略，谏议置淮南节度使，以牵制李璘。

唐肃宗大喜，视二人为肱股。

特别诏告天下，置淮南节度使，管辖广陵等十二郡，任命高适为节度使。又置淮南西道节度使，管辖汝南等五郡，任命来瑱为节度使。二节镇成掎角之势，与江东节度使韦陟形成合钳，共同对付江陵的李璘。

永王不为所动，加紧东巡准备，欲据金陵以窥天下。

至德元年，十二月二十五日。

李璘擅自东巡，以李白为江淮兵马都督从事，负责起草军中檄文。以浑惟明、季广琛、高仙琦为先锋，派带甲士兵五千，直奔江南东道广陵郡。永王亲自统率水军，由江陵起锚东进，大江上战舰云集，旌旗荫羿蔽日。

李白入幕永王府，又为江淮兵马都督从事，且是金质胸花获得者，哪能不有所作为？特献《永王东巡歌》十一首，以壮军威。

李白秉一腔热血，写得神采飞扬，荡气回肠！哪承想事与愿违，十一首《永王东巡歌》，让他背上了叛国罪名，差一点要了老命。

在李白心里，天子只有一个，就是玄宗大皇帝。李亨僭越称帝，就一伪主耳，与大燕皇帝何异？今永王李璘东巡，旨在光复唐帝国，以迎回玄宗大皇帝，这是天大的好事啊！

李白就一诗人，毫无政治头脑，想法太过简单、纯粹，只要有利于帝国，有利于讨伐叛军的事，就可以放心大胆去做，想也没有想过，这种事还要谁来批准。

"国家兴亡，匹夫有责"，这话一点没错。错在众"匹夫"们，认不清形势，看不准方向，"头儿"想要投机，没按中央指示办事，这就是"谋逆"，就是十恶不赦。

既然是谋逆，以大唐律令论，首恶、协从皆办！

李白年迈，已五十有六，却天真得像个孩子。他永远都不会明白，"肉食者"之间的权谋纷争，有多么恐怖、残酷和血腥！

永王军水陆并进，高唱着《永王东巡歌》，浩浩荡荡一路向东，直扑吴中重镇金陵。

歌曰："试问君王玉马鞭，指挥戎虏坐琼筵。南风一扫胡尘静，西入长安到日边。"

又歌曰："三川北虏乱如麻，四海南奔似永嘉。但用东山谢安石，为君谈笑静胡沙。"

……

二

至德二年，春正月。

永王统领水师，兵临淮南道庐州，江淮各州郡震动。

肃宗李亨称帝，国中仍分置十五道，唯将各道采访处置使，改称为观察处置使，所行职责不变，仍履行检查刑狱和监察州县官吏之职。

时，李希言为吴郡太守、江南东路观察使，听说永王李璘率大军东巡，感到不可思议。作为一方大员，李观察心犯疑惑，既不见朝廷任何诏示，也未得肃宗口谕，李璘竟无端兴兵，莫非要造反吗？

李璘是永王不假，仅仅象征皇族的身份，职衔却是江陵大都督，仍属各路观察使监察对象。李希言职责使然，依典律致书李璘，责问发兵东进的意图。

永王璘大怒，小小一个观察使，竟不把自己放在眼里！急召众将谋于帐，李白、魏平、魏万在列。

襄城王李傿曰："永王兴兵东巡，乃李唐家事，外人无端干预，当击之！"

永王兵多将广，麾下先锋官浑惟明、季广琛、高仙琦皆言："襄城王所言甚是，某等愿身先士卒，领兵击讨之，以固江南半壁！"

李白闻言，大急，以为不可。言于李璘曰："永王兴义兵，志在为国平叛，岂可自相残杀，祸起萧墙？"

魏万忙附和："阿爷言之有理，望永王三思！"

李璘听罢，哈哈大笑，嗤之以鼻曰："汝翁婿实在愚昧，李亨擅立灵武，岂可威服天下？本王此次东巡，既靖国难，又清君侧！"

李白闻言，大愕。始知李璘心肠，心里已有悔意。

魏万尤惊，自己雄心壮志，死心依附永王，不惜以亿万家资相助，旨在找棵"参天大树"，以期搏个身前身后名。然听李璘之言，竟要另立"朝廷"，背叛大唐帝国乎？

魏平久经事故，老辣而圆滑。见他翁婿二人不悦，恐生意外事故，急忙言道："永王东巡吴中，确为李唐的家事，一切皆由永王作主！"嘴里说得圆滑，眼睛却看着亲家翁，让他息气罢怒，不可再胡乱妄言。

魏万听得明白，深知阿爷考虑周全，忙扯了扯李白衣襟，诺诺退回原位。

李璘看在眼里，直觉得好笑，他既不会在乎，更不会理睬。李白一介文士，募他入永王府，是想借他的影响力，号召天下士子归附自己，哪会真听他"高见"？遑论参议国家大事了！

李白无语，默默而退。

永王不为所动，当即颁下军令，遣先锋浑惟明领精兵五千，千里奔袭吴郡治所苏州，攻打江南东路观察使李希言。又令季广琛领精兵四千，奔广陵袭击广陵长史、淮南观察使李成式。自己则统领中军，与大将高仙琦一道，进攻淮南道的丹徒。

江陵军进至当涂，永王得侦骑报告：李希言已屯兵丹徒，并遣部将元景曜、丹徒太守阎敬之率兵相拒，欲阻击永王大军东进。

侦骑又报：李成式遣部将李承庆，赶赴丹徒增援李希言，再遣大将裴戎，领广陵兵三千，戍守瓜步州伊娄埭，正面迎拒季广琛部。

侦骑再报：河北招讨判官、司虞郎中李铣，领所部四千屯兵扬子津，以断浑惟明部退路。

李璘十分气愤，众贼安敢小视于己？急遣长子李偒督军，四面攻打丹徒城，期望攻破丹徒以壮军威。

李偒急不可待，得令后亲临前线，督师日夜猛攻。

丹徒守军虽众，然而各自为战，又不互通有无。

三日城破，李希言部将元景曜、李成式部将李承庆，悉数率部归降永王。

李璘闻报，大喜过望。命令李偒亲自动手，将丹徒太守阎敬之斩了，悬首城门上示众。

李白偕魏平、魏万，百般阻之，未果。

唐肃宗李亨得报，深虑不安。急诏告天下，责李璘挟兵自重，谋逆叛国。令淮南节度使高适、淮南西道节度使来瑱、江东节度使韦陟，三镇齐会安州，以平永王军乱。

韦陟言于高、来二节镇，诚恳曰："今中原未平，江淮骚离，若不斋盟质信，以示四方，知吾等协心勠力，则无以成功。"

高适有雄略，听了韦陟的建议，深以为是。来瑱为地主，遂推为长。

三节镇登坛，盟约于天下，誓师讨伐永王军。

盟曰："淮西节度使瑱、江东节度使陟、淮南节度使适，衔国威命，纠合三垂，剪除凶慝，好恶同之，毋有异志。有渝此盟，坠命亡族，罔克生育。皇天后土，祖宗明神，实鉴斯言。"

史载：辞旨慷慨，士皆陨泣。

至德二年，二月。

李成式手下大将裴戎，领兵两千抵达瓜步洲，即得到三节镇已盟约，当下遵从高适的旨意，广树旗帜于军营，大阅士兵以张声势。

永王兵抵广陵，偕李偒登城远眺。见瓜步洲旌旗炫耀，一时面呈惧色。

季广琛久随李璘，是永王心腹爪牙，见主公心志不坚，知道大事难成。当天傍晚时分，借机巡视军营，见左右无他人，悄悄对手下诸将说道："与诸公随从永王，难道想反叛吗？太上皇流离转徙，道路不通，而诸子弗如永王更贤能者。若总领江、淮精锐之师，直驱雍、洛，大功可成。今之不行，让我等名列叛逆，必背千古骂名矣！"

众爪牙闻言，初时沉默不语，继而纷纷称善。便割臂为盟，欲发兵西进，共赴国难。

魏万久居永王府，素知季广琛为人，探得准信后，言于二位阿爷。

李白闻言，心中大喜。当即表态，誓死追随季将军，西进为国平叛（指安史乱）。

未时，三刻。

吴郡城西郊，季广琛传令，让诸将各自行动。

浑惟明领部，奔江宁；冯季康领部，奔广陵；康谦领部，奔安州……各自脱离永王军，复高举帝国大旗，北伐胡儿燕军。

季广琛领步兵六千，带着李白及魏氏父子，直奔晋陵而去。

李璘得报，急得直跺脚，令李偒领骑兵急追，欲劝季广琛回心转意。

季广琛碍于旧情，不忍反击追兵。高声曰："某感永王情谊，故不忍决战，唯逃命归国而已。若再相逼，将决一死战！"

李偒闻言，下令不追，怏怏不乐回到营中。

是夜，李铣遵高适意，列阵于江北。又遵韦陟意，军中遍燃火把，士兵人手各持两炬，隔岸彻夜乱舞。

侦者不假有他，双倍告于永王。

来瑱尤善诈，遣谍潜入永王军。谍见对岸炬火起，也持炬遥相呼应。

李璘不知是计，怀疑唐军已经渡江，急忙领兵弃城而逃，所有辎重尽失。

翌日，天明。

发现唐军使诈，永王重返城中，收集轻装辎重，准备好舟楫，这才让李偒、高仙琦压阵，从水路向晋陵逃遁。

潜谍急报来瑱："永王璘已遁！"

来瑱得报，心里多了一层顾虑，若李璘爷儿俩死于自己之手，保不准哪天肃宗帝念旧，岂不触了霉头？忙召高、韦相商，三节镇密谋于辕中，皆言永王已不足虑，提防北方胡军才是要紧事。遂三军不发，只令广陵郡守李成式，统领地方州兵追剿。

李成式领命，招募敢死勇士赵侃、库狄岫、赵连城等二十人，一直追杀到新丰。

李璘负隅顽抗，让李偒、高仙琦统兵迎击。

河北招讨判官、司虞郎中李铣领兵赶到新丰，与李成式合兵一处。两支地方州兵会师后，士气高涨。乱军冲杀中，李偒肩部中箭，永王军大败。

李璘领着残兵，乘乱奔逃到鄱阳。

鄱阳司马李昌岠，是李白的从弟。闻听永王璘逃来，害怕惹火烧身。急令城防兵丁关了城门，拒绝永王叛军入城。

李璘大怒，令高仙琦火烧城门。永王军破城而入，将府库兵器掠扫一空，挟持百姓万余众，往南欲逃岭外。

江西观察使皇甫侁，接到淮西节度使来瑱的命令，领州兵三千一路追赶。两军战于大庾岭，李璘中箭被擒。

来瑱与高适、韦陟再议，三人竟不谋而合，遂遣使传话皇甫侁，让他就地秘密处死李璘、李偒父子。

皇甫侁不敢有违，唆使心腹爪牙，私密加害永王父子。军报写得明白：李璘、李偒为乱兵所杀，高仙琦不知所踪。

唐肃宗看到军报，一时间悲喜交加。悲者，胞弟李璘被杀，多少有些怜悯；喜者，永王既已伏诛，皇位再无人窥视，可高枕无忧矣！

遂诏告天下，凡从永王叛者，不分主谋胁从，一律以叛国罪论处，不可放走一个。

季广琛兵至庐州，尚未拜见来、韦、高三节镇，即遭三军合围剿杀。

李白、魏平二人，得魏万拼死相助，乘乱逃出重围。

至德二年，三月十八日。

夜里，亥时。

李白、魏平两亲家翁，各乘一匹雄健黑骏马，奔逃来到马鞍山黄葛垭。一时口干舌燥，刚落马歇树下，突闻林间风起，三十余众白羽郎，似天外飞仙掠至。

二人惊慌失措，急忙持械相拒。魏平年迈，被曳落河擒住。

李白展岷山剑法，拼死杀出重围。刚转过山垭口，又见大批唐军掩至……太白被捕下狱。

可怜诗仙太白，空负一片爱国热忱，竟落得叛逆罪名！

至德二年，四月。

唐肃宗诏告天下，以郭子仪、李光弼为讨安史，准备收复京师长安。又听从高适的建议，以"克复两都，土地、士庶归唐，金帛、子女归回纥"为筹码，得到回纥英武可汗相助，形势才大有好转。

六月，收复京师长安。

十月，再复东都洛阳。

宗大娘居邝山，闻李白被捕下狱，朝廷不辨轻重，欲治夫婿叛国之罪。一时心急如焚，亲自跑到汾阳郡，拜会故人郭子仪，欲为李白脱罪。

安禄山兴兵范阳时，郭子仪即为朔方节度使，在河北各郡征战中，打败了燕军副统帅史思明。后任帝国兵马大元帅，待收复长安、洛阳两京后，功居平叛之首，晋升为中书令，封汾阳郡王。

宗大娘几经周折，终得见郭子仪。

听了宗氏的哭诉，郭子仪大吃一惊。恩公李白有难，他怎能不全力以赴？遂邀御史中丞宋若思，火速联名上书朝廷，奏请肃宗法外开恩，为诗仙鸣冤叫屈。

时，虽已收服两京，帝国危局依旧。京洛大部分地区、北方各郡县，仍被安史伪军占据着。

肃宗初入长安，深感时局危艰，视每一个爱国之士为国家的宝贝疙瘩。郭子仪既为兵马大元帅，又是新晋的汾阳郡王，说话分量自然不轻。

肃宗权衡再三，既不愿得罪郭子仪，又不甘心放了李白。谁叫他不识时务，跟着李璘瞎胡闹呢？

"三川北虏乱如麻，四海南奔似永嘉。但用东山谢安石，为君谈笑静胡沙。"

看看，居然以谢东山自居，居然将安禄山乱唐，喻之为"永嘉之乱"！这不明摆着要助永王璘，建立东晋那样的小朝廷吗？

哼，这不是叛国，还会是什么？

李白死罪可免，活罪难逃！

唐肃宗虑于时局，碍于郭大元帅的情面，答应不杀李白，但须流放夜郎，以儆效尤！

杜甫居京师，官拜左拾遗。听闻肃宗降旨，将李白流放夜郎地，深感李白冤枉。他深知大兄为人，豪侠仗义有胆识，一心只想报效朝廷，哪会真要背叛帝国？顶多报国心切，投错了"庙门"，拜错了"菩萨"嘛。

遂不顾头顶乌纱，上书直言李白有冤情，恳请肃宗降诏录用，以遂大兄鸿鹄之志。

杜二也是个文人，与李白一个傻样。在他们眼里，只要动机纯洁、目的高尚——报国，就算投错庙门拜错菩萨，也是微不足道的小事。

杜拾遗遂言："报国心切，情有可谅。"

肃宗听到"报国心切，情有可谅"，顿时勃然大怒！他李白自比管仲、乐毅，在国难当头之际，报的哪门子国？效的哪门子忠？

在皇帝眼里，这不是小事情，这是大是大非！跟错人，站错队，进错门……天下臣工必须明白，这是什么性质？是不可饶恕的路线错误！

肃宗龙颜大怒，非但不准其奏，反而掷还本章，将杜甫贬为华州司功，逐出京师长安城，免得留在身边聒噪，让人耳根不得清静。

至德二年，十月十三日。

杜甫步李白后尘，结束京师生活，灰溜溜滚出长安城。

同日，淮南道庐州。

州牢大门开处，两位面恶的差人，办完交结文书后，将李白枷上木枷，解押着向西而行。

诗仙太白手扶黎杖，一袭白衣污渍斑斑，容貌憔悴如枯槁，步履踉踉跄跄，先前的雄姿英发，早不见了踪影，唯余一双空洞的眼，让人心生垂怜。

秋风萧瑟，江水呜咽。

一轮朦胧秋阳，在深秋的寒雾里，苍白如纸。苍白如纸的秋阳，有气无力照着江岸石道。

李白年已垂暮，闻讯流放夜郎，乃重罪之"长流"，将一去不复返，不由得悲从中来，忧伤地吟道："……夜郎万里道，西上令人老。扫荡六合清，仍为负霜草。日月无偏照，何由诉苍昊……"

悲凉的歌声中，李白扶杖垂泪，数度哽咽不行。

石道弯弯，望不到尽头……

三

乾元元年，三月初九日。

巴东，巫峡。

黑风口。

两位皂衣差人,一胖一瘦。胖的是个矮冬瓜,瘦的像根蔫秧棍。

两人嚼着饴饼,嘴里骂骂咧咧。

胖的骂:"好你个贼配军,似这等磨磨叽叽,几时能到夜郎?"

瘦的说:"爷们解押你,不如押送一头猪。误了交割时间,猪拿来宰了,还得一顿肉吃!"

李白不敢吱声,任由押差呵斥,生怕惹恼了二位爷,又吃一顿夹棍。

行至黑风口,李白实在走不动了。一屁股坐在地上,任由二差百般打骂,就是不肯起来。

胖差心稍软,自己也走得乏了,向瘦差努努嘴,示意歇一会再行。瘦差不肯,拿起手中差棍,直往李白两脚戳去。

李白两脚溃烂,戳得钻心透骨地痛。一把老泪没忍住,簌簌流了下来。

胖差见他可怜,实在于心不忍,再劝瘦差收了手,好歹结个善缘。瘦差鼻里冷哼一声,不再理会他俩,去到道旁小解。

李白本傲性之人,怎会自失高贵,在差狗面前落泪?

看官实有不知,李白心里苦哟!

巫峡黑风口,界分两地。东与楚分,西连于蜀。过了山垭口,就入了蜀境。

故乡啊,故乡,三十载魂牵梦绕,三十载日夜挂念!

衣锦还乡,荣归故里,光宗耀祖!李白有什么?他什么也没有,唯两把辛酸泪,一颗破碎心!

当年风华正茂,仗剑离蜀报国,大有澄清宇宙之志。今日情怯"家"门,落得囚服裹身,何颜见蜀中父老?!

李白心里的苦,两个猪一般的差人,如何能够懂得?

诚如土著所歌,"巴东三峡巫峡长,猿鸣三声泪沾裳"。

李白流着泪,让双眼模糊,不忍相看故土。

因为这个缘由,李白故意跌坐地上,赖着不肯动身,实在不愿白日入"家"门,怕看见"故"人。黑夜能吞噬一切,什么都看不见,夜里入"家"门吧,给自个儿留点颜面。

两个差人没法,只得找个避风处,将包裹枕头下,躺在地上歇息。

夜里，亥时。

二差解押着李白，来到夔州大昌县，宿于县牢中。

时，关中陇右大旱，民不聊生。京、洛间，饿殍遍野，百姓流离失所。燕军乘机反攻，再陷东京洛阳，复起席卷之势。

宰相崔圆上书，奏请天子顺天意，安民心，以固帝国江山社稷。

唐肃宗从其议，依前古之帝王例，颁下罪己诏，以敬畏天地，谢罪于民。同时告示天下，宣布大赦：死囚从流；流囚赦免。

乾元元年，四月。

天子所颁诏书，快马驿传天下，国中军民山呼万岁。

二十一日。

诏书传至夔州，敲锣打鼓喧嚣于市。

李白正待入黔，被赦免无罪后，心情何等欢畅？年余的郁结苦闷，顿时一扫而空。当即辞别二位解差，独自乘舟东下，再出川东门户夔关。

李白年近六旬，心景却好到爆，豪情丝毫不减当年。手舞足蹈间，船过白帝城，李白谈笑风生，与舟子饮酒唱和，写下了著名的《早发白帝城》。

诗云："朝辞白帝彩云间，千里江陵一日还。两年猿声啼不住，轻舟已过万重山。"

喜悦欢快之情，跃然纸上，似浪尖一叶轻舟，放逐千里大江。

四

乾元三年，九月初九。

日在壬午，重阳节。

盘龙湾，盘龙山。

李白拄着杖，身子佝偻如虾弓，颤巍巍立山巅。

山脚下，一片残垣断壁。壮阔无比的魏庄，竟被夷为了平地！

李白的心，滴着殷红的血。痛，针尖刺进心尖的痛，几欲晕厥。

昨日去访汪伦，本想赊些银子，顺便讨碗酒吃。许久没吃酒了，馋得浑身乏力，走路脚杆都打闪闪。

　　唉，哪知到了桃花潭，不仅未见着汪伦夫妇，连桃花居也没了。尤可怕者，往昔泉水喷涌的桃花潭，都干涸得没了一滴水！

　　人说江山风月，皆通人之性情。得我者便是朋友，亲我者即为知己。

　　乱象兆乱世啊，枯竭的桃花潭，预示着什么呢？

　　昨晚夜宿清溪，无酒无饭无伴，李白蜷卧潭畔，冥思苦想了很久。

　　今日一大早，饿着干瘪瘪的肚子，艰难跋涉十几里山路，来投平阳三姊弟。心里想得倒美，到了魏家庄就不再走了，有儿女们养老送终，也算得人生圆满。

　　眼前的景象，却让李白绝望至极。魏家庄没了，亲人们没了，李白唯一的希望，也彻底没了！

　　可恼的胡儿，可恨的安禄山，可恶的乱世！繁花似锦的帝国，千疮百孔。殷实富足的百姓，饥寒号啼。

　　如果没有这场战争，哪会有"永王叛国"事？可叹魏平、魏万爷儿俩，不惜一家老小生家性命，全搭进去玩完了。更可叹者，自己一心报国，偏偏投错了"庙门"，拜错了"菩萨"，竟落得囚名满天下！

　　李白越想越急，一口气憋在心里，半晌缓不过来。直憋得眼冒金花，两耳里嗡嗡直鸣。

　　午时，天阴欲雨。

　　山风狂乱地刮，卷起遍地枯黄落叶，东一片飘，西一片飞。一片一片，弥漫山谷。

　　李白拄杖山巅，周身的残衣破衫，胸前那部长须，飘飞起无限苍凉。

　　李白的眼里，没有了生气，一颗干枯的心，也几近死去。忍不住老泪纵横，簌簌地流下来。

　　嘴里喃喃自语，几似梦呓："……菊花何太苦？遭此两重阳！"

　　李白吟毕，肚子饿得不行。抬头四处望了望，去到道旁的地里，刨得一个白嫩的莱菔，顾不得擦去泥土，狼吞虎咽地啃起来……

　　歙州，广通驿。

　　驿馆地处南北要津，曾经车水马龙，繁盛如大县巨邑。而今清冷萧条，寂寥不见了商旅。

李白来的时候，偌大一座驿站里，只有三五个驿递兵卒。驿内的食店里，没有酒也没有肉，供应的全是麦面馒头，不仅粗糙无馅儿，价昂十倍于承平时。

李白腰无分文，要吃要喝要住店，只好脱下皮褂儿，可怜巴巴当与店主，想拿它作吃住开销。

店主不愿意相抵，直言兵荒马乱，只收真金白银。

李白百般告饶，但求一榻一瓢，声音悲怆近似哭泣。

三五驿递见了，可怜他一孤寡老人，好言相劝于店家，才得一柴屋栖身，又得五个馒头果腹。

驿递来自京洛，围着吃些馒头，彼此间窃窃私语。

李白虽然老迈，两耳仍十分聪敏。与驿递相距两桌远，却听得清清楚楚：天下兵马副元帅李光弼，已到了东镇濠州临淮。

李白听得真切，心里好一阵激动。

李光弼身世成谜，江湖传言不一，多言出身"柳城李氏"。天宝十五年一月，经天下兵马大元帅郭子仪推荐，被肃宗任命为河东节度使。

二月初三，奉命率番、汉步骑万众、太原弩手三千，东出井陉进攻常山郡。

二月初五，李光弼兵抵常山，城内三千团练兵倒戈，绑敌守将安思义出降，李光弼领大军入城。

二月初七，敌酋史思明得报，闻常山失守，亲率两万骑兵相救。

二月初九，叛军抵常山城。李光弼即遣步卒五千，自东门出城迎战，叛军堵门拼死不退。

二月初十，李光弼令五百弩手，踞城上万箭齐发，叛军被迫稍退。

二月初十一，李光弼再派弩手千众，分四队轮流放箭。史思明叛军大败，只得收军北退。

李光弼初战告捷，收复重镇常山，唐军士气大振。再得郭子仪举荐，被任为天下兵马副元帅。

李白之于郭子仪，有再生之德，尊呼为"恩公"。郭子仪之于李光弼，更是人生大恩人，时人谓之"亚父"。

三人素有交情，李光弼兵临濠州，李白正走投无路，听到这般准信，哪能不喜出望外？

是夜，雨下如注。

李白从军心切，不顾六十一岁高龄，偷偷溜出广通驿馆，冒雨径直奔往濠州，欲投奔副元帅李光弼，加入帝国的平叛大军，希望在垂暮之年，完成报效国家的夙愿。

谁料天不遂人愿，李白年迈体弱，身如少油残灯，冒雨夜行百二十里，竟然感染风寒，病卧濠州道上。可叹李白命运多舛，最后一次政治活动，也因疾而终。

翌年，岁在壬寅。

春三月，李白至当涂，投奔李冰阳。

李冰阳乃族叔，时为当涂令。得知李白来投，难得一个有名望的本家，自然好生待他，便留府上供养着。

李白走投无路，暂时有了落脚处，遂悉心调养身体。旬日，康复如初。然而寄人篱下，终归心里不安，便时常作短途游历，四出打探故人消息。

五月，李白游宣城，以期会刘十娘，不遇。

七月，北游至汴梁。邝山观宇尽毁，宗氏不知去向。

十一月，李白穷困潦倒，狼狈归当涂。

李冰阳闻讯，虑李白要面子，亲自去东郊外，相迎于迎晖门。又邀十余好友，宴于邑南"一江楼"。

"一江楼"高十丈，巍峨耸于江畔。

是夜，明月高悬，一江澄碧似练。

李白自下狱始，久未与朋友欢聚，也不曾畅饮过酒食，似喉咙里伸出手来。三五碗"淮水春"下肚，又忘了自家流囚身份，大呼小叫喝酒吃肉，忘乎所以大声吟哦。

歌曰："大鹏飞兮振八裔，中天摧兮力不济。余风激兮万世，游扶桑兮挂石袂。后人得之传此，仲尼亡兮谁为出涕。"

座中诸子皆狂士，虽家国支离破碎，仍然不失真性情。醉生梦死何足惜，哪管他天塌地陷？听李白唱得风起云涌，百般婉转，千般豪情，齐刷刷鼓起掌来！

众子哪曾想到，这一阕《临路歌》，竟成了太白绝唱！

诗仙博得头彩，便再也忍不住性子，直吃了十六七碗酒，才杀住了腹中的酒虫。

醉眼蒙眬中，去到楼台旁小解。突见江涛翻涌，一条金灿灿巨龙，乘风破浪而来。

金龙张牙舞爪，口含一粒银色宝珠，银光闪闪不可逼视。

细看那珠，却又不是珠子，正是天上那轮满月，明晃晃沉入江中。

风起龙腾，碧浪排空。那金龙昂首吞吐间，将口中一轮满月，时而抛于空中，银光闪耀，映彻天地；时而潜入深渊，泛起一江银波，如梦似幻。

李白看得痴了，忆起儿时所歌："小时不识月，呼作白玉盘……"

那情，那景，那人，那物，仿佛就在眼前，亲切得不能自已。

李白发了癫，猛可里跃出石栏，直往江心那月扑去……

夜空，高邈朗洁，万里无云。

星月深处，传来一阵仙乐，缈缈弥漫河汉间。

"风兮风兮，几万里飞度天山；月兮月兮，三千载照我魂还；梦兮梦兮，卅六年难归故园……"

仙乐声中，江面突起狂风，掀起波涌浪卷。江心，激湍飞旋，现一巨涡，涡大如亩塘。

一道白影，自涡心出。似真似幻，直上九霄，奔月而去。

天宇深处，有歌声传来："……青冥浩荡不见底，日月照耀金银台。霓为衣兮风为马，云之君兮纷纷而来下。虎鼓瑟兮鸾回车，仙之人兮列如麻……"

众人闻歌，齐跪于地，向天而拜。

茫茫天宇，浩渺不知高远。

星月明朗，天门訇然中开。虎鼓瑟，鸾回车，群仙列队。

李白昂首，长须拂胸，袂带飘飘，手执金樽，大笑入天门……

戊戌夏
于蓉城蛙鸣斋

爵。(8 頁)

　　按:如注釋所説,是鄭莊公不當稱"公"矣。楊伯峻《春秋左傳注》:
"鄭武公名掘突,經稱鄭伯,傳稱公者,公是諸侯之通稱,無分于公侯伯子
男。參張應昌《春秋屬辭辨例》。《尚書·秦誓》'公曰嗟',秦伯也;《詩碩
人》'覃公維私',覃子也;《禮·大射》'公則釋獲',大射者,諸侯之禮,伯
子男皆在也;《燕禮》《大射儀》《聘禮》,五等諸侯皆稱公,而《公食大夫
禮》又以名篇,則凡君皆曰公,無五等之別明矣。"①按:楊説是也。

　　3. 文選《鄭伯克段于鄢》:莊公寤生。

　　注釋:寤(wù),通牾,逆,倒着。寤生,胎兒脚先出来(依黄生説,見
《義府》卷二),等于説難產。(8 頁)

　　按:黄生《義府》卷上"寤生"條小字注云:"《焦氏筆乘》載:吳敬甫解
與予同,但以寤生爲遌生,云:遌,逆也。然遌乃迎逆之逆,非反逆之逆,
此又知其一不知其二者。吳名元滿,余同邑人,所著有《六書正義》。"②
按:《四庫全書總目》著錄吳元滿《六書正義》,入之存目,謂"元滿,字敬
甫,歙縣人,萬曆中布衣"。循迹找來焦竑《焦氏筆乘》看。按:焦竑《焦氏
筆乘續集》卷五"寤生":"據文理,'寤'當作'遌',音同而字訛。遌者,逆
也。凡婦人產子,首先出者爲順,足先出者爲逆。莊公蓋逆生,所以驚姜
氏。以上八則,吳元滿説。"③據今本《焦氏筆乘》,其字作"遌",不作"遌"
也。退一步來説,即令《焦氏筆乘》作"遌",其"凡婦人產子,首先出者爲
順,足先出者爲逆。莊公蓋逆生,所以驚姜氏"數句説得坦然明白,復何疑
焉!近讀楊伯峻《春秋左傳注》,其書云:"寤生,杜注以爲寤寐而生,誤。
'寤'屬莊公言,乃'牾'之借字,寤生猶言逆生,現代謂之足先出。明焦竑
《筆乘》早已言之,即《史記·鄭世家》所謂'生之難'。"④按:日本瀧川資
言《史記會注考證》卷四十二《鄭世家》亦采焦竑《筆乘》之説。⑤

---

①　楊伯峻:《春秋左傳注》(修訂版),中華書局,1990 年,10 頁。
②　黄生撰、黄承吉合按:《字詁義府合按》,中華書局,1984 年,120 頁。
③　焦竑:《焦氏筆乘》,中華書局,2010 年,417 頁。
④　楊伯峻:《春秋左傳注》(修訂版),10 頁。
⑤　瀧川資言:《史記會注考證》,文學古籍刊行社,1955 年,2592 頁。

4. 文選《鄭伯克段于鄢》：制，巖邑也，虢叔死焉。

注釋：制，又名虎牢，在今河南鞏縣東，原是東虢（guó）國的領地，東虢爲鄭所滅，制遂爲鄭地。（9頁）

按：注釋説"在今河南鞏縣東"，有點不着邊際。何者？第一，從歷史沿革上來看，制從來没有與河南鞏縣發生過任何關係；第二，從今天的行政地理來看，1991年，鞏縣已經撤縣改市，改稱鞏義市（縣級市），隸屬鄭州市。根據制的歷史沿革，結合今天的行政地理，建議將這句話改作"在今鄭州市上街區"。

下面略述爲什麽這樣改，以袪讀者之疑。據民國十七年（1928）重修《汜水縣志》卷一《地理沿革》記載："汜水，周曰虎牢、制邑。武王十有三年己卯（前827），大建公侯于天下，而虢叔封于制，是爲東虢。今縣（汜水縣）東上街鎮，傳爲東虢城故址。穆王養虎于東虞，名其地曰虎牢。"①這説明，制是汜水縣地。1949年後，汜水縣先與廣武縣合併，改稱成皋縣。1954年，成皋縣併入滎陽縣，上街鎮屬于滎陽縣第五區。由于發現上街附近地區鋁金屬礦藏豐富，1958年，遂將上街及其附近地區改爲上街區，隸屬鄭州市。實際上，上街區是鄭州市的一塊飛地，相距38公里，中間隔着滎陽市（縣級市），上街區實際上四面與滎陽市接壤。

5. 文選《鄭伯克段于鄢》：潁考叔爲潁谷封人。

注釋：潁考叔，鄭大夫。封，疆界。封人，管理疆界的官。（12頁）

按：《左傳》之杜注、孔疏皆未言潁考叔是"鄭大夫"，不知《古代漢語》編者有何依據而説是"鄭大夫"。《左傳》此句之下句云："公賜之食，食舍肉。公問之，對曰：'小人有母，皆嘗小人之食矣，未嘗君之羹，請以遺之。'"杜注云："宋華元殺羊爲羹以饗士，蓋古賜賤官之常。"②是視潁考叔爲賤官矣。按：《周禮·地官·序官》："封人，中士四人，下士八人，府二人，史四人，胥六人，徒六十人。"③這就是封人一官的編制。任此職的最

---

① 田金祺等修、趙東階等纂：《汜水縣志》，成文出版社，1968年，2頁。
② 浦衛忠等整理：《春秋左傳正義》，64頁。
③ 彭林整理：《周禮注疏》，上海古籍出版社，2010年，309頁。